【广东中华文化王季思学术基金⊙黄天骥学术基金丛书之五】

明末清初诗论研究

孙立 著

广东高等教育出版社

广州

图书在版编目（CIP）数据

明末清初诗论研究/孙立著. —3 版. —广州：广东高等教育出版社，2011.8
（广东中华文化王季思学术基金·黄天骥学术基金丛书）
ISBN 978-7-5361-4065-3

Ⅰ.①明… Ⅱ.①孙… Ⅲ.①古典诗歌 - 文学批评史 - 中国 - 明清时代　Ⅳ.①I207.22

中国版本图书馆 CIP 数据核字（2011）第 082453 号

广东高等教育出版社出版发行
地址：广州市天河区林和西横路/510500
营销电话：（020）87551597
网址：www.gdgjs.com.cn
佛山浩文彩色印刷有限公司印刷
开本：890 毫米×1240 毫米　32 开本　14.125 印张　375 千字
2011 年 8 月第 3 版　2011 年 8 月第 3 次印刷
印数：2 001 ~ 4 000 册
定价：36.00 元

前记一

黄天骥

中国古代戏曲和古代文学作品,是取之不尽用之不竭的宝藏。华夏子孙,有责任发掘开采,分析整理,让体现着东方文化的瑰宝,在世界民族之林中焕发光辉。自然,我们也不能一味陶醉在祖先遗泽之中,审视它,研究它,弃其糟粕,取其精华,使之有助于祖国精神文明建设,才是我们整理古代戏曲、古代文学的目的。

近几年,广东经济有了飞跃的发展,许多有识之士,认识到在这块热土中弘扬中华文化的重要性。因而采取多种方式,大力推动对中华文化的学术研究。因时际会,"广东中华文化王季思古代戏曲、古代文学研究基金"得以乘风御气,建立起来。有了这个条件,我们就有可能出版丛书,在研究我国传统文化的领域中,做一点力所能及的工作。

我们出版这套丛书,也是为了纪念王季思

老师。

王起，字季思（1906—1996），浙江温州人。早岁师从孙诒让、吴梅先生，以《西厢五剧注》名世。20世纪40年代后期，王季思老师到广东中山大学任教，历任中文系主任、古文献研究所所长等职。数十年来，他热爱祖国，热爱中华文化，把全部精力投入到教学和科研的工作中，在古代戏曲、古代文学领域作出了巨大的贡献。"文化大革命"后，拨乱反正，王季思老师被聘为国务院学位委员会第一届学科评议组成员、国家古籍整理出版规划小组顾问，被公认是中国古代戏曲古代文学研究的权威。

王季思老师一生热爱学生，教育青年。他常说：学术乃天下公器。学生和后辈学者向他求教，他从来都认真、热诚地给予帮助。直到七八十岁高龄，他还培养硕士生、博士生，矻矻穷年，不遗余力。他经常强调建设祖国教育和文化事业，要有人继承，渴望薪火相传，让中华文化之光一代又一代照遍大地。

弘扬中华文化，继承王季思老师匡扶后进的精神，是受过他老人家教诲的学生的共同心愿。1993年，广州市政协和中山大学联合主办"庆祝王季思教授从教七十周年大会"。其后，诸位校友像杨资元、赖春泉等学长，深感为促进学术的发展，应做一些更加切实的工作，朱孟依先生积极支持。经过各方面的努力，我们决心出版这一套丛书，希望能实现王季思老师多年的心愿，帮助热心于中国古代戏曲古代文学而又甘心坐冷板凳的学者迅速成长，让学术之花也在生长红棉的土地上盛开。

学术的殿堂是靠一砖一石垒成的，我们希望扎扎实实地奋工添瓦，不想欣赏海市蜃楼。目前，我们的能力有限，更兼文化建设不可能一蹴而就。因此，我们的想法是：环绕着中国古代戏曲、古代文学的论题，逐年出版有较高水平的学术著作。只要持之以恒，锲而不舍，日积月累，代代相传，我们一定能在祖国学术领域的南天，垒筑起一座丰碑。

王季思老师曾有诗云：

人生有限而无限，历史无情还有情；

薪火相传光不绝，长留双眼看春星。

丛书付梓之际，我们抄录这首诗，作为奠基之石，以明旨意，兼励来者。

1996年6月16日于中山大学

前记二

欧阳光　康保成

自1996年广东中华文化王季思学术基金丛书第一种出版以来，迄今已过去了整整十年。十年来，我们根据有限的财力，精心甄选入围选题，在广东高等教育出版社的大力支持下，以每年一到两种的节奏，已陆续出版了13种著作。

看着眼前这套积少成多渐成规模的丛书，不禁让人深深感慨。这套丛书的作者基本上都是中山大学中文系的中青年学者或博士学位获得者，选题以古代戏曲研究为多，同时也涵括了古代文学研究的其他领域。这些著作也许算不上什么鸿篇巨制，我们也没有像时尚所热衷的那样对它进行包装和宣传，在当今热闹非凡的学术著作出版大潮中，它甚至显得有些冷清和落寞，但这些著作都是对有关领域作了艰苦细致的研究之后的心得之作，或对有关研究领域有所开拓，或推动了有关研究向纵深发展，自有其难以掩盖的学术价值。丛书从总体上展现了中山大学中文系中青年学者的风采，也体现了中山大学中文系沉潜、严谨、包容、开放的良好学风。

最近，珠海市民营企业家李平秋先生捐资设立黄天骥学术基金，用于支持我系古代戏曲和古代文学等学科的发展。李平秋先生1983年毕业于中山大学中文系，之后投身于市场经济大潮，艰苦创业，努力打拼，取得了事业的成功；在事业有所成就的时候，却不忘回报社会。他有感于母系的培育之恩，倾心敬佩黄天骥先生的师德人品，因而出资设立以黄天骥先生命名的学术基金，其拳拳赤子之心，殷殷校友之情，令人感佩。

这样一来，我们除了王季思学术基金之外，又有了黄天骥学术基金。两个基金虽然命名不同，其宗旨则是一以贯之的，即为传承和弘扬我国优秀传统文化、推进古代戏曲和古代文学的研究而添砖加瓦，略尽绵薄。根据这一宗旨，我们将把两个基金的增值部分合并在一起使用。其中继续资助出版中青年学者高质量的研究成果，帮助中青年学者在学术上更快地成长，仍然是两个基金的主要工作。

王季思先生是中山大学中文系古代戏曲、古代文学学科的开拓者、奠基人；黄天骥先生是继王季思先生之后中山大学中文系古代戏曲、古代文学学科的领军人物，在海内外学术界享有崇高的威望。两位先生的共同特点是不仅重视学术的创造,同时也注重学术的传承,他们都倾力培养后学,提携奖掖不遗余力,这也正是中山大学中文系古代戏曲、古代文学学科能够生生不息,始终充满活力,并不断有创造性成果涌现的原因。

学术的发展离不开传承,也离不开积累,我们所做的正是传承和积累的工作。这一工作也许一时半会儿看不出明显的效果,但正如黄天骥先生在本丛书的"前记一"中所说的:"只要持之以恒,锲而不舍,日积月累,代代相传,我们一定能在祖国学术领域的南天,垒筑起一座丰碑。"

让我们以此互勉。

2006 年 11 月 16 日于中山大学

目 录

序说 ··· (1)
  一、研究明末清初诗论的初衷与意义 ························ (1)
  二、研究的范围、材料及方法 ······································ (3)
  三、研究的问题与思路 ·· (6)

第一章　竟陵诗说的新变及对古学的兼综 ·············· (9)
  第一节　钟、谭其人 ·· (9)
    一、可怜生前身后名 ·· (9)
    二、不合流俗与不为流俗接纳 ·································· (15)
    三、还是一个读书人 ·· (19)
  第二节　综合与求新
        ——竟陵之文学史观 ······································ (23)
    一、趣兼七子、公安 ·· (23)
    二、削名与迹，诗求独响 ·· (26)
  第三节　真诗与幽情单绪
        ——竟陵之诗歌创作观 ·································· (29)
    一、关于"幽情单绪" ·· (29)
    二、真诗的提出 ·· (32)
    三、真诗：续接古今真精神 ······································ (33)
  第四节　纤仄与柔厚
        ——竟陵之诗美观 ·· (40)
    一、冥心放怀，期在必厚 ·· (40)
    二、厚：以灵与学为基础 ·· (44)

三、竟陵诗说：理论与实践的偏离……………………（47）
第五节　余论：为竟陵诗说定位……………………（49）
附集评………………………………………………………（54）

第二章　晚明社事与文社诸子的兴复古学……………（67）
第一节　文社的缘起与运作……………………………（67）
一、由诗社到文社………………………………（67）
二、组织与运作…………………………………（74）
三、文社的选文…………………………………（79）
第二节　文社的文学活动………………………………（81）
一、文社的制艺…………………………………（81）
二、文社的诗文创作……………………………（83）
第三节　古典主义的信奉者
　　　　——几社陈子龙的诗文理论……………（86）
一、生平与几社的活动…………………………（86）
二、趣归古典……………………………………（92）
三、本乎志，遇乎时……………………………（96）
四、雅正与法度…………………………………（99）
第四节　八股名家　选文好手
　　　　——艾南英及其八股文论……………（102）
一、艾南英的社事活动………………………（103）
二、排击七子，痛诋公安……………………（106）
三、由唐宋文以臻秦汉文……………………（109）
四、以古文济时文……………………………（112）
第五节　余论：文社诸子的古典主义倾向…………（119）
附集评……………………………………………………（122）

第三章　方外遗民对古典诗说的尊崇与游离
　　　　——以方以智、傅山为对象………………（128）
第一节　明清之际遗民思想家的文学游历…………（128）

一、遗民思想家与文社活动 …………………………（129）
　　二、方、傅与其他文人的交往 ………………………（133）
　第二节　方外大儒　诗文尚古
　　　　　——方以智诗文理论平议 ……………………（137）
　　一、由泽园公子到方外大儒 …………………………（137）
　　二、文章论 ……………………………………………（142）
　　三、诗论 ………………………………………………（151）
　第三节　自命异端　三晋大儒
　　　　　——傅山的生平及诗文理论 …………………（158）
　　一、文人、寒士、遗民 ………………………………（158）
　　二、东南之文与西北之文 ……………………………（161）
　　三、山林野气之文 ……………………………………（165）
　　四、儒学异端 …………………………………………（171）
　第四节　余论：方、傅异同论 …………………………（177）
　附集评 ……………………………………………………（178）
第四章　王船山古典主义诗学的建构 …………………（183）
　第一节　山中大儒与民族志士 …………………………（183）
　第二节　推故而别致其新
　　　　　——王船山对旧诗论的清理 …………………（187）
　第三节　情与景
　　　　　——王船山的诗境论 …………………………（191）
　　一、关情者景，自与情相为珀芥也 …………………（191）
　　二、以乐景写哀，以哀景写乐，一倍增其哀乐 ……（194）
　　三、参化工之妙 ………………………………………（197）
　第四节　船山与庄子
　　　　　——王船山的诗歌创作论 ……………………（198）
　　一、天籁与人籁 ………………………………………（199）
　　二、物我为一和情景交融 ……………………………（205）

第五节 "兴"
　　——一个有关诗歌鉴赏的命题 ………… (210)
　一、兴：作品与读者 ……………………………… (210)
　二、兴与兴观群怨 ………………………………… (212)
　三、兴在审美鉴赏中的意义 ……………………… (214)
　四、兴：由独思到众感 …………………………… (217)
　五、兴的限定性 …………………………………… (219)
第六节 巨人与侏儒
　　——王船山文学批评中的封建伦理观念 …… (222)
　一、重兴群与轻观怨 ……………………………… (222)
　二、理欲性情的规范与诗的理性情感 …………… (227)
　三、仍是儒家传统诗教的继承者 ………………… (231)
第七节 余论：不以门派论是非　且辨源流求真诗 … (233)
附集评 …………………………………………………… (236)

第五章　明代复古主义的终结与清诗的开山
　　——以钱谦益为对象 ………………………… (241)
第一节 政坛失意者　文苑一宗师 …………………… (241)
　一、书生式的政客 ………………………………… (242)
　二、文苑宗师 ……………………………………… (245)
第二节 钱谦益的诗论背景及理论来源 ……………… (249)
　一、钱谦益与袁中道 ……………………………… (250)
　二、钱谦益与钟惺、谭元春 ……………………… (253)
　三、钱谦益与程嘉燧 ……………………………… (259)
第三节 《列朝诗集》
　　——一部明诗的备忘录 ……………………… (261)
　一、论选诗之标准 ………………………………… (262)
　二、品诗重知人论世 ……………………………… (264)
　三、重地域及师承 ………………………………… (265)

四、诗不当割时代为鸿沟 …………………………… (270)
　　五、一部小品式的学术传略 …………………………… (271)
第四节　从《初学》到《有学》
　　　　——钱谦益诗论要旨 …………………………… (273)
　　一、老调重弹也风靡 …………………………… (273)
　　二、诗乃不得已而为之 …………………………… (275)
　　三、诗乃天地间之元气 …………………………… (277)
　　四、取径于眉山剑南之间 …………………………… (282)
　　五、钱谦益后期诗论之新变 …………………………… (286)
第五节　余论：钱谦益的诗友门生及其传承与分化 … (295)
　　一、钱谦益与虞山诗人 …………………………… (296)
　　二、钱谦益与宗宋一派 …………………………… (301)
　　三、钱谦益与王士禛 …………………………… (306)
　　四、小结 …………………………… (310)
附集评 …………………………………………………… (312)

附录一：乘时鼓运　兴复古学
　　　　——复社张溥的诗文理论 …………………… (316)
附录二：从元和诗体到宋体
　　　　——许学夷的宋诗观 …………………………… (330)
附录三：屈大均逃禅研究 …………………………… (351)
附录四：明末清初诗论家文学活动年表辑录 ………… (373)
附录五：主要征引书目 …………………………… (426)

后记 …………………………………………………… (432)
修订版后记 …………………………………………… (434)

序　说

一、研究明末清初诗论的初衷与意义

相对于其他历史时期，明末清初的诗论地位并不为高，没有产生太多的文学批评巨著和文学批评大家。如果说贯穿于明代二百余年的复古与性灵之争为一座山峰，清代诗说百家纷呈的局面是另一座山峰的话，明末清初的诗论就恰如这两座高峰中间的低谷。

但若就明清两代文学批评的发展而言，明末清初这一低谷既是对明代诗说的反刍，也是对清代诗说开创新局的奠基。所以说，低潮期的文学批评往往包容着对前一个文学批评高峰的反思和总结，其中批评家对前人的汲取或攻讦，对各种理论的咀嚼和兼综，往往能给我们一种启发和思路；同时，在低潮中又孕育着新的发展机遇，批评家对未来出路的探寻和思索，在旧有的基础上对前人理论的重申或改头换面，又往往与此后另一个诗论高峰的出现有密切的关系。因此，研究低潮期诗论的现状，可以看出前期诗论的利弊，了解由低谷向高峰演化的过程和理论的衔接。我所感兴趣的，就是清人如何从明人的宗唐还是宗宋、复古还是性灵这种非此即彼的圈子中钻出来，转向对诗体的形式和艺术特征的关注，从而提出诸如神韵说、格调说、肌理说、性灵说等各具理论特征，且至今我们仍耳熟能详的诗说。

具体来说，研究此期诗论的现状及发展，大致有以下几个方面的意义：

其一，通过此期诗论家的言论，可以了解唐宋以至元明时期诗歌创作及诗论的基本情况，作为治诗歌史及诗论史的一个参照。虽说清人屡屡批评明人空疏不学，但明人对诗歌艺术方面所下的工夫是前所未有的，他们对诗体及在诗史方面所发表的意见，可以通过明末清初诗论家对他们的研究批评，取其精华，去其糟粕。

其二，此期的批评家大多体现出了一种折中综合的学术态度，其中尽管也有偏激者，但在对明代各家诗说批评的同时，实际上也暗有所取。比如竟陵派在提倡幽情单绪的同时，也表现出了一定的汲古倾向；王夫之虽对七子大加挞鲁，但他对七子的宗唐还是间有所取，并没有因反七子而滑向宗宋；最典型的是钱谦益，他虽然没有更多新的理论提出，但他能兼综各家，对一些他认为正确的东西予以重申，实际上成为一个集成者。这种倾向，在此期的不少批评家身上都不同程度地存在着，它对于我们了解清人的学风和以综合见长的诗论有所帮助。

清代无论是各体文学的创作还是诗论，均呈现出一种繁荣的局面。它们虽然相比唐宋以前而显得缺乏独创性，但综合之功也颇堪称道。梁启超在论到清代学术时说："有清二百余年之学术，实取前此二千余年的学术，倒卷而缫演之；如剥春笋，愈剥而愈近里；如啖甘蔗，愈啖而愈有味；不可谓非一代奇异之现象也。"（《清代学术概论序》）梁的这段话实际上道出了清代学术善于综合和借鉴前人，从而愈来愈接近前人精华的特点。清人的这一学术特点，应该说渐萌于明末清初。

其三，明末清初是一个天崩地解的时期，剧变的时期对诗论有何影响，也是一个值得关注的问题。通过研究时代变动之中诗论的现状与转变，可以成为我们了解这一类文学乃至文化现象的一个典型。事实上，在时代剧变时期，诗论界盛行的保守的古典主义风气是值得我们关注的。

此外，清中期以后的诗论界虽然新说迭出，但若就师承交游来说，清初钱谦益、黄宗羲对清中期以后诗坛的影响，也是显而易见的。所以欲了解清中期以后诗论的发展，亦当从清初各家的师承交游追根寻源。

二、研究的范围、材料及方法

本书所撰论的范围，从朝代而言，为明末清初；从纪年而言，为17世纪初期到17世纪末期，跨越近一百年的时间。如何在近百年的时间里，选择有代表性的诗论家作为本书研究的对象，是一个令人困惑的事情。

我选择竟陵派作为第一个论述的对象，要冒一定的风险。因为学界一般将竟陵作为公安的余绪来对待，而我则将之作为一个承前启后的流派来处理。竟陵派作为公安派派生出来的一个流派是没有疑问的，无论从其师承及理论的由来都是如此。但钟惺、谭元春此后与袁中道的分歧，对公安派俚俗的修正，对七子诗说的兼取，都透露出一些新的信息，即由竟陵派开始，对弘治以来两大派系的论争出现了一个综合的倾向。钟惺、谭元春对古学的重视和提倡，又是此后古典主义潮流泛起的一个征兆。因此，竟陵派不只是公安的余绪，从其发展的趋势来看，它与其后各家诗说呈现出的综合折中的学术眼光及对古学的兴趣，有着理论与方法的关联。此外，由于竟陵派是一个中间的过渡性派别，所以夹生的理论与进退失据的状态，使后世不少诗论家对其存有一定的误解或偏见，因此我在论述的过程中，也做了一些辩诬的工作。

中间数章，分别选择了文社诸子、明末方外遗民、王船山诸家。我选择他们作为对象，是基于这样几个原则：一是在当时广有影响者；二是在当时富有特色者；三是虽没有影响但价值巨大者；四是价值不一定大却广有影响者。以此来衡量，文社诸子属广有影响一类；方外遗民属富有特色一类；王船山属没有影响但价值巨大者。通过他们，可以看出此期诗论多个层面的情形。需要说明的是，限于篇幅，此期还有一些比较重要的人物，本书未列出专门的章节，一是黄宗羲，考虑到他在许多问题上与钱谦益有相类的看法，所以将他的诗论散入钱谦益及王船山的部分中去写；二是纂辑《诗源辩体》的许学夷，许的这部书体系庞大，共计三十八卷，分论先秦至明代之诗，而以唐为宗。其论诗虽也有折中七子、公安、竟陵的倾向，但持论总以七子为正。由于《诗源辩体》一书的写作虽前后历时四十年，但其草创则始于公安尚未兴起的后七子影响的时期，书中有晚明时期的内容，也有稍前的万历年间的思想，所以并未能完全代表明末清初的诗论倾向。另从总的倾向来说，许的看法以七子为宗，与文社诸子中的陈子龙较为接近，由于篇幅的原因，只好割舍。

最后我以钱谦益作为此期诗论的殿军，钱属于那种理论本身的价值不一定大但却广有影响的人，虽然在本书所选择论述的人物中，他的出道及去世均较早，但若就影响而言，他人无能出其右者。我选择钱作为殿军，还有一层理由，钱的理论虽没有多少创见，但在他手上，明代各种显赫的诗派销声匿迹，成为终结。同时，他又善于综合，在批驳清理前人诗论的同时，通过解析、引述或重申，扯出多个诗论的话题，就好像一个准备各色半成品拼盘的师傅，虽然没有在自己手上成就出精致的菜式，但为后来的师傅进行了前期的准备。在本书的最后一章，我探讨了钱谦益对他同时及稍后的诗论家所产生的影响。

本书所依据的材料，除了常用的文人别集、诗话、书信、序跋、选本中的批语外，也注意采取方志及文人年谱中的有关材料。前者可以使我们了解理论，后者有助于掌握人物交游、师承关系及理论的背景，一些过去人们较为忽略的问题可以从中找到线索。比如从《宝庆府志》了解到王船山与方以智结识的具体时间，有助于体会两个古典主义者何以"相善"的缘由；钱谦益《晚年家乘文》记载了钱在幼年时期受祖母庭训的情形，有助于我们理解钱降清与反悔的心态；在陈子龙《自撰年谱》中，记载了他与艾南英论战杯葛的情形，可以与其他文献相校正；通过《石门县志》，可以了解吴之振与黄宗羲、吕留良等人编纂《宋诗钞》的情形，文中对其诗说取径的记录，也是珍贵的诗论资料。此外，将年谱年表一类的资料与诗论家自己的书信序跋相结合，可以知道钱谦益与袁中道、钟惺、谭元春之间复杂的关系，对于了解他们诗论的源流变迁也有一些好处。古人讲交友论诗要知人论世，我们对诗论家及其诗说的了解，当也不能离乎此。还有，历代的书目提要，往往注意指出撰者的学术观点，勾勒派别及源流，也是笔者所注意采取者。

采用何种体例及方法去展示此期的诗论是一个繁难。采用专题分类的形式，虽能使某些线索更为清晰，但不易窥见全貌，也不易深入。采用史的形式，便需要网罗尽可能多的人物和资料，包括主要的、次要的，还要确定具体章节来涉及各种政治、经济、社会、文化、学术乃至文学创作的背景，再在体例上显示出历史的演进，使之不要成为专家专论的一般集合等等。这虽然是一个更好的体例，但限于本人的学识和能力，趴前还难以做到这样的程度。再就此期诗论的具体情况看，历史演进的痕迹并非十分清晰，也不富于波澜壮阔之势，若以史的形式去写，唯恐自己的主观意图太多地渗入，如此一来，虽然勉强成其为史的形态，又恐弄巧成拙。

所以，我仍采用最传统的专论形式，以某家某派或某几个相近的人物为专论的对象，从所论对象的生平思想、师承交游入手，进而分论其诗论体系，再勾勒其前后影响及承传关系，虽不以史为目，但力争于论中见史，于个体中见整体，使所探讨的问题能够较为深入，并试图显示出此期诗论在批评史中演进的轨迹和位置。

三、研究的问题与思路

对此期诗论的研究，除解析基本理论外，我将思路主要集中在以下几个方面：

一是关注诗论家本人的生平与学术倾向。如何知人论世，是中国传统的学术思路之一，也是我思考与写作中一直萦绕在脑际的问题。举例来说，钟惺在入清以后，一直被像钱谦益、朱彝尊一类的人物所批评，批评的话头之一是钟空疏不学。但依据史料及钟本人的撰述，他并非不读书之人。但与钱、朱等人的学术思路是不一样的，钟在史书及子书甚至内典上用过功，对经书则确实没下过工夫。这样，我们就可以了解钱、朱还有顾炎武、王夫之等人对其"不学"的批评，在很大程度上是指其不学经书。

二是关注诗论家的师承与交游。中国文学批评史，不仅仅是理论的演进史，同时也是诗论家的师承与交游史，不了解师承与交游，不仅理论本身显得单薄，而且不易看出理论演进的背景和内在原因。比如王士禛中年的宗宋，与结识钱谦益有很大的关系；冯班的宗晚唐，与钱谦益自然有很大不同，但冯对钱氏的批评严沧浪却多有汲取，这也是他们师徒间所留下的纪念；再如傅山作为三晋西北之地的学者，他对东南之文及东南士子的不满，与他久居僻地，又少与东南士子相交并缺乏沟通有一定关系。诸如此类的师承与交游，有时会有助于解决理论上的问题。

三是关注史的线索。中国学术于史学素有偏胜，除专门的史书外，其他不属史书体制的著述，也常有史料的价值，如诗史、野史（实际上一部分是稗官杂说笔记中所出现之史料），还有些书目提要、年谱、年表、家乘文、谱牒、方志、碑传、墓志一类的著述，也往往成为史学的一部分。在诗学中，有一种附列于诗集文集前的人物小传，以诗（文）系人，以人系传，往往能够在传论中勾勒出其渊源流派，也体现出一种史的意识。我于这种体例受到启发，如能在各个不同的传论中勾出其渊源所自、流派所趋，同样可以达到追根溯源的史学目的。

在明末清初这段时期的诗论发展中，虽说史的演进迹象并不明显，但也并非停滞不前。在印书业和传播渠道已较发达、文人的交往也日渐频密的这一时期，学术的共同话语远较以前多。此时，在流行话语之外所出现的个别话语，往往值得注意，因为它可能是下一个流行话语出现的苗头；如若这一苗头渐次成为新的流行话语之后，就标志着一种思潮的来临；而当这一新的流行话语达到一定的热度后，又生成出新的话题，它又会成为下一个话语的苗头。明末清初的近一百年间，诗论的演进即呈现出这样一种形态。在公安派处于盛而将衰之际，竟陵派提出了幽情单绪，也提出了读古人诗的话题，其后幽情单绪没有传承下来，但学古的问题却成为诗论界的热门。此后文社诸子中的陈子龙、张溥、艾南英、方外遗民中的方以智、王夫之乃至本书未论及的其他一些文人都讨论过学古的问题，显示出古典主义成为一轮思潮。但在古典主义思潮兴盛之际，也有一些文人对此并不热衷，他们提出了另外一些话题，比如钱谦益对严羽的批评，钱谦益与黄宗羲、吴之振等人的宗宋，钱、黄提出的学人或儒者之诗，均成为古典主义思潮落幕之后新的诗论话题。因此，此期的诗论在低谷的反思与咀嚼中，史的演进也还有迹可寻。

棘手的问题是如何在单个的传论中体现出这一线索。这一线索本是由各个诗论家的诗论中综合而出的，但又融在各个诗论家的专论之中，并没有专门标出。我的想法是，仍旧立足于专论，先不强求将每位诗论家都纳入史的线索。因为诗论本身的发展并不完全像人的主观所总结的那样是有序的，或是有规律的，它有时可能是杂乱的，无规律的。在这种情况下，以专论的形式尽可能客观地展示其原生形态，也许能避免主观的介入。我只在每章的结尾或行文的某个地方,参考古代诗文小传的做法,将渊源流派予以扼要指出,以显示出这一线索。

此期的诗论,有些前人有较多的讨论,如竟陵派与王夫之。对这些学界有较多研究的诗论家,我力争能有些更深入的剖析或是增加别人讨论过但不够准确或仍显薄弱的地方。有些是别的学者有所涉猎,但还不够充分全面者,如钱谦益;另外像文社诸子陈子龙、艾南英,还有遗民思想家方以智、傅山等,专文的研究文章很少,在几种批评史著作中,限于体例,或没有提及,或一笔带过。我想做的,旨在补苴罅漏,能在前贤基础上有所增益,足矣。

第一章 竟陵诗说的新变及对古学的兼综

第一节 钟、谭其人

一、可怜生前身后名

钟惺（1574—1625），字伯敬，号退谷，竟陵（今湖北天门）人，故里在今湖北省天门皂市附近。万历三十八年进士，神宗时授行人，后改工部主事，又以南礼部代制司主事，再升福建提学佥事，督学于闽。天启三年癸亥大计，因受党争牵连，中计，遂服阙不起。早年与谭元春合编《诗归》一书，分《古诗归》与《唐诗归》两部，风行海内达三十余年。除《诗归》外，今另有《隐秀轩集》、《周文归》、《西汉文归》、《史怀》等十几种著作传世。

谭元春（1586—1637），字友夏，与钟惺同为竟陵人，故里在今湖北省天门县城南。谭早慧，但科举及仕途均不得意，早年跟随钟惺左右，钟惺去世后的天启七年，他才举于乡。崇祯十年丁丑会试，殁于旅途。据《府志·谭友夏传》："崇祯丁丑会试，（元春）行至长辛店，去京三十里，时夜半犹读《左传》。平明起，摄衣一响而逝，年五十二。"有《谭友夏合集》传世。

钟、谭活跃于万历末年至启祯年间，是当时一个著名的诗派，他们编辑的《诗归》，在当时有广泛影响，其诗说在文坛上也素有争议，赞扬的与批评的均有。大致说来，钟、谭在世及刚去世的一段时间是赞扬与追随的人多，其后就以批评的意见占上风。从当时或稍后的有关文献来看，无论是对之赞赏的，还是不满的，都显示出钟、谭是继公安之后最有影响的一家诗说。周亮工《尺牍新钞》中收集了大量与钟、谭同时或前后文坛中人的书信，其中颇多文人在书信中谈及钟、谭。就这些文人的地域来看，既有东南、楚地士子，也有福建、山东、陕西、河南等地的文人，这种情况很明确地显示出钟、谭在当时的影响。

下面的一些引文也说明了竟陵诗说在当时风行的情况：
陈子龙曾有诗称：

"汉体昔年称北地，楚风今日遍南州"，自注：时多作竟陵体。①

说明竟陵体在崇祯年间广有影响。著名的小品文作家张岱在讲述自己学诗经历时也清楚地表明他受钟、谭诗说影响的情形：

余少喜文长，遂学文长诗。因中郎喜文长，而并学喜文长之中郎诗。文长、中郎以前无学也。后喜钟、谭诗，复欲学钟、谭诗，而鹿鹿无暇。伯敬、友夏，虽好之而未及学也。张毅儒，好钟、谭者也，以钟、谭手眼选明诗，遂以钟、谭手眼选余之好钟、谭而不及学钟、谭之明诗。其去取故有在也。毅儒言予诗酷似钟、谭者，予乃始知自悔，举向所为似文长者悉烧之，而涤胃刮肠，非钟、谭一字不敢执笔。②

---

① 陈子龙：《遇桐城方密之于湖上归复相访赠之以诗》，《陈子龙诗集》卷十三，上海古籍出版社排印本。

② 张岱《琅嬛轩诗集序》，《琅嬛轩文集》，中国文学珍本丛书本，上海杂志公司1935年版。

竟陵诗派的后进及追随者沈春泽、张泽也分别描述过钟、谭二人在诗界的影响：

> 后进多有学为钟先生语者，大江以南更甚。①

> 海内奉谭子之教也久矣。泽亦寝处其中者十有余年。②

顾炎武对竟陵派深恶痛绝，但他也不否认钟、谭《诗归》在文人间的流播：

> 近世盛行《诗归》一书。③

朱彝尊也说：

> 《诗归》既出，纸贵一时。④

以哀辑整理明史料著称的邹漪描述竟陵诗派在士林中盛行的情景说：

> 当《诗归》初盛播，士以不谈竟陵为俗。⑤

上述引文较能说明竟陵诗说在万历末以至启祯年间盛行的情况，它在文人士子中的广泛影响是应该引起足够重视的一个现象。

竟陵诗说能继公安之后占据诗坛盟主地位，原因固然复杂，若从主要的方面来讲，恐怕有两点值得注意。其中，一是钟、谭有意识地以"幽情单绪"、"苦心孤诣"来修正公安派所带来的诗境上的浮滑之弊；二是针对公安派"师心独造"所带来的空疏不学的毛病，提出了学古的主张。这两条主张虽然没有惊世骇

---

① 沈春泽《隐秀轩集序》，钟惺《隐秀轩集》弁首，明天启沈春泽刻本。
② 张泽《谭友夏合集序》，《谭友夏合集》弁首，中国文学珍本丛书，上海杂志公司1935年版。
③ 顾炎武《日知录》卷十八，上海古籍出版社影印本。
④ 朱彝尊《静志居诗话》卷十八，清嘉庆二十四年扶荔山房本；另见《明诗综》卷七十一谭元春诗二首总评，影印文渊阁四库全书·集部。
⑤ 邹漪《启祯野乘》卷七，清抄本。

俗的效果，但它的针对性无疑引起了对公安后学失望的一部分士子的注意。在拥戴钟、谭的队伍中，有各色人等，如公安派的后继中坚袁中道，复社首领娄东二张，明遗民曹学佺，竟陵后学张泽、华淑等。

竟陵派的身后颇为寂寥，甚至是遭遇不公①。自从号称公安与竟陵好友的钱谦益首先发难之后，在明清之际，乃至后来整个清代，虽然也时有若干诗人说两句公道话，但由于钱氏所处的独特地位以及影响，非难竟陵派的声音成了主流。

应该说，两百多年来，攻击竟陵派最早、最为系统，也最为彻底的是钱谦益，他在所著《列朝诗集小传》中用了大量的篇幅历数竟陵之过：

> 伯敬少负才藻，有声公车间。擢第之后，思别出手眼，另立深幽孤峭之宗，以驱驾古人之上。而同里有谭生元春，为之应和，海内称诗者靡然从之，谓之钟谭体。……数年之后，所撰《古今诗归》盛行于世，承学之士，家置一编，奉之如尼丘之删定。而寡陋无稽，错缪叠出，稍知古学者咸能挟莢以攻其短。《诗归》出，而钟、谭之底蕴毕露，沟浍之盈于是乎涸然无余地矣。
>
> 当其创获之初，亦尝覃思苦心，寻味古人之微言奥旨，少有一知半见，掠影希光，以求绝出于时俗。久之，见日益僻，胆日益粗。举古人之高文大篇，铺陈排比者，以为繁芜熟烂，胥欲扫而刊之，而惟其僻见之是师。其所谓深幽孤峭者，如木客之清吟，如幽独君之冥

---

① 钟、谭的《唐诗归》在清代被列为禁书，见《清代禁书知见录》第133页；朱彝尊的《明诗归》所选钟惺的诗以及朱氏评语在《四库全书》中也似被删除，朱氏评语可见《静志居诗话》。

语,如梦而入鼠穴,如幻而之鬼国,浸淫三十余年,风移俗易,滔滔不返。余尝论近代之诗;抉摘洗削,以凄声寒魄为致,此鬼趣也;尖新割剥,以噍音促节为能,此兵象也!鬼气幽,兵气杀,著见于文章,而国运从之。……岂亦《五行志》所谓"诗妖"者乎!(以上见丁集中《钟提学惺》)

《诗归》之作,金根缪解,鲁鱼伪传,兔园老学究皆能指其疵陋,而举世传习奉为金科玉条,不亦悲乎。世之论者曰:"钟、谭一出,海内始知性灵二字。"然则钟、谭未出,海内之文人才士皆石人木偶乎?……以一言蔽其病曰:不学而已。亦以一言以蔽从之者之病曰:便于不说学而已。天丧斯文,余分闰位,竟陵之诗与西国之教、三峰之禅,旁午发作,并为孽于斯世,后有传洪范五行者,固将大书特书著其事应,岂过论哉!伯敬为余同年进士,又介友夏以交于余,皆相好也。吴中少俊,多訾謷钟谭,余深为护惜,虚心评骘,往复良久,不得已而昌言击排。(以上见丁集中《谭解元元春》)

在《刘司空诗集序》中,钱谦益也批评过钟、谭:

万历之际,称诗者以凄清幽渺为能,于古人之铺陈始终,排比声律者,皆訾謷抹煞,以为陈言腐词。海内靡然从之,迄今三十余年。甚矣,诗学之舛也!①

陈子龙的弟子毛先舒,论诗远宗盛唐,近学李攀龙,出于门户之见,也奋力排击竟陵。在《诗辩坻》中,专有一篇《竟陵诗解驳议序》,对竟陵诗说颇有诋毁:

楚有钟惺、谭元春,因人心属厌之余,开纤儿狙喜

---

① 《牧斋初学集》卷三十一,上海古籍出版社排印本。

之议。小言足以破道,技巧足以中人,而后学者乃始眩瞀杨歧,迟回裹辙,嚣然竞起,穿凿纷纭,救汤扬沸,莫之能闵。

予悲耽溺者既不大见其丑,而攻瑕者将并没其好。

清初大儒朱彝尊亦随钱氏,甚至以为竟陵为诗坛妖孽、亡国之先兆:

《礼》云:国家将亡,必有妖孽。非必曰日蚀、星变、龙蓑、鸡祸也,惟诗有然。万历中,公安矫历下、娄东之弊,倡浅率之调,以为浮响;造不根之句,以为奇突;用助语之辞,以为流转;著一字之幽务求晦,构一题必期于不通。《诗归》出而一时纸贵。吴人张泽、华淑等闻声而遥应,无不举一言为准的,入二竖于膏肓,取名一时,流毒天下,诗亡而国亦随之亡矣!①

《四库总目提要》作为官方喉舌,用语虽不像上述几人那么偏激急切,但也有盖棺论定的味道:

大旨以纤诡幽渺为宗,点逗一二新隽字句,矜为元妙。又力排选诗惜群之说,于连篇之诗随意割裂,古来诗法于是尽亡。至于古诗字句,多随意窜改,……此皆不考古而肆臆之说,岂非小人而无忌惮者哉?②

从上述几段有代表性的评语来看,对竟陵的批评主要集中在这样几个方面:一是指其学浅见僻,于所学一知半解,浮光掠影,常为无根之谈,又好为异说;二是斥其诗风专为纤诡幽渺,为鬼趣、诗妖及亡国之兆;三是作诗常常割裂古人诗句,又喜使用虚

---

① 《静志居诗话》卷十七,清嘉庆二十四年扶荔山房本;此条连同钟惺诗原在《明诗综》中,今存影印本文渊阁《四库全书·明诗综》中无此条,也无钟惺诗,大概为四库馆臣所删。

② 《四库总目提要》卷一九三。

语助词以示新隽,遂成不茸之句;四是邀天下之美誉以成风气,取一时之名而流毒天下等等。

以上指责,有属于门户之见而引起的诗学好尚及观念的不同,有正常的对钟、谭诗艺弱点的指正,但也有不少是出于偏见而对竟陵诗说的诋毁和攻讦。对于前两个方面,我们在后两节会一一予以辨析,这里将结合钟、谭的生平、思想及平生行事来说明钟、谭既不能担承亡国诗妖之骂名,也不是学无所主的无根游谈。从他们的为人处世来看,他们自视为不同流俗、众醉独醒的浊世逸人,在这里面,有愤世嫉俗的成分,也有洁身自好的成分。但愤世嫉俗也好,洁身自好也好,绝不是与世隔绝,不食人间烟火。相反,钟、谭在内心是积极用世的,对时事是十分关注的,所学也是认真而用心的。这对于一个处于易代前夜,生逢末世的小知识分子来说,是正常的,甚至是难能可贵的。

二、不合流俗与不为流俗接纳

关于钟惺的生平、思想与行事,谭元春《退谷先生墓志铭》说得最为详尽,虽然作为钟的密友兼诗友,两人声气相通,谭在行文之间不免有些美言,但情事大致是可信的。从谭的记叙来看,钟惺在明末士大夫喜结盟社、门户森严、党同伐异的大背景下,从思想、意识到立身行事,始终保持了一个正直的封建士大夫独立不群的传统品格。在这一点上,他很难得到流俗的认同。谭在《墓志铭》中有几个地方涉及这方面的情况:

> 退谷异人也,……厌呻吟不从病起,玄黄水火,终日聒渎,以为吾若居给事御史,务求实行,不竞末节小名,爱恋身家,如鸡鹜之争食,妇女之简狎,庶不令主上厌极大创,祸流缙绅。……会有忌其才高者,扼之使不得至台省。后遂偃仰郎署,冲文闽海,终不能大有所表现,而仅以诗文为当时师法,亦可惜也!

说明钟惺在平日去取出处上，与寻常士大夫的无病呻吟、喜竞末节小名、爱恋身家、不能实行有相当的不同，他瞧不起那种如鸡鹜争食、简狎妇女的浪子作风，再加上自视才高，自然与晚明士风视若陌路。这种"异人"作风，受人忌恨抑制是很自然的。他有志于时务，但终无所成，一方面说明他非廊庙之才，一方面也说明他在晚明浊世之中还保留了一丝清醒。他的洁身自好，不与士风日下的流俗同流合污，无非说明他归根到底也不过是一个有"洁癖"的士子。他既不可能在政坛上翻手为云，覆手为雨，也不能成为一个导致丧家亡国的"诗妖"。在谭友夏的笔下，他更像是一个纯粹的读书人：

> 退谷羸寝，力不能胜布褐。性深靖如一泓定水，披其帷，如含冰霜，不与世俗人交接，或时对面同坐起若无睹者。仕宦邀饮，无酬酢主宾，如不相属，人是以多忌之，而专积思于书史。

一个天性好读书的人，尽管不擅长处理政务，但这并不妨碍他有务实的梦想，也不妨碍他关注时事。钟惺对时务的关心，恰恰表明了一个正直的知识分子通常所应具有的品格：

> 退谷初在神宗时官行人，思有用于当世，与一二同官讲求时务。

钟惺做行人之官八年，中间使山东、四川，后改授工部主事，又授南礼部代制司主事，数年间历任数职，虽没有显要的政绩，但还算尽职尽责。最为可贵的是他在任职期间写下不少文字，表明了他对时局和社会的热切关注。如《江行俳体》十二首在描写沿途自然风光的同时，触及了当时尖锐的社会矛盾，其中一首写道：

> 虚船也复戒偷关，枉杀西风尽日湾。舟卧梦归醒见水，江行怨泊快看山。
>
> 弘羊半自儒生出，馁虎空传税使还。近道计臣心转

细,官钱曾未漏渔蛮。

诗中对统治者的课税繁重以及出自儒生的"税使"的"饿虎"般的凶蛮进行了无情的揭露,表明作者对社会民生的关注。他还以诗的形式写了一些对当时辽东战事的见解,如《于氕先北上过北门持同年夏祠部正甫书相访策辽事赋此送行》:

> 致身别有术,匪用干要津。迂虑谓今患,不独在虏尘。
> 假使辽遂伏,标本难具论。岂云焦烂后,遂无可徙薪?

批评统治者边关军事政策的错误及失利后又不思改进。而在《代荐辽东阵亡将士疏》中,又通过赞颂为国捐躯的将士,谴责朝廷的用人不当,表明了作者的爱国情操:

> 乃者,建虏鸱张,全辽鱼烂,养成在数十载之前,而欲折于今兹之一旦。决裂岂二三臣之故,而专望于最后之数人。所用非所养,所养非所用,兵、食、信之难言。……战、守、和之无据。甚且致之必败之场,阨其可成之会。……以兹忠勇之魂,反作幽怨之气。①

对于这些充满爱国热忱的忠贞恳切之词,我们无法将其与钱、朱等人所说的鬼趣、诗妖、亡国之兆等联系在一起。相反,钟惺的这些诗文,不仅与鬼趣、诗妖、亡国之兆无缘,而且充满了凛然正气,倾注的是一个正直的文人对国事民生的关心。所以,钟惺的不同流俗,他的"异人"作风,与一般晚明士子的享乐主义和门阀作风有着明显的不同。至于钱谦益对钟、谭的猛烈抨击,我以为与二者审美情趣的差异有较大的关系。钱论诗多取径于眉山、剑南,于唐人也仅喜好元、白、长卿一路,与钟、谭所倡导的幽情单绪及体近晚唐的诗风有较大区别。其次,钱氏作为文坛

---

① 《隐秀轩集·文秋集·疏二》,明天启沈春泽刻本。

盟主，身上又沾染了明人的"党人"习气，所以他不能容忍一个自己不喜欢、且又在诗坛有着广泛号召力的诗派的存在。但无论如何，这种充满了偏见的批评是不符合钟惺的实际情况的。

钟惺之外，谭元春也是一个对明末社会充满时代责任感的文人。他的不少文章都表现出这一特点。如在《观察使吴公白雪墓志铭》中，作者借表彰吴白雪善守边关的机会，表达了他对朝廷在辽东边防用人不当的意见：

> 郡中以滨海防倭，有水陆兵饷数十万金，向饱人腹，不得问。公身自支算，秋毫不受人渔，务使国家兵饷，出于实用而后已。大司马青雷薛公作抚戎碑载其事曰："安得九边皆若人乎？岂忧南倭北虏哉！"……公移宁夏后……登抚夷台，宣命受降。是日贡名马数千蹄，乃给文锦、金钱、牛酒劳之。酋皆罗拜，呼"万岁"去。公在宁夏，修敌楼，易战马，造石闸百余里。不为一切衰世苟且之计。贺兰细柳，耸然改观。巡按高公曰："民失一寇，军得一韩。"非虚语也。①

而在《吊忠录序》中，作者则对阉党专权表示了愤恨：

> 中丞杨公大洪，以击魏珰二十四罪，逮系诏狱，榜答刺剡，一身无余而死。当是时也，天下之人，腹悲胆寒而不敢言。其后二年……海内知与不知，歌咏嘉乐，甚至稗官之家，编为小说传奇之部，铸成图像。其于常山之舌，侍中之血，若已成金铁星斗，不可朽坏。男子在世，此为大快！而国人哀之，犹为赋《黄鸟》。②

这些意见，同样是充满了浩然正气，丝毫见不出鬼趣。

---

① 《谭友夏合集》卷十二，中国文学珍本丛书本。
② 《谭友夏合集》卷八，中国文学珍本丛书本。

三、还是一个读书人

钱氏等人批评钟、谭的另一个借口是他们学无根柢,一知半解,好浮光掠影,作无根游谈等。其实在钟、谭的笔下,他们素常并无别的喜好,唯有读书。说他们学识未能到鸿儒大家的程度,这是对的,但说他们浮光掠影,甚而至于无根游谈,则言之过重。事实上,钟惺是一个读书的种子,据谭氏《墓志铭》记载,钟惺素来认为:

> 其要惟在读书,读书而后实忠实孝,实用出矣。

文中还有几处描写钟惺读书自乐的场景,并录如下:

> 斋头亦致法书名画,瓶几布设。不数日,繙阅功深,尘堆砚表,卷帙正倒参差。常从尘砚中,磨墨一方,头眼入于纸笔,作书生家纸格细字。居官垂老,无一日闲。尝恨世人闻见汨没,守文难破,故潜思退览,深入超出,缀古今之命脉,开人我之眼界。

> 退谷改南时,僦秦淮一水阁,闭门读史。笔其所见,题曰《史怀》。孤衷静影,常借歌管往来,陶写文心。每游人午夜棹回,曲倦酒尽,两岸寂不闻声,而犹有一灯荧荧,守笔墨不收者,窥窗视之,则嗒然退谷也。东南人士以为真好学者,退谷一人耳。

> 年四十八九,始念人生不常,佛种渐失,悲泪自矢,以为读书不读内典,如乞匄食,终非自爨,男子住世数十年,不明生死大事,贸贸而去,一妄庸人耳。乃研精《楞严》,眠食藩溷,皆执卷熟思,著《如说》十卷,病卧犹沾沾念之,曰,使吾数年视息人间,犹得细窥妙庄严路也。①

---

① 《谭友夏合集》卷十二,中国文学珍本丛书本。

从文中看，钟惺平素喜读之书，除诗文书画外，还有史籍内典。而且他读某类书后，必记读书所得。如闭门读史，则有《史怀》，对《国语》、《左传》、《战国策》、《史记》、《汉书》、《后汉书》、《三国志》、《晋书》等八部史书进行评点论说；读佛经，则写出《如说》十卷，对楞严妙法，熟思细研。其读书之法，绝非以一知半解为的。如《史怀》中评《史记》部分，就下了相当的功夫，兹引两段，以见一斑：

> 春秋诸霸佐皆不及管仲，而齐桓本质较之晋文、楚庄、秦穆为最劣，独以能用管仲胜之耳。是以用管仲则伯，一不用而其敝几可以。①

> 司马迁以项羽置本纪为《史记》入汉第一篇文字，俨然列诸帝之前而无所忌，盖深惜羽之不成也。不以成败论英雄，是其一生立言主意，所以掩其救李陵之失也。然观羽举动局量，自无作帝王之理，盖帝王有帝王之分，英雄有英雄之分。②

> 观蔺相如为宦者令缪贤舍人，可见古今奇士埋没者甚多。然贤之定力高识，卓然有主。看相如智勇从小小一事中得之，后世大臣有如此心眼乎？相如事之，故自有见。人知相如隐于舍人，安知非贤之隐于宦者也？③

这里当然有一些是老生常谈，但也确有一些是有得之见④，更有借他人之酒杯以浇自己之块垒者如《评廉颇蔺相如列传》。观钟、谭二人平生所学，涉猎其实颇广，从目前著录的他们的著作来看，除儒家传统经典较少外，其他子史集部均有涉猎，其所著

---

① 《评齐太公世家》，《史怀》卷六《史记》二，湖北丛书，清光绪刻本。
② 《项羽本纪》，《史怀》卷五《史记》一，湖北丛书，清光绪刻本。
③ 《评廉颇蔺相如列传》，《史怀》卷七《史记》三，湖北丛书，清光绪刻本。
④ 钟惺友人陶圭甫曾云："此书虽不工，而差不同文人之见。"《史怀序》，《史怀》弁首。

书目计有：《诗触》、《遇庄》、《史怀》、《水经注批点》、《东坡诗选》、《周文归》、《秦汉文归》、《名媛诗归》、《古诗归》、《唐诗归》、《明诗归》、《秦汉文归》、《名宗》、《唐宋八大家文选》、《廿二史撮奇》、《如说》等十几种。其中《明诗归》、《名媛诗归》两部经王士祯辨析为伪作；另有题名钟惺所著的《通纪集略》五卷、《明纪编年》十二卷两种，这两部书也经谢国桢先生考证为伪托（见《增订晚明史籍考》）。书贾假冒钟氏之名，也从一个侧面说明钟氏在当时影响之大。《四库提要》集部总集类存目三《名媛诗归》提要云："核其所言，其不出惺手明甚，然亦足见竟陵流弊。"从上述书目可见，钟、谭所学，广涉三教，其中尤以对历代诗文的涉猎最多，其次是子部的《庄子》、史部的《史怀》。当然，依后来清代乾嘉学派看来，这些自然都不能算是实证的学问。另从儒家的传统观念而言，读书治学应该是先六经而后子史，但钟、谭却是先子史而少六经，这大概也是后人批评他们不读书（实乃经书）的由头。但对于一个诗文家来说，读书如此广博，并小有创获，说其无根游谈，恐怕是轻率了些。此外，钟惺读书撰文，也有经世致用的想法，并非只作消遣。他在给谭元春的一封信中，谈到了这方面的情况：

> 又将二十一史肆力一遍，取其事以经世，取其文以传世，以怡情。近年两度舟行，讨求漕河、盐法，颇有要领，若将此暇日粗了文事，此后尽力官职一番，而晚节仍以此结局，不枉作文人，又与文人作朋友、作兄弟也。①

这说明钟惺读史也有明确的现实目的。究钟惺一生，虽然做了几任官职，但大多属闲职，不操经世之权，但他本人又颇自认明眼高才，自觉识无所用，并耻以文人名终，故《史怀》一书，凝

---

① 钟惺《与谭友夏》，《隐秀轩集·文往集·书牍一》，明天启沈春泽刻本。

聚了钟惺不少心血和别样的心思。

在钟、谭之间,有一些往来书信及诗作,也颇能反映他们之间读书问学之情形,录之如下:

钟惺《友夏见过与予检校〈诗归〉讫还家》:

> 子有子当务,安能禁子归!兹来真不苟,所行颇皆微。孤意相今古,虚怀即是非。周之东可返,桧以下无讥。删赞心如此,《风》、《骚》事庶几。一辞才许共,众虑始知依。暂别尤交勉,新闻幸勿违。何如日相对,心目发天机。①

谭元春《住伯敬家检校唐诗讫复过京山》:

> 在家君是暂,思与共秋蔬。百里何劳隔?一窗相对居。看多天下士,来论古人书。摇笔门庭肃,开心固陋除。勿嫌同和异,常恐密翻疏。仙佛精神耀,贤圣准则如。既须存豁达,亦以戒孤虚。解者须之后,勤焉慎厥初。聚防离悔恨,归胜出踌躇。坐到蛮兼客,行非鹤即余。寻山从此往,光彩不无余。②

在这两首诗中,稍许透露出了他们读书选诗的一些准则:一是要具有独立的精神,不存成见地求真弃异,像"孤意相今古,虚怀即是非"、"摇笔门庭肃,开心固陋除。勿嫌同和异,常恐密翻疏"等;二是要保持一种认真求实的态度,"删赞心如此,《风》、《骚》事庶几。一辞才许共,众虑始知依","既须存豁达,亦以戒孤虚。解者须之后,勤焉慎厥初",表达的就是这个意思。这种认真求实的治学精神,恐怕也与钱氏等人所说的浮光掠影、一知半解、好作无根游谈相去甚远。

对钟、谭二人,当然不能作过高的评价,但像钱谦益等人的

---

① 《隐秀轩集宙集·五言排律》,明天启沈春泽刻本。
② 《谭友夏合集》卷二十一,中国文学珍本丛书本。

肆意诋毁也是要不得的。从我们前面所引述的钟、谭二人的生平、思想、行事、治学等方面来看，他们并无远大的理想和抱负，在明末世风日下、享乐主义肆行的环境中，他们似乎更愿意做一个真正的读书人。谭元春及其胞弟、堂弟五人先后加入复社，有学者认为是爱国之举（参见吴调公《为竟陵一辩》，《文学评论》1983年第3期），这有拔高之嫌。其实在明中叶以后的许多文社诗社，在很大程度上是一个帮助士子读书应试的自助组织，谭氏五兄弟参加复社的目的大概也不能超越于此。所以，在江南萎靡的士风和官场污浊的空气里，他们显得落落寡合，与弥漫于士群中的饮酒狎妓、丝酣酒热的享乐风气显得格格不入，除了如袁中道、娄东二张、曹学佺及三五弟子友人外，他们不为一般江南富家士子所接纳。他们的行为举止在江南人的眼里，也许显得有些迂怪，说好听的也不过如谭元春《墓志铭》所记，只是一个"真好学者"，一个不同流俗的逸人。但这已经足够，而且钟、谭二人并非"两耳不闻窗外事，一心只读圣贤书"的书痴，他们在为宦问学的同时，也同样关注国事，为民请命，具有如孟子所言之"浩然之气"。对这样的人物，我们没有理由排斥他。

更何况，他们在诗界所产生的影响之大，他们诗论价值的独特也是值得我们注意的。

第二节　综合与求新
——竟陵之文学史观

一、趣兼七子、公安

在明清之际批评竟陵派的套语中，往往是公安、竟陵并称，似乎公安与竟陵是一对无差别的孪生兄弟。公安与竟陵有密切的关系是毋庸讳言的，这包括他们的私谊、师承乃至于求新求变的观点。但他们不同的地方更多，比如竟陵比公安更多地强调学古，公安诗宗宋元，竟陵则趣归汉魏三唐，公安以时文为贵，竟陵则重古人之真精神等。

从钟、谭选诗、论诗、写诗的情形来看，他们对公安派的诗说是有取有弃，对公安所反对的七子同样也是有取有舍，表现出一种综合折中的态势。

我们注意到，钟、谭对七子并不是全面否定，其中一件小事即透露出内中消息。万历四十七年（1619），钟惺访友松江，特意去太仓游历了王世贞生前所建的弇园，并写有《弇园忆赠王元美先生》诗四首，诗中追怀了王的"虚怀"、"大度"，对他诗的成就也进行了恰当的评价，认为王的"文献非俱乏，删修或可为。有诗滋异议，无史答明时"。其中既有批评，也有肯定，比较中肯。这一年，宏道去世已近十载，七子与公安的势力也大不如前，而钟、谭合编的《诗归》一书方如日中天，钟惺此时拜访弇园，作出如此冷静中肯的评价也属难能。同时，竟陵对七子的有些思想也是有所汲取的，比如七子不屑于宋元诗，李攀龙《古今诗删》选诗从古歌谣选到明人，唯独不选宋元人的诗，钟、谭《诗归》一书选诗也止于唐人的诗（后来虽也有托名钟惺的《明诗评选》，但已被证为伪书），相信在钟、谭的心目中，宋元人的诗大约也是不合标准的。此外，对复古派与公安派两家，钟、谭能以一种通融的眼光去对待：

> 今称诗，不排击李于鳞，则人争异之；犹之嘉、隆间不步趋李于鳞者，人争异之也。或以为著论驳之者自袁石公始。与李氏首难者，楚人也。夫于鳞前，无为于鳞者，则人宜步趋之。后于鳞者，人人于鳞也，世岂复有于鳞哉？势有穷而必变，物有孤而为奇。石公恶世之群为于鳞者，使于鳞之精神光焰不复见于世，李氏功臣

  孰有如石公者？今称诗者，遍满世界化而为石公矣，是岂石公意哉？吾友王季木，寄情孤诣，所为诗有蹈险经奇，似温、李一派者，乃读其全集，飞翥蕴藉，顿挫沉着，出没幻化，非复一致，要亦自成其为季木而已，初不肯如近世效石公一语。使季木舍其为季木者，而以为石公，斯皎然所以初不见许于韦苏州者也，亦乌在其为季木哉？……季木后于鳞起济南，予与石公皆楚人；石公驳于鳞，而予推重季木，其义一也。①

在这篇序中，钟惺很明显地表达了一种意识：论诗、学诗一要避免趋同，二应跳出派别的圈子。他有意忽略了时人复古与性灵孰是孰非的问题，认为无论何种流派，一经形成时尚，遭到众人模仿追随，便失却了"精神光焰"。比如在七子如日中天的时候，对李于鳞人人步趋之，而当公安派流行的时候，又人人排挤李于鳞，这种趋同跟风的做法，既埋没了当事者的"精神光焰"，也使模仿者本人难得具有"精神光焰"。值得注意的是，钟惺不像公安派那样对李于鳞全面否定，他承认七子如李于鳞者也具有"精神光焰"，并且认为袁中郎之抨击李于鳞，是"石公恶世之群为于鳞者，使于鳞之精神光焰不复见于世"。甚至说袁中郎为"李氏功臣"，在历来的论说者中，也算是别出心裁了。这种情况还表明，钟氏论诗能摆脱派别的小圈子，尽管他与公安派有着密切的联系，为袁中郎挚友，但他并不一味地左袒公安，诋毁七子，也没有明人常有的那种以地域分门别派的小家子习气，诚如他在序中所言："季木后于鳞起济南，予与石公皆楚人；石公驳鳞，而予推重季木，其义一也。"这种不以派别地域为是非的做法也是难能可贵的。

---

  ① 钟惺《问山亭诗序》，《隐秀轩集·文昃集》序二，诗文集一，明天启沈春泽刻本。

二、削名与迹，诗求独响

钟、谭在学术上的变通兼容，使其在贯穿明代二百多年的派别之争中，采取较为公允的态度，对己不回护，对人不偏执，这是一个非常正确的学术基点。钟惺在《潘稚恭诗序》中曾说：

> 稚恭之友，有戴孝廉元长者，序稚恭诗，忧近时诗道之衰，历举当代名硕，而曰近得竟陵一脉，情深宛至，力追正始，竟陵不知所指。或曰：钟子，竟陵人也。予始逡巡踧踏，舌桥而不能举。近相知中有拟钟伯敬体者，予闻而省您者至今。何则？物之有迹者必敝，有名者必穷。昔北地、信阳、历下、弇州，近之公安诸君子，所以不数传而遗议生者，以其有北地、信阳、历下、公安之目，而诸君子恋之不能舍也。夫言出于爱我誉我者之口，无心而易于警人，传之或遂为口实，元长之论是也。烦稚恭语元长，请为削此竟陵之名与迹。①

他认为，无论是前后七子，还是公安诸公，之所以为人诟病，留下口实，皆因其有名有迹所致。所谓名与迹者，应该说的是立门户，通声气，排斥异己，顺我者昌，逆我者亡，以名目相标榜，造成"不数传而遗义生"。这种分析是否合乎实际呢？答案是肯定的。综观整个文学史，以明人最喜标榜风气，最喜分门别派，讲究学统。这种情形，是由于明代讲席、结社的负面因素乃至政治上党争习气的不良影响所致。在钟、谭之前，文人鲜有注意到这一层因素的，钟惺在数篇文字中提及此事，说明他对这一情形的警惕，也体现了他对明代文坛弊端的深刻认识。

更值得注意的是，钟在这篇序文中，径直提出"请为削此竟陵之名与迹"。自削其名，不是一件容易做到的事情，需要极

---

① 《隐秀轩集·文戾集》序又二，诗文集二，明天启沈春泽刻本。

大的勇气。但钟惺提出了，这与前此的明代文人喜互相标榜，唯恐名不盛、迹不显者形成鲜明对照，在封建文人中是极为少见的。当时竟陵诗说风行大江南北，在各地都有一些慕名追随者，以至于钟、谭面对这些士子，不得不一再告诫，勿模拟己作。周伯孔于明诗人中唯尊公安袁中郎及竟陵钟惺，但钟惺却告诫他说：

> 子喜石公诗，用钟子言则可，为石公、钟子者则不可，闻石公亦劝人勿学己作诗，有识者不异人意，愿子广之。①

说明钟惺面对众多的拥戴者，头脑是清醒的。

由于钟、谭的文学史观视野较宽，不拘泥于一家一派，不以门户为是非，不以派别分正误，所以对七子和公安均能看到其弱点，并从他们的得失中总结出一套符合文学史发展规律的见解。

> 大凡诗文，因袭有因袭之流弊，矫枉有矫枉之流弊。前之共趋，即今之偏废；今之独响，即后之同声。此中机捩，密移暗度，贤者不免，明者不知。②

"因袭有因袭之流弊"，指的是七子之弊；"矫枉有矫枉之流弊"，自然说的是公安的弊端。能看到因袭与矫枉都存在弊端，是需要一定眼力的。在钟惺写给友人蔡复一的信中，同样也表达了这样一种意识。他既反对前后七子的"自谓学古"，"徒取古人极肤极狭极套者"；也反对公安派的"何古之法，须自出眼光"，回护不学俚率之病（见《再报蔡敬夫》，《隐秀轩集·文往集》书牍一）。更重要的是他由七子与公安的消长，看到了文学史发展的一种规律："前之共趋，即今之偏废；今之独响，即后之同

---

① 《周伯孔诗序》，《隐秀轩集·文㞢集》序二，诗文集一；明天启沈春泽刻本。

② 钟惺《与王稚恭兄弟》，《隐秀轩集·文往集》书牍一，明天启沈春泽刻本。

声。"意思是，文学史的发展，当达到一个高点时，必引致多人的共趋，共趋的结果，成为后来的偏废冷寂；而在众人共趋的时候能不为趋势所动，发出独响者，反倒可以成为未来发展的趋势，被后人所认同。这一观点，基本符合文学史的实际，眼界也比公安高一层次。

钟、谭不仅对宏观文学史的发展有自己一套独特的认识，对某一个作家本身的前后发展变化也有自己的观念，如谭元春说：

> 公安袁述之，行其先中郎续集，而属予序。其言曰："先子不可学，学先子者，辱先子者也。子不为先子者，实是先子知己。惟子可以序先子。"……且察公之用心，其议不待人发，而其才不难自变。其识已看定天下所必趋之壑，而其力已暗割从来所自快之情。予因思古今真文人何处不自信？亦何尝不自悔？当众波同泻，万家一习之时，而我独有所见，虽雄裁辩口，摇之不能夺其所信。至于众为我转，我更觉进。举世方竞写喧传，而真文人灵机自检，已遁之悔中矣。此不可与钝根浮器人言也。
>
> 往公之哭江进之也，有"悔其诗文妙理，生前未商"语。后寄黄平倩札，有"悔其《瓶花》诗文，俱有痕迹"语。夫公之妙于悔，何待公言哉！细心读《破砚集》，又似悔《潇碧》矣；细心读《嵩华游稿》，又似悔《破砚》矣。今察公续稿，其文章中卓有大而坚实者，又似为古今俱下一悔脚也。……吾愿学公者从是悟文章之道。①

这段话也很有意思。谭认为，就一个作家而言，前后的审美趣味不同，自信与自悔也时常交织在一起，表明一个作家的才能和创

---

① 谭元春《袁中郎先生续集序》，《谭友夏合集》卷八，中国文学珍本丛书本。

作处在一个变化的过程，是一个复杂的结合体，今日可能对自己所从事的创作和写出的作品满意，但过一段时间又可能对之不满意，这就是自信与自悔交织的辩证过程。这一分析的深刻性在于指出了即便是同一个作家，他的创作也是处在一个不断变化的过程，所以并没有一个固定的东西可以成为样板来供人模仿。就好比袁中郎，自然有不少追随者，但袁自己都对自己的作品时常充满了自悔，作为后学者如何去模仿他的作品和风格呢？这种对作家作品的分析，与他的整个文学史观是一致的。一个流派是如此，一个作家是如此，文学史的发展也是如此。

从钟惺的上述言论来看，他对于文学史的眼光是独到的，学术态度与基点是正确的，这为他诗论的整体建构树立了一个好的出发点。

第三节　真诗与幽情单绪
——竟陵之诗歌创作观

一、关于"幽情单绪"

竟陵诗说中，"幽情单绪"和"幽深孤峭"最惹人注目，因为它最特别，前此的诗人或诗论家，大多讲儒家的温厚和平，鲜有以此相号召的。钟惺在《诗归序》中提出"幽情单绪"、"幽深孤峭"，在创作上也有这类风格的作品，这是毋庸讳言的。但自钱谦益以来，竟陵派被人诟病最多的也是"幽情单绪"。关于"幽情单绪"，一些人根据字面，认为它只是个人一己幽僻的意绪；还有些人因为钟惺曾在一封给尹孔昭的信中提到"我辈文字到极无烟火处，便是机锋"，便将"幽情单绪"与远离社会，不食人间烟火的封闭心态画上等号。其实钟惺这里说的"无烟火处"，指的是禅家的机锋，是以禅喻诗（参见钱钟书先生《谈艺录》"竟陵诗派"中的有关论述),它与"幽情单绪"说的是两码事。"幽情单绪"在很大程度上说的是作家个人对自然和社会的一种独特感受,在风格上表现为"幽深孤峭"。而且"幽情单绪"也好,"幽深孤峭"也好,在钟、谭的意识里,往往与古人的真精神相联系,是一个复杂的概念(详见下述),不能仅据字面便对它完全否定。那么,今天来看,"幽情单绪"或"幽深孤峭"作为诗的一种风格,是否就真的要不得,甚至是有害的呢?我看未必。下面举钟惺三首较具有"幽深孤峭"风格的作品来看一看:

山月

山于月何与,静观忽焉通。孤烟出其外,相与成寒空。清辉所积处,余寒一以穷。万情尽归夜,动息在光中。

六月十五夜

明月眷幽人,夜久光不减。良夜妮佳月,月残漏愈缓。未秋已高寒,秋至更清远。逝将赏幽魂,照此梦魂浅。

宿乌龙潭

渊静息群有,孤月无声入。冥漠抱天光,吾见晦明一。寒影何默然,守此如恐失。空翠润飞潜,中宵万象湿。损益难致思,徒然勤风日。吁嗟灵昧前,钦哉久行立。

这三首诗在整体风格上确实体现了钟惺"幽深孤峭"的特点,包括幽深的景致、孤诣的情绪、错综的句法及个别冷涩的字眼。它们与盛唐气象当然有着相当大的距离,在诗风上倒是比较接近四灵"因狭出奇"的诗风。如何看待这类诗,我想还是不能脱离文学史的实际。在竟陵兴起之前,公安派为了纠正七子学唐人有气象却显肤廓、有架势而无性情的弱点,提出独抒性灵的口号并在创作中提倡写"真声"或"真诗",不可否认袁宏道写出了一些清新轻巧、富于情趣的诗作,但同时他们也写了不少过于轻巧而形之于流易,甚至俚俗肤浅或近于腐恶的作品,这在袁宏道的《破砚斋集》、《解脱集》等诗集中均有表现。在他们的笔下,诗确乎不再像是一门讲究语言的精粹、诗境构造的艺术,而成了冲口而出的大白话,就如袁宏道一再赞赏的《劈破玉》、《打竹竿》一类。对于这类作品,当然也有其存在的合理性,但却不能以之作为好诗的标准。但公安派兴盛之际,流弊所及,这类冲口而出、信口而谈的作品确有很大市场,使诗的理论及实践出现了一些不良的风气。钟、谭的"幽情单绪"就是在这种背景下产生的,钟并且以自己的创作去有意识地改造公安派所留下来的"遗产"。钟的这类诗在诗史上应该说是有特点有个性的作品,它们反映了钟、谭对公安末流进行改造的努力,也表现出他们对某些幽僻景致的特殊喜好。作为诗人,有这样特殊的喜好并不一定是什么过错。这类"幽深孤峭"的作品作为文学风格之一种,如同三袁的清新轻巧一样,也有其存在的价值,不能全盘否定。更何况,它们对一些诗病也确有疗救的功用。清人贺贻孙曾高度评价钟、谭诗论"扫荡腐秽,其功自不可诬"①。王应奎在指出其错缪的同时,也肯定其功劳:"钟、谭《诗归》,或疑其寡陋无稽,错缪杂出,此诚有所不免,然以此洗涤尘俗,扫除熟烂,实为对症之药。犹非《鼓吹》、《才调》两书可比也。"②这些说法是公允的,不存偏见。此外,钟、谭的作品内容及风格也是多样的,"幽情单绪"固然为其所倡,但除此之外,钟、谭还有其他类型的作品。因此,且不说"幽深孤峭"的作品是否要不得,即便真的要不得,它在钟、谭的所有作品中,也不过是内容之一,是多样风格之一。在钟、谭的作品中,既有上述的那种所谓"幽深孤峭"的风格;也有像《玉泉寺铁塔歌》、《上白帝城望杜少陵东屯止,遂有此歌》一类的"硬语盘空";还有像《江行俳体》之类的事杂而词整、体诨而响切;竹枝词一类

---

① 贺贻孙《诗筏》,清诗话续编本,上海古籍出版社1983年版,197页。
② 《柳南续笔》卷二,《柳南随笔、续笔》,中华书局1983年版,167页。

的清新平易……而且，综观钟、谭诗论，"幽情单绪"并非其中一个重要的话题，更不是唯一的话题，"幽深孤峭"的风格在钟、谭的诗作中也并不是主要的。

二、真诗的提出

钟、谭对诗的理论和创作投入了相当多的精力，他们所做的一切，包括选诗、评诗、论诗，一直是在探索这样一个问题：何种诗才是"真诗"，亦即诗的真正质素是什么。

提出这样一个话题并非孤立或偶然的。中国古典诗歌发展到明代，可说是众体兼备，大家、名家更如天上繁星，数不胜数，如何别出心裁，自谋出路，是摆在每一位后继者面前的问题。早在宋代，诗人们在面对盛况空前的唐诗的时候，已经有了这样的困惑。到了明初，这种负担不但没有丝毫减轻，反而又多了许多包袱。前后七子的拟古号召，实在是一种无奈的复古革新的企图，其本身并无大错，只不过在创作上没能出现大的突破，再加上后继者以此为号召，徒事模拟，搞坏了名声，但就李、何、李、王来说，他们的意图还是好的。他们希望通过学习古人好的东西来创作出新的好诗来，只可惜愿望与现实的距离还是大了些。后来公安派觉得七子所走的路行不通，才又提出"独抒性灵"的口号来，并将七子批驳得体无完肤。但到了竟陵派崛起的时候，公安派虽然在文坛上活动的时间还不长，但人们所说的胡钉铰、张打油之类的不良诗风已渐显露。钟惺曾对时风批评道："学袁（中郎）、江（盈科）二公与学济南（李攀龙）诸君子何异。恐学袁、江二公，其弊反有甚于学济南诸君子也。眼见今日牛鬼蛇神，打油钉铰，遍满世界，何待异日。慧力人于此尤当着紧著眼。"（《与王稚恭兄弟》《隐秀轩集·文往集》）情况摆在竟陵钟、谭的面前，无论七子的拟古复古也好，公安的"性灵"也好，彼此均各执一端，并没有找到关键之所在。

正是在这样一个背景下，钟、谭开始了他们有关"真诗"的讨论：

> 惺与同邑谭子元春忧之。内省诸心，不敢先有所谓学古不学古者，而第求古人真诗所在。真诗者，精神所为也。察其幽情单绪，孤行静寄于喧杂之中；而乃以其虚怀定力，独往冥游于寥廓之外。①

这是一段最为人熟知的名言，也是为人批评最多的一段话。"真诗"一语，屡见于明人文籍，有名的如李梦阳说"真诗乃在民间"，袁宏道说"当代无文字，闾巷有真诗"，表现出对文人诗的失望。"真诗"一语的出现，也反映出明人跟在唐人宋人之后，对诗的本体及诗的发展趋向的某种困惑。钟惺也提出"真诗"，但他的意思显然不同于李、袁二人的以民间诗为真诗的说法，认为真诗乃人的精神所为，并接着引入到"幽情单绪"、"孤行静寄"等个人意绪方面。

三、真诗：续接古今真精神

我们注意到，钟惺在《诗归序》中研究"真诗"，一方面强调"幽情单绪"，一方面也强调接引古人之精神，二者实际上是构成"真诗"的一个统一体。钟惺认为，"幽情单绪"是精神所为，但它还要止于古人的真精神：

> 选古人诗，而命曰《诗归》。非谓古人之诗，以吾所选为归，庶几见吾所选者，以古人为归也。引古人之精神，以接后人之心目，使其心目有所止焉，如是而已矣。

从文中看，钟惺之所以选《诗归》，并在序文中首先讲引古人之精神以接后人之心目，恰恰是因为他继起七子、公安之后，清楚

---

① 钟惺《诗归序》，《隐秀轩集·文昃集》序一，明天启沈春泽刻本。

地知道二者的利弊，故加以综合折中，既提倡诗人个人的"幽情单绪"，也提出要接引古人之真精神，将学古与个人性灵相统一。钟、谭二人对此都发表过类似的意见，如钟惺在一封与谭友夏的信函中说："轻诋今人诗，不若细看古人诗。细看古人诗，便不暇诋今人也。思之！"① 说明读古人的书，学古人的诗，续接古人的精神，是何等的重要！谭元春也有同样的意见：

> （熊）伯甘曰："书无不阅也，唯不爱阅近代之集耳。"呜呼，得之矣。诗之衰也，衰于读近代之集苦多，而作古体之诗苦少也。近代之集，势处于必降，而吾以心目受其沐浴，宁有升者？子不阅诚是也。②

钟、谭的这些话，仿佛出自七子之口，表明他们对学古的重视。

在钟、谭的诗论中，学古与性灵是并重的，这两种成分都见之于他们平素的言论中，只不过无论是讲学古，还是讲性灵，都比七子和公安起了明显的变化。譬如讲学古，钟惺所说的是学古人之真精神，而非熟语套路：

> 今非无学古者，大要取古人之极肤极狭极熟，便于口手者，以为古人在是。便捷者矫之，必于古人外自为一人之诗以为异，要其异，又皆同乎古人之险且僻者，不则其俚者也；则何以服学古者之心！无以服古人之心，而又坚其说以告人曰，千变万化不出古人。问其所为古人，则又向之极肤极狭极熟者也。世真不知有古人矣。③

钟在《再报蔡敬夫》一信中也有相类的意见：

> 徒取古人极肤、极狭、极套者，利其便于手口，遂

---

① 《隐秀轩集·文往集》书牍一，明天启沈春泽刻本。
② 《序操缦草》，《谭友夏合集》卷九，中国文学珍本丛书本。
③ 《诗归序》，《隐秀轩集·文㲄集》序一，明天启沈春泽刻本。

以为得古人之精神。①

这里提出的学古与七子相同，但所学又有不同，七子的后学末流，往往取古人一二套路或字句，遂成拟古。钟氏则要学古人的真精神，真精神者，实则即由古以来符合诗的本质特征的规律，其核心就是存在于诗人心中的真性情，而非字句格调。所谓：

> 见古人诗久传者，反若今人新作诗。见己所评古人语，如看他人语。仓卒中，古今人我，心目为之一易，而茫无所止者，其故何也？正吾与古人之精神，远近前后于此中，而若使人不得不有所止者也。（《诗归序》）

也就是说，人的性情如日月，亘古常见，光景常新。古人能写出他们的真性情，至千百年后，今人读之者，反觉有如新作，其原由即在于千古的性情如一，古人的性情，就是今人的性情；古人的诗，既反映古人的性情，也能折射出今人的性情。所谓"古今人我，心目为之一易"，说的就是这个道理。

在这一点上，钟惺的学古实际上已向公安的性灵相靠近了，只不过公安在强调"独抒性灵"的时候，忽略了学古的一面，而竟陵在这个方面将此二者沟通了起来。

由于这种细微的变化，钟、谭在阐述创作主张或发表某种评论时，往往是将学古与创新综而言之，并且以此成为他们常说的"幽情单绪"的一个基础。如钟惺述其学诗经历：

> 予少于诗文本无所窥，成一帙，辄刻之，不禁人序，亦时自作序。大要取古人近似者，时一肖之，为人所称许，辄自以为诗文而已矣。侧闻近时君子有教人反古者，又有笑人泥古者，皆不求诸己，而皆舍所学以从之。庚戌以后，乃始平气精心，虚怀独往，外不敢用先

---

① 《隐秀轩集·文往集》书牍一，明天启沈春泽刻本。

入之言，而内自废其中拒之私，务求古人精神所在。①
序中回顾了自己学诗先由模古入手，而后变化为用自己的心思去求古人之精神所在，而不再单单取与古人之近似者。谭元春论诗也是将古人之精神与今人之性灵联在一起说：

> 夫真有性灵之言，常浮出纸上，决不与众言伍。而自出眼光之人，专其力，壹其思，以达于古人；觉古人亦有炯炯双眸从纸上还瞩人，想亦非苟然而已。②

钟惺在《夜阅杜诗》一诗中也说："闲中一流览，忽忽如未读。向所觌面过，今焉惊心目。双眸灯烛下，炯炯向我瞩。"两者可以相互参证。钟、谭所言，虽着眼点不尽相同，但其内在的意思都认为"真诗"既不是古人字句格调的简单模拟，也不是常人所共有的一般性情（即某种理念或饮食男女等俗性情）；而是能自出眼光，又合乎古人精神的独特的东西，用今人的话来说就是具有历时性的真性情。它既独特，又具有历史感，为古今人所共有，是古今诗人真性情的汇聚。

这样说可能有些玄乎，打个比方，比如说"伤心人独有怀抱"，这既是伤心人所独具的东西，同时也是古今伤心人所共有的情感。这样的情感，应该就是钟惺所说的"幽情单绪"，这样的"幽情单绪"，其实并不值得大加挞鲁。

朱之臣《寒河诗序》曾这样描述谭元春的诗：

> 友夏至惟远情，其为诗，清微静笃，一以传古人之深意，而生之以变。③

既清微静笃，具有一己之性情，又能传古人之深意，当然就合乎"幽情单绪"的标准。

---

① 钟惺《隐秀轩集自序》，《隐秀轩集·文戾集》序二，明天启沈春泽刻本。
② 谭元春《诗归序》，《古诗归》弁首，明万历刊本。
③ 《谭友夏合集》卷二十三附录，中国文学珍本丛书本。

所以，到了晚明竟陵派活动的时期，钟、谭已经注意到了要综合前后七子与公安派的不同侧面，将学古与性灵加以折中，从而提出"真诗"的论诗主张。他们的"真诗"，如上所说就是要表达一种具有历时性的个人的独特情感，它在当代是独特的，放在历史中，又合乎古人的真精神，是"古今一易"的统一体。这种钟惺称之为"真诗"或说是"幽情单绪"的东西，实际上是钟、谭在吸取、修正前后七子和公安派后的一个折中的说法，他们的"幽情单绪"，或说是"奇趣别理"，应该不是钱谦益以来人们所理解的那种与世隔绝的幽僻的个人化情感，而是在个人的真情感中融入了一定的社会内容。所以它既是个人的，同时也具有社会历史的内涵，这从钟、谭的创作中应该看得很清楚。先看钟惺的《桃花涧古藤歌》：

> 吾闻藤以蔓得名，身无所依不生成。看君偃卧如起立，雅负节目不自轻。
> 昂藏诘屈自为树，傍有长松义不附。春来影落涧水中，不与桃花同其去。

这是一首言志诗。言志者，当然是个性化的东西，对流俗而言，它幽僻，也与众不同。那么，这种符合幽情单绪的东西是否等同于与世隔绝的绝对个人化的东西呢？答案是否定的。诗中所写的藤，虽依傍长松而生长，但它"昂藏诘屈自为树"，对松树并不依附，也"不与桃花同其去"，表明了作者立志洁身自好，不同流合污的高尚节操。这种情感志向诚然是个人化的，但同时它也是历史化的，是自屈原、陶渊明以来中国传统士大夫一直都坚守的节操，所以不能说因为钟、谭提到了"幽深孤峭"、"幽情单绪"，仅从字面就以为他们只表现不食人间烟火的幽僻情绪。

除《桃花涧古藤歌》以外，钟惺的《坠蝉》、《红叶》等诗，托物言情，在表达个人情感的同时，也蕴含着一定的社会认识价值和思想价值，不像钱谦益所说的"以凄声寒魄为致"。至于他直接写到社会内容的作品如《邸报》等,就更不能以"鬼趣"目之了。

当然,钱谦益乃至后人对竟陵上述诗说的批评也不能说是毫无根据,因为钟、谭在理论上确实倡导了"幽情单绪",提倡"幽深孤峭"的艺术风格,它也是钟、谭诗论中最具特点的一个提法。在钟、谭的诗作中,有部分写山水胜境的作品,清新幽静,似也可印证他们"幽深孤峭"的风格。在《诗归》中,"幽奇"、"幽冷"、"幽细"等评语亦数见之,说明钟、谭确乎对"幽深孤峭"的作品情有独钟。

对于这种情形,我们一是不能完全否认,二是对之应该有一个准确的认识和有分寸的把握。钟、谭提倡"幽情单绪"和"幽深孤峭",在很大的程度上是对公安派后期油滑的风气和俗性情泛滥的反正,它与钟惺提倡学古人的真性灵是一致的,都是要修正公安派的弊端,这是学界同仁所认同的一个看法。其次,提倡"幽情单绪",也是易代之际一种末世心态的反映。道光元年《天门县志》卷二十二叙及竟陵诗风时说:"故隐其抑郁激切之旨,发为幽微凄苦之音。……地为之,亦时为之也。"清人朱鹤龄亦云:

> 《寒山集》者,愚庵叟选启、祯以来之诗,专取幽清澹远,扫尽俗莩者。……客有见而问者曰:"此诸君子之诗,乃世所嗤钟、谭体,为鬼趣、为兵征、亡国之音也,夫子何取乎尔?"叟笑曰:"不然,此乐所谓羽声者也。……然此非人之过也,声音之理,通乎世运,感乎性情。譬如焚轮扶摇之风,起于青苹之末,俄而调调,而刁刁,而翏翏,小和大和,万窍怒号,此孰使之然耶?诸君子生濡首之时,值焚巢之遇,则触物而含

凄，怀清而激响，怨而怒，哀而伤，固其宜也。"①
这种看法能结合竟陵诗风的时代特征，殊为有见。诚然，在理论上如果一味强调"幽情单绪"，有其片面性，但如将其可能产生的弊端不加分别地怪罪到钟、谭头上，是不妥当的。这使我们想起南宋末年的江湖诗人，《四库提要》的作者有如下评语：

> 南宋末年，诗格日下。四灵一派，撷晚唐清巧之思；江湖一派，多五季衰飒之气。②

从文中看，评诗人对南宋末四灵、江湖诗人的看法，与对晚明竟陵派的看法在心态上多多少少有一些类似的地方。在某种程度上，它也是自毛诗以来《风》、《雅》正变观念的直接延续，对乱世、末世之音带有一些正统封建文人的偏见。所以，我们可以说"幽深孤峭"的诗风是一种末世精神的反映，但对之持完全的否定态度又是不甚妥当的。再次，我们前面说过，钟、谭是用了不少的"幽"、"深"、"静"、"清"等字眼，但这并不代表竟陵的诗风就是"幽深孤峭"，或说竟陵只赞赏"幽深孤峭"的作品。从《诗归》选诗、评诗来看，浑沦雄奇的作品、清新活泼的民歌，他们也选了不少，并且给予了高度评价，说明他们的眼界并非就如此狭隘。此外，"幽深孤峭"的作品也不一定就不好，柳宗元的山水小品就属此路，也是很好的作品。陈伯玑曾就二者进行过比较：

> （钟惺）大略其所处在中晚之际，复为党论所挤，出为南仪曹，志节不舒，故文气多幽抑，亦如子厚之不能望退之也。党论以"十论"呼之，与邹臣虎诸公同列，皆好学孤行，不肯逐队之士，几同子厚之见累于王

---

① 《寒山集序》，《愚庵小集》卷八，影印文渊阁四库全书·集部别集类。
② 《四库提要》卷一六五《苇航漫游稿》条。

叔文也。①

说明钟惺身处的环境、不逐队而行的品格与柳子厚颇有相合之处，故其诗其文均具有清冷幽深的风格。话又说回来，就钟、谭而言，他们虽有一部分清新幽静的诗文，但更多的如我们前面所引，还是有一定的思想价值和社会认识价值的。因此，我们只有结合他们的选诗、评诗、论诗，全面地加以分析比较，才能得出合乎实际的结论。

第四节　纤仄与柔厚
——竟陵之诗美观

学古与性灵合一，使今人的诗与古人的诗在性灵上得以沟通；表现出既是今人个人化的情感，又合乎古来贤人志士共通的心灵，是钟、谭写诗所遵循的路径。而厚与灵，则是他们所认同的古诗较为理想的美的形态。

一、冥心放怀，期在必厚

钟惺在给谭友夏的一封信中曾说：

其（指曹学佺能始）言我辈诗清新而未免有痕，却是极深中微至之言，从此公慧根中出。有痕非他，觉其清新者是也。……痕亦不可强融，惟起念起手时，厚之一字可以救之。如我辈数年前诗，同一妙语妙想，当其离心入手，离手入眼时，作者与读者有所落然于心目，而今反觉味长；有所跃然于心目，而今反觉易尽者，何故？落然者，以其深厚，而跃然者，以其新奇。

---

① 陈允衡《复施愚山先生》，周亮工《赖古堂尺牍新钞二选》卷之十，中国文学珍本丛书本，上海杂志公司1936年版。

深厚者易久，新奇者不易久也。此有痕无痕之原也。①

这段话透露出一点有关竟陵诗作的风格和时人对之的看法。时人批评他们的诗"清新而未免有痕"，清新，指的应该是新奇，亦即后来《四库提要》所说的"点逗一二新隽字句，矜为玄妙"的意思。新奇得恰当，是新颖，过当，就是"有痕"，就成为诗病。对于这一批评，钟惺是有所认识的，并认为是"极深中微至之言"。钟惺认为，救治此病的方法在于"厚"，深厚，就味长而易久，反之如果只是新奇，当时易入读者眼目，时间一长就易尽了，由此他意识到"厚"的重要。

此外，钟、谭提出"厚"，可能还有另一层原因。竟陵诗说中既有"幽情单绪"、"幽深孤峭"，又提出"厚"，两者似乎并不相吻合。如果我们深入地想一想，"幽情单绪"、"幽深孤峭"是对公安油滑之弊的修正，但如若把握不好，就会虚空无物，导致新的弊端，因为在钟惺的有些论述中，对所谓"清"、"逸"、"净"、"幽"、"淡"、"旷"等字眼是作过重点说明的，如钟的《简远堂近诗序》说：

诗，清物也。其体好逸，劳则否；其地喜净，秽则否；其境取幽，杂则否；其味宜淡，浓则否；其游止贵旷，拘则否。

以孤衷峭性勉强应酬，使吾耳目形骸为之用，而欲其性情渊夷，神明恬寂，作比兴风雅之言，其趣不已远乎？②

这对更正公安诸公，尤其是后继者油滑庸俗的毛病是正确的。但若过"清"过"幽"以至于空，想来也不是钟、谭的初衷。这方面的问题，竟陵的后进沈春泽是看到了的，他在《隐秀轩集

---

① 《隐秀轩集·文往集》书牍一，明天启沈春泽刻本。
② 《隐秀轩集·文昃集》序二，明天启沈春泽刻本。

序》中说：

> 后进多有学为钟先生语者，大江以南更甚。然而得其形貌，遗其神情，以寂寥言精练，以寡约言清远，以俚浅言冲淡，以生涩言新裁，篇章字词之间，每多重复，稍下一二语，辄以号与人曰：吾诗空灵已极。余以为空则有之，灵则未也。

沈的这段话就很能说明有些竟陵后学在继承钟、谭衣钵方面走偏了。出现这种情况并不奇怪，因为"幽情单绪"或钟、谭的其他言论很容易给人一种错觉，似乎他们就是要追求一种不食人间烟火的空虚之境。这虽然是误解，但毕竟在钟、谭的诗论中有这方面的论述。我以为，钟、谭之所以提出"厚"，另一个原因就是注意到"幽"、"清"等术语可能带来新的弊端，故提出一个"厚"字来予以校正。

因此，无论是为了避免新奇，还是为了防止过"幽"过"清"，"厚"都是必要的。钟、谭在多处地方提及"厚"，如《与高孩之观察》：

> 夫所谓反复于厚之一字者，心知诗中实有此境也；其下笔未能如此者，则所谓知而未蹈，期而未至，望而未之见也。

谭元春在《诗归序》中也述及他和钟惺未壮时"约为古学，冥心放怀，期在必厚"，说明二人对古学、对诗的"厚"执着已久。

"厚"不仅可以防止新奇、幽清冷僻等弊端，在钟、谭看来，它还是好诗的一个重要条件。在《古诗归》中，钟、谭多次以厚字推许他们心目中好的作品。如：

> 只是极真极厚，若云某句某句佳，亦无寻处。[1]

---

[1]《古诗归》卷三评《苏李诗》，明万历刊本。

> 字字真,所以字字苦;字字厚,所以字字婉。①
>
> 此古今第一首长诗,当于乱处看其整、纤处看其厚,碎处看其完,忙处看其闲。②
>
> 少小时读之,不觉其细,数年前读之,不觉其厚。至细至厚至奇,英雄骚雅,可以验后人心眼。③

可见,"厚"是好诗的一个重要条件。"厚",前人用以评诗的有,如李梦阳《驳何氏论文书》中说"典厚者义也",胡应麟《诗薮》中讲:"《国风》、《雅》、《颂》,温厚和平。"(《内编卷一》)七子中有不用厚字,但表达相类意思的如"浑沦"、"朴茂"、"蕴藉"等。但前此的人在使用这些语词时的语义各有偏重,而且并不是作为一个理论范畴提出的。在这个方面,钟、谭以"厚"作为诗歌审美的一个标准,就有了独特的意义。

那么何者为"厚"呢?钟、谭没有专门用明晰的语言进行解释,但从他们屡次用"厚"字时,必与"朴茂"、"浑沦"、"朴厚"等词相联系,可以部分说明"厚"与上述几词的意义相近。清人贺贻孙对钟、谭有专门的研究,《诗筏》一书也数次提及"厚"字,他有关"厚"的理解也许有助于我们理解钟、谭所说的"厚"。

其一:

> 严沧浪《诗话》大旨不出悟字,钟、谭《诗归》,大旨不出厚字,二书皆足长人慧根。

其二:

> 诗文之厚得之内养,非可袭而取也;博综者谓之富,不谓之厚;浓缛者谓之肥,不谓之厚;粗犷者谓之

---

① 《古诗归》卷三评《苏李诗》,明万历刊本。
② 《古诗归》卷六评《孔雀东南飞》,明万历刊本。
③ 《古诗归》卷七评魏武《短歌行》,明万历刊本。

蛮，不谓之厚。

其三：

> 厚之一言，可蔽《风》、《雅》。《古诗十九首》，人知其淡，不知其厚。所谓厚者，以其神厚也，气厚也，味厚也。即如李太白诗歌，其神气与味皆厚，不独少陵也。……尽孟贲之目，大而无威；塑项藉之貌，猛而无气，安在其能厚哉！

从贺贻孙所论，结合钟、谭的言论，可以说"厚"就是一种朴茂浑沦的艺术风格。这种风格，是由《国风》、《雅》、《颂》，以至苏李诗、《古诗十九首》、魏武、陶渊明、李、杜等沿袭下来的诗学传统。在这一点上，应该说钟、谭与前后七子所倡导的精神有一致的地方。但前后七子所主张的朴茂浑沦，仅限于温厚和平之旨，钟、谭还看到了另外一种朴茂浑沦：

> 弟尝谓古人诗有两派难入手处：有如元气大化，声臭已绝，此以平而厚者也，《古诗十九首》、苏李是也；有如高岩浚壑，岸壁无阶，此以险而厚者也，汉《郊祀》、《铙歌》、魏武帝乐府是也。①

其中《铙歌》、魏武诗等险而厚者，就超出了儒家传统的温厚和平之旨。

二、厚：以灵与学为基础

钟、谭与复古派不一致的地方还表现在，厚与灵学的关系上。他们认为，"厚"一方面得自于学，一方面也得自于"灵"。还是在《与高孩之观察》一文中，钟惺说：

> 诗至于厚而无余事矣。然从古未有无灵心而能为诗者，厚出于灵，而灵者不即能厚。……非不灵也，厚之

---

① 《与高孩之观察》，《隐秀轩集·文往集》书牍一，明天启沈春泽刻本。

极,灵不足以言之也。然必保此灵心,方可读书养气以
求其厚。

这一段话,对"厚"、"灵"、"学"之间的关系说得很清楚。"厚"是诗的终极目标,"灵"与"学"是达至"厚"的先天和后天的条件。有学者认为"灵"是"着眼于一字一句的灵动神妙"①,从钟惺所论来看,这一说法值得商榷。钟惺上言极清楚,"灵"者,指作者的"灵心",类似于公安所说的先天的性灵。他认为,"从古未有无灵心而能为诗者",诗欲达"厚"的妙境,就必先资之以灵心,所谓"厚出于灵"者谓此。当然,在钟、谭的言论中,灵有时也指灵句,如上引"非不灵也,厚之极,灵不足以言之也",可以说指的是字句的灵妙,谭元春《题简远堂诗》中所说的"灵者有痕",也可以说是指灵句,但在这种语境下使用的灵,有类于钟惺在《与谭友夏》中所说的"新奇",它与厚灵对举时所说的灵是不同的,后者指的应是"必保此灵心"的"灵心",亦即作者先天的性灵。在这个问题上,钟、谭明显是吸取了公安派的思想,他在许多地方讲到了灵心、性灵、胸臆,并且在《诗归序》中二人都多次提及"精神"、"真精神"、"性灵之言",都说明这里所说的灵是指性灵,而非一句一字之灵句。此外,像谭元春《汪子戊己诗序》所讲的"一情独往":

夫作诗者,一情独往,万象俱开,口忽然吟,手忽
然书,即手口原听我胸中之所流,手口不能测,即胸中
原听我手口之所止,胸中不可强。②

《金正希文稿序》中赞金正希能"自尊其性灵骨体":

自尊其性灵骨体,以冒乎纸墨之上,经其所往而不

---

① 参见复旦本《中国文学批评通史》之明代卷。
② 《谭友夏合集》卷九,中国文学珍本丛书本。

欲收也。①

凡此种种，所指都是与公安派相近的性灵。只不过钟、谭所讲的性灵是与古人精神相通的性灵，而非不加藻饰的俗性滥情，这是与公安的区别。

依照竟陵的意见，欲达至"厚"，先决条件是要具有灵心。其次，如钟惺所说，还要"读书养气"，从学上下工夫，诸如"好学深思"、"古学"、"平心以读书"、"从学而入"等字眼就屡屡出现在钟惺的文章里，钟惺《文天瑞诗义序》：

> 诗之为教，和平冲淡，使人有一唱三叹、深永不尽之趣。而奇奥工博之辞，或当别论焉。然秦诗《驷铁》、《小戎》数篇，典而核，曲而精，有《长杨》、《校猎》诸赋所不能赞一辞者。以是知四诗中自有此一种奇奥工博之致。学者不肯好学深思，畏难就易，概托于和平冲淡以文其短，此古学之所以废也。②

钟惺《放言小引》：

> 惟袁子平心以读书，虚怀以观理，细意定力以应世，然后发而为言，有物有则，确乎其不可夺，沛乎其不穷，斯之谓放。夫言亦岂易放哉？③

钟惺《孙昇生诗序》：

> 人之为诗，所入不同，而其所成亦异。从名入才入兴入者，心躁而气浮。……从学入者，心平而气实。④

这些引文，都不同程度地强调了"学"的重要。"学"之为义，严沧浪以来的诗论家，尤其是前后七子说得最多。但与七子不同

---

① 《谭友夏合集》卷九，中国文学珍本丛书本。
② 《隐秀轩集·文㞢集》序三，时义一，明天启沈春泽刻本。
③ 《隐秀轩集·文㞢集》序二，明天启沈春泽刻本。
④ 《隐秀轩集·文㞢集》序又二，明天启沈春泽刻本。

的是，竟陵的"学"不是指对古人格调字句的模拟，而是另有其义。由以上所论归纳，竟陵的"学"，其义有二：一是增加知识，使诗"奇奥工博"，显得厚重。钟惺于学究心于经、史、庄、骚，就是于"学"中求厚。二是通过"学"，克去心浮气躁，使作者能够心平而气实，有利于诗的神厚、气厚、味厚。在钟、谭的意识里，作家有先天的灵心，经过一定的修正，再加上知识的积累，心气的调节，有助于创作出"厚"的作品。

三、竟陵诗说：理论与实践的偏离

就钟、谭有关"厚"的阐述来说，它在竟陵诗说中虽然占有相当大的分量，对诗的朴茂温厚风格的提倡也有合理之处，但在理论的创建上却乏善可陈，除了他意识到像《铙歌》、魏武之诗具有险而厚的艺术特征外，在其他方面他们没有比前人提出更多更新的见解，至多他们是在七子和公安两者中间走了一条中间路线。而且就创作而言，钟、谭的作品诚如他们自己所说是心向往之，并没有完全达到厚的标准。清人高兆曾就钟、谭论诗与作诗的不一致说："《诗归》不必定在焚弃之列；伯敬诗集无一篇佳者（作者按：此又说得过分），而论诗颇有合处。鸟不能琴而能听琴，鱼不能歌而能听歌。"[①] 反过来说就是，钟、谭善于评诗却不善于作诗，眼高手低，这是符合他们的实际的。由于钟、谭在创作上不能很好地呼应他们的诗论，所以反过来人们诟病他们的作品，他们诗作的那种凄厉狷狂的一面反倒更被人注意，这也是他们在清代以后屡受人诟病的一个重要原因。清代中期以后，像钱谦益、朱彝尊那样对竟陵较为偏激的人少了，理智地分析竟陵诗风的人多了。从他们的言谈中，我们感觉到竟陵虽然在

---

① 高兆《与汪舟次》，周亮工《赖古堂尺牍新钞二选》卷之九，中国文学珍本丛书本。

诗论上突出地强调了"厚",但在创作上却离之甚远,造成了他们在诗论和诗创作上的两面性。像道光《天门县志》引竟陵派的追随者、苏州人徐波(元叹)的话说:

> 钟如寒蝉抱叶,元夜独吟;谭如怒鹊解条,横空盘硬。

指出其诗风的幽厉之气。虽然如前所述,钟、谭之诗并非完全如此,也不占主流,但毕竟这种成分是存在的,不止一人看到了这一点。如程正揆曾说:

> 竟陵诗,淡远又淡远,淡远以至于无,荣生画似之。每见其作,断草荒烟,孤城古渡,辄令人动作秦月汉关之想。①

又如陈衍《石遗室诗话》卷三在叙论历来诗派发展时说:

> 一派为清苍幽峭,自古诗十九首,苏、李、陶、谢、王、孟、韦、柳以下逮贾岛、姚合,宋之陈师道、陈与义、陈傅良、赵师秀、徐照、徐玑、翁卷、严羽、元之范梈、揭傒斯,明之钟惺、谭元春之伦,洗炼而熔铸之,体会渊微,出以精思健笔。

所论均说明钟、谭在诗论上强调的"厚"并未落实到诗创作上,人们在习惯上还是将之归入晚唐五代、南宋末江湖、四灵一派。这种情况不是偶然的,除了竟陵诗作在意绪上与上述作品有共同点外,在诗法上也有相通的地方。比如在钟、谭的诗中,为求新奇,多用语助等虚词,如"之"、"是"、"而"、"者"、"夫"、"兹"、"亦"、"既"、"即"、"于"、"且"、"尚"、"须"、"哉"等;在句法上则有散文化倾向,如"是为月之时"、"名称稍以腊别之"、"兹花终负梅之名"、"此际情词不可言"等。在诗中

---

① 程正揆《与减斋论叶荣木画》,周亮工《赖古堂尺牍新钞三选》卷十一,中国文学珍本丛书本。

用虚字虚词,句法散文化,本不是竟陵一派之病,杜甫、韩愈以来直至宋明理学家诗,均有这种现象(详可参见钱钟书先生《谈艺录》),但竟陵用此手法虽也有成功的,但多数不够圆通,显得生硬,缺乏诗味,与他们所倡导的诗味之"厚"有很大距离。这种情况说明,竟陵派自身有着很大的局限性。

第五节 余论:为竟陵诗说定位

自钱谦益对竟陵诗说发难以来,在整个清代以至20世纪80年代,抨击竟陵派的占了上风。其间虽也有不少人,有名者如周亮工、施闰章、袁枚等为竟陵鸣不平,但流行的看法还是对竟陵派持否定态度。1983年,吴调公先生在《文学评论》杂志发表《为竟陵一辨》一文,从各个方面为竟陵辩诬,在当时产生了很大的反响;1987年,竟陵派文学研究会编辑出版《竟陵派与晚明文学革新思潮》一书,书中收辑了三十余篇论文,也从各个角度为竟陵正名,是竟陵派研究的一个阶段性成果。今天看来,这些文章依然具有启发意义。但由于驳论的性质,这些文章突出了竟陵值得肯定的一面,对其诗说的复杂性却说得不够充分。所以今天我们仍有必要从诗史及诗学观念的发展中对竟陵诗说的利弊进行一番总结。

谭元春在论到唐诗的时候说过这样一段话:

> 诗家变化,自盛唐而妙已极,后来人又欲别寻出路,自不能无东野、长吉一派。①

这段话既是对唐人说的,其实也是竟陵派自身的写照。竟陵诗说肇端于明末,此时七子与公安的论争已近尾声,拟古、复古还是抒写性灵,无论是在创作上,还是在理论上,两派的优劣得失应

---

① 《唐诗归》卷三十一,明刻本石友斋重订《唐诗归》。

该说已经很明显地摆在竟陵钟、谭的面前，是取其一支还是综合折中，或是另立一脉，对竟陵来说是很难的选择。从地域及私人关系而言，竟陵自然与公安有着更近的联系，钟、谭与袁中道一直保持着密切的交往，以致不少人都将竟陵视作公安的变种。但在实际上，钟、谭与七子、公安在理论上却处在似与不似之间。其原因，就在于谭元春上面所说的"欲别寻出路"，在七子与公安之外，另走一条路。这是在分析竟陵诗说利弊得失时不能不考虑的一个问题。

首先，竟陵诗说在公安派消沉后的三十年中，是大江南北影响最大的一种诗说，这是见之于文字记载的。竟陵之所以能在三十年中独执文坛牛耳，与他们的主张在当时较为独特、富于个性有极大关系。约与竟陵诗说兴盛的同时，江南士人中影响最大的文社是复社，还有像陈子龙的几社，艾南英等人在江南举行社集，出版社稿，也为士子们所瞩目。这类文社或社集在当时士子中之所以影响大，起初完全是因为科举的缘故，加入了这些社集，有利于登科举业，所以一时为士子风靡所向。但社中同仁除了在应举方面能给予士子一些帮助外，在理论上他们却未见有特别的建树，其中或者研习八股文的做法，或者作前后七子的后继，未能在七子公安之后有新的理论创建。谭元春虽也曾加入复社，但显然他文学活动的主要精力是放在了羽翼钟惺、读诗选诗评诗上，钟去世后，也未见有谭积极参与社集活动的记载。所以在公安派的弊端开始显露、逐渐遭人非议之后，是竟陵派在理论上填补了这一空白。他们提倡的"幽情单绪"、"幽深孤峭"等诗说，既纠正了公安浮滑的毛病，又在末世易代之际，迎合了士大夫的心理，它能成为当时诗论之显学就是可以理解的了。另外，经过明中叶以后李贽反礼教思想的洗礼，钟、谭选编的《诗归》一书，在选目及评语上独树一帜，表现出一种不合儒家传统的倾向。比如《古诗归》中选录了不少的乐府情诗，对今人所重视的《孔雀东南飞》、蔡琰的《悲愤诗》也入选并给予高度评价。对托名卓文君的《白头吟》，指出其"说得长卿文人愧疚，不意卓文孙女胸中乃有此一片"，"有此妙中妙笔，真长卿快偶也，不奔何待！"颇有突破儒家传统礼教束缚的意思，显示出其理论个性及独具目光。这种眼光和勇气，比前此李攀龙的《古今诗删》的平庸和"门户之见，入主出奴"（《四库提要》语）更使人觉得新颖、有创意。它的流行，也有力地辅助了其诗说的影响。

其次，再说竟陵派最为人批评的"幽情单绪"和"幽深孤峭"。这需要从钟、谭的主观意图和客观效果两方面去总结。关于钟、谭的主观意图和出发点，前面我们说过，"幽情单绪"并不是不食人间烟火的纯粹个人化的幽僻意绪，其出发点是为了纠正公安派的浮滑，其核心是强调诗人情感的独特性和个人化，从钟、谭本人的诗和《诗归》中所入选的诗及评语来看，这种独特而富于个性化的情感，实际上是"伤心人独有怀抱"一类的情感，它具有个性化的特征，同时也是自古以来沿袭下来的古人的"真精神"，所以我们在上面说它既是个人的，又具有历时性的特点。另一方面，从客观效果上说，钟、谭之所以被人捉住手脚，很大程度上也是因为钟、谭以"幽情单绪"和"幽深孤峭"作号召，在用语上有矫枉过正的偏颇，很容易给人造成误解；而在钟、谭本人的诗作中，他们虽然屡次提出诗歌应具有"厚"（即朴茂温厚）的风格，但在实践中并未做得很好。他们有的作品确实具有《四库提要》中所说的"点逗一二新隽字句，以为玄妙"的情况，有些诗在语法及选词上故求新奇，比如爱用虚词虚字，有的句法显得硬拗奇崛，使人想起唐人中的杜甫、韩愈、贾浪仙，宋人中的黄山谷、刘须溪等。这种过于忽视常规的做法，也很容易使人联想到"幽深孤峭"指的就是这类生僻硬拗的东西。所有这些，都是毋庸讳言的，它也显示出竟陵诗说确实是优劣互见，充满了矛盾性和复杂性。

第三，对于竟陵派的评价，不能脱离当时的环境和他们的诗论在当时所处的位置。在上面我们说过，竟陵诗说在当时之所以能风靡大江南北，是由于公安派之后，诗坛恰好处于一个真空阶段，竟陵能将贯穿于明代的前后七子和公安两派的思想加以综合，虽然仍不乏偏颇之处，但其在一些新颖的思想和折中两家的做法，在当时毕竟使人们更容易接受，其"幽深孤峭"的提法，虽不能说是代表了先进的思想和时代的潮流，但也是易代之际文人末世心绪的一个折射。所以，无论竟陵诗说有何偏颇，它作为历史的一环，就不能完全否定。在竟陵诗说中，除了它能折中复古与性灵两派思想外，在具体的一些诗论主张上，也有值得肯定的地方。比如对民歌情歌的肯定；对诗人独创性的要求；有关真诗既要有"幽情单绪"的个人情感的体验，又要能续接古人真精神的论述；对性灵学问并重的思想等。这些理论中，有些是重复了前人的，有些则是独创的。对于属于独创的，我们应该给予准确的估价。对于竟陵诗说中最遭人非议的"幽情单绪"，我们要看到它的真正内涵，看到它的复杂性和可能带来的消极后果，区别对待。此外，竟陵诗说虽在清代以后被人攻击得很厉害，但并非没有响应者，也并非没有为他们说公道话的。钱钟书先生曾指出竟陵诗说中以禅喻诗的做法颇受后来王渔洋所喜（见《谈艺录》），清人中的周亮工、贺贻孙、袁枚、朱鹤龄等较有声名者也都为竟陵说诗讲了一些公道话（见附集评），说明竟陵虽在清代多遭诟病，毕竟在一定范围内还是有正面影响的。

第四，竟陵派在对七子与公安的综合中，一方面是以"幽情单绪"来修正公安的信口而谈，冲口而出；另一方面也有向古学靠近的倾向。他们不再像袁宏道那样绝对地采取厚今薄古的态度，而是对古典及知识抱持一份景仰，在他们的论述中，屡屡提及如何研习古人著述的问题，而对于古代典籍尤其是子史一类，钟惺还下了相当深入的功夫。这一现象在竟陵诗说中十分值得注意，它反映出了一个苗头，即在公安对七子大力抨击之后，又一次提出学古的问题。而这一倾向，与其后文社诸子的古典主义诗学理论是相吻合的。

但我们同时也注意到，竟陵派在折中七子公安两家及复古与性灵两派时都做得不够彻底，他纠正公安，主张以"幽情单绪"来避俚俗，但他在讲"幽情单绪"的时候，却又拈出一个古学来，试图以古学来救治肤浅，这就使其诗论具有了一点复古的面目。其次，他纠正七子，以为他们的学古只学得古人皮毛，所以提出学古人就要学"古人之真精神"，但一当滑入"精神"二字，给人的印象似乎重点仍在"精神"而非古学，这便又与公安难脱干系。所以说竟陵派尽管已经有了学古的念头，但仍未完全摆脱公安对他们的影响，以致他们的诗论倾向游移徘徊于二者之间，令双方都不能满意。

所以，竟陵诗说在起初的流行有其合理性，其后它受到冷遇，遭人非议，也有其必然性。从大的方面来说，清人入主中原并平定了社会之后，原本有利于竟陵诗说传播的种种条件不复存在，"幽情单绪"的个人化诗论与统一的新社会和官方的理论导向是不一致的，风光于康熙年间的王士禛曾讥讽过钟惺的《早朝》诗写得没有皇家气象，① 就表现出了这样一种情形。而从理论自身的发展来说，钟、谭折中复古与性灵两派的最终结果，是被折中双方的支持者均感不满意，以致两面受敌：谨奉古典主义诗说的文社诸子、王夫之及清初朱彝尊等人批评他们；更多地继承公安诗说的钱谦益更是攻之不遗余力。总之，由于时代变迁和士人观念的转换，再加上竟陵派本身所走的路向确有过狭过窄的

---

① 可参阅王士禛《古夫于亭杂录》卷五评钟惺《早朝诗》条，上海古籍出版社1988年版，105页。

倾向，不符合儒家温厚的诗学传统，所以为其后一段时间内许多诗人所不满。但尽管如此，竟陵诗说毕竟在诗学的探讨上给我们留下了一笔遗产，他们在诗歌艺术上所创造的"幽深孤峭"的境界，是古代诸体风格中的一种；他们对古学的倡导，尽管是朦胧的，不确切的，但与其后诗论的发展趋势是一致的。

● 附集评

《明史·袁宏道传》：

先是王、李之学盛行，袁氏兄弟独心非之。宗道在馆中，与同馆黄辉力排其说，于唐好白乐天，于宋好苏轼，名其斋曰："白苏。"至宏道，益矫以清新轻俊，学者多舍王、李而从之，目为"公安体"。然戏谑嘲笑，间杂俚语，空疏者便之。其后王李风渐息，而钟、谭之说大帜。钟、谭者，钟惺、谭友夏也。

惺，字伯敬，竟陵人。万历三十八年进士。授行人，稍迁工部主事，寻改南京礼部，进郎中。擢福建提学佥事，以父忧归，卒于家。惺貌寝，羸不胜衣，为人严冷，不喜接俗客，由此得谢人事。官南都，僦秦淮水阁读史，恒至丙夜，有所见即笔之，名曰《史怀》。晚逃于禅以卒。

自宏道矫王、李之弊，倡以清真，惺复矫其弊，变而为幽深孤峭。与同里谭元春评选唐人之诗为《唐诗归》，又评选隋以前诗为《古诗归》。钟、谭之名满天下，谓之竟陵体。然两人学不甚富，其识解多僻，大为通人所讥。

元春，字友夏，名辈后于惺，以《诗归》故，与齐名。至天启七年始举乡试第一，惺已前卒矣。

《明史》卷二八八《文苑四》，中华书局排印本。

《天门县志》卷二十二：

故隐其抑郁激切之旨，发为幽微凄苦之音。……地为之，亦时为之也。

道光元年刊本。

《四库提要》卷一九三：

大旨以纤诡幽渺为宗，点逗一二新隽字句，矜为元妙。又力排选诗惜群之说，于连篇之诗随意割裂，古来诗法于是尽亡。至于古诗字句，多随意窜改，顾炎武《日知录》曰：近日盛行《诗归》一书，尤为妄诞，魏文帝《短歌行》"长吟永叹，思我圣考"。"圣考"谓其父武帝也，改为"圣老"，评之曰："圣老字奇。"旧《唐书》载李泌对肃宗言："天后有四子，长曰太子宏，天后方图称制，乃鸩杀之，以雍王贤为太子，贤自知不免，与二弟日侍父母之侧，不敢明言。乃作《黄台瓜词》，使乐工歌之，其词曰：'种瓜黄台下，瓜熟子离离。一摘使瓜好，再摘使瓜稀。三摘犹尚可，四摘抱蔓归。'"其言四摘者，以况四子也。以为非四所能尽，改为摘绝。（案高棅《唐诗品汇》载此诗，已作摘绝，则非惺之所改，然惺因仍误本，是亦其失，故仍存炎武之说。）此皆不考古而肆臆之说，岂非小人而无忌惮者哉？朱彝尊《诗话》谓是书乃其乡人托名，今观二人所作，其门径不过如是，殆彝尊曲为之词也。

中华书局影印本。

袁中道《花雪赋引》：

友人竟陵钟伯镜（敬）意与予合，其为诗清绮邃逸，每推中郎，人多窃訾之。自伯镜（敬）之好尚出，而推中郎者愈众。湘中周伯孔意，又与伯敬及予合，伯孔与伯敬为同调，皆有绝人之才，出尘之韵，故其胸中无一酬应俗语。予三人誓相与宗中郎之长，而去其短，意诗道其张于楚乎！

《珂雪斋近集》卷三文钞，中央书店1936年版。

朱之臣《寒河诗序》：

友夏至惟远情，其为诗，清微静笃，一以传古人之深意，而生之以变。

《谭友夏合集》卷二三附录。

李雯《皇明诗选序》：

自是（指七子）而后，雅音渐远，曼声并作。本宁、元瑞之俦，既夷其樊圃；而公安、竟陵诸家，又实之以萧艾蓬蒿焉。

《皇明诗选》弁首，华东师大影印明崇祯刻本。

陆云龙《十六名家小品·钟伯敬先生小品序》：

间尝读先生所评《史记》、《史怀》、《诗归》诸书，就人不经意处偶一拈美，便予古人以心。予后学，以眼贤奸之面目，倏易草野之谣颂，皆美。作者所为，千锤百炼，剔骨刻心，句推字敲，求解人于当时而不得者，皆有以学其苦。……故其苦于锻局，若九嶷、三湘之潆回曲折，妙有天造地设之奇；苦于运笔，若湘水、巫云之飘忽飞流，极有轻扬灵活之致；苦于修词，若鸟林、梦泽之烟紫风织，曲其菁葱纹縠之观。宁简无繁，宁新无袭，宁厚无佻，宁灵无痴。工苦之后，还于自然。

陆云龙《十六名家小品》第 1 册，明崇祯六年刻本。

钱谦益《列朝诗集小传》丁集中：

伯敬少负才藻，有声公车间。擢第之后，思别出手眼，另立深幽孤峭之宗，以驱驾古人之上。而同里有谭生元春，为之应和，海内称诗者靡然从之，谓之钟谭体。……数年之后，所撰《古今诗归》盛行于世，承学之士，家置一编，奉之如尼丘之删定。而寡陋无稽，错缪叠出，稍知古学者咸能挟荚以攻其短。《诗归》出，而钟、谭之底蕴毕露，沟浍之盈于是乎涸然无余地矣。

当其创获之初，亦尝覃思苦心，寻味古人之微言奥旨，少有一知半见，掠影希光，以求绝出于时俗。久之，见日益僻，胆日益粗。举古人之高文大篇，铺陈排比者，以为繁芜熟烂，胥欲扫而刊之，而惟其僻见之是师。其所谓深幽孤峭者，如木客之清吟，如幽独君之冥语，如梦而入鼠穴，如幻而之鬼国，浸淫三十余年，风移俗易，滔滔不返。余尝论近代之诗；抉摘洗削，以凄声寒魄为致，此鬼趣也；尖新割剥，以噍音促节为能，此兵象也！鬼气幽，兵气杀，著见于文章，而国运从之……岂亦《五行志》所谓"诗妖"者乎！（以上《钟提学惺》）

谭之才力薄于钟，其学殖尤浅，谰劣弥甚，以俚率为清真，以僻涩为幽峭，作似了不了之语，以为意表之言，不知求深而弥浅；写可解不解之景,以为物外之象,不知求新而转陈。无字不哑,无句不谜,无一篇章不破碎断落。一言之内,意义违反,如隔燕吴;数行之中,词旨蒙晦,莫辨阡陌。原其初,岂无一知半解、游光掠影,居然谓文外独绝,妙处不传,不自知其识之堕于魔,而趣之沈于鬼也。已而名日盛,游日广,识下而心粗,胆张而笔放,遂欲秤量古今,牢笼宇宙。《诗归》之作,金根缪解,鲁鱼伪传,兔园老学究皆能指其疵陋,而举世传习奉为金科玉条,不亦悲乎。世之论者曰:"钟、谭一出,海内始知性灵二字。"然则钟、谭未出,海内之文人才士皆石人木偶乎?……以一言蔽其病曰:不学而已。亦以一言以蔽从之者之病曰:便于不说学而已。天丧斯文,余分闰位,竟陵之诗与西国之教、三峰之禅,旁午发作,并为孽于斯世,后有传洪范五行者,固将大书特书著其事应,岂过论哉!伯敬为余同年进士,又介友夏以交于余,皆相好也。吴中少俊,多訾謷钟谭,余深为护惜,虚心评骘,往复良久,不得已而昌言击排。吾友程孟阳之言曰:"诗之学,自何李而变,务于模拟声调,所谓以矜气作之者也;自钟、谭而晦,竞于僻涩蒙昧,所谓以昏气出之者也。"孟阳老于诗学,其言最为平允,论近代之诗者,衷之于孟阳斯可矣。(以上《谭解元元春》)

《列朝诗集小传》下册,上海古籍出版社排印本。

钱谦益《刘司空诗集序》:

万历之际,称诗者以凄清幽渺为能,于古人之铺陈始终,排比声律者,皆訾謷抹煞,以为陈言腐词。海内靡然从之,迄今三十余年。甚矣,诗学之舛也!

《牧斋初学集》卷三十一,上海古籍出版社排印本。

张岱《琅嬛轩诗集序》:

余喜文长,遂学文长诗。因中郎喜文长,而并学喜文长之中郎诗。文长、中郎以前无学也。后喜钟、谭诗,复欲学钟、谭诗,而鹿鹿无暇。伯敬、友夏,虽好之而未及学也。张毅儒,好钟、谭者也,以钟、谭手眼选明诗,遂以钟、谭手眼选予好钟、谭而不及学钟、谭之明诗。其去取故有在也。毅儒言予诗酷似文长,以其似文长姑置之,而选及余稍似钟、谭者,予乃始知自悔,举向所为似文长者悉烧之,而涤胃刮肠,非钟、谭一字不敢执笔。

《琅嬛文集》,中国文学珍本丛书本。

陈子龙

"汉体昔年称北地,楚风今日遍南州",自注:"时多作竟陵体。"

(《遇桐城方密之于湖上归复相访赠之以诗》,《陈子龙诗集》卷十三,上海古籍出版社排印本。)

张泽《谭友夏合集序》:

海内奉谭子之教也久矣。泽亦寝处其中者十有余年。

《谭友夏合集》弁首,中国文学珍本丛书本。

沈春泽《隐秀轩集序》:

后进多有学为钟先生语者,大江以南更甚。然而得其形貌,遗其神情,以寂寥言精炼,以寡约言清远,以俚浅言冲淡,以生涩言新裁,篇章字词之间,每多重复,稍下一二语,辄以号与人曰:吾诗空灵已极。余以为空则有之,灵则未也。

《隐秀轩集》弁首,明天启沈春泽刻本。

顾炎武《日知录》:

近世盛行《诗归》一书,尤为妄诞。魏文帝《短歌行》:"长吟永叹,思我圣考。""圣考",谓其父武帝也。改为"圣老",评之曰:"圣老字奇。"

《日知录》卷十八,上海古籍出版社影印本。

黄宗羲《明文授读》:

元春字友夏,湖广解元,未第,卒于旅店。李元仲称其如二十四舅及陈县野、陈巡检诸墓志、《寒溪寺留壁诗记》、与钟伯敬、金正希书,皆一片性地流出,尽洗书本积木之气,棲泊人心腑间,如吞香咽旨,虽欧、苏不能过也。

《明文授读评语汇辑》卷三十四,《黄宗羲全集》第十一册,浙江古籍出版社 1993 年版。

王夫之《明诗评选》卷六:

中郎诗以己才学白苏,非从白苏入也。李何、王李俱有从入;舍其从入,即无自位。钟、谭无自位,亦无从入,暗靠元、白、孟、贾、陈无己、黄鲁直作骨子,而显则相叛。故三变之中,钟、谭为尤劣,心之不臧,其殆婢者之窃也。中郎不夭,伯敬终不敢自矜,看破底里,只资其一嚏而已。……钟、谭全不知中郎落处,亦谓中郎为创,遂曰彼可创,我亦可创。创而为腐,为尖,为钝,亦皆创也,而竟陵成矣。

钟、谭全恃用字,即自标以为宗,即自标以为宗,则钟、谭者亦王李之重儓,而不足为中郎之长鬣审矣。无目者犹以公安竟陵相承而言,公安即以轻俊获不令之报,亦不宜如此之酷也。

关情是雅俗鸿沟,不关情者貌雅必俗。然关情亦大不易,钟、谭亦未尝不以关情自赏,乃以措大攒眉,市井附耳之情为情,则插入酸俗中为甚。情有非可关之情者,关焉而无当于关,又奚足贵哉!

《船山遗书》,上海太平洋书店本。

王夫之《久堂永日绪论・内编》:

建立门庭,已绝望风雅。然其中有本无才情,以此为安身立命之本者,如高廷礼、何大复、王元美、钟伯敬是也。有才情固自足用,而以立门庭故自桎梏者,李献吉是也。其次则谭友夏亦有牙后慧,使不与钟为徒,几可分文徵仲一席,当于其五、七言绝句验之。

门庭之外,更有数种恶诗:有似妇人者,有似衲子者,有似乡塾师者,有似游食客者。妇人、衲子,非无小慧。塾师、游客,亦侈高谈。但其识量不出针线、蔬荀、数米、量盐、帛丰、告贷之中,古今上下,哀乐了不相关;即令揣度言之,亦粤人咏雪,但言白冷而已。然此数者,亦有所自来,以为依据。似妇人者,仿《国风》而失其不淫之度;晋宋以后,柔曼移于壮夫;近则王辰玉、谭友夏中之;似衲子者,其源自东晋来。钟嵘谓陶令为"隐逸诗人之宗",亦以其量不弘而气不胜,下此者可知已。自是而贾岛固其本色;……近则钟伯敬通身陷入。

艳诗有述欢好者,有述怨情者,三百篇亦所不废。顾皆流览而达其定情,非沉迷不反,以身为妖冶之媒也。嗣是作者,如"荷叶罗裙一色裁"、"昨夜风开露井桃",皆艳极而有所止。……唯谭友夏浑作青楼淫咬,须眉尽丧;……《清商曲》起自晋宋,盖里巷淫哇,初非文人所作,犹今之《劈破玉》、《银纽丝》耳。

而竟陵唱之,文士之无行者相与教之,诬上行私,以成亡国之音,而国遂亡矣。竟陵灭裂风雅,登进淫靡之罪,诚为戎首。而生心害政,则上结兽行之宣城,以毒清流;下传卖国之贵阳,以殄宗社。凡民罔不谯,非竟陵之归而谁归邪?

《薑斋诗话》卷二,人民文学出版社排印本。

毛先舒《诗辩坻·竟陵诗解驳议序》:

楚有钟惺、谭元春,因人心属厌之余,开纤儿狙喜之议。小言足以破道,技巧足以中人,而后学者乃始眩瞀杨歧,迟回襄辙,嚣然竞起,穿凿纷纭,救汤扬沸,莫之能阕。

予悲耽溺者既不大见其丑,而攻瑕者将并没其好。

《诗辩坻》卷四,《清诗话续编本》,上海古籍出版社排印本。

陈允衡(伯玑)《复愚山先生书》:

承手示论伯敬集,言言刺骨,手隘心狠,真定评也。大略其所处在中晚之际,复为党论所挤,出为南仪曹,志节不舒,故文气多幽抑,亦如子厚之不能望退之也。党论以"十论"呼之,与邹臣虎诸公同列,皆好学孤行,不肯逐队之士,几同子厚之见累于王叔文也,此隘之之由。且与同乡李翼轩先生不合。翼轩大泌一书,睥睨弇州、南溟,然类书成句,未能解脱,伯敬直欲以单辞片语,贯革点睛,视此累累者,皆糟粕臭腐耳。此所谓先生手狠处,庄生有云,兵莫惨于志也。冷之一字,其诗其文咸主之,即从古人清警出,如东坡《留侯论》,且其意不在书,史迁赞留侯,意为魁梧,乃如妇人女子,要皆是冷处,岂以近寂寞,不使事,不换字,即为冷乎？石仓言其清而有痕，是伯敬癖于冷之病，非史迁东坡之冷也。

周亮工《赖古堂尺牍新钞二选》卷之十，中国文学珍本丛书本。

施闰章《与陈伯玑论竟陵》：

（钟）其手近嶮，其心独狠，要是着意读书人，可谓之偏枯，不得目为肤浅。其于师友骨肉存亡之间，深情苦语，令人酸鼻，未可以一"冷"字抹煞。大抵伯敬集如桔皮橄榄汤，在醉饱后洗涤肠胃最善，饥时却用不得。然伯敬之时，天下文士，酒池肉林矣，那得不独推为俊物！

冷之一言，其诗其文皆主之，即从古人清警出，其平日究心经史《庄》、《骚》，以官为隐，以书读为官，其人实不可及。

《石遗室诗话》卷六，民国四年上海广益书局石印本。

《格斋诗话》：

孙月溪先生曰："《诗归》一书，颇为谈诗者所訾，然极可医庸俗之病。"

《石遗室诗话》卷六，民国四年上海广益书局石印本。

宋荦《漫堂说诗》：

盖诗道本广大，而彼（指钟谭）故狭小之；诗道本灵通变化，而彼故拘泥而穿凿之也。

《学海类编》，丛书集成初编本。

周亮工《赖古堂尺牍新钞三选凡例》：

竟陵矫公安之纤弱，人知复古，不无首功。而后来同声附和者，极力交攻，见之染翰者不少，徒令具眼者欲呕，故概为删简，不复迟躇。至如钱湘灵，贺黄公之是正其谬，则钟、谭之功臣也。

《赖古堂尺牍新钞三选》，中国文学珍本丛书，上海杂志公司1936年版。

高兆《与汪次舟》：

《唐诗正音》、《唐诗品汇》固当置案头，然《诗归》亦不必定在焚弃之列。伯敬诗集，无一篇佳者，而论诗颇有合处。鸟不能琴而能听琴，鱼不能歌而能听歌,况贤智之士乎?

    周亮工《赖古堂尺牍新钞二选》卷之九,中国文学珍本丛书本。

刘孔和《与友人论诗》:

  《诗归》不无偏处,然予所见数十家选诗,无过此者。大率钟、谭心细,有闲工夫。

    周亮工《赖古堂尺牍新钞二选》卷十三,中国文学珍本丛书本。

雷士俊《与孙豹人》:

  大抵钟、谭论说古人,情理入骨,亦是千年仅见。而略于音调,甚失诗意。诗以言志,声即依之,钟、谭《诗归》,譬之于人,犹瘖痖也。……四家诗选,可救钟、谭之偏矣!

    周亮工《赖古堂尺牍新钞二选》卷十五,中国文学珍本丛书本。

侯方域《与陈定生论诗书》:

  诗坏于钟、谭,今十人之中亦有四、五粗知之者,不必更论。救钟、谭之失,云间也。云间有病处,则深中今日膏肓,即一时才调绝出之士,亦尚未免。盖钟、谭所为诗,虫鸟之吟,云间所为诗,裘马之气,大段固自不同,要不能无过。

    周亮工《尺牍新钞》卷八,丛书集成初编本。

冯班《钝吟杂录》:

  钟伯敬至云某诗似乐府,某乐府似诗,不知何以判之。

  王、李、李、何之论诗如贵胄弟子,倚恃门阀,傲忽自大,时时不会人情;钟、谭如屠沽家儿,时有慧黠,异乎雅流。

    《钝吟杂录》卷三正俗,影印文渊阁四库全书本。

朱彝尊《静志居诗话》:

  《礼》云:国家将亡,必有妖孽。非必曰日蚀、星变、龙鳌、鸡祸也,惟诗为然。万历中,公安矫历下、娄东之弊,倡浅率之调,以为浮响;造不根之句，以为奇突；用助语之辞，以为流转；著一字之幽务求晦，构一题必期于不通。《诗归》出而一时纸贵。吴人张泽、华淑等闻声而遥应，无不举一言为准的，入二竖于膏肓，取名一时，流毒天下，诗亡而国亦随之亡矣！

      《静志居诗话》卷十七，清嘉庆二十四年扶荔山房刻本。

  钟、谭并起，伯敬扬历仕途，湖海之声气犹未广，藉友夏应和，派乃盛行，《诗归》既出，纸贵一时。……充其意，不读一卷书，便可臻于作者，此先文恪斥其亡国之音也。桐乡钱麟翔仲远友于友夏，恒言《诗归》本非钟、谭二子评选，乃景陵诸生某假托为之。钟初见之，怒将言于学使，除其名，既而家传户习，遂不复言云。

      《明诗综》卷七十一谭元春诗总评，影印文渊阁四库全书本。

  启祯间景陵流派盛行于吴中。

      《明诗综》卷七十三陈宗之诗总评，影印文渊阁四库全书本。

贺贻孙《诗筏》：

  严羽《沧浪诗话》，大旨不出"悟"字，钟、谭《诗归》，大旨不出"厚"字，二书皆是长人慧根；然诵沧浪诗，亦有未尽悟者，阅钟、谭集，亦有未至厚者。以此推之，谈何容易？今人贬剥《诗归》，寻毛煅骨，不遗余力。以余平心而论之，诸家评诗，皆取声响，惟钟、谭所选，特标性灵。其眼光所射，能令不学诗者诵之勃然乌可已，又有令老作诗者诵之爽然自失，扫荡腐秽，其功自不可诬。但未免专任己见，强以木槵子换人眼睛，增长狂慧，流入空疏，是其疵病。然瑕瑜功过，自不相掩，何至如时论之苛也。

  自钟、谭集出，而王、李集覆瓿矣。

      《清诗话续编本》，上海古籍出版社排印本，141，197，198页。

贺裳《载酒园诗话》：

  钟氏《诗归》失不掩得，得亦不掩失。得者如五丁开蜀道，失者则钟鼓之享鹡鸰。

《载酒园诗话》卷一，上海古籍出版社排印本，270页。

朱鹤龄《寒山集序》，《愚庵小集》卷八：

《寒山集》者，愚庵叟选启、祯以来之诗，专取幽清澹远，扫尽俗辈者。……客有见而问者曰："此诸君子之诗，乃世所嗤钟、谭体，为鬼趣、为兵征、亡国之音也，夫子何取乎尔？"叟笑曰："不然，此乐所谓羽声者也。……然此非人之过也，声音之理，通乎世运，感乎性情。譬如焚轮扶摇之风，起于青苹之末，俄而调调，而刁刁，而翏翏，小和大和，万窍怒号，此孰使之然耶？诸君子生孺首之时，值焚巢之遇，则触物而含凄，怀清而激响，怨而怒，哀而伤，固其宜也。"

影印文渊阁四库全书·集部·别集类。

王士禛《古夫于亭杂录》卷五：

竟陵钟伯敬集中《早朝》诗一联云："残雪在帘如落月，轻烟半树信柔风。"阅之不觉失笑。如此措大寒乞相，乃欲周旋金华殿中，将易千门万户为茅茨土阶邪？

钟退谷《史怀》多独得之见。其评《左》氏，亦多可喜。《诗归》议论尤多造微，正嫌其细碎耳。至表章陈昂、陈治安两人诗，尤有特识。而耳食者一概吷声，可叹。

中华书局1988年版，105，120页。

叶燮《原诗》卷一：

自若辈（指七子）之论出，天下从而和之，推为诗家正宗，家弦而户习。习之既久，乃有起而掊之，矫而反之者，诚是也。然又往往溺于偏畸私说。其说胜，则出乎陈腐而入乎颇僻；不胜，则两弊，而诗道遂沦而不可救。

叶燮《原诗》卷二：

又观近代著作之家，其诗文初出，一时非不纸贵，后生小子，以耳为目,互相传诵,取为模楷;及身没之后,声问即泯,渐有起而议之者;或间能及其身后,而一世再世渐远而无闻焉;甚且诋毁丛生,是非竞起,昔日所称其人之长,即为今日所指之短,可胜叹哉!即如明三百年间,王世贞、李攀龙辈盛鸣于嘉、隆时,终不如明初之高、杨、张、徐,犹得无毁于今日人之口也。钟惺、谭元春之矫异于末季,又不如王、李之犹可及于再世之余也。是皆其力所至远近之分量也。

丁福保《清诗话》,上海古籍出版社排印本。

何焯《复董讷夫》:

新城《三昧集》乃钟、谭之唾余。

《义门读书记》卷六,中华书局排印本。

王应奎《柳南续笔》:

钟、谭《诗归》,或疑其寡陋无稽,错缪杂出,此诚有所不免,然以此洗涤尘俗,扫除熟烂,实为对症之药。犹非《鼓吹》、《才调》两书可比也。

《柳南续笔》卷二,《柳南随笔、续笔》,中华书局1983年版,167页。

袁枚《答沈大宗伯论诗书》:

大抵古之人先读书而后作诗,后之人先立门户而后作诗。唐、宋分界之说,宋、元无有,明初亦无有,成、弘后始有之。其时议礼讲学皆立门户,以为名高。七子狃于此习,遂皮傅盛唐,搤擘(扼腕)自矜,殊为寡识。然而牧斋之排之,则又已甚。何也?七子未尝无佳诗,即公安、竟陵亦然。使掩姓氏,偶举其词,未必牧斋不嘉与。又或使七子湮没无名,则牧斋必搜访而存之无疑也。惟其有意于摩垒夺帜,乃不暇平心而许,此亦门户之见。

《小仓山房文集》卷十七,清乾隆刻本。

程正揆《与减斋论叶荣木画》:

竟陵诗淡远又淡远,淡远以至二无,荣生画似之。每见其作,断草荒烟，孤城古渡，辄令人动作秦月汉关之想。

  周亮工《赖古堂尺牍新钞三选》卷十一，中国文学珍本丛书本。

陈衍：

  一派为清苍幽峭，自古诗十九首，苏、李、陶、谢、王、孟、韦、柳以下逮贾岛、姚合，宋之陈师道、陈与义、陈傅良、赵师秀、徐照、徐玑、翁卷、严羽、元之范梈、揭傒斯，明之钟惺、谭元春之伦，洗炼而熔铸之，体会渊微，出以精思健笔。……

  《石遗室诗话》卷三，民国四年上海广益书局石印本。

  竟陵诗派，冷僻则有之，斥之不留余地者，钱牧斋之言也。竹垞和之，至以为亡国之音。今观《隐秀轩集》中，如《上巳雨登雨花台》云：……亦不过中晚唐之诗而已，何至大惊小怪如诸君所云云者？冯伯宗曰："伯敬柬友夏曰：曹能始觉近日诗文有浅俗之病，亦是名成后不交胜己之友，不闻逆耳之言所致。"……《竟陵诗话》云：虞山集中有粗俗语，至于不可耐不可医者，凡百余条。复看钟、谭诗，洗刷殆尽，解衣浴此无垢人，非虞山身蒙不洁者可比。

  《石遗室诗话》卷六，民国四年上海广益书局石印本。

第二章　晚明社事与文社诸子的兴复古学

第一节　文社的缘起与运作

一、由诗社到文社

古代社事，渊源有自。比其初，固然乃文人诗酒自娱，既切磋诗艺，又互通声气的同人组织。是故竹林、西湖、月泉、白莲，传为诗坛佳话。至宋明以后，社事除了文人之间相互切磋诗艺，互通声气以外，还有应付科考的实用目的。宋代科考，以诗赋经义策论为主，故诗社繁盛，以其有助于士子诗艺的增进。至明，除传统的诗社外，文社于明天启以后，也如云蒸霞蔚，成一时之盛，究其缘由，也与明代举业以八股经义为主有关。早在弘治十五年（1502），已有文社活动的记载，时李东阳主文柄，康海中进士后入翰林院，"独不之仿"，与李梦阳、王九思等"为文社，讨论文艺，诵说先王"①。从文中看，李、王与康海等人的文社尚只是一种同人性质，与举业无关，因他们已经取得了功名。万历癸未年（1583），诸生为举业而结社见诸文献，袁中道

---

① 王九思《渼陂集·渼陂续集》卷中《康公神道碑》，影印文渊阁四库全书本。

《袁中郎先生行状》记载此年袁宏道在公安城南结文社,与诸社友习举业;钟惺在《明茂才私谥文穆魏长公太易墓志铭》中也记载过万历丁酉年(1597)楚人结社的情形:"越数岁,丁酉,余为诸生倦矣,而君尚自如。然其文畜日富,力日厚,法日益老。……而楚督学熊公亦自知君,乃僻茂才移置郡学,久之,与其邑王、谢、谭为黄玉社,苦为诸生业,兼称诗,倾其邑中。"①记载的是湖广魏象先早年与同里王、谢诸人结社应制的情形,说明在万历中以前即有文人结社以应制举之需。此后,以应制为目的的文社在江南更成燎原之势。

　　明代社事,盛于东南,除了一般的应试举业的需要外,还因为吴山越水经济发达,文化昌盛,尤其是明代以来,江浙一带成为国家库府,首富之地,其间名士辈出、文人云集,普通士子读书应制也成为风气,民间有"布衣韦带之士,皆能摛章染墨"之说。② 以至于一直以来,人们谈起东南人士,直以文人雅士目之,而至于其他方面的能力则不以为优。入《贰臣传》的冯铨曾说:"人有优于文,而无能无守者;有短于文,而有能有守者。南人优于文,而行不符;北人短于文,而行或善。"(《清史稿·贰臣传》本传引)冯铨以其贰臣的身份和品行,固然没有资格对他人说长道短,但无疑也代表了时人一般的看法。对南人的这一说法,甚至一直延续到清末,魏源曾在《海国图志·筹海篇》中说:"选精兵于杭、嘉、苏、和,是求鱼于山,求鹿于原。"这样的评价,虽不一定精确,但也从一个方面说明南人善文的特点。南人善文,又有文人雅集的传统,再加上江南富庶的生活,贵游子弟诗酒自娱,便为社集的兴盛奠定了基础。

---

① 《隐秀轩集·文藏集》墓志铭一,明天启沈春泽刻本。
② 参见胡朴安编《中华全国风俗志》上编《江苏·苏州》,中州古籍出版社1990年影印,1936年大达图书供应社本。

明人的社事，是诗社作俑于前，文社继武于后。正德以前，诗社雅集便于文献有征。嘉靖万历以后，清溪白下，更成士林美谈，钱谦益《列朝诗集小传》于此颇有记载。兹录两段，以见一时之盛：

> （陈芹）弱冠举于乡，六上南宫不第，与盛仲交诸人结青溪社，读书郊野间，逾二十年。……自是恍然省悟，专精内典，作和寒山子诗，卜筑新林别业，近新林浦谢玄晖题诗处，又于桃叶淮清之间，起邀笛阁，招延一时胜流，结清溪社，每月为集，遇景命题，即席分韵，金陵文酒觞咏之席，于斯为盛。相延五十年，流风未艾。承平盛事，至今人艳称之。①

> 嘉靖中年，朱子价、何元郎为寓公，金在衡、盛仲交为地主，皇甫子循、黄淳父之流为旅人，相与授简分题，征歌选胜。秦淮一曲，烟水竞其风华；桃叶诸姬，梅柳滋其艳翠。此金陵之初盛也。万历初年，陈宁乡芹，解组石城，卜居笛步，置驿邀宾，复修青溪之社。于是在衡、仲交，以旧老而莅盟；幼子、百谷，以胜流而至止。厥后轩车纷逮，唱和频烦。虽词章未娴大雅，而盘游无已太康。此金陵之再盛也。其后二十余年，闽人曹学佺能始迴翔棘寺，游宴冶城，宾朋过从，名胜延眺；缙绅则臧晋叔、陈德远为眉目，布衣则吴非熊、吴允兆、柳陈父、盛太古为领袖。台城怀古，爰为凭吊之篇；新亭送客，亦有伤离之作。笔墨横飞，篇帙腾涌，此金陵之极盛也。②

> 万历甲辰（1604）中秋，开大社于金陵，胥会海

---

① 《列朝诗集小传》丁集上陈宁乡芹条，上海古籍出版社排印本。
② 《列朝诗集小传》丁集上附《金陵社集诸诗人》条，上海古籍出版社排印本。

> 内名士，张幼于辈分赋授简百二十人，秦淮伎女马湘兰以下四十余人，咸相为缉文墨、理弦歌，修容拂拭，以须宴集，若举子之望走锁院焉。承平盛事，白下人至今艳称之。①

这些记载，反映了嘉靖至万历中金陵一带的诗社活动的情况。文人雅士诗酒觞咏、弦歌不辍，使东南佳丽之地多了几分姿彩。

天启中以后，明代社事进入一个转变期。此前的社集以诗社为主，社集中人以诗酒自娱，切磋诗艺，又互通声气，是一个类似于诗林同好的组织，其以文会友，非常清雅，可说是文人士大夫的赏心乐事。而到了天启中叶前后，开始出现了以应考为目的的八股文社，稍后这些文社通过多个文社的合并以及吸收新的会员，队伍逐步壮大。在明清易代之前，他们主要的活动是为应制服务，有个别大的文社如复社则参与过东林党争或其他社会政治事务，其他文社或复社的一般成员则主要以读书，揣摩经义，练习应制文字为日常功课。易代之际及以后，不少文社的活动渐渐逸出文事，像复社、几社、惊隐诗社的成员，有不少人参与抗清活动，使这些文社成为亦文亦政的社会团体，构成晚明社会的一大奇观。

有关晚明党社活动的情况，谢国桢先生的《明清党社运动考》一书言之颇详，可参阅。我们这里所关心的是这类文社参与社会政治活动以外的纯文学活动，它们的起源与发展、组织与结构、人员的构成、运作的程序，以及这类社事组织对文学及文学观念所起的作用。

现在人们一般都以1624年成立的应社作为明代文社起始的标志，但它的起源则可追溯到16世纪末叶的拂水山房社，而且它最初的活动也是以振兴古诗为目的，常拟古乐府，是一个诗

---

① 《列朝诗集小传》丁集上齐王孙承㸅条。

社。拂水山房社的创建者是常熟的知名学者瞿纯仁,他于万历十二年(1584)在其书斋拂水山房——其后它又成为钱谦益的书斋——成立了这样一个以揣摩古学为目的的诗社,在其周围聚集了一批对拟古饶有兴致的学者,拂水山房里洋溢着一派复古的气氛。此时,虽然唐宋文派的主张在社会上已有一定范围的传播,具有王学及泰州学派背景的李贽、公安三袁的势力正如日中天,前后七子及其追随者所倡导的拟古学说正面临着土崩瓦解的命运。但在东南一带的文人圈中,兴复古学的正统思想仍然根深蒂固。光宗泰昌元年(1620),金坛诗人周钟创立了匡社,其名称即寓含了匡正时俗的意思,即对当时饶有市场的公安竟陵学风予以匡正;同年成立的南社,也抱有同样的目的。四年后成立的应社,就是在这样一个大背景下由北应社、匡社、南应社、拂水山房社以及安徽的南社合并而成的。① 他们的主张尽管各不相同,有的提倡唐宋及明初刘基的古文,有的主张以古文为时文,有的欲以经史为古文,但在反对李贽狂禅学风以及公安独抒性灵、不尚学问的方面却是一致的。从基本倾向上看,他们实际上仍是一群保守的古典主义者。其活动的主要领域,也由传统的诗歌,转向古文;此外,其性质也不完全是一个诗林同好的结盟,而是有着应考目的的结盟,它"分主《五经》文字之选"②,即是为应试诸生提供一个好的样板。关于应社的称名,有些不同的说法,张溥在《广应社序》中称"应之为名,有龙德焉"③。其意大概是取《易》"潜龙勿用"及"飞龙在天"之句,一来标明应社的性质乃与应付科考有关,二来以"应"字暗含的"潜龙勿用"

---

① 可参看陆世仪《复社纪略》、朱倓《明季南应社考》、谢国桢《明清之际党社运动考》诸书中的有关记载。
② 朱彝尊《静志居诗话》卷二十一孙淳条,清嘉庆扶荔山房刻本。
③ 谢国桢《明清之际党社运动考》,民国丛书本,152页。

和"飞龙在天"二义,勉社中士子要顺应自然。因此,以1624年成立的应社为标志,明代的社事开始以八股制义为其主要活动内容,社集也以文社为主导,此时诗社虽然仍继续活动,而且文社有时也有授简分题,征歌选胜的内容,但已不占主导地位。占主导地位的是揣摩经义,应付科考的社集活动。杜登春《社事始末》中的一段文字,记录了几社成立的情形,对于我们了解文社与科考的关系很有帮助:

> 周(立勋)徐(孚远)古今业固吾松首推,又利于小试,试辄高等,特不甚留心声气。先君与彝仲谋曰:"我两人老困公车,不得一二,时髦新采,共为薰陶,恐举业无动人处,遂敦请文会,并与讲明声应气求大法,旨情谊感,孚比亲兄弟。……"①

这段文字记录了几社酝酿成立时杜登春的父亲与夏彝仲的一节对话,表明几社之立,首要目的就是为了科考,几社成立后也基本上是围绕着课艺运作,它与房师论定帖括,书贾编印社稿一样,都是围绕着科考的指挥棒转。至于播迁以后,几社中人如陈子龙、夏允彝等投身抗清,又当别论了。文社与科考的关系,还见于下面一段文字:

> 今甲以科目取人,而制义始重,士既重于其事,咸思厚自濯磨,以副功令。因共尊师取友,互相砥砺,多者数十人,少者数人,谓之文社。即此以文会友,以友辅仁之遗则也。②

也说明天启末年文社的开始勃兴与科考制义有绝大的关系。

虽然文社于天启末年开始在社集中占主导位置,但文社的萌

---

① 杜登春《社事始末》,世楷堂本昭代丛书·戊集。
② 陆世仪《复社纪略》卷一,中国内乱外祸丛书第十册,1936年神州国光社出版。

芽却早于此。朱彝尊曾说文社之始，始于天启甲子成立的应社，但实际上始于应社成立之前。前面我们说过，在万历丁酉，湖广已有魏象先等人的黄玉社。约在万历末天启前后，江西、浙江等地也有文社社集的萌芽，在陈际泰《太乙山房集》及艾南英的《天佣子集》中，记载的有江西的豫章大社等社事活动，其活动时间较早，也较长。另外像浙江小筑社，及其后与之合并的杭州读书社，安徽的匡社、南社等也早于应社。应社成立前后各地成立的一些文社，情况与应社不尽相同。这些社集中有的是诗文并举，不一定侧重于文，而且在应付科考的方面也还没有达到专心致志的程度，所以与应社还是有一定的区别。① 唯应社重在六经，主《五经》文字之选，为应试服务，所以应社的活动，在社会上起了很好的示范效应，大江南北一时间各类文社云起，尤其是启祯间各自为政的众多文社合并为复社后，社中人在历年科考中独占鳌头，中试者人多。而且复社领袖对奖掖弟子不遗余力，每岁、科两试，均通过转荐、独荐、公荐、私荐等名目使社中士子得荐而中，从而吸引了更多的士子要求入社，其中复社成员遍布大江南北的浙、苏、皖、豫、闽、鄂、陕、鲁、黔、晋、粤等十余个省份，有成员两千余人。东南一带社事的兴盛，对其他地方士子的影响非常之大，据艾南英说，江西一带地僻，讼常数岁不解，民多以侈贽郎衣金紫为荣，后因江南名士影响，"始

---

① 从《偶社序》来看，"盱中之士毕集羊城，其中尤妙之材，是为同人。临场有作，作辄佳汇而刻之，题曰'偶社'，明非有所主也。"（见谢国桢《明清之际党社运动考》第155页）说明偶社是同人社集，没有统一的主张，偶者，大约是指社集多为偶尔为之，遇有佳作，则汇而刻之。另艾南英《天佣子集》卷三亦有《偶社序》，作于戊辰年（1628），从文中看，所说似不是一件事，待考。另像顺治年间的望社，据李元庚《望社姓氏考》，社中诸人构成复杂，既有理学家，又有经学家，有以诗名者，也有以文名者。由于望社成立于播迁以后，同人中朝夕讽咏，唯以砥节励志，抒写愤懑为务，故该社的活动唯有纵情诗酒方面是一致的，其他方面如应试之类就不为社中所务。

慕交游,谒名社,如江南名士"①。这种情形,不仅使复社得以壮大,其他地方的社事也渐趋繁荣,据谢国桢《明清之际党社运动考》中所列,启祯以后,各地其他社集也如雨后春笋,多至数十个。

启祯间入社的社员,除了一般士子外,当时或其后颇有名望的大家也都与社集有关,像地处东南的顾炎武曾先后为复社、惊隐诗社中人,黄宗羲曾参与过杭州读书社的活动,侯朝宗入过复社,也参加过吴应箕领衔的国门广业社,钱谦益入过复社,方以智先后参与过复社、中江社的活动,就连当时属边缘人物的谭元春也曾列名于复社,地处湘南的王夫之,青年时期还与好友管嗣裘等在湖南成立了匡社。可以毫不夸张地说,17世纪前半期的中国文人圈中,不染指于社事的人是很少的,社集的影响力在这个时期达到了中国历史的最高峰,其对社会和文人的影响是宋元以来的诗社所无法比拟的。

二、组织与运作

明末的文社,在组织形式上并无定规,有的较为松散,只是一种同人性质的组织,只要有人召集,有人响应,起一个名称就可以了,像浙东的读书社、读史社、讲经会,吴中的偶社等,社集无定期,也无严格的组织程序。黄宗羲《郑玄子先生述》一文记述了杭州读书社的情形,从文中看,社中同仁只是"以文章风节相期许",社集并不像有的诗社文社那样每月为集,遇景命题,即席分韵,有相对固定的运作程序。只是碰到一定的机会,大家顺便以文会友而已。黄文中记述了读书社的一次聚会:

> 癸酉秋冬,余至杭,沈昆铜、沈眉生至自江上,皆寓湖头,社中诸子,皆来相就。每日薄暮,共集湖舫,

---

① 《罗予合制艺序》,《天傭子集》卷三,清康熙刻本。

随所自得，步入深林，久而不返，则相与大叫寻求，以
　　为喧噪。月下泛小舟，偶坚一义，论一事，各持意见不
　　相下，哄声沸水，荡舟霑服，则又哄然而笑。①

在其他的文献中，类似的记载还有很多，像黄宗羲《陈定生先生墓志铭》中记载的国门广业社集，李元庚《望社姓氏考》中记载的望社社集，钱谦益《列朝诗集小传》中记载的万历甲辰年（1604）白下社集、曹能始石仓园社集等，都属于一种随意性较强，组合自由的社集活动。此外，艾南英《天傭子集》卷二《随社序》中记载的随社，乃麻城人王岯由黄州至临川沿途所作，名曰"随社"，亦可见其随意性。在笔者所接触的史料中，这类较为松散的同人性质的文社应该多于组织严密、会期固定的文社，它表明多数的文社更多展现的是诗酒相侑的文人雅兴而已，并不一定有明确的目的和严格的组织形式。

　　在明代的文社中，也有一些规模较大、名声较响的组织，具有较为严格的组织结构和运作程序。表现在，它们均有某些人物充当文社的首领，各成员之间的工作有所分工，集会较有规律，社员之间的联系有较稳定的渠道，定期或不定期编辑社稿等。这类文社不一定同时具备上面所说的条件，但应同时具备其中的大部分条件。这些文社包括应社、复社、几社等几个活跃于启祯时期的著名文社。

　　先说社事首领。任何一个社集，都免不了有首领，无论是有严格组织的还是较为松散的，其区别在于松散的社集首领多是临时性的活动召集人，而组织严密的社集则相对固定。如应社在成立之初便推周钟为主盟：

　　　　共推金沙（周钟，字介生）主盟，介生乃益扩而
　　　广之，上江之徽、宁、池、太，及淮阳、庐、凤，与越

---

① 《黄宗羲全集》第十册传状类，浙江古籍出版社1993年版。

之宁、绍、金、衢诸名士，咸以文邮致焉，因名其社为应社。①

其后相当长一段时间——直至应社被并入复社——周钟事实上都主持着南应社的事务，虽然也有材料显示除周外，张溥也主持过社务，而实际上张其后因获隽入都，在京成立江北应社，江南应社事务仍由周钟主持。除应社外，张溥是复社名副其实的社中领袖，在其下的各个区域还有社长，组织更严密，至于复社有所谓四配、十哲、十常侍、五狗等称呼，虽说滑稽，但也表明复社的组织是相当完备，已超出了一般意义上的文人社团。社中领袖的称呼五花八门，除盟主、社长、宗长外，还有教主、祭酒、神行太保等，迹近神秘教派组织，失却文人风雅。

除有相对固定的领袖外，组织完备的文社在运作程序和分工上也较为明确。一般文社的活动，主要包括文会和社稿选刻两个内容。文会的召集，固定而有序的如几社有三六九之会：

> 几社六子，自三六九会艺，诗酒倡酬之外，一切境外交游，澹若忘者。②

而地点也相对固定，一般设在六子之一的彭宾祖居披云门外的"春藻堂"，有时也在松江富人盛邻汝家的"全盛园"中举行。除几社外，成立于顺治七年（1650）的惊隐诗社的会期也很有规律，全社的正式集会一年中一般有两次，一次是农历五月初五，兼祀屈原，一次是农历九月初九，兼祭陶渊明。从文献看，不少材料都提到春社，春社的习俗自然是缘自周代，但明清两代社事中的春社，显然是一种有规律的集会，像有些一年举行两次

---

① 陆世仪《复社纪略》卷一，中国内乱外祸历史丛书第十册，1936年上海神州国光社出版。

② 杜登春《社事始末》，世楷堂本昭代丛书·戌集。

社集的文社，春社与秋社就是两次固定的社集。一般而言，社集除会艺外另有专题名目（如惊隐诗社的祭屈子和陶渊明）的不多，大多是以文会友，练习制义，由召集人或有声望的人主会，提出一个题目，参加者各骋其才，交卷后还会当场评出优劣。有些规模较大的文社，尽管组织完备，但召集一次全体大会不易，所以在运作时也比较灵活。像复社的三次大会，其中尹山大会似乎是缘于吴江令熊开元的一次接待张溥的机会，起初与会的只不过有吴江大户吴氏及沈氏诸弟子，后来声名远播，才使得远近名彦毕至；而金陵大会也不过是趁着当年乡试的机会而召集的；唯有虎丘大会，距金陵大会有近三年的时间，是经过一番准备而按计划进行的。此外，像复社这样涵盖大半个中国的超级文社，不可能全部集会都由总社安排统一活动，事实上大部分的社集是由各个分社的社长组织的。

在社集和社务的运作程序上，大的文社，除社长、主盟外，有的还设有联络员，像复社的孙淳（孟朴），几种文献都提到他从中张罗的情况，并得到神行太保的外号，说明他多靠两条腿从中联络。而距离较远的，靠腿显然不行，就只能靠书信约定，故孙淳还兼司邮置。复社以外的如顺治十年十郡大社的春日大会，便是靠"飞笺订客"的形式完成的。至于社稿的征集，一是参加社集的社员即时交稿，需要选刻的，会后由专人评选，不选刻社稿的，就当即评出优劣，像崇祯初年扬州郑氏影园的一次集会，题目是咏黄牡丹，与会者有百人，番禺黎遂球第一，时号黄牡丹状元。① 而远在外地的，则多通过邮寄的方式，崇祯二年复社第一次大会（尹山大会）吸引了各地士子，有些不分昼夜，

---

① 朱彝尊《静志居诗话》卷二十一，清嘉庆扶荔山房刻本；此事也见载于屈大均《广东新语》卷十三。

"轮蹄日至",而有些或听到消息较迟,或距离太远,直至第二年才邮寄来文稿,"比年而后,秦、晋、闽、广,多有以文邮致者"①。从中可以看出,社集无论大小,集会无论是正式的,还是随意的,都有较为有效的运作方式,这也表明古代社事经过千余年发展后,到明末清初已进入到成熟的时期。

一些成熟稳定的文社,在分工上也较为明确。像复社所谓四配十哲等称呼,实际上也代表了他们之间不同的分工:

> 复社声气遍天下,俱以两张为宗。四方称谓不敢以字,天如曰西张,居近西也;于受先曰南张,居近南也。及门弟子则曰南张先生、西张先生;后则曰两张夫子。溥亦以阙里自拟。于是好事者指社长赵自新、王家颖、张谊、蔡申为四配;门人吕云浮、周肇、吴伟业、孙以敬、金达盛、许焕、周群、许司杰、穆云桂、胡周鼐为十哲;溥之昆弟10人张濬、张源、张王治、张撙、张涟、张泳、张哲先、张潍、张涛、张应京为十常侍。又有依托门下,效奔走展财币者,若黄、若曹、若陈、若赵、若陶,则名五狗。②

这些称呼,说明陆世仪对复社成员结党招摇的现象颇有微词,但间中也反映出复社的组织结构和不同的分工。其中四配实际上就是分任四个区域的社长,分责当地的社务;而门人周肇等十哲、张溥之叔伯兄弟等十常侍,因其与张溥的私人关系较近,也属社中核心人物,我们虽不知其具体所为,但其行为为社中人注目,当也在张溥周围做一些具体的工作;至于号曰"五狗"者五人,

---

① 陆世仪《复社纪略》卷一,中国内乱外祸丛书第十册,1936年上海神州国光社出版。

② 陆世仪《复社纪略》卷二,中国内乱外祸丛书第十册,1936年上海神州国光社出版。

名不雅听，但从"效奔走、展财币"数语来看，他们的社务也许与社集的经费财务有关。此外像上面所说复社的孙淳，既奔走以负联络之责，又兼邮置之务，每当二张出行，还要张罗食宿，其职务很像现今的秘书或通讯员。

三、文社的选文

除了这些一般的社务外，一个相对稳定成熟的文社还要负责征集、选刻社员的文稿，这方面也需要严密的分工，如复社《国表》初刻，计收录社中七百余人，文二千五百余篇，操作程序是先由社长分区域邀约，"裒集十五国之文"，然后由专人诠次编排。而选文一般也由专人负责，像徐孚远（闇公）曾先后主持复社与几社的选政：

> （西铭）因议以选政归闇公，于是秉文一选，为天下第一部书。吴下选手亦虚无人，唯艾千子有艾选，溧阳陈百史名夏有五十大家之刻，它房行社稿试牒，统于秉文，莫敢与之争衡者。闇公先生之教，至是大昌，皆娄东为之主持而推毂之也。①
>
> 甲戌乙亥，陈、夏下第，专事出文辞，文会各自为伍，汇于闇公先生案前，听其月旦，至丙子刻二集，戊寅刻三集，己卯刻四集，人材辈出。……至庚辰、辛巳间，刻五集，犹是闇公先生主之。②

这些资料表明像复社、几社这样规模较大，组织健全的文社，在社稿的征集和选务方面都有完善的机制。此外，周钟与张采也曾先后主持过复社的选务。

在应社创始之初，几个主要的发起人都要从事具体的选务，

---

① 杜登春《社事始末》，世楷堂本昭代丛书·戊集，下同。
② 杜登春《社事始末》。

分任《五经》之选：

> 先生（杨廷枢）倡应社于吴中，评骘《五经》文字，张溥天如、朱隗云子主《易》，杨彝子常、顾梦麟麟士主《诗》，周铨简臣、周钟介生主《春秋》，张采受先、王启荣惠常主《礼记》，而先生与嘉善钱栴彦林主《书》。①

只是后来随着社集的扩大，社务的繁重，所以分工才渐趋细密，选务也由专长之才专责。像周钟、徐孚远，就是这样的专才，他们选刻的社稿广有声誉，其他房师能匹敌者仅豫章艾千子一人而已，复社的《国表》初刻、几社的《几社壬申文选》，都在当时士子中产生极大影响，以至于有初刻、二刻……几社一直延续了七刻。甚至后来几社分为求社与景风两社，选政亦邀徐孚远主之，由此来说，将徐孚远称为当时的金牌选家也不为过。

以应社、复社、几社为代表的文社，在组织结构和社集运作上达到了一个很高的层次，它们有主盟、社长一类的社团首领，有邮置、"铺司"一类的联络员，有操选政的文章家，有奔走前后"展财币"的经营者，有定期或不定期的集会、社刻，有固定或不固定的会所等，使得天启以后的各类文社能保持相当频繁的活动。就各类文社所从事的活动来看，有以应制为主的文社如应社、复社、几社；也有像复社这样既以应制为主，但也参与了一定社会党派活动的文社②；有以揣摩经义为主的文社，也有无

---

① 朱彝尊《静志居诗话》卷二十一，清嘉庆扶荔山房刻本。
② 如复社名流吴应箕、侯朝宗等人参与《留都防乱公揭》，排击魏党；天启七年，张溥、张采率士子驱逐借居苏州的阉党顾秉谦，并由此声名大振；"开读之变"失败后，张又有《五人墓碑记》记录此事，文章声情激越，不可多得，此均为复社成员参与政务的表征。

任何实用目的,只是以诗酒相娱、吟诗赋词、切磋诗艺的文人同好①;值得注意的是,还有一类是以学问家为主的文社。比如望社,以经学家为主,阎修龄、阎若璩为其中成员,魏禧、傅山等知名学者亦与之时有来往,社里以《三礼注疏》之学为尚,兼及《诗》、《书》,造就出清代考古学派;惊隐诗社(又名逃社、逃之盟,有暂逃再举的意思)也汇聚了一批经学家和其他学科的学者,像顾炎武、方密之、朱鹤龄、归庄等;十郡大社则有朱彝尊、毛奇龄、尤侗等人;另外像古欢社,由江南著名藏书家黄虞稷、江浦、丁雄飞等组成,专以版本考据为乐;这些不同面目的文社,以学术为主,对清代朴学的崛起,起了重要作用。

明清两代的社事,经历了中国历史上社集最辉煌的时期,就是在清顺治九年(1652)开始颁令禁止社盟,社事陷于低潮的时期,大江南北也时有社集的痕迹,如慎交社到康熙十年(1710)还有社集之举②。仅就文社而言,如从天启四年(1624)应社成立算起,至顺治九年礼部题奏不许生员立盟结社为止,文社在明清易代之际生龙活虎,红火了近三十年的时间。

第二节 文社的文学活动

一、文社的制艺

文社的文学活动大致包括两个方面,一是制艺(或说制义、八股文、四书文等),二是通过社集进行的诗文创作。

---

① 事实上,即便是以应制为主的文社,他们除了日常揣摩经义,练习四书文外,对各体诗文也时有练习,像《几社文选》,入选的各类文体均有,说明编刻社稿与当时坊间所刻的以四书文为主的制艺文集还是有区别的。

② 参见谢国桢《明清之际党社运动考》第197页,民国丛书本。

制艺是文社日常功课的一个重要内容,"五四"以来,由于人们对八股制艺的厌恶,忽视对它的研究,其实八股作为一种文体,去掉它的封建糟粕,从文法、语言、体式的角度,还是有不少值得吸取的东西。在明末的文社中,选刻四书文的途径大约有两条,一是芟订、选刻某年会试乡试的文稿,以便社员揣摩,这类房稿如选编得好,易于流行,如崇祯元年张溥选刻的《表经》就大获成功,在社会上产生极大影响;二是由社中主持选政的人选刻社中成员的四书文稿,供社中同仁揣摩,也可经由书坊发卖,给社外士子揣摩,这样,还可以解决一些经济问题。后来由于社中有些主选政的选家所选的文稿影响渐大,甚至超过当时有名的个人选家,由于经济或文派家法的原因还导致了一些纷争。① 八股文的刻本在当时是畅销书,书贾往往与选家和文社携手,双方利益均沾。反映到称呼上,当时有所谓书贾、书局、社刻、坊刻、房师、房刻等,都说明了在社会上、在文社中,八股制艺的热门。八股文稿在文学上的价值当然不能说很大,但也不能说一无所用。事实上,明末八股文家的范文对清人也有很大影响,乾隆年间方苞奉敕选编的《钦定四书文》,其中收入包括明末陈际泰、金声、罗文藻、艾南英等人在内的八股文,不仅在当时起到范文的作用,而且被收入《四库》,对后世影响更为深远。艾南英曾对明代八股制义在文学上的地位寄予厚望,他说:

> 然弟以为制艺一途,挟六经以令文章,其或继周,必由斯道,今有公评,后有定案。吾辈未尝轻恕古人,后来亦必苛求吾辈,使有持衡者,衡我有明一代举业,

---

① 有名的选家靠选刻四书文能取得不小的经济利益,王应奎《柳南续笔》卷二说:"本朝时文选家惟天盖楼(吕留良)本子风行海内,远而且久。尝以发卖坊间,其价一兑至四千两,可云不胫而走。"艾南英之诋张溥,未知是否也有这层原因:"岁戊辰,诸公房选出,若马君常、宋羽皇、……荆石兄辈,各有选本,千子皆无讥焉,独取天如所选《表经》诋毁之。"(陆世仪《复社纪略》卷一)

当必如汉之赋、唐之诗、宋之文，为功为罪，升降递变，为盛为衰，断断不移者。①

八股文作为一种特殊的文体，实事求是地说，它在文体学上应该有一定的位置。说它可与汉之赋、唐之诗、宋之文相比，在今天看来，我们会觉得滑稽。但在当时的历史条件下，从作为选家和八股制艺专家的艾南英来说，又是可以理解的。明人的八股文除对清代诸生制艺有影响外，袁枚还指出八股作法对戏曲之影响②，桐城派创始人方苞乃至其后刘、姚二人，无论作文抑或论文，其有物与有序、义法与雅洁，与八股家法也不能说一点关系也没有。此外，围绕八股作法，选家和文社都有一些有关八股制艺的理论，作为文论的一部分，它既可以使我们了解这部分文论家的思想，也可以从旁印证一些当时的文学现象。

二、文社的诗文创作

文社通过社集而进行的文学活动，对于促进同人间的文学创作、文学书籍的刊刻和传播也起到了一些好的作用。一般而言，任何一种社集，无论它有没有某种实用目的，其初都是为了以文会友，切磋诗（文）艺，这就使得各类文社诗社无论有没有一定的政治社团的背景，它们首先是一个文学社团，所从事的也首先是文学的活动。其次，无论它后来是否演变为一种社会团体，社集首先也是一种同仁的组织。杜登春认为社事之起源，取诸古人治田之通力合作，守望相助；取自香山九老之不论贵贱、不拘等夷，同事于笔墨讨论之间。这话说得虽然远了些，但基本情形是不错的。明天启以前的诗社文社，与唐宋元诗社一样，大多都

---

① 《答杨淡云书》，周亮工《尺牍新钞》一集卷之三，丛书集成初编本。
② 见其《小仓山房尺牍》卷三《答戴敬咸进士论时文》，钱钟书先生《谈艺录》对之也颇多说明，可参看。

是一种同人性质的组织，通过定期或不定期的社集，交流切磋，间或刻印社集，以互通声气。其情形略如杜登春所述："盖社之始，始于一乡，继而一国，继而暨于天下。各立一名，以自标榜，或数千人，或数百人，或课材艺于一堂，或征诗文于千里。齐年者砥节励行，后起者观型取法。一卷之书，家弦户诵；一师之学，灯续薪传。"① 这类同人性质的社集，通过集会，增进了社中成员的技艺，也对诗文的普及有所促进。据陆世仪《复社纪略》、杜登春《社事始末》、朱彝尊《静志居诗话》、钱谦益《列朝诗集小传》等多种文献的记载，在启祯时期，大小文社，每逢社集，远近士子昼夜兼程，车船舟楫，纷纭而至，成一时之盛，其中尤以复社三次大会著称。就是地处偏远的诸生也通过邮路邮寄作品，争先恐后，其情景引人遐想。播迁以后，社会政治发生很大变化，士子也暂时断了科举的路子，于是吟诗唱和，抒发亡国之痛也成为甲申以后文社的活动内容之一，屈大均说：

> 自申、酉变乱以来，士多哀怨，有郁难宣，既皆以蜇遁为怀，不复从事于举业，于是祖述风骚，流连八代，有所感触，一一见诸诗歌。故予尝与同里诸子为西园诗社，以追先达。②

杨凤苞《书南山草堂遗集后》一文也记录过播迁后惊隐诗社聚会的情形：

> 岁于五月五日祀三闾大夫，九月九日祀陶徵士，同社麇至，咸纪以诗。……诸君子各敦盅上履二之节，乐志林泉，跌宕文酒，角巾野服，啸歌于五湖三泖之间，亦月泉吟社之流亚也，后之续遗民录者必有取于斯

---

① 《社事始末》，世楷堂本昭代丛书·戊集。
② 《广东新语》卷十二《诗语》，广东人民出版社1991年排印本。

也夫。①

所以申、酉以后，各类文社诗社的诗文创作颇为普遍，社中遗民通过社集唱和，抒发愤懑，构成宋元以来遗民诗创作的又一个高峰，遗民诗，尤其是明末遗民诗是一笔非常有价值的诗歌遗产。按照惯例，一般有一定规模的文社在若干次社集之后都会有社刻，尤其是在申、酉以前更是如此。明末清初的文社通过这种社集究竟选刻了多少社稿，目前无法统计，但仅知名的如几社就先后在短短的几年时间里，选刻《几社文选》七集（含《几社壬申文选》及《几社会义集》六集，据杜登春《社事始末》所记），体制仿《文选》，包括了诗、赋、骚、乐府、序、论等二十几种文体。其他如匡社、应社、偶社、复社、求社、景风社、昭能社等也都分别刊刻有社稿。至于社中人所刊刻的个人专稿，就更多至不可数计，这从当时文人别集中众多的时义制艺诗序中就可看出。因此，东南多濡墨弄翰之士，经济发达固然是原因之一，而社事之盛，影响之大，也吸引了各阶层的人士的参与，促进了当时文学创作的繁荣和各类诗文书籍的流播。

文社的兴盛，对诗文理论的研习，也起到促进作用。上面说过，天启以后的文社，既有过往那种纯同仁性质的文社，也有若干组织严密、门户森严的文社。后一类文社，于一般的以文会友外，不同的文社之间，还形成了不同的门户派别，这些不同的门户，对文章做法有不同的要求，这就形成了不同的文派。如当时最引人注目的就是复社张溥，几社陈子龙与艾南英因八股家法的不同而引起的论争，而先操应社选政、后操复社选政的周钟，与他们几位也有不同。这后一种情形，使得文社的活动，在同人集会，切磋技艺之外，还促成了一定文学观念的交锋，所以启祯以后的文社，除了一般的文学创作活动之外，也有不同程度的理论

---

① 《秋室集》卷一，湖州丛书本。

建树,这是明清之际社事活动的一个新气象。我们以下所研究的,就是此期文社诗文理论的个案。

第三节　古典主义的信奉者
——几社陈子龙的诗文理论

在启祯年间,无论从哪个角度看,陈子龙都可称得上是一个风云人物。早年的陈子龙,出身名门,风流倜傥,他与江南名妓柳如是的一段姻缘,与江西八股大家艾南英的一段争执,在文人圈中广为传播;明末江南社事繁盛,他既是复社名人,又是几社领袖,云间六子在他的领军下享誉江南;陈子龙不仅在诗界文坛广有名声,对明末以来的实学也颇有建树,他主持编辑的《明经世文编》,整理的《农政全书》,是可传之久远的著作;甲申以后,陈子龙从一个文人转变为一个民族志士,为其短暂的一生写下一个完满的句号。

一、生平与几社的活动

陈子龙,字卧子,又字人中,号大樽,明松江府华亭(今上海市松江人),生于万历三十年(1608),卒于清顺治四年(1647)。陈子龙生于中等官宦之家,父陈所闻早年以诗文享名于江南诸生,天启间历任刑部郎中、工部郎中,后遭魏党排陷,忧愤成疾,年四十而亡。陈氏清峻节烈之门风给陈子龙以良好影响,天启六年(1626),阉党逮捕东林党人激起苏州民变,子龙在松江"阴结少年数辈"以作响应。次年与应社领袖娄东二张结交,始受江南社事浸淫,两年后的崇祯二年(1629),与同乡杜征麟、夏允彝等六子成立几社,欲以"昌明泾阳(顾宪成)之学,振起东林之绪"(杜登春《社事始末》)。同年,几社加入复社。其后陈子龙将主要精力放在了举业上,但崇祯四年、七年两次会试不第,于是他专心于诗文创作和编辑各种诗文集,崇祯五年编影响甚大的《壬申文选》,六年有《陈李倡和集》,七年作古诗、乐府诗百余首,八年有《属玉堂集》,九年有《平露堂集》,几年之间的诗文创作,达到了陈子龙文学活动的最高峰。陈子龙这几年之所以写了大量的诗、词、古文,一方面是因为举业不利,也与他在崇祯五年结识柳如是并与之相爱有相当大的关系。陈氏《自撰年谱》中未见记录此事,据陈寅恪先生《柳如是别传》,陈子龙至迟在崇祯五年除夕已遇见河东君①,此年正是陈子龙会试不第,悒悒寡欢的第二年,是年柳如是刚由苏州到松江,两人相爱后,陈子龙几年间写了大量的诗、词描述其相爱知深的情感,陈寅恪先生的书中对此多有考证。大约在崇祯八年,两人同居于南门外之徐孚远的别墅南楼,几社诸子也多在离此不远的陆氏南园雅集②,此类聚会,柳如是也多与之。柳的出现,如一道亮光,激发了陈子龙的灵感,几年间的诗文创作是其生平最多的时期,他参与编选的诗文集,也多出版于此期。陈与柳在南楼同居,不足一年即同离暂居之南楼,柳别居松江之横云山,陈则还住城内本宅。陈、柳的分别,由陈妻张孺人之故,详见陈先生之《柳如是别传》。陈、柳虽未能终成眷属,但声气相通,两人间诗、词酬唱不绝,这对陈子龙的诗文写作有莫大的激励。崇祯十年,陈终中进士,选任惠州府推官,不料上任途中继母去世,丁忧三年中,致力于实学,与社友徐孚远、宋征璧合编《明经世文编》,整理徐光启《农政全书》。三年后的崇祯十三年六月,陈子龙被选为绍兴府推官,旋代诸暨县令,代理绍兴知

---

① 陈寅恪《柳如是别传》,上海古籍出版社 1980 年版,113 页。
② 据陈寅恪先生所引《松江府志》,南园在南门外阮家巷,为都宪陆树德别墅,"崇祯间几社诸子每就此园宴集"。在陈子龙《自撰年谱》中,多次记载过几社同仁在南园读书宴集的情形,见于崇祯八年、九年、十一年、十二年。

府，擢兵科给事中。甲申六月，事福王于南京，连上谏疏，忤权要，次年乞终养去。清兵攻陷南京，陈参加抗清复明活动，后因事泄被捕，押送南京，途中赴水死节，终年四十岁。陈今存主要著作有《陈忠裕公全集》三十卷；《安雅堂稿》十八卷；《陈卧子兵垣奏议》二卷；《陈子龙诗集》十八卷；另有词集两种。

崇祯二年，陈子龙二十一岁。这一年，对陈子龙和江南文坛而言，都显得十分重要。一是陈子龙与华亭夏允彝、周立勋、彭宾、徐孚远、青浦杜麟征等云间六子一起创建了几社，标志着陈子龙的文学活动进入了一个成熟期；二是娄东二张等人合大江南北诸社为复社，几社也在当年并入复社，其声势之浩大也为历代社事所未见。

几社虽然成立未几便并入复社，但它仍然保留着相对独立性，有着独立的运行机制。而且与复社相比，几社在宗旨与活动的范围上都与日渐庞大的复社有所不同。杜登春《社事始末》对复社与几社的宗旨有如下记述：

> 天如介生有复社《国表》之刻，复者，兴复绝学之义也；先君子与彝仲有几社六子《会义》之刻，几者，绝学有再兴之几，而得知几其神之义也。两社对峙，皆起于己巳（1629）之岁，……娄东金沙两公之意，主于广大，欲我之声教，不讫于四裔不止。先君与会稽先生之意，主于简严，惟恐汉宋祸苗，以我身视之，故不欲并称复社，自立一名，尽取友会文之实事；几字之义，于是寓焉。①

杜登春乃几社创始人之一的杜麟征之子，对几社的创立及运作较为熟悉。从文中看，复社与几社在兴复绝学亦即古学上是一致的，但在吸收会员和日常活动方面却有明显不同。复社广开门

---

① 《社事始末》，世楷堂本昭代丛书·戊集。

户,大江南北,三教九流,来者不拒,故复社在鼎盛时期合南北文社数十,成员数千,声势浩大;而几社出于对党祸的忌讳,"主于简严",从崇祯二年到十二年刻成《几社会义》初、二、三、四集,成员最多时也不过百人。另从几社复社此后的日常活动看,几社成员更多的是以文会友,诗酒相酬,虽然宴集时不免议论时政,但对参与实际政务、卷入朝廷党争,则不像复社首领那样热衷。杜登春《社事始末》又说:"几社六子,自三六九会艺,诗酒酬唱之外,境外交游,概置不问。至于朝政得失,门户是非,尤非草莽书生所当与闻。"这一作风,当然是几社诸子主观上不愿涉及政治党争过深的表现。但在社会变革的前夜,各种社会矛盾陡现,党争剧烈,有着强烈社会责任感的几社成员还是不免于指点江山,横议士风政事。陈寅恪先生曾对南园几社诸子的社集有过叙述和分析,所说与杜登春有异:

> 几社诸名流之宴集于南园,其所为所言,关涉制科业者,实居最少部分。其大部分则为饮酒赋诗,放诞不羁之行动。当时党社名士颇自比于东汉甘陵南北部诸贤。其所谈论研讨者,亦不止为纸上之空文,必更涉及当时政治实际之问题。故几社之组织,自可视为政治小集团。南园之宴集,复是时事之坐谈也。①

对于两位的不同意见,愚以为应综合视之。杜登春说几社诸子不涉政务,不议政事,只以诗酒相酬,恐与实际不合。且不说几社诸子正值青春年少,血性方刚,即以当下时局而言,他们也不可能与之保持完全的隔膜。事实上,陈子龙与时局政务一直保持密切的联系。崇祯十年前后,陈子龙参与复社反对首辅温体仁的活动。十七年陈子龙任职于南明弘光政权,虽仅在任五十余天,但上三十道奏疏,抨击阉党。几社的其他成员也有参与复社

---

① 陈寅恪《柳如是别传》,上海古籍出版社1980年版,282页。

政治活动的,因为几社的数十位成员中,"出娄东门者居其七",无论从师生关系或思想倾向上,几社与复社都有千丝万缕的联系。只是两社同仁在参政的态度和对待政敌的态度上有所不同而已,相较之下,复社首领较严苛决绝,几社领袖则较宽宏,反对一味党同伐异。陈先生说几社所谈论者,"必更涉当时政治实际之问题",当能纠正杜氏之误,但如说几社所言关涉制科业者"实居最少部分",恐也不尽然,因几社从其成立之宗旨乃至于社员之需求,都不容之少涉科业。实际情形是,几社的日常活动除了诗酒酬酢、议论时政外,与明末其他文社一样,应付社中成员制举也是一项重要的内容。几社先后大约编刻了《会义》七集之多,其中多为制义之文。为了提高社员应举的能力,几社一般有"三六九会艺"的例会,其社务多由徐孚远主持(按:徐同时亦主持复社的选务)。崇祯年间,中试者多为社中成员,其中又以复社几社诸子中试的比率为高,这也是复社几社能在众多文社中独享盛誉的原因之一。因此,综合来说,几社的活动大约包括了制举课业、诗酒酬唱、议论政事三者。从其各个时期各有侧重而言,前期大约以制举为主,中后期则以诗酒酬唱、议论政事为主。

与复社相比,几社的纯文学活动也较多。几社最初成立时有六人,人称云间六子①,当时的发起人及其后的主事者为已经中试的夏允彝和杜麟徵,其他四人(包括陈子龙,人称云间孝廉)当时还是秀才,未中进士。几社最初活动时借用彭宾所居披云门外的春藻堂为会所,春藻堂为当时一富商庄园,景致宜人。从杜登春《社事始末》的记载看,杜、夏二人的初衷是因"老困公车",又"恐举业无动人处",遂敦请文会,欲与一二时髦新采

---

① 另有一说认为六子外还有李雯,因其后来降清,故杜登春未将之列人。参阅谢国桢《明清之际党社运动考》,187页,民国丛书本。

共为熏陶，最初所习课业也以经史古学为主，大概后来因入社者多为功名未就的士子，所以八股制义成为一项重要的功课。约在崇祯四年以后，几社诸子的活动渐移至南门外之南园，南园不远处即陈子龙居地南楼，他与江南名妓柳如是的一段故事就发生在这里。几社先后刻《会义》五集，如加上几社后来分离出的求社、景风、同声、慎交诸社，其社刻当在七集以上。近来有学者以为几社社刻皆为八股制义之文，或以为是八股文选本，实则是误解。事实上崇祯二年所刻《几社壬申文选》乃仿《昭明文选》体例，汇刻六子之诗文，此书乃由杜骐征、徐凤彩等选，经张溥鉴定，前有张溥、姚希孟、杜麟征序，由陈子龙撰写凡例，由豹变斋发行。所收文类计有赋、骚、古乐府、五言古、七言古、五言律、七言律、五言绝、七言绝等诗赋类，还有序、论、论议、封事、对难、策文、册文、制辞、教表、檄启、弹事等各种文类，并非仅是制义八股。而几社在崇祯五年以后屡次的南园宴集，多饮酒赋诗，课业并非仅以举业为主。关于这点，姚希孟《壬申文选序》也说得很明白："近有云间六七君子，心古人之心，学古人之学，纠集同好，约法三章。月有社，社有课，仿梁园、邺下之集，按兰亭、金谷之规。"说明在几社多年的社务活动中，喝酒吟诗作赋占有相当的分量，起码说举子业与诗文创作是并重的，这也是几社诸子有别于复社的地方。

从陈子龙《自撰年谱》① 中，颇能见出几社同仁的社事活动。崇祯元年，陈子龙与江西名选家艾南英在娄江龠园发生争执，从辩难中反映出他宗奉七子的复古理想。二年，交几社、复社名人李雯、徐孚远，"益切劘为古文辞"，并作骚赋数篇，颇行于世。三年，偕周立勋、徐孚远游南都，寓谢公墩佛舍，"专治举子业"，是年又与小他一岁的江南名士吴伟业相交，据吴事

---

① 《陈子龙自撰年谱》，《陈子龙诗集·附录二》，上海古籍出版社1983年版。

后记叙,当吴与彭宾等人作少年游冶、歌呼绝叫,陈则每每"独据胡床","刻韵赋诗,中夜不肯休"。四年,陈与夏允彝、宋征璧等多名几社成员因会试进京,暂作"燕台十子"之社,同时与会的还有张溥、吴伟业等人,他们均以复古相号召,"欲继七子之绩"。陈四月下第归里,"即从事古文辞,间以诗酒自娱"。五年,诸子"治古文辞益著",乃于太虚草堂编刻有名的《几社壬申文选》,流布海内。六年,专治文史之暇,流连声酒,并与李雯唱和,编《陈李倡和集》。七年,春试复不第,归里"杜门谢宾客,寡宴饮,专意于学",并作古诗乐府百余章。此后两年,亦多与社中同仁相唱和,参与者有徐孚远、宋征舆等人。从崇祯二年到九年,是陈子龙及几社成员投入文学活动最多的几年,其间编刻诗文选集多种,也逐步形成了他们复古主义的文学纲领。崇祯十年以后,虽然陈子龙及几社诸子未放弃文学活动,他们又先后编辑《皇明诗选》和《唐诗选》问世,但随着陈子龙的及第和思想的成熟,他将更多的精力用到了实学建设与抗清复明的斗争。

二、趣归古典

明七子诗宗盛唐、文宗秦汉的主张经过了公安派的大力排击后,在士人中已无大的影响。但如前述,公安师心独造的弊端在后期也渐渐显现,从小修、竟陵开始,已有意识地修正这些弊端,如竟陵钟、谭有意识地提倡学古,续接古人之性灵,并在经史的研究方面下了不小的力气,但理论的惯性以及竟陵派本身的影响力有限,所以在社会上并未造成大的影响,再加上竟陵派提出的"幽情单绪"境界过窄,人们反而将公安派带来的一些恶果算在了竟陵的身上,所以竟陵派一些有价值的主张反而湮没不彰。在这种情形下,崇祯年间兴起的以复社、几社为代表的文社以其强大的影响力,将弘治、嘉靖两朝的复古主义思潮又接续起来。其中复社二张的"兴复古学"主张以经史融铸古文，虽所论不多，但已开启端倪。至陈子龙，以其创作和理论的实绩，使复古主义成燎原之势，形成云间诗派，而陈子龙为其翘楚。

在晚明文社诸子中，陈子龙在文学批评方面最有建树。在理论倾向上他远绍七子，以盛唐诗秦汉文为宗，反对明中期以来的浪漫思潮和师心使气的公安竟陵诸家，明显地表现出向古典主义复归的倾向。

崇祯十三年开始，陈子龙与好友李雯、宋征舆一起，用了四年的时间，编辑了一本《皇明诗选》，全书共十三卷。据该书《凡例》，为编选这部诗选，陈、李、宋三人阅各家文集四百一十六部，各家诗选三十七部，倾注了大量的精力。陈子龙选编有明一代诗选的目的，自然是要树立一个诗的范本，用陈子龙《序》中的话即："网罗百家，衡量古昔，攘其羌秽，存其菁英"。从现存《皇明诗选》看，其中陈子龙认为属于"菁英"的多是弘、嘉两朝前后以七子为首的数位诗人，这些人的诗入选最多，其中尤以李、何、王、李的诗为最，明初茶陵一派及明末诗人则寥寥无几，而万历以还公安竟陵乃至于其他有名的诗人中仅选有袁宏道诗一首，徐渭诗两首而已。陈及几社同仁的编选眼光无疑显示出他们的好尚是在七子及其复古理想，这一想法，在陈的《皇明诗选序》中表露得很清楚：

> 弘治以后，俶傥瑰玮之才，间出继起，莫不以风雅自任，考钟伐鼓，以振竦天下，而博依之士，如聚沙而雨之，作者斐然矣。……近世以来，浅陋靡薄，浸淫于衰乱矣！①

卧子以七子为尚，自然宗唐绌宋，认为"诗衰于齐梁，而唐振之；衰于宋元而明（指七子）振之"。这一想法，也是几社其他

---

① 陈子龙等《皇明诗选》，华东师范大学出版社1991年版，影印平露堂本。

同仁的共识：

> 至于弘、正之间，北地、信阳起而扫荒芜，追正始，其于风人之旨，以为有大禹决百川，周公驱猛兽之功。一时并兴之彦，蜚声腾实，或謣或歌，此前七子之所以扬丕基也。……又三四十年，然后济南、娄东出，而通两家之邮，息异同之论，运材博而构会精，譬荆棘之既除，又益之以涂茨，此后七子之所以扬盛烈也。自是而后，雅音渐远，曼声并作。……而公安竟陵诸家，又实之以萧艾蓬蒿焉。①

几社诸子对明诗发展的这一基本认识颇值得人们深思，一般认为，前后七子只是模拟规范盛唐诗、秦汉文，从理论到实践都无足道，甚至有害。对这一传统的偏见，廖可斌先生的《明代文学复古运动研究》一书作了深入的研究，对明复古运动的理论和实践均作了中肯的评价，可参阅。事实上，陈、李二人对明诗发展的描述大体是符合明诗实际的，前后七子中的中坚人物不仅在诗学主张上扭转了台阁馆臣浮靡不振的诗学倾向，使诗学重新走上汉魏盛唐风雅比兴的正确路向，而且李、何等人的创作也确实不乏力追汉魏盛唐的优秀作品。李雯认为李、何"有大禹决百川周公驱猛兽之功"，虽有溢美，但李、何在明诗发展史上确实曾起到了中流砥柱的作用。在明代强调复古一派的人物当中，还有一个现象值得重视，这一群体的大多数人均道德文章并重，有着强烈的社会责任感。弘治正德年间，前七子与阉党刘瑾集团斗争，不少人惨遭迫害，李梦阳入狱，许天锡遭杀，刘麟罢官，边贡被贬，何景明免官，等等。复古派诸子将现实斗争中的满腔悲愤诉之于诗歌，咏歌于陋室、边鄙、谪戍的路途、监禁的狱

---

① 李雯《皇明诗选序》，《皇明诗选》弁首，华东师范大学出版社1991年版，影印平露堂本。

中，真正继承了诗三百以来的风骚传统。再如复社、几社成员与魏党奸佞的斗争也可歌可泣，于史有征。对于这些有着强烈社会责任感和正义感的作家群体，对于他们在现实中的斗争和在诗中的咏歌，我们完全不应漠视。

应该看到，陈子龙及几社成员虽然对七子颇多肯定，甚至时有溢美之词，但他们对七子的一些弱点还是注意到的，陈子龙在《彷徨楼诗稿序》中说：

> 诗衰于宋而明兴，尚沿余习。北地信阳，力追风雅；历下琅琅，复长坛坫，其功不可掩，其宗尚不可非也。特数君子者摹拟之功多，而天然之资少。意主博大，差减风逸；所极沈雄，未能深永。空同壮矣，而每多累句；沧溟精矣，而好袭陈华；弇州大矣，而时见卑词。惟大复奕奕，颇能洁秀，而弱篇靡响，概乎不免。后人自矜其能，欲矫斯弊者，惟宜盛其才情，不必废此简格，发其眇渺，岂得荡然律吕？不意一时师心诡貌，惟求自别于前人，不顾见笑于来祀。此万历以还数十年间，文苑有罔两之状，诗人多侏离之音也。①

陈子龙批评李空同、何大复、李沧溟、王弇州等人创作上的瑕疵是准确的，但也应该看到，陈对上述四人的批评，建立在总体的肯定之上，认为七子虽各有弱点，但瑕不掩瑜。因为在陈子龙看来，七子尽管有种种的不足，但取径正，比万历以后公安诸子师心诡貌也好得多。我们可以说陈子龙的审美理念偏于保守，看不到公安诸子在冲击复古派末流的模拟弊端方面的积极意义，但公安派后学的浮浅油滑，其弊端也不比七子后学好到哪里去，这也正是陈子龙趣归七子的积极方面。由于子龙在七子与公安之间有一个比较准确的定位，故而他在创作上能有意识地回避二者之

---

① 陈子龙《陈忠裕全集》卷五，《乾坤正气集》本。

短,取其所长,在诗、文、词等各体文学的写作上取得了显著的成就,赢得明诗殿军的赞誉。全祖望说:"明人自公安、竟陵狎主齐盟,王、李之坛几于厄塞,华亭陈公人中出而振之,顾其于王、李之绪言,稍参以神韵,盖以王、李失之廓落也。"① 陈子龙今存诗十八卷,由其弟子王沄编辑,集中各体兼备,而要以近体诸作格近唐音,温厚雄肆之中,饶有清丽之风,明显表现出兼容李之清逸与杜之雄浑的诗学特征。关于陈子龙在诗文词方面的成就,云间诸子如夏允彝、李雯、周立勋、彭宾、姚希孟、杜麟征,复社首领张溥、徐孚远,清人干昶、庄师洛等人多有论述,可参见《陈子龙诗集》附录三,兹不赘述。

三、本乎志,遇乎时

我们注意到,陈子龙在趣归七子的同时,一方面注意到了李、何、王、李各自的弱点,另一方面也在诗论中注意弥补七子诗论先天的不足,亦即诗归汉魏盛唐,取径虽正,但达到这一目的,靠的并非模拟,而是世变之中诗人内在掀雷挟电的心理情感。

在陈子龙的诗论中,立足于世变,倡导风骚比兴传统,抒写胸中不平之气,是其核心内容。他论方以智诗有以下数语:

> 我友方子亦移居金陵,有诗数百篇,名曰《流寓草》,志遇也。予受而读之,大约皆忧愁感慨之作也。……忧愁感慨之文,生乎志者也。生乎志者,其言切;故善观世变者,于其忧愁感慨之文可以见矣。夫才士失职,不得在乡里,困顿于羁旅,棲迟于道途,其发为词章,固无怪其鲜和平之气者。然又有异此也,岂人力哉!建安中海内兵起,孔璋托身于河朔,仲宣投足于

---

① 全祖望《张尚书集序》,《鲒埼亭集外编》卷二十五,四部丛刊本。

荆楚，其辞哀伤而婉，不离雅也。此霸图之启也。梁陈丧乱宏多，其君子纤以荒，无忧世之心焉。微矣，天宝之末，诗莫盛于李杜，方是时也，栖甫岷峨之巅，放白江湖之上，然李词愤而扬，杜之词悲而思，不离乎风也，王业再造也。大中之后，其诗弱以野，西归之音渺焉不作，王泽竭矣！夫建安天宝之间诗人欲肆其感悼无聊之志，何所不至。而齐梁大中以后，岂其人皆无忠爱悱恻之旨乎？故曰：时为之也。①

理解这一段文字，我们有必要回溯到严羽的《沧浪诗话》，在严氏的这部广有影响尤其是对明人有深刻影响的著作中，严首次重点谈到诗人要取法乎上，取径要正的问题。其后明人高棅的《唐诗品汇》以选本立宗，七子以文必秦汉，诗必盛唐立论，均在理论上受严羽很大影响。但他们的取径多从文本着眼，以至于取法取径近于模拟，酿成弊端。陈子龙的贡献在于他认识到诗文的形式在一定的时期会达至一个成熟期，并为后世所难以逾越，故欲在形式上有所"独造"是非常困难的。② 他认为，一个作家或一定时期的文学创作欲有所作为，须本乎志，遇乎时。志乃作家之主观郁勃不平之气，时乃作家所遭遇之世变。二者互为表里，相互依存。方以智的诗有所成就，乃在于其胸有忧愁感慨不平之气，又遭乎西鄙"盗起"（指李自成），士民渡江，国家动荡，兵戈相寻，自然情发乎词，成忧愁感慨之文。不独方以智如此，在陈子龙看来，建安、天宝等时期的优秀诗人也都是发乎志，时为之的。他评申涵光的诗也是如此：

长公（申涵光）之为丧也，非犹夫人之丧也。家

---

① 陈子龙《方密之流寓草序》，《陈忠裕全集》卷五，《乾坤正气集》本。
② 陈在《彷彿楼诗稿序》中说："既生于古人之后，其体格之雅，音调之美，此前哲之所已备，无可独造也。"《陈忠裕全集》卷五，《乾坤正气集》本。

> 国之事一至于斯，有枕戈之痛焉，有邱墟之感焉，国虽犹在，盖将终身不西向而坐也。不有吟咏，即何以寄愤懑哉！昔者箕子过殷墟，而悲不自胜也，欲哭则不可，欲泣则近于妇人，乃作麦秀之歌。后若曹子建、王仲宣之流，亲经丧乱，悼所睹，记有《七哀》之诗，今所传《高楼》之作，《灞岸》之篇是也。由是观之，古之君子遇世衰变，身婴茶痛，宣郁达情，何尝不以诗歌传有之矣！①

卧子认为，申涵光之丧，非关乎个人一己之丧，而是亡国丧乱，是枕戈之痛、邱墟之感，这种关乎家国命运的时刻，才是他屡屡强调的"遇乎时"。他举了两个例子，一是箕子过殷墟，悲不自胜；二是曹子建、王仲宣亲经丧乱，悼所睹记。这都是遇于时而托乎志的，陈子龙特别强调时代的风云际会对作家的影响：

> 文章之道，既以其才，又以其遇，不其然哉？②

又说：

> 诗之本不在是，盖忧时托志者之所作也。苟比兴道备，而褒刺义合，虽涂歌巷语，亦有取焉。③

可以看出，陈子龙文中所强调的"托志忧时"有着鲜明的时代印记，这是由当时内忧外患的种种现实所决定的。在由明入清、天崩地解的几十年间，就其荦荦大者而言，内乱有西部李自成、张献忠的农民起义，朝中有东林党与阉党魏忠贤的哄争，外患有东北部建州的崛起与虎视眈眈，至于吏治的腐败、士风的堕落、土豪的聚敛、人心的叵测，国势已如风雨飘摇，在这家国危亡之际，不少有良知、有血性、有社会责任感的诗人不能不以诗发出

---

① 《申长公诗稿序》，《陈忠裕全集》卷六，《乾坤正气集》本。
② 《白云草自序》，《陈忠裕全集》卷六，《乾坤正气集》本。
③ 《六子诗序》，《陈忠裕全集》卷五，《乾坤正气集》本。

自己内心的呐喊。于此而言,陈子龙的"本乎志"、"遇乎时"就不是一种孤立的现象,儒家诗论向有"诗言志"的传统,但对于"时",过往的批评家还没有像陈子龙这样予以特别重视的,这是由当时特定的时代气氛所决定的。与陈大约同时的姚江黄宗羲也非常重视易代之际的天地正气,他序泽望(其弟黄宗会)之诗,数云周人采薇之歌与宋元遗民之诗为阳气,其与时局之阴气相激,发而为迅雷,如黄钟大吕,给予高度评价。全祖望《张尚书集序》也说:"古来亡国之大夫,其音必凄楚郁结,以肖其身之所涉历,盖亦不自知其所以然者也。"① 黄、全师徒二人对诗与时的看法,仿如与陈卧子相呼应。

四、雅正与法度

陈子龙在诗学理想方面亦上承七子,以雅正与法度为宗。他和李雯、宋征舆三人编辑的《皇明诗选》,就从头至尾贯彻了这一原则:

> 一篇之收,互为风咏;一韵之疑,共相推论。揽其色矣,必准绳以观其体;符其格矣,必吟诵以求其音;协其调矣,必渊思以研其旨。大较去淫滥而归雅正,以合于古者九德六诗之旨。于是郊庙之诗,肃以雝;朝廷之诗,宏以亮;赠答之诗,温以远;山薮之诗,清以邃;刺激之诗,微以显;哀悼之诗,怆以深。使闻其音而知其德和,省其辞而知其志意。②

从序中看,三子选诗以体、格、音、调四个方面的法度去衡量诸家诗,以雅正作为入选的标准,使各体诗符合肃以雝、宏以亮、

---

① 全祖望《鲒埼亭集》卷二十五,四部丛刊本。
② 陈子龙《皇明诗选序》,《皇明诗选》弁首,华东师范大学出版社1991年版,影印平露堂本。

温以远、清以邈、微以显、怆以深的体格。三子编选《皇明诗选》始于崇祯十三年，前后历时四年，此期陈子龙等人已相继完成举子业，从而有更多的时间从事于诗艺的琢磨，因此可以说陈子龙的《皇明诗选序》中所树立的诗学标准，代表了几社诸子成熟期的审美理想，这一理想，也是对前后七子古典主义诗学思想的继承。

几社诸子之所以沿袭七子以来的古典主义诗学原则，在于他们认为诗的形式经两千余年的发展，已达到了一个"前哲已备"的时期，其中体格音调已形成了一定的格式，所以诗学的创新并不一定表现在形式方面。这种意识在陈子龙的《彷彿楼诗稿序》中表露得十分清楚：

> 盖诗之为道，不必专意为同，亦不必强求其异。既生古人之后，其体格之雅，音调之美，此前哲之所已备，无可独造也。至于色彩之有鲜萎，丰姿之有妍拙，寄寓之有浅深，此天致人工，各不相借也。譬之美女焉，其托心于窈窕，流媚于盼倩者，虽南威不假颜于夷光，各有动人之处耳。若必异其眉目，以为古今未有之丽，则有骇而走矣。①

陈子龙的这一段话是有感而发，他对万历以来诗坛求新求异的诗风不满，对公安派所追求的所谓"独造"持否定态度。他认为诗的形式譬如美女，其色彩丰姿乃天致人工，各有动人之处，欲建立一个古今未有的美的标准，大半是以丑为美，会惊走很多人。因此，在有关诗的审美标准方面，陈子龙严守古典主义准则，以雅正法度为宗，在《佩月堂诗稿序》中，他鲜明地提出了"情以独至为真，文以范古为美"的口号，并现身说法，从几个方面告诫学诗者应注意的几个问题：

---

① 陈子龙《彷彿楼诗稿序》，《陈忠裕全集》卷五，《乾坤正气集》本。

>　　取材之雅也，辨体之严也，依声之谐也，连类之广也，托兴之永也，此皆我力之所能为者。若乃荡轶而不失其贞，颓怨而不失其厚，寓意远而比物近，发词浅而蓄旨深，其在志气之间乎。……求其和平而合于大雅，盖其难哉！①

这些主张，与七子所宗概无二致。其核心就是讲求法度，使诗的音声、格调、色彩符合传统诗歌雅正的体制，诗的情感合乎温厚贞正的儒家诗教；在诗法上讲求比兴寄托，使其物近意远，词浅旨深。陈子龙的诗说也许没有很多新意，但他所强调的都是历经二千余年的中国古典诗歌最具生命力、保持最久远的诗歌要素。在陈子龙之前，古代诗体诗风已众体兼备，各类诗理诗法也多经前人所提出，陈子龙对传统诗歌的认识有了一个很好的基础。在不少方面，陈子龙与晚明的其他诸子一样，通过对千古诗坛的研习擘理，对传统的东西进行了一番梳理，并加以有条理的重申。因此，他们与其说是一个有创意的诗论家，倒不如说是一个传统诗论的总结者。我们看云间三子所编的《皇明诗选》，其中的许多夹注眉批，都渗透着对忠爱、温厚、浑达、沉实、婉雅、雅练、清丽、抑扬、含蓄的倡导；对格调、声律、情采、法度诸方面要素的强调。这些，正是我们今天所认识的古典主义诗学的精华，它们在晚明诸子的诗论中得到了系统的总结。

陈子龙与几社诸子虽然学宗七子，但对七子的某些褊狭也能有所纠正。七子于近体诗奉宗盛唐，古诗规摹汉魏，对潘、陆以后诗人则涉猎绝少。陈子龙以为如此"未免取境太狭"，在《皇明诗选序》中他认为诗虽然衰于齐梁，但在辞采方面还要胜于宋元，在《宋尚木诗稿序》中，他还提及了汉魏以后其他值得重视的诗人："典午沿汉魏之后，风流映照。而潘、陆、张、

---

① 陈子龙《佩月堂诗稿序》，《陈忠裕全集》卷五，《乾坤正气集》本。

左,俱在中朝。永嘉南渡,清言弥盛,而作者寡闻,唯弘农为中兴第一,见称艺苑。其后独运风规,一变古调,唯柴桑而已。而《游仙》之作,虎豹榛梗,实露峥嵘;《三良》、《庆卿》,弥多感激。信乎有伤乱思治之情焉。"① 其中像潘、陆、张、左、郭璞、陶渊明等人俱为七子所忽视,而为子龙及其他云间诸子所撷取。据张溥《壬申文选序》,几社同仁平素所习甚广:"读之体不一名,折中者广。大都赋本相如,骚原屈子,乐府古歌由汉、魏,五七律断由三唐。赞序班、范,诔铭张、蔡,论学韩愈,记仿宗元。"② 从《几社壬申文选》所选诸体诗赋来看,张溥所说是合乎事实的,说明几社中人在严守古典主义文学观的同时,并不像七子那样胶柱鼓瑟,取境也不像七子那般狭隘。不独几社诸子如此,张溥对于古学的认识虽以古经史为主,但对诗的取境也与几社同仁相类,汉魏以外,对六朝诗赋也颇多肯定之辞,他编辑校刻《汉魏六朝百三家集》,并精心结撰题辞,从中可以看出对汉魏六朝诗文的重视,这也是晚明复古主义思潮与前此的七子的复古主义稍有差异的地方。

第四节　八股名家　选文好手
——艾南英及其八股文论

艾南英(1583—1646),字千子,东乡(今江西东乡县)人。据《明史·文苑传》四记载,艾氏早慧,七岁作《竹林七贤论》,好学,长为诸生。但他在举业上并不顺利,天启四年(1624)他四十一岁时始举于乡;庄烈帝(思宗)即位后数度会试不第,而文日有名,且负气陵物,人多惮其口。两京倾覆,江

---

① 陈子龙《宋尚木诗稿序》,《陈忠裕全集》卷五,《乾坤正气集》本。
② 《几社文选》弁首,明崇祯刊本。

西郡县尽失,不降,入闽走于唐王帐下,唐王召见,上《十可忧书》,授兵部主事,寻改御史。次年卒于延平。今存《天佣子集》十卷,方苞编《钦定四书文》收艾南英八股文若干篇。

一、艾南英的社事活动

晚明文社中,有几位颇有影响的选家,复社的徐孚远(他同时也操持几社的选务)外,艾南英也算是一位。万历中,社事在江南已较活跃,据陈际泰《太乙山房集》记载,艾在万历二十八年(1600)即在江西与章世纯、罗万藻、陈际泰等人组成新城大社,时年艾才十七岁,从年龄上看,这应是艾首次参与社事活动。加入文社后,虽然艾仍举业不利,直至四十一岁才举于乡为秀才,但他在自己习艺的同时,也非常热衷于助人应举。他除了早年参与新城大社的活动外,还与章、罗、陈三人主持豫章大社①,通过选文,编辑社刊等活动辅助社员应试,使豫章大社成为当时江西最有名的文社,赢得广泛的名声。艾在江西因选文赢得声誉后,被苏杭一带的书商请到吴中选文,并成为东南一带有名的选家。艾南英热衷于选文及社事可能有一定的经济原因,俞正燮《癸巳存稿》记载顺治十七年给事中杨雍建言禁妄立社名,称文社乃其首脑假借社名,以八股牟利。杨氏的话虽然是为禁社事找的借口,但未尝不反映某些文社的实情。据谢国桢先生说,晚明到清初书坊中应时的出版品有三种,其中制艺一类的书有"社稿"、"房书"、"课艺"、"文选"、"会义"等,艾所操持的就是这类有关制艺的文稿。在东南社事及制艺最盛的地方操持这方面的事情,在经济上自有不少的收入,艾南英寓居东南时与复社诸子的辩难,其中自然因其文章观念不同,但除此之外,很大一部分原因大概就是复社的八股选本抢了艾的生意。这

---

① 采用谢国桢先生《明清之际党社运动考》中的说法。

一看法，见于陆氏《复社纪略》及其他多种文献。艾南英最迟约在天启三年冬由江西至金陵①，其后他虽也数次返乡，并于天启四年举于乡，但其后的二十余年，他基本上是以东南一带的金陵、苏州、杭州、吴江等地为居地，从事选务及与书坊合作刊刻社稿。其间他也与其他地方的文社保持密切联系，从《天佣子集》他为多人的文集选本所作的序来看，其中提到的既有江西的文社如平远堂社、瀛社，也有活动于羊城的偶社，呈流动性的随社，还有国（都）门广因社、芳社等。

崇祯元年，艾南英在娄江王世贞故居弇园曾和陈子龙、张溥、周钟等复社巨子发生过一场影响甚大的争拗，当时艾已四十五岁，人到中年，而陈子龙年方二十，血气方刚。有关这场争拗的情况在多篇文献中都有记载，但略有出入。杜登春《社事始末》说是在张溥的七录斋，陈子龙以手批千子颊；陆世仪《复社纪略》则详细记述了艾与复社成员论争的全过程，先是在吴门争至"日晷影移"，接着相互间书信辩难，最后在娄江弇园陈及复社众人对艾共挟之；吴伟业《复社纪事》则说艾为人褊狭矜愎，席间因小视侮辱子龙，酒酣耳热之际，卧子不能忍，直上前殴之，千子乃嘿而逃去。②从这些记载看，争拗的地点当在王世贞故居娄江弇园，争议过程中陈因年轻气盛，确实曾手批千子颊。对于这件事，陈子龙在《自撰年谱》中也有记载，虽然未说到批颊一事，但从中确能闻到当时的火药味：

> 秋，豫章孝廉艾千子有时名，甚矜诞，挟谖诈以恫喝时流，人多畏之。与予晤于娄江之弇园，妄谓秦、汉

---

① 艾南英《郑从周秣陵问业序》中曾提及他于"癸亥之冬自楚入金陵"，《天佣子集》卷二，康熙三十三年刻本。
② 上述材料分见于杜登春《社事始末》卷一，昭代丛书戊集，世楷堂本；陆世仪《复社纪略》卷一，中国内乱外祸丛书第十册，神州国光出版社；吴伟业《复社纪事》，昭代丛书戊集续编十五卷。

> 文不足学，而曹、刘、李、杜之诗皆无可取。其詈北地、济南诸公尤甚，众皆唯唯。予年少在末坐，摄衣与争，颇折其角。彝仲辈稍稍助之，艾子诎矣。然犹作书往返，辩难不休。①

关于这场辩难，当事人均以观念的不同为起因，如陈文所记乃艾氏攻评七子所致，而千子文集中未见详细记载此事者，但在《重乐轩初选序》中对复社首领吴应箕、张自烈等人空疏不学而张吻相向深表不满，似乎也多重在文学观念及八股家法的不同上面。但外界如陆、杜、吴等人均猜测其中另有奥秘，早在天启四年二张、周钟等人创办应社，不久即有五经应社之选，其后随着应社影响的扩大，其选文在士子中的影响虽比不上艾南英，但已足能构成威胁，当时二张、周钟、杨维斗等与年轻的陈子龙已互通声气，加上与艾在选文与文学观念上的不同，相互之间已有辩难。据《复社纪略》，张溥在崇祯新政后名声大起，被称为"骚坛文酒"，士子们笈筐车骑，前往折节订交，艾此时尚在齐鲁之间，为此他专程返回吴门与应社诸子辩难至黄昏。至崇祯初年，二张及应社影响更大，选文已不成艾氏一家之天下，继当年复社合并，刊刻社稿《表经》之后，复社二张更炙手可热，其在士子中的名望更非艾南英所能及，艾为了保持其原有的市场和影响力，与二张及几社诸子之间的辩论势在必然。因此，艾南英与复社及陈子龙等人的争执，起码有两方面的原因，一是因为他们有关文学观念及八股家法的不同，二是艾氏为了争得他在选政中固有的一席之地，以其自负矜诞的性格，主动向复社诸子挑战所致。

在晚明文社诸子中，艾南英大约是对纯文学和八股制义最专注的一位，在他的经历中，除了明亡以后曾追随唐王外，其余的

---

① 陈子龙《自撰年谱》，《陈子龙诗集·附录二》，上海古籍出版社1983年版。

时间虽然也关注时局，比如同情东林党人及其后裔，称黄宗羲之父黄尊素为正人君子，指斥魏阉为逆珰等①，说明艾南英在政治倾向上与当时代表正义力量的东林党是息息相通的。但艾毕竟更接近于一个文化人，他不像复社诸子那样热衷并参与政务和朝廷党争，主要的精力还是用于选文和批注制义文，所以他在这方面的论述远较张溥等文社中人为多，在文学理论方面也有一些建树。

二、排击七子，痛诋公安

关于艾南英的诗论倾向，《四库总目提要》结合明代诗史有如下表述：

> 明代文章，自前后七子而大变。前七子以李梦阳为冠，何景明附翼之；后七子以攀龙为冠，王世贞应和之。后攀龙先逝，而世贞名位日昌，声气日广，著述日富，坛坫遂跻攀龙上。……至万历间，公安袁宏道兄弟始以赝古诋之；天启中，临川艾南英排之尤力。②

依《提要》作者的意见，艾南英继公安之后，力排七子，认为艾氏乃公安的后继。艾南英攻击七子是合乎实际的，但具体情况却较复杂。启祯年间，复古思潮又一次抬头，起初提出兴复古学的人物恰恰是被视为公安后继的竟陵派，其后复社几社首领张溥、陈子龙等均以复古相号召，并形成一股复古的热潮。艾南英此际明确地抨击七子，实是逆潮流而动。值得我们注意的是，艾氏在反对七子的同时，他对嘉、隆、万以来王学及其后继者的公安竟陵也持反对态度，因此可以说艾南英是同时在两条战线上作战，既反对七子，也反对攻击七子的公安、竟陵，表现出综合的

---

① 参见艾氏《野园诗稿序》，《天佣子集》卷四，康熙刻本。
② 《四库总目提要》集部别集类25《沧溟集》提要，中华书局影印本。

态势。

艾南英批评七子尤其是王世贞的话甚多,兹举两端:

> 于是弘治之世,邪说始兴,至劝天下士无读唐以后书,又曰非三代两汉之书不读,骄心盛气,不复考韩、欧大家立言之旨,又以所持既狭,中无实学,相率取马迁、班固之言,摘其字句,分门纂类,因仍附和太仓、历下两生,持北地之说,而又过之,持之愈坚,流弊愈广。后生相袭为腐剿,至于今而未已。①

这段文字写于崇祯乙亥(1635)秋,此时复社、几社正如日中天,七子及复古的学说亦广为流布,艾南英以尖锐的语言批评七子"所持既狭,中无实学",只是摘取班马字句,分门纂类,又影射复社、几社诸"后生"为腐剿,对七子一脉从弘治之世一直数落到当世,可谓不遗余力。艾氏对七子的批评还有一段更有名、影响更大的话:

> 后生小子,不必读书,不必作文,但架上有前后四部稿,每遇应酬,顷刻裁割,便可成篇,骤读之,无不鲜华浓丽,绚烂夺目,细按之,一腐套耳。②

文中所说"四部稿"者,指王世贞《弇州山人四部稿》一百七十四卷。此书乃王氏所著别集,分四部,计赋部、诗部、文部、说部,后又有《续稿》二百零七卷,故艾南英说是前后《四部稿》。王世贞在攀龙去世后为文坛宗主,在隆庆及万历初年以来对文坛影响甚大。万历中以后,在公安竟陵双重打击下,王世贞的影响已渐式微。但至崇祯中期,王世贞的《四部稿》由其孙刊刻之,而恰在此前,复古派在复社首脑的倡导下又一次崛起,伴随着复古的声浪,王世贞的《四部稿》遂成天下学子追逐剽

---

① 《重刻罗文肃公集序》,《天傭子集》卷四,康熙刻本。
② 《答夏彝仲论文书》,《天傭子集》卷五,康熙刻本。

窃的对象。《四库提要》云:"自李梦阳之说出,而学者剽窃班、马、李、杜;自世贞之集出,学者遂剽窃世贞。"可见艾南英所说是符合实际的,对其流弊的指陈也是深切著明的。

艾南英不仅对七子的流弊和当时学七子者进行了尖锐的批评,对王学及其产儿公安派也有微词,他批评王氏之学云:

> 王氏之学无他,其人束书不观,游谈无根,必乐简易,凌躐阶级,而言超悟。其高者,不过悍然不顾,而以不学为安,以不求于心为得。盖王氏之学,不独便于笼盖矜倨,包藏利欲之徒,而尤便于空疏不学,使之恬然而自足。①

对王学空疏的指责,是启祯年间不少学者的共识,他们认为王学在社会中败坏了世风,在文坛败坏了文风。而文风败坏的标志就是公安派师心独造的浮靡油滑,所以艾南英在批评王学的同时,对公安竟陵也予以抨击。据他写给周钟的《再与周介生论文书》,他曾订《文剿》、《文妖》、《文腐》、《文冤》、《文戏》五部书,以示文坛歧途,以正文坛之弊。这五部书今未见,从序中看,其中《文戏》、《文妖》两部即指公安、竟陵,其中艾氏还连带批评了他所认定的公安派前驱苏东坡,指其为"文戏"。

在对前代和当代文坛的审视中,艾南英的视角是广阔的。他不仅批评了导致文风逆转的左派王学及泰州学派,还对这种浮华之风的来源和深层背景也作了分析,其中一是世风,二是佛老。他以为万历中期以后文风的变迁与当时浇薄的世风有关:

> 自古文章之盛衰,恒与风俗之淳浇相为表里。风俗既坏,则人心之巧伪浮薄无所不至。而其文章非纤诡柔媚,则恍洋诞漫,如其为人。②

---

① 《张伯夔四书稿序》,《天傭子集》卷四,康熙刻本。
② 《河汉居新艺序》,《天傭子集》卷二,康熙刻本。

指出文风之衰败与世风的浇薄、人心的巧伪有直接关系。在《随社序》中，他还说："窃尝思之，文章之离合与天下离合之势相为终始。"这一说法虽不见得新鲜，但无疑指出了晚明世风、士风与文风相为表里的情况，对文坛现状的剖析是准确的，这一分析也与后来由明入清的文人对晚明文坛的分析相一致。他还批评佛老之说："逃遁重复，藏露首尾，未有如吾所料者。"（《詹曰至近艺序》）"王氏之学与佛老之书，徒见其浅陋而无味，狂惑而无稽。"（《张伯羹四书稿序》）将王氏之学、佛老之说与败坏的世风、士风、文风视为相互依存，五位一体的东西。应该说艾南英对晚明文坛的认识是清醒的，对其弊端的指陈也是准确的。

自明中期七子勃兴，到万历中公安派崛起，多数士子对这两大派别往往是非此即彼，尊七子的对公安不满，奉公安的对七子不满，两派视如水火。艾南英则对两派均有不满，既不满七子的剽袭，也不满公安的游谈无根。但这不是说艾南英在理论上是一空依傍，无所师承。事实上，艾南英在启祯复古思潮勃兴的时候，他的思想在总的倾向上也还是属于复古一派，同样主张"通经学古"，只不过艾氏欲复的古是明代中期王、唐、归、茅四家唐宋派的"古"，他理想中的文章是将秦汉之文与唐宋之文合一，在文体上是古文与时文合一，这是有别于七子（还应包括复社几社中人）和公安派的第三条道路。

三、由唐宋文以臻秦汉文

艾有《与周介生论文》前后四篇，《答夏允彝论文书》二篇，《答陈人中论文书》一篇，七篇文章通过与几社诸子的辩难，集中论述他对秦汉文与唐宋文之间的关系。

如众周知，明代言文者自弘治以来，先是前七子倡秦汉之文，嘉靖年间约与后七子同时又有唐宋派的王慎中、唐顺之、归有光等人反对七子的只学秦汉文,提倡唐宋亦即韩、欧等八大家之文。唐顺之曾编有《文编》,选录从先秦至宋历代之文,主张泯去秦汉与唐宋之间的界限,认为汉以前文章法寓于无法之中,故密不可窥,不易学,而唐宋之文有法且出于自然,易于捉摸。平心而论,七子也好,唐宋派也好,都在如何超越前人上下工夫,只不过七子的目光集中在先秦两汉之文,而唐宋派集中在唐宋之文。在学法上七子多在字句语气上下工夫,而唐宋派则多从篇章结构上下工夫。由于唐、归等人均为有明一代八股高手,而八股作法最重起、承、转、合一类的结构规范,故唐宋派对有迹可寻的唐宋之文情有独钟也是情理之中的事。

艾南英与唐宋派的唐、归诸子有些共通之处,一是二者都属八股大家,制举业的好手;二是两者都恰好处于复古运动的两次高潮之中,偏偏又都对七子及其追随者所摹拟的秦汉文风不满。是故在论文的倾向上艾与唐、归诸人很容易吻合。

艾南英习文曾有数变,他虽被公认是选文好手,但出道以来一直举业不利,对此他也深为困惑:

> 予七试七挫,改弦易辙,智尽所能。始则为秦汉子史之文,而闱中目之为野;改而从震泽、毘陵,成弘先正之体,而闱中又目之为老;近则虽以《公》、《谷》、《孝经》、欧、苏、曾大家之句,而房司亦不知其为何语。①

这篇序文写于万历己未(1619)夏,时年三十六岁,尚未成丝毫功名,言谈之中对房司颇有些无奈和无所适从。过了五年,艾南英终举于乡。这一年,他曾在《郑从周秣陵问业序》中提出过"常欲以秦汉之气行程朱之理"的主张,表现出一定的思想和倾向,但对文章的整体看法尚未成形。又过二年后的丙寅

---

① 《前历试卷自叙》,《天佣子集》卷二,康熙刻本。

(1626)夏,他对文章作法已有了较为固定的看法,这就是要糅合秦汉与唐宋诸子:

> 夫文之通经学古者,必以秦汉之气,行《六经》、《语》、《孟》之理,即间降而出入于韩、欧、苏、曾,非出入数子也,曰是数子者,固秦汉之嫡子嫡孙也。①

认为学文虽应通经学古,行秦汉之气,但间出入于韩、欧、苏、曾也并不为过,因为他们直接承接了秦汉文章的精髓。戊辰年(1628)冬他与陈子龙论战,在一篇书信中将这一思想表述得更清楚:

> 夫足下不为左氏、司马氏则已,若求真为左氏、司马氏,则舍欧、曾诸大家何所由乎?夫秦汉去今远矣,其名物、器数、职官、地里、方言、里俗皆与今殊,存其文以见于吾文,独能存其神气尔。役秦汉之神气而御之者,舍韩、欧奚由?譬之于秦汉,则蓬山绝岛也,去今既远,犹之有大海隔之也,则必借舟楫焉而后能至。夫韩、欧者,吾人之文所由以至,于秦汉之舟楫也。由韩、欧而能至于秦汉者无他,韩、欧得其神气而御之耳。②

有关秦汉文与唐宋文的分辨,嘉靖中唐顺之在《董中峰侍郎文集序》中曾谈过自己的想法,他从唐宋文有法而秦汉文无法的角度去说,但在有关秦汉文与唐宋文的关系以及如何学秦汉文的方面,唐的认识还比较模糊。此处艾南英的认识倒很明确,他从如何借助唐宋文章以达到秦汉文章方面去论说,即秦汉文章虽好,但不易学,不易学的理由,是因为秦汉文章相距遥远,故要达至秦汉文章的境界,就必须通过有法且距今较近的唐宋文章人

---

① 《与周介生论文书》,《天佣子集》卷五,康熙刻本。
② 《答陈人中论文书》,《天佣子集》卷五,康熙刻本。

手。与明中期的唐宋派相比,艾南英在这个问题上的看法显然要深入明确得多。

艾南英还就如何由唐宋入手,最终不靠比拟便可达至秦汉文章的境界告诫夏允彝:

> 《震川集》弟竟未暇细阅,兄所评然,大约不欲兄急躁读之。盖此老留心《史记》,摹神摹境,假道于欧。欧者,《史记》之嫡子,而此老则欧之高足也。愿兄澄心静气,日取《史记》、《左传》反覆读之,看古人所以为古人者何如,然后日取韩、欧两集,看两公之所以摹古人者何如,然后泛及于宋余诸公,则不待比拟而皆合矣。①

艾氏的这一段话除了进一步申论由欧阳修的文章体悟秦汉文章的境界外,还表现出他并不反对读秦汉文章,而是《史记》、《左传》等秦汉文章与欧阳修的文章,乃至明人归有光的文章都要读,通过澄心静气的揣摩,进而达到三者的合一。这一点,也是艾南英比唐宋派更通脱的表现。

艾在论文中能比唐宋派更多地关注秦汉文,是他斟酌了七子与公安两派之后所采取的一个更为合理的习文途径,这大概也是明末古典主义风尚相互浸染的结果。

四、以古文济时文

在一般中国人的意识里,古文与时文是有分别的,古文是指先秦两汉及唐宋韩柳欧曾一类的散体文章,时文则多指明清以来的应制举业之文,这是通常的看法。艾南英则有别于此,他认为古文与时文的区别不在于是一般的文章,还是应试之文。即便是常人所说的时文,如能根基于经史理学,风格上接近于古文家的

---

① 《再答夏彝仲论文书》,《天傭子集》卷五,康熙刻本。

时文也是古文:

> 制举业之有先辈名稿,犹昔人文集之有古文也。制举业之体,自八股而外,为两平、三平、四平,为前后截,为散体,其局虽一,然常以出于近科纤俊软腐者为时文,而出于先辈能根处经史理学,高伟朴拙,杰然自为一家者为古文。①

艾氏认为时文中也有古文,实有其更深层的考虑,其中最重要的原因就是他认为时文已到了穷途末路,到了必须革新的时候。在《天傭子集》中有不少篇章写了艾南英对科场和时文的忧虑。作为一个时文名家,能对科场和时文进行反省是难能可贵的。艾南英在《前历试卷自叙》一文中描写了科场的种种苦况,由于是作者亲历,故读来如在目前,兹摘引如下:

> 嗟乎!备尝诸生之苦未有如予者也。旧制诸生于郡县,有司按季课程,名季考;及所部御史入境,取其士什之一而校之,名观风。二者既是非诸生黜陟进取之所系,而予又以懒慢成癖,辄不及与试。独督学使者于诸生为职掌,其岁考则诸生之黜陟系焉。非患病及内外艰,无不与试者,其科考则三岁大比,县升其秀以达于郡,郡升其秀以达于督学,督学又升其秀以试于乡闱,不及是者,又有遗才大收以尽其长,非是途也,虽孔孟无由而进。故予先后试卷尽出是二者。

> 试之日,衙鼓三号,虽冰霜冻结,诸生露立门外,督学衣绯坐堂上,灯烛辉煌,围炉轻暖自如,诸生解衣露足,左手执笔砚,右手持布袜,听郡县有司唱名,以次立甬道,至督学前,每诸生一名,搜检军二名,上穷发际,下至膝肿,裸腹赤踝,为漏数箭而后毕。虽壮者

---

① 《王承周四书艺序》,《天傭子集》卷三,康熙刻本。

> 无不齿震冻慄，腰以下大都寒洹僵裂，不知为体肤所在。遇天暑酷烈，督学轻绮荫凉饮茗，挥麈自如，诸生什伯为群，拥立尘坌中，法，既不敢执扇，又衣大布厚衣，比至就席，数百人夹坐，蒸薰腥杂，汗淫浃背，勺浆不入口，虽设有供茶吏，然率不敢饮。饮必朱钤其牍，以为弊文，虽工降一等，盖受困于寒暑者如此。既就席，命题，题一以教官宣读，便短视者；一书牌上，吏执而下巡，便重听者。近废宣读，独以牌书某学某题，一日数学则数吏，执牌而下，而予以短视不能见咫尺，必屏气啜嚅询傍舍生，问所目，而督学又望。视台上东西立瞭高军四名，诸生无敢仰视，四顾丽立，伸欠倚语侧席者，有则又朱钤其牍以越规，论文虽工，降一等。用是腰脊拘困，虽溲溺不得自由。盖所以执其手足便利者又如此。……嗟乎！备尝诸生之苦未有如予者也。①

笔者不厌其详地引述艾南英的这段文字，一是因为它真切地表现了科举制度对读书士子的戕害，二是它出自以应制名家的艾南英之手，就更具讽刺意味。艾不仅对科场充满厌烦，对时下士子为博取功名而趋之以应试之文也颇为不满，他在《段康侯近艺序》中说：

> 国朝以四书经义取天下士，士有占一经不知大意而稍能作八股排偶之文，则已可掇制科、登仕进，呜呼！抑何易也！易者愈易，则难者愈难。……于是高才积学，终身而不得志。②

由此可以发现艾氏对时文的不满，缘于他对科举制度扼杀人才的不满，缘于他对士人为角逐名利场而将时文仅变为一种敲门砖的

---

① 《天傭子集》卷二。
② 《天傭子集》卷四。

不满,他在《王承周四书艺序》中批评:"少年后辈,模袭坊刻,方言俚谚,无所不入,问之以先辈姓字,已不能举,而况于诵习其文乎?"对时髦先采热衷于坊刻而不求真学问深表忧虑。科举对学术人心之祸害,早在弘治年间,便有人予以指出,黄绾《上西涯先生论时务书》中说:

> 世道之衰,由于学术之坏。学术之坏,由于选举之非法。当今进士选于举人,举人选于学校,学校选于民间。俊秀读之以《六经》、《语》、《孟》之书,明之以濂洛关闽之说,试之以经义论策之文,固非前代墨义诗赋之比,宜其得人之盛,远超汉、唐、宋而过之。讵谓人物之下,器识之卑,反不能及,何哉?今徒剽掠浮词之末而失其涵濡体验之本,不知圣人所以为经者,以心传心,将以明天理,辨义利于分毫而已。今之学者,专为求利禄,取富贵之捷径,偶或一得,不啻筌蹄之已忘。……昔朱子尝叹当时科举文字之弊,今日之弊,有甚于朱子所叹者。①

黄绾所说的是明洪武中期以后科考的情形。按明初取士,原并不止于科举一端,除科考外,尚有荐举、铨选等选举之途,洪武年间明太祖鉴于士人奔竞,及荐举与铨选带来吏治的腐败,故下诏特设科举以取士,其后虽荐举犹存,但士子均以科举为正途。科举虽免去了吏治作弊,但同时又带来科举文字之弊。黄绾所说乃明弘治年间之情,已令其扼腕再三。至是以后,此一情形更甚,也受到愈来愈多的有识之士的批评。

为救济时文之病,艾南英从两个方面入手:一是倾力于坊选,欲为天下士子提供一个他认为好的习文范本;二是欲以古文济时文,将古文与时文合一。

---

① 《明文海》卷一七八,影印文渊阁四库全书本。

艾南英曾在一篇序文中谈及他倾力于房选的内衷：

> 嗟夫！房选之行，自乙未始然，未有如今日之盛者也。环阊门之侧，为选者以数十计，士弊精神于坊人，视古为己之学，是非较然而效之唯恐后，岂非昔之房选以人重，今之人以房选重欤？然吾因是而感焉，以为房选虽微，然禀天子以号令天下，盖有尊天王大一统之意，虽圣贤所不能必者而是书能必之。①

这大概是艾南英本人所陈述的他热衷于房选的最为冠冕堂皇的理由，在《天傭子集》中，他提及了几位当时的时文大家，也谈到了与他同时的选家，前者有夏彝仲极力向他推荐的陈子龙（《再答夏彝仲论文书》），后者有他称之为朋友的周钟与张溥（《戊辰房选千剑集》），但均认为他们未能修其本以胜之，在《答陈人中论文书》中，他甚至讥讽陈子龙需十年后方可论文，看来他把陈、周、张诸人也归入弊士子精神的"坊人"。他要挽救"士弊精神于坊人"，便要重新树立一个新的房选标准，这个标准就是将古文引入时文，使古文与时文合一：

> 制举业之道，与古文常相表里。故学者之患，患不能以古文为时文，不能以古文为时文，非庸腐者害之也；好夸大而剽猎浮华以为古，其弊亦归于庸腐。②

于是他和同乡兼同好陈大士、罗文止等三人合而以古文相倡。用艾南英的话来说就是："以《易》、《诗》、《书》、《春秋》、《礼》、《乐》之言代《语》、《孟》之文，以古雅深醇之词洗里巷之习，一时后辈从风丕变。夫为文而根六经，本道德，亦圣人之门所当然尔，非有异也。"（《王子巩观生草序》）

提倡六经古学，提倡古文，在晚明文社诸子中并不少见，像

---

① 《戊辰房选千剑集》，《天傭子集》卷三，康熙刻本。
② 《金正希稿序》，《天傭子集》卷三，康熙刻本。

张溥、陈子龙等有代表性的人物均是如此。艾南英与之不同的地方在于他更为强调古文所应有的朴直的风格，而不是一般意义上的与时文相对的古文。他为古文正名道：

> 兄知古文之所以名乎？今之时以碑铭序记传为古文，对八股时艺而言耳。古人未有八股时文所称，古文者安在？如以碑铭序记为古，则韩欧有之，王杨卢骆辈皆有之。欧阳公得旧本韩文，乃始知为古文。其序苏子美曰："子美之齿少于予，而予学古文乃在其后。"盖昔人以东汉末至唐初偶俳摘裂、填事粉泽、宣丽整齐之文为时文，而反是者为古文。譬之古物器，其艳质必不如今，此古文之所以为名也。若以辞华为古，则韩之先为六朝，欧公之先有五代，皆称古文矣。①

很显然，艾南英所说的古文是指那些去除了浮华的文章，它不是因时间久远而被称为古文，不是因具艳质而被称为古文，也不是因为它与八股文体的不同而被称为古文。他所说的古文大约是由先秦以来历朝历代古直素朴的文章，这样的文章在艾南英看来，在传统所说的古文中当然具备，就是在通常意义上的时文中也应该存在。

艾南英这样来看待古文，从文体学的角度来说自然是不妥当的，因为八股文体与一般的碑传章表铭谏书信序跋等传统的文体确乎是不同的，艾在客观上等于抹杀了古文与时文这两种不同的文体的界限。但正如我们前面所说，艾氏有意取消古文与时文的差别，并不是他不懂得这两种文体的分别，而是由于他有更深层的考虑，就是通过取消古文与时文的差别，试图以根植于六经和注入传统古文的朴直风格来救助当时腐弱的八股文体，使古文与时文合一，其用心当然还是好的。

---

① 《答夏彝仲论文书》，《天傭子集》卷五，康熙刻本。

艾南英对文章的看法，除了上述的欲将秦汉文章与唐宋文章合一，将古文与时文合一之外，还表现出了重视实学的特征，这也是明末文社诸子渐渐表露出的一个共同倾向。像陈子龙编辑《明经世文编》已有明显的用世之意，他还主张"修兵农而极富强"，张溥的"兴复古学，务为有用"也在文字中表露出了经世致用的思想，其他如傅青主的"学必实用"、黄宗羲的"经术所以经世"、方以智的"欲挽虚窃，必重实学"等，均代表了那个特殊时代读书人的一个共同愿望，它也逐渐形成了以顾炎武为代表的明末清初注重实学的一代学术风气。艾南英在这个方面也有相类似的思想倾向，比如他在《丁喜哉近稿序》中，借分析司马迁文章之机表达了这一看法：

> 太史公周行天下名山大川，非独以壮其文而已，盖将以考正六艺，究观汉世创置沿革之故，与夫秦所以并天下，刘项所以战争成败之迹。古之君子，其学往往如是。①

在《雷能弥近艺序》中，艾也表达了相类的思想：

> 今能弥家师所蒐文学、掌故、兵马、钱谷、更置沿革、故老、逸贤，续司空端简，而后者亟有望于今之大儒，不佞虽老，愿执笔以从能弥之后矣。②

以往人们论说司马迁之文，往往注意其得江山之助的一面，像苏辙《上枢密韩太尉书》一类。艾南英在这里更进一层，于"壮其文"之外，特意提出其有助于研究制度之沿革、战争之成败。在《雷》文中，更认为作为一个学者，掌握掌故、兵马、钱谷等与国计民生相关的东西是非常重要的，司空端简有望于当今大儒盖由乎此。

这两篇文字虽然只是普通的序文，但它们无疑表现出艾的思

---

①② 《天佣子集》卷四，康熙刻本。

想中也包含有一些经世致用的因子。这些隐藏于诸家文集中不起眼的文字，最终汇集成了明末清初浩大的实学潮流。

艾南英是一个很有正义感和民族气节的文人，明亡后，他千里迢迢到桂林南明朝任职，从事抗清活动，其事迹见载于徐鼒的《小腆纪年》。他还曾为黄宗羲的诗集作序①，序中从三百篇变风变雅说到《诗》与君臣父兄朋友夫妇之际，又赞黄氏一门忠烈，并称其诗深于诗人之旨。而黄宗羲亦曾在集中多处提及艾南英的文章，如《明文案序》称崇祯时"江右艾千子……亦卓荦一方"②。在有关文论宗旨上，黄与艾也有相近的看法，如《李杲堂文钞序》主张"欧、曾《史》、《汉》，不期合而自合"。又以为文章之亡，乃因"古文与时文分途而后亡也"③，这些论点，与艾氏欲以古文济时文，古文与时文合一是相类似的。艾氏的文论，在清初又有汪琬与侯方域引为同调。

第五节 余论：文社诸子的古典主义倾向

17世纪的文社是明末文化史中一道亮丽的风景，它集合了当时几乎所有的文化名人，换句话说，几乎所有的文化名人都是社中成员。张溥、陈子龙、艾南英等固无论，其他像顾炎武、黄宗羲、王夫之、侯方域、吴伟业、方以智、阎若璩、朱彝尊、钱谦益、施闰章等也都或深或浅地参与过社事，可见社事在明末对士人影响之大。另一方面，文化名人对社事积极参与的态度，又

---

① 参阅《南雷诗文集附录》之旧诗序《艾南英序》，《黄宗羲全集》第十一册，浙江古籍出版社1993年版，450页。
② 《黄宗羲全集》第十册，浙江古籍出版社1993年版，19页。
③ 《黄宗羲全集》第十册，浙江古籍出版社1993年版，26页。

反过来扩大了社事的影响，吸引了更多的年青士子加入文社，使明末各地的社事呈如火如荼之势。

由于处在易代前夜，此期的文社在活动的范围、宗旨、对文学的看法等方面表现出鲜明的时代特征。

首先，一些影响较大的文社如复社、几社等，从成立之初的单纯以应制为目的逐步过渡到参与社会政治事务，社中成员尤其是文社领袖后来均成为政坛中呼风唤雨的人物。他们对社会政治事务的热心，并不一定是要做官，更多的是在"天崩地解"、风雨如晦的现实背景下，出于一个正直的士大夫的社会责任感投入到政治事务中去。他们狂飙突进的激情，对阉党义无反顾的抗争，在古代以温柔敦厚立身的传统知识分子中显得尤为突出。这一特殊的现象，对此期文社的文学理论带来深刻的影响，表现在他们虽然在政坛上如狂飙突进，在文坛上却严守着古典主义的趣味和复古主义的精神。我们发现，无论是复社还是几社中的文人，均以恢复古典主义精神为己任，张溥的兴复古学，主张以经史融入诗文；陈子龙主张兴复秦汉文盛唐诗；艾南英主张以古文济时文；均体现了一股古典主义的思潮。狂飙突进的政治激情与古典主义的文学思潮，看似矛盾，实际上却是时代精神的折射和需要。政权的不稳，世风的污浊，士风的浮靡，在文社首领的思想中并未激起变革的要求，而是更促使他们回到古代的理想之中，力图以文化的"纯净"来挽救也许再也无可挽回的明政权和世风日下的社会。我想，这也许是此期古典主义复兴的一个重要原因。

其次，明末文社诸子的这场恢复古典主义诗文的思潮，看似弘治以来复古主义思潮的一次回光返照，实际上并非如此简单，它对入清以后文坛的走向起了一个虽然细微但却深远的影响。表现在，第一，它对万历以来风靡文坛的公安、竟陵两派进行了清算，重提古典主义传统，欲使先秦两汉唐宋八大家之文，汉魏古诗与盛唐近体诗重新成为诗文的样板。第二，文社的诗文理论倡导的古典主义精神，与前后七子的复古主义有所不同，他们吸取了七子摹古拟古的教训，更注重在古典主义形式中输入作家个人的精神。对于七子的弱点，他们也有清醒的认识，如陈子龙曾指出的"空同壮矣，而每多累句；沧溟精矣，而好袭陈华；弇州大矣，而时见卑词。惟大复奕奕，颇能洁秀，而弱篇靡响，概乎不免"。其中累句陈华，弱篇靡响诸种病累，实即七子只注重模拟格调风神所带来的毛病。陈子龙继七子之后重提古典主义诗文理想，不是原地踏步，而是螺旋式上升。他将经实践证明了的合乎古诗艺术传统的古典主义范式与作家个人时代经历相结合，提出本乎志，遇乎时的命题，就不仅仅是对古代艺术形式的简单模仿，而是以个人精神汇入到古典艺术形式中去，亦即全祖望所指出的"行之以情韵"，这就使以陈子龙为代表的云间诗人，能在天崩地解之际表现诗人激越深沉的情感，使诗作充满坎壈鞿鞲之声，这是七子们所难以比拟的。因此，我更愿意称他们为新古典主义。第三，文社诸子的古典主义比竟陵派所崇尚的古学有更具体的内容，比如张溥对古代经史的重视，将经史与诗文联系在一起，是此期古典主义诗论的一个新动向。而这一点，是竟陵派诸公所没有明确提出过的。它在某种程度上与清初黄宗羲、钱谦益等人重视经史之学，提出儒者之诗、文人之诗是颇为一致的。第四，文社诸子中的艾南英是七子的反对者，但他所反对的并不是古典主义，恰恰相反，他批评七子尤其是王世贞的，是他们的"赝古"，是他们的空疏不学，或说是中无实学，他与公安对七子批评的角度是不同的。此外，他对公安的不学也有批评，认为他们是无根游谈，不学而安。因此，与其说艾南英反对七子或公安，毋宁说他是反对空疏不学的明代士风。这种精神，与张、陈等人的通经学古是一致的，在古典主义精神方面，也是一致的。因此，明末文社诸子诗文理论偏重于经史、偏重于学术的倾向，对清诗理论的影响也是深远的。

再次，关于文社活动与诗论的关系，是笔者一直考虑但仍未思考成熟的一个问题。从文社活动的内容与诗文观念的演进来看，张溥的注重经史，与复社成员分主五经之选应该有较明显的关系。而陈子龙论诗重雅正与法度，一方面自然是古典主义诗学的题中之义，但几社的活动以诗事为主，征歌选胜的形式与会评，大约对于社中成员增强和重视诗律法度也有一定的关系。这只是一些初步的不成熟的考虑，至于更深入的结论，还有待于进一步的探讨。

● 附集评

陈贞慧：

天如文丰蔚典赡，兼家丞、庶子之长。崇祯丁丑，余与仲驭、朗三诗酒娄上，见其宾客辐辏、帷如云，口授吟谣，手校坟典，莞歌赏笑，五官并应，绝叹为二刘更生。

《山阳录》，《明诗纪事》辛签卷二十二，上海古籍出版社排印本。

陈子龙：

天如忠爱，诵《孟门行》可见一斑。卒后而动圣王之思，有以也。

《皇明诗选》卷之一，华东师范大学出版社1991年影印本。

余不敏，然有友数人，皆天下贤士，有张天如溥者，其一也。夫天如文章，天下莫不知其能，余独疑其所由者异。观夫文贵不羁之体，而道符和平之旨。故文之工者，必振荡咤嗟，挟其不平之心而穷于所往，然必以为违弃精神，观其要眇憔悴，未尝不谓离道也。及乎心安意驰，恺悌仁人之言，发而条直淡薄，难为工美，修辞者所不道。是二体者立，故文士则骋其放轶，荐绅则乐其便近，文章日衰而道亦以散。

《七录斋集序》，《陈忠裕全集》卷五，乾坤正气集本。

吴伟业：

金沙周介生钟始以制义甲乙天下。吾师张天如先生从娄东往，复社之举自此始。崇祯改纪，先生以贡入京师，纵观郊庙辟雍之盛，喟然太息曰："国家以经义取天下士垂三百载，宜有以表章微言，润色鸿业。今公卿不通六艺，后进小生，剽耳傭目，倖弋获有司。无怪乎椓人持柄，而折枝舐痔，半出于诵法孔子之徒。无他，诗书之道亏，而廉耻之涂塞也。今上即位，临雍讲学，生当其时者，庶几遵遗经、砭俗学，俾盛明著作，比隆三代。"乃与燕、赵、鲁、卫之贤者为文言志，申要约而后去。楚熊鱼山先生开元知吴江县事，以文章饬吏治，知人下士，喜从先生游。吴江大姓吴氏、沈氏洁馆舍，庀饮食于郊，以待四方之造请者。推先生高第子吕石香云孚为都讲。石香作古文奇字，浙东西多闻其声。而湖州有孙孟朴锐身为往来绍介，于是臭味禽集，远自楚之蕲、黄、豫之梁、宋，上江之宣城、宁国，浙东之山阴、四明，轮蹄日至。秦、晋、闽、广间，多有以其文邮致者。先生丹铅上下，人人各尽其意。四年，先生选庶吉士，天下争传其文，而艾千子独出其所为书相訾謷。千子之学，雅自命大家，熟于其乡南丰、临川两公之言，未尝无依据；顾为人褊狭矜愎，不能虚公以求是。尝燕集弇州山园，陈卧子年十九，诗歌古文倾一世。艾旁睨之，谓此年少何所知？酒酣论文，仗气骂坐。卧子不能忍，直前殴之，乃嘿然逃去。先生既笃志五经、诸史，不复用制艺与千子争长短。当复社未起时，吾郡虞山钱蒙叟、吴门文湛持、姚现闻三君子，由忤珰召用，虞山以枚卜为乌程相诋奏罢归。其同时奏对称旨，先乌程大拜者阳羡周挹斋先生主辛未会试，在先生及伟业为座主，自以位尊显无所称于士大夫间，欲介门下士以收物望。寻谢政得请，而乌程窃国柄，阴鸷惨核，思所以剚刃东南诸君子。先生扼腕太息，蚤夜呼愤。其门弟子人茗、云来者，肯得相温阴事，为廉洁奉法，实纵子弟暴横乡里，招权利，通金钱。先生引满听之，以为笑谑，语稍稍流闻。相温时盛修郤虞山，思一举并中之，未得间也。会虞山胥吏陈履谦、张汉儒有罪，亡命入京师，而政府遣心腹客之东第，密受计，告虞山及其门人瞿公式耜所为不法。相温从中下基章，银铛逮治，而复社之狱并起。州人陆文声者，驵侩无行，先生同社张公采执而拱之，知当国方仇复社，逸入都，就张汉儒邸舍，捃摭两公事，踵汉儒上章。赖上神圣，疑其太切，当有诈，章下所司。阳羡复出，方敦趣在道，先生已属疾，卒于家。时相调旨，责三人具对。虞山奏曰："臣先张溥成进士二十余年，结社会文止为经生应举，臣叨卿贰，不应参涉。"采奏曰："复社之起，在臣令临川日，自此杜门病发十年，谓复社是臣事，则非其时，谓复社非臣事，则张溥实臣至友。"上览其词直，置弗问。用御史刘熙祚言，取先生所纂《五经注疏大全》，及《礼书》、《乐书》、《名臣奏议》数百卷，缮写进览。先生死，而馋口嗷嗷，追仇其地下之骨。幸蒙上湔雪，又并其遗书拂拭之，于此见稽古之不容泯灭也。

《复社纪事》，昭代丛书戊集续编本卷十五。

卧子负旷世逸才，年二十，与临川艾千子论文不合，而斥之。其四六跨徐、庾；论策视二苏。诗特高华雄浑，睥睨一世。好推崇右丞，后又摹拟太白，而少陵则微有异同。要亦崛强，语非由中也。初与夏考功瑷公、周文学勒卣、徐孝廉阁公同起，而李舒章特以诗故雁行，号陈、李诗，继得辕文，又号三子诗，然皆不及。当是时几社名闻天下，卧子奕奕眼光，意气笼罩千人，见者莫不辟易。登临赠答，淋漓慷慨，虽百世后犹想见其人也。

《梅村诗话》，清诗话本，上海古籍出版社 1978 年版，69 页。

王士祯：

陈大樽《明诗选》，于弘、正间持择甚精，嘉靖以来，便稍皮相，什得七八耳。至《拟早朝》应制之体阑入，未免可厌。万历以下，如汤义仍、曹能始，不愧作者，概置之桧下无讥之列，此则大误。须合牧斋《列朝诗集》观之。（自注：弘、嘉间，虞山先生之论不足为据，当以陈为正。）

《古夫于亭杂录》，中华书局 1988 年版，121 页。

朱彝尊：

天如狎主复社，以附东林，声应气求，龙集风会，一言以为月旦，四海重其人伦。书晷刻而百函，宾昼日以三接。由是青衿胄子，白蜡明经，登李元礼之门，不啻虬户；为柳伯骞所识，胜于箪金。列郡人文，一时风尚。口谈朝事，案置《汉书》。头包露额之巾，足著踏跟之履。和歌《下里》、拥鼻《东川》。俄而哲人其萎，践康成之妖梦；天子有诏，求司马之遗书。党论日兴，清流酿祸。周之夔弹之于始，阮大铖厄之于终。而邦国因之殄瘁矣。

《静志居诗话》卷十九，人民文学出版社 1998 年排印本，574 页。

邹漪：

天如为文融洽经史，诗皆三唐风格。

《启祯野乘》，《明诗纪事》辛签卷二十二，上海古籍出版社排印本。

宋征璧：

大樽严于论诗，凡献诗者踵相接，大樽意态傲岸，若不足当一顾者。予语大樽："前辈好推挽人，那得尔尔？"然大樽未尝不虚心，尝向予道律诗如"春城月出人皆醉"及"罗绮晴娇绿水洲"之句，诗余如"无处说相思，背面秋千下"一词，生平竭力摹拟，竟不能到。有味乎其言也。

《抱真堂诗话》，《陈子龙诗集》附录二，上海古籍出版社排印本。

夏允彝：

卧子年弱冠，而才高天下。其学自经、史、百家，言无不窥；其才自骚、赋、诗歌、古文词以下，迨博士业，无不精造而横出。天下之士，亦不得不震而尊之矣。

《岳起堂稿序》，《陈忠裕全集》弁首，箨山草堂本。

周立勋：

今卧子出，而言诗之家又为一变。纵横浩达，于学无所不窥。雄深凄惋，干预风化，尤极千古。所撰著乐府以下诸体备存，旨概多尔雅之文，斌斌有作者之象矣。……所谓古人之才必有总萃，非卧子之谓欤。余故因诗以言其诗，而天下之观卧子之诗者，亦可以得其志之所存矣。

《岳起堂稿序》，《陈忠裕全集》弁首，箨山草堂本。

黄宗羲：

几社于今数十辰，犹随年少斗清新。凭君欲话当年事，同是琵琶亭里人。

《赠云间钱子璧》，《黄宗羲全集》第十一册，浙江古籍出版社1993年版，278页。

徐鼒：

御史艾南英……皆以闻难后死。……南英，东乡人，天启四年举于乡，尝起兵建昌，兵败入闽，陈《十可忧疏》，授主事，寻改御史。

《小腆纪年》附考卷第十三，中华书局1957年排印本，493页。

《四库提要》：

（《沧溟集》）骤然读之，斑驳陆离，如见秦汉间人。高华伟丽，如见开元天宝间人也。至万历间，公安袁宏道兄弟始以赝古诋之；天启中，临川艾南英排之尤力。

《四库全书总目》卷一七二，别集类《沧溟集》。

《四库提要》：

自世贞之集出，学者遂剽窃世贞。故艾南英《天傭子集》有曰："后生小子，不必读书，不必作文，但架上有前后《四部稿》，每遇应酬，顷刻裁割，便可成篇。骤读之，无不浓丽鲜华，绚烂夺目，细案之，一腐套耳"云云，其指陈流弊，可谓切矣。

《四库全书总目》卷一七二，别集类《弇州山人四部稿》。

方以智：

吴次尾慕陈龙门，亦善尔公。尔公讪千子，卧子不屑千子，各有其指。维斗或暗取其说。千子论时文，不必尽文之变，然在乙丑后，亦一药也。功令是也，不足以压才人讲学在躬行，时文自夸云乎哉？

《膝寓信笔》，《桐城方氏七代遗书》第6册。

周亮工：
艾千子曰：弘治之世，邪说兴，劝天下士无读唐以后书，骄心盛气，不复考韩、欧大家立言之旨。又以所持既狭，中无实学，相率取司马迁、班固之言，摘其字句，分门纂类，因仍附和。太仓、历下两生，持北地之说而又过之，持之愈坚，流弊愈广；后生相习为腐剿，至今未已。南城圭峰罗文肃公，当邪说始兴之日，矫俗自正，力追古大家体裁，当时以为直逼柳州。天下后进读公之集，始知刻励为文，不袭陈言，不厌薄韩、柳以为可师者，皆公之力也。文肃公集初刻于盱都，再刻南国子监；武进淇澳孙公亦有选本，近其玄孙栗士复刻于家，较诸刻稍备。

《因树屋书影》卷一，上海古籍出版社排印本，5页。

艾千子自言：戊午以后，于古人深处，颇有所窥。为文渐有"潦水尽而寒潭清"之意。而时流不察，反以江淹才尽。

《因树屋书影》卷一，上海古籍出版社排印本，120页。

近日论古文词者，当以艾天傭为正。

《因树屋书影》卷一，上海古籍出版社排印本，163页。

《四库抽毁书提要稿》：
艾南英以乡曲之私，偏袒严嵩，强为辩白，而以恶王世贞之故，特存其说。

《书影》十卷提要，《因树屋书影》卷首附。

第三章 方外遗民对古典诗说的尊崇与游离
——以方以智、傅山为对象

第一节 明清之际遗民思想家的文学游历

　　选择方以智、傅山作为诗论研究的个案，似乎不伦。因为二者既不是专门的文学家，也不是专门的诗论家，即便有论诗析文之语，也不在主流批评家之列，他们只是将文学视为副业的思想家。但文学批评在历朝历代都不只是批评家的专利，参与文学鉴赏和文学批评的人实亦包括社会各阶层的人士。我国古代号称诗国，这不仅表现在诗人与诗作的众多，还表现在专业诗人之外的一般文人也多涉足于诗或与诗有关的活动。一个有趣的现象是，古代文人，无论其偏擅于哲学、历史、语言、音韵，或是稽古、考证；无论其为官员、绅士，或是僧人、隐逸，均或多或少地与诗发生过关联。这一现象在唐以后的中国社会中尤显得突出，只要我们翻阅一下各类人物现存的文集，诗是文集分类中较为多见的一种。与此相关的是，在他们文集的书信序跋中也或多或少地保留有谈诗论文的文字。出现这种情况的原因固然很多，但其中一个重要的原因我以为诗对于中国文人而言，并不仅仅是一种纯文学的文体，对于大多数的文人而言，诗在抒情写志之余，也是一种交际的工具；唐以后，它还是文人的进身之阶。这一特殊情况，使得中国古代文人从很小的时候起就受过诗的专门训练，对诗有着十分感性的认识，不会写诗的在古代各类文人中可以说是绝无仅有的。这些非专业诗人的诗作或批评家的诗评文评，是古代文学及文学批评整体的一部分，也是我们研讨此类批评家的诗论文论的一个根据。

易代前后，江南及黄河以北有若干带异端色彩的遗民思想家，像李颙、孙奇逢、王弘撰、阎尔梅、阎修龄、傅山、方以智等，面对突如其来的变故，他们有的拒清不仕、坚持遗民操守，有的遁入禅门，有的衣着黄冠，以遗民兼思想家的身份，潜伏在山林僻地，专心地从事于哲学、传统学术，甚至是医药、数算、星历等科学领域的工作。这些被称为"畸儒"、"禅师"、"异端"的思想家，与当时的文人圈包括诗人保持着密切的接触，其中既有遗民诗人，也有降清官员，他们之间的诗文唱和，是遗民文学的一个重要组成部分；由于兼有遗民、异端思想家的双重身份，也使他们的文学活动具有不同寻常的意义。以下我们从不同的视角，来观察遗民思想家在易代前后与文坛所发生的关系。

一、遗民思想家与文社活动

由于文社在明代科举中对士子有非常特殊的意义，所以明亡以前，多数后来成为遗民思想家的人物均曾参与过不同类型的文社。下面是方以智和傅山参与社事或与社中成员交往的情况：

方以智与泽园永社关系密切。方十六岁起就与孙临、方文、周歧等结为泽园社，参与社课，其后一直与之保持密切接触。如崇祯四年（1631），他于泽园著《为扬雄与桓谭书》；次年冬又辑己作古歌、乐府为《泽园永社十体》等。泽园乃方家所建，临南河，取丽泽之义。又崇祯三年（1630），方以智二十岁，虽已入复社，但仍与泽园社中诸子保持较多的文字交往；是年以所作《尔雅注》（按：即《通雅》初稿）一书与同社诸子切磋，《博雅集》卷八有《余注〈尔雅〉，始成三卷，社中诸子过询，阅其稿，因命酌，分得邪字》一诗可证。①

崇祯五年（1632），方以智在杭州访闻启祥"吴山精舍"，并会"读书社"诸社友，其中如吴思穆、张元等人与方同为复社成员；是年秋，方以智又在杭与几社诸子陈子龙、李雯、周立勋、徐孚远等人定交，气味相投，《膝寓信笔》称"壬申游西湖，遇陈卧子，与论《大雅》而合"，二人并互有赠诗，说明方颇认同陈子龙的古典主义诗学思想。②

崇祯六年（1633），方以智在南京主金陵广业之社，事见吴应箕《楼山堂集》卷十七《国朝广业序》，谓崇祯癸酉年雅集主之者有方密之。③

另方以智与复社及复社成员关系密切，陆世仪《复社纪略》卷一记载复社成员姓氏、杜登春《社事始末》均录有方以智之名；王士禛《感旧集》卷三《释弘智》引张中畯语，说方以智与陈卧子、吴应箕、侯方域等人"接武东林，主盟复社"，但方氏于何年加入复社，未见他本人的文字记录，《流寓草》卷五有《感时事念受先、天如》一诗，当可印证他与复社二张有一定关系。他与复社成员如周钟、徐孚远等人有密切接触亦多见于他本人及各家文籍。在方以智《膝寓信笔》中有不少有关社事活动的记载，从中既可见方氏与诗文熏染颇深，亦可见晚明社事之盛，录之如下：

  永社十体七言近体百韵，一日成之，亦雄矣！偶然斗宝游戏耳。今年克咸（密之妹夫）赠李临淮七律百

---

① 据任道斌先生《方以智年谱》，安徽教育出版社1983年版。
② 《膝寓信笔》，桐城方氏七代遗书本。
③ 丛书集成初编本。

韵，工丽绝伦；刘无疆见余上范大司马六十韵，面逼余成四十韵，则事在读书人不奇也。若以论诗，诗不系乎此。

全州滕伯伦甚豪，寓桃叶渡河房，挟马生度曲，每夜宴客有索头罨辄数十罨，则自歌诗。诗既险峭，声又悲激，属予作歌，为浮一罨，据红屬书之，不屑李费、张宪之和铁崖也。每书一行，伯伦为一叫绝，响振秦淮，游船过客，皆骈泊而惊视。

临淮侯李元素能诗，好客。三十初度，宴会瑶华堂。词客凡百余，歌舞既罢，共立前台，上限韵，先成者坐第一坐，不愿者立台下。观余诗先成，元素围红妆以玉觞觞我，堂中雷鼓催诗，次第成者十五人，可谓豪举。

子远舅氏广永社集，诸公于南园，余病不能赴，后补古诗五首。永社者，龙眠之十体诗社也。

钟山偶集，范仲阉为主，时刘客生、刘阮仙、……及龙眠数子在坐，刘伯宗适至，伯宗正有白门偶集之选，今日征诗，亦称偶集，天下事皆偶也。余赋三律。

关中课，晨起治经，少选读史、讲解，午后游衍，随分抽杂，编诗文寓目，薄暮互相征质，夜删纂，三七日作文。①

以上所录，颇能反映明末士子诗酒相娱之状况，亦可见出彼时人文之精神，明末著名思想家中，当以方以智所参与的诗文社事最多。

阎尔梅在清人入主中原后与方以智一样剃发为僧，与万寿祺同为著名的"徐州二遗民"，复社成立之初，他原不是社中成

---

① 以上所引均出自方以智《寓膝信笔》，桐城方氏七代遗书本。

员，后因慕东林党人及复社成员与阉党的斗争，趁入京会试的崇祯三年加入复社，多次参加复社组织的文会，并且回乡仿效之，立社会文。①

  傅山虽为晋人，地僻而人文环境不如江南，但其世代业儒，家学渊源，蜚声三晋，年十五中秀才，已有名乡里，后受山西按察司提学佥事袁继咸提携，于太原三立书院（一名三立祠书院）课艺，袁亲自"讲肄其中"，并取傅山为全院三百诸生第一。三立书院历史悠久，倡导知行合一，万历三十七年（1609）乡试，生徒中举者五十余人。依该院例规，朝夕劝课，每月大会三次，小会六次，相互讨论，分别等次。其功能约与江南文社相类，读书课艺，帮助士子应试是其主要任务，但运作似较文社更严密，也更有程序。② 另据傅山《叙枫林一枝》一文，言戴廷栻"声噪社中"，并向傅山虚心问字，未知傅山彼时是否也为社中之人。

  据谢国桢先生《明清之际党社运动考》，江北遗民思想家曾参与社事者还有李颙、孙奇逢、王弘撰，淮上阎修龄等。如张穆《顾亭林年谱》引王山史《山志》，顾氏曾到陕西访青门七子，七子为明季宗室，聚于雁塔下唱和，有结社之迹；汤斌等撰《孙夏峰年谱》，云其与同人修武备，兴文学，有礼乐弦诵之风；孙奇逢在河南百泉立十老社，为讲习之所；淮上影响甚大的阎修龄等人组织的望社，虽以《三礼》之学为主，但朝夕行吟，亦不乏纵情诗酒者。至于顾、黄、王三大家，也与文社颇有瓜葛，详情可参阅本书第二章。

  由以上可知，崇祯年间文社的兴盛对后来成为思想家的诸子

---

  ① 事见鲁一同《白耷山人年谱》及桂中行《徐州二遗民集》。
  ② 详可参阅《中国书院制度研究》一书的有关章节及《霜红龛集》附录之《傅青主先生年谱》。

影响颇大,他们大多先后参与过社事活动。这种特殊的经历对他们在文学上的影响有二,一是文社成员诗酒唱和,陶冶了他们对诗文的艺术感受力,二是在文社中结识了不少专业诗人,使其一生都与文人圈保持着密切的联系。

二、方、傅与其他文人的交往

明清之际,文人间交往的范围及密度远胜于前此的任何一个时期,大江南北,无论西北边陲,湘西苗地,还是偏远的岭南,文人之间大多有直接或间接的联系。如果将这种关系勾画出来,完全可以呈现出一种网状的形式。

方以智为明末四大公子之一,交游甚广,与之有直接关系、且有诗酒艺文来往的文人,据不完全统计就有陈子龙、钱谦益、茅元仪、王夫之、李雯、夏允彝、陈贞慧、冒襄、龚鼎孳、周介生、吴应箕、陈名夏、陈继儒、瞿式耜、阎尔梅、于奕正、张泽、范景文、宋征舆、黄宗羲、侯方域、孙奇逢、归庄、易堂九子、施闰章、吴伟业等。至于有间接关系者更不可胜数,比如方以智与竟陵钟惺、谭元春并无交往,但他们有一个共同的诗友茅元仪(止生,茅坤后人),彼此的关系还相当好;此外,竟陵派后人、写《帝京景物略》的于奕正及竟陵的追随者张泽也与方以智有所交往;再比如方与艾南英也未打过交道,但艾与方的好朋友陈子龙却有一段恩怨纠葛;至于西北李颙、傅青主,岭南屈大均、黎美周等,与方以智也有直接或间接的关系。这还只是以现存有文字记录的为据,如果加上相识相熟而又未有文字记载的恐怕还更多。方在晚明文人中颇喜结纳,桐城兵变他流寓南京时就诗酒狂放,与东南士子、艺妓冶游,事变后在江西一带,与之交往者更多,《皇明遗民传》本传说的"以智晚节颇事接纳"(卷一),就是这方面的情况。

下面列出方以智、傅山与明清之际一些重要文人交往的事例：

　　崇祯三或四年，方以智二十岁左右，曾拜谒钱谦益，访其藏书。《通雅》卷三记曰："年二十出游，遍访诸藏书家，就抄其目，许借者借之。"另据《方以智年谱》，《博依集》卷八有《呈钱牧斋宫尹》诗；顺治十年，钱谦益为方以智《借庐语》诗集作序，序尾钱自称海虞弟子蒙叟钱谦益。

　　崇祯五年秋，方以智游西湖，交陈子龙等几社诸子，其后一直保持联系，并互有赠诗多首。事见方《膝寓信笔》及陈子龙集中《遇桐城方密之于湖上，归复相访，赠之以诗》①。又崇祯十一年，方以智诗集《流寓草》结集，陈子龙、徐世溥、李雯等为之作序，序中对方诗颇有褒扬。

　　崇祯十三年，在京访诗人宋玫，相互说诗问答，并著《诗说》。事见《通雅》卷首《诗说》注文："庚辰答客问。"②

　　崇祯十六年，为吴甡撰刘文炳之叔刘继祖等墓志铭丹书（拓片今仍存于北京图书馆，文为吴甡撰，丹书由方以智写），另吴在任山西时与傅山也有来往，见下。

　　顺治十六年至康熙九年，方以智禅游江西及主持青原期间，与魏禧等易堂九子、施闰章、毛奇龄、贺贻孙、顾炎武等各界文化人保持密切来往，或诗酒唱和，或设坛讲法、或穷究物理、或寄诗励志。

　　方以智在顺治五年，亦即南明二年时与王夫之相识，当时方逃至湖南武冈县之洞口隐居，其间与王夫之订交。③ 此后两人就保持着相当频密的来往，方在主持青原以后，还一度邀王夫之前

---

　　① 分见于《桐城方氏七代遗书》第6册及上海古籍排印本之《陈子龙诗集》。
　　② 影印文渊阁四库全书本。
　　③ 据《方以智年谱》引《道光宝庆府志》，方"居武冈时，与衡阳王夫之善"。

往,被王拒绝。王夫之集中有六首诗一首乐府与方以智有关,《薑斋五十自定稿》有两首,分别是《得青原书》、《寄怀青原药翁》;《薑斋六十自定稿》中四首,分别是《极丸老人书所示刘安礼诗,垂寄,情见乎词,愚一往呐吃无以奉答,聊次其韵述怀》、《闻极丸翁凶问,不禁狂哭,痛定辄吟二章》(自注:传闻薨于泰和萧氏春浮园。孙按:此系误传)、《桐城余兼尊昔为青原侍者,归素以来崎岖岭外,相值得见访,为录前寄极丸老人诗,仍次原韵赠之》;又《南窗漫记》录有"药铛□□(原缺二字)一炉煎"一诗,序云为拒方密之邀之入青原一事。方以智与王夫之相互间还有和曲一支,名《十二时歌》,方作已佚,王作还保留在《愚鼓词》(《船山遗书》及中华书局排印本《王船山诗文集》中均予收录)中,名《十二时歌和青原药地大师》。由方、王二人的几首和诗来看,他与方以智的感情甚好。另王夫之也曾写有《方以智传》,收在《永历实录》卷五及《桐城方氏七代遗书》弁首。

  与方以智相比,傅山由于地居燕北,远离东南文化圈,再加上习性所致①,除个别东南文人外,他少与一般文人相交,他曾叙述自己交游经历时说:"吾自二十岁以来交游颇多,亦尽有意气倾倒之人,渐渐觉其无甚益处。……后来渐渐知所谓意气者皆假为名士之弊,坐此败露者实繁。"② 此后傅山对东南一般的所谓名士实有戒惕,所交接者亦多为气味相投的本地或北方学者。

  东南学者中,与傅山来往较著者一为顾炎武,康熙二年,顾炎武专程访傅山于松庄,并赠五律一首,傅山亦依韵答之。《霜红龛集》卷九中收录顾炎武《赠傅处士山》一诗及傅山和诗

---

① 全祖望所谓"坚苦持气节,不肯少与时婼婳"。《阳曲傅先生事略》,《鲒埼亭集》卷26,四部丛刊本。

② 《霜红龛集》卷四十,杂记五。山西人民出版社影印丁宝铨本。

《顾子宁人赠诗随复报之如韵》，顾氏赠诗对傅山期许颇高，诗中有"为问君王梦，何时到傅岩"之句。

与傅山有文字之交的东南学者还有兴化人吴甡（孙按：方以智与吴亦熟，见上），崇祯七年，吴甡拜右佥都御史巡抚山西，傅山有《送中丞吴公》一诗。崇祯九年，阉党张孙振诬袁继咸，吴先为袁解辩，后又纠张孙振赃私，为袁雪冤助一臂之力，事见傅山《霜红龛集》中《因人私记》一篇。东南学者与傅山有文字之交的还有浙江秀水曹溶，他写有《怀傅青主》、《留别傅青主》等诗。

北方学者中，傅山服膺者为百泉孙奇逢（孙按：方以智与孙奇逢亦相熟，甲申之变，方曾欲联络孙奇逢武装，未遂），康熙二年他五十七岁时，专门到河南辉县苏门山访孙夏峰，并为其母求墓志，其后撰文对孙氏之说"专讲作用"表示钦佩。

与傅山有交往的著名学者还有阎若璩和申涵光，前者于康熙二年曾过松庄与傅山论学问答，十年后又再访之；后者更在游太原时请晋署方显祚为傅山买宅，因申凫盟实觉得傅山太过清贫。此外，白耷山人阎尔梅也于康熙十年傅山六十五岁时到太原访问之，并作《岁寒古松》画一幅。① 陕西著名学者李因笃也与傅山有交往，作有《席上呈傅征君》、《得傅征君信》等诗。山东王士禛曾得傅山赠荷竹丹青一幅，有《答傅青主惠写荷竹兼怀戴枫仲》一诗纪此事。

傅山和东南一带的诗人相交不算多，可能由于地域的关系，他更多地倡导西北之文，对东南诗人评价不高，《霜红龛集》卷十三有诗云："江南江北乱诗人，六朝花柳不精神。盘龙父子无月露，紫搅万众亦风云。"（《口号十一首》之一）又云："云间

---

① 以上所引材料均据丁宝铨氏《傅青主先生年谱》，《霜红龛集》附录，山西人民出版社影印本。

兄弟自高才,道真聋老不闻雷。长柄胡芦休怪问,何如不向洛中来。"(《口号十一首》之十),诗中将陈子龙等云间兄弟比之于六朝吟风月、弄花草的"乱诗人",并不予认同,说明傅山对东南诗风士风的厌恶。奇怪的是傅山对后人一致指责的亡国之音竟陵诗却持肯定态度,"近来觉得毕竟是……钟伯敬们好些"①。在对东南诗人存在偏见的同时,傅山一直竭力提倡西北之文,与本地的戴廷栻(枫仲)②、雪峰和尚等多有交往并颇为推许。所以傅山与文人之交往,也同他的个性及思想一样,表现出鲜明的个性。

方以智、傅山与各地文人的交际关系显示,在由明入清的一段时间里,诗人、文学家、理学家、学者、画家、艺人、僧人,三教九流,互通声气的现象是非常普遍的,不同地域、不同行当的各类文人有着相当广泛的接触,这是由明入清的几十年间中国文化界一个较为突出的现象,它对于促进当时不同地域的文化发展,沟通不同的学术领域,具有重要的意义。

第二节　方外大儒　诗文尚古
——方以智诗文理论平议

一、由泽园公子到方外大儒

方以智(1611—1671),安庆府桐城人,字密之,号曼公,别号龙眠愚者、鹿起山人、泽园主人、极丸学人、易贡游子、高

---

① 《杜遇馀论》,《霜红龛集》卷三十,杂著五,山西人民出版社影印丁宝铨本。

② 戴廷栻,字枫仲,祁县人。幼负异质,读书十行并下,为文操笔立就。甲申后,无意仕进,居丹枫阁著书,操选政,锓版数十种行世,一时名满天下。时海内名流,南方多聚于水绘园,北方则丹枫阁,称极盛焉。

座道人,披缁后法名弘智、行远、药地、无可、浮庐、墨历等。方家世代业儒,方以智曾祖、祖父、外祖父、父亲等人均学有专长,分别精通儒、佛、《易》、《春秋》及西学。密之少承家训,随父宦游,历京华、川、闽、冀等地。年稍长因父受魏党排挤而归桐城,结社泽园,课读龙眠山下。成年慕司马迁而载籍漫游东南,访书交友,文辞益进。崇祯七年甲戌桐城兵变,流寓南京,他曾自叙此期经历云:"流寓白门,收焦顾两家之遗。吴中所刻小说亦多,方选古今诗风,从事文集。终日谐际,潦倒诗酒,仆仆中偶然过目而已,固常自恨。"① 由于方氏出身名门,在南京期间颇有人与之交接,除了与朋友诗酒相娱外,还参与复社活动,裁量人物,风议朝政。崇祯庚辰中进士,官翰林院简讨,充定王讲官。甲申之变,痛哭于崇祯灵前,因被农民军俘获,乘隙脱逃后南还。又以阮大铖权柄弘光朝政,为避祸变姓名流落岭南。南明隆武、永历两帝征召不应,避之深山,与苗民杂处。清兵入粤西,变服为僧,居梧州云盖寺。后友人使粤西,随之出岭南,经庐山返乡。返乡后拒不仕清,至南京高座寺皈依曹洞宗。父丧期满而禅游江西讲法,后主青原山道场,授徒讲学。晚年因事再陷囹圄,押赴岭南,舟至惶恐滩疾卒(一说遭杀)。

  方以智生平以气节学问自许,此传统文人道德文章合一之体现,也是桐城方氏几代人引以为豪的血脉所在。究方以智一生,少涉家学,淹贯经史;青年时期流寓南京,虽曾潦倒诗酒,引红妆、啸曼歌,显露出东南士子孟浪之风;但甲申之后,民族气节渐显,变名易姓,削发为僧,伏处深山苗地,入住清僻僧寺,不与清人合作,是一个极具气节的民族志士和学问家。

  方以智博学多才,具有多方面的才能,举凡经史子集、天文历算、儒佛道藏、乐府诗词、书画篆刻、音韵训诂、医药物理,

---

① 《通雅》卷三,影印文渊阁四库全书本。

无不涉猎。

今所传方氏著述多种，其影响于世较大者如《东西均》，倡导儒、佛、道三家合一；《通雅》于音韵训诂、名物考析方面颇有建树，四库提要赞其"考据精核"，"穷源溯委，词必有征，在明代考证家中可谓卓然独立者矣！"，甚至以为"国初顾炎武、阎若璩、朱彝尊等沿坡而起，始一扫悬揣空谈"，评价甚高。《物理小识》考究物类，通研其几，又绍介西学，被称为"《通雅》之别集，方氏之外篇"。（余飑《名物小识序》。按：此书又名《名物小识》）在当时产生很大影响。除上述三部在思想史学术史上卓有成就的著作外，方以智的医药学、法书篆刻，甚至是奕品亦臻上乘。①

方有诗集多种，如《博依集》（存）、《泽园永社十体诗》（《桐城方氏诗辑》卷二十三）、《方子流寓草》（存）、《过江集》（佚）、《流离草》（《桐城方氏诗辑》卷二十七）等，方氏的乐府古体追摹汉魏，笔阵纵横；近体诗浑沦畅达，气壮实沉，无浮响，属宗唐一派，与云间诸子诗趣合一，但无七子门面腔子语。

方以智著述之丰，在晚明士子中不遑多让。其子方中通《陪诗》卷四《惶恐集·哀述》云："老父……生平著作百余种，别有书目，总名之曰《浮山全书》。至百家技艺，若书法、若画、若奕、若图章、弗克枚举。"方陪翁所举各书，尚仅限于书画图章一类，至如《东西均》、《通雅》、《物理小识》诸书，实可传诸久远者。

方氏去世后，其多种著述曾被列为禁书，如《博依集》、

---

① 方以智于医学颇有造诣，著有医书多种，如《医学》、《医学会通》、《明堂图说》、《内经经脉》、《医集》等（参见任道斌《方以智著述知见录》，书目文献出版社1985年版），崇祯十二年夏，他还为黄宗羲切脉诊治疟疾；王夫之《永历实录》卷五《方以智传》云其"奕棋亦入能品"。

《流寓草》、《浮山文集》、《一贯问答》、《通雅》等。在《清史稿》中，方以智被列在了《遗逸传》，《南疆绎史》列为《方外列传》，俱见其在清朝官方眼中的位置。

尽管如此，方的影响却远非一般的遗逸方外所能比拟。《桐城方氏七代遗书》张英序云：海内宗密之先生盖五十余年。博闻大雅，高风亮节，为近代文人之冠。

《康熙安庆府桐城县志》卷四《理学·方以智》云：

> 既没之后，海内闻者莫不悼惜，服公志节、学识，洵一代伟人云。

其在诗坛方面的成就，朱彝尊在《静志居诗话》卷十九中有如下表述：

> 先生纷纶五经，融会百氏，插三万轴于架上，罗四七宿于胸中，早推许、郭之人伦，晚结宗、雷之净社，乐府古诗，磊落崚崎，五律亦无浮响，卓然名家。

三人所论，颇能说明方以智在当时文人圈中的地位和影响。

方以智不是专门的文学批评家，但如前所论，这并不妨碍他从事文学批评。事实上，方以智对古代诗文的发展和当时文坛的状况了如指掌，与当时一些著名的诗人和文章家保持较密切的接触，再加上他本人积极地参与社事活动，并有诗集《流寓草》、《流离草》等结集出版，所以思想家之外，他也同时具有诗人的身份。方以智晚年曾写过一封信给朋友，信中谈及他生平读书治学之大略，间中也透露出他与诗文之间的关系：

> 总角时，祖父之训诵经阅史，不咕哔制举义。年十五，十三经略能背诵，班史之书略能粗举。长益博览百家，然性好为诗歌，悼挽钟谭，追复骚雅，殊自任也。弱冠慕子长出游，游见天下人，如是而已。遂益狂放自行，至性而不蹈大闲，以为从此以往，五年毕词赋之坛坫；以十年建事功于朝廷；再以十五年穷经论史，考究

古今；年五十则专心学《易》。……悲哉！智弱冠灾木数十万言，皆词赋也，后稍稍有所进，著作古文皆不以示人，考辨经史，不敢与人言论，以末世恶人学问也。……嗟乎！少年溺于雕虫，中年祸于荒乱，父师所授，生平所得，皆未成编，海内之言智者，或以为词客，或以为狂生，天性不爱利禄，时以旷达玩世，故不为边幅以自雕饰，穷理者嫌其异于宋儒，而非之者有矣。①

在这段自述中，颇清楚地显现出方早年在诗文赋中所下的工夫，他甚至有一段时间曾"性好为诗歌，悼挽钟谭，追复骚雅"。至于文学批评方面，在方的著作中，有专门的文学批评论著，也有一些书信序跋笔记中涉及了文学批评。前者像《文章薪火》、《诗说》，一论文，一说诗，是非常专业的文学批评论著；后者像《膝寓信笔》、《浮山文集前编》、《稽古堂文集》、《通雅》、《东西均》等②，也保留了一些文坛掌故和对诗文的看法。由于方以智首先是一个思想家，所以他对诗文的看法要比一般的文章家更深入，更由于方以智有"坐集千古之智"的视野，所以他很能体现一种综合折中的方法，在这一点上，方以智与他的好友王夫之具有相类似的特点。我们下面分别以文和诗两个部分，剖析方以智的文学思想。

---

① 《又寄尔公书》，《稽古堂文集》，桐城方氏七代遗书本。
② 方氏著作的辑录有交叉，如《文章薪火》，为《通雅》之一部分，但也有单行，昭代丛书及文学津梁均收有此书单行本；又《浮山文集前编》十卷，有单刻本，清初曾为禁书，后方以智七世孙方昌翰编《桐城方氏七代遗书》时将其中三十二篇编为《稽古堂文集》上下卷，是故《稽古堂文集》实《浮山文集前编》之一部分。参见任道斌《方以智著述知见录》。

二、文章论

(一) 文章与道艺

方以智对文章的看法,有些很传统的东西。这一方面有其世代业儒的家庭背景,另一方面也与他的知识结构有关。《稽古堂文集》卷上有一篇《文论》,主旨乃崇尚六经之文。崇尚六经,一方面是认为六经之文乃后世一切文体的渊源,另一方面也在于六经具有正确的义理。将六经视为文章之源,在中国有着深厚的传统,也是多数古代文人的共识,其目的是为了使文章能自尊其体,自高其位。而认为六经具有正确的义理,实际上隐含着他对文章家应该具有的思想义理的要求。在这篇《文论》中,方以智有一段较为关键的话:

> 本于经,练要于史,修辞于汉,析理于宋。文从古法,诗从正始,而好学在乎定志,词达在乎辨雅。雅辨也,虽仲尼亦引之升堂矣。①

在这段话中,方以智实际上对文章的写作提出了四个方面的要求。本于经,是从定志上说,要求文章家通过学习六经而具有好的思想基础;练要于史,是从文章的使事上说,要求从《左》、《国》、《史》、《汉》中掌握简要的处理史实的方法;修辞于汉,自然是要求文章家学习汉人用辞简洁雅致的风格;析理于宋,是从宋人处学习说理的方法。而定志、使事、用辞、析理四者,显然就是方以智衡量文章优劣的四个要素。

方以智文章本乎六经的说法为汉儒以来正统文人一直所采用,除此之外,方氏对宋儒关于道与文章,道与艺关系的说法也颇有汲取。在《文章薪火》中,他有以下一段话:

> 性道,犹春也;文章,犹花也。砍其枝,断其干而

---

① 《文论》,《稽古堂文集》卷上,桐城方氏七代遗书本。

根死矣,并掘其根以求核中之仁而仁安在哉?……夫核仁入土,而上芽生枝,下芽生根,其仁不可得矣!一树之根、株、花、叶,皆全仁也。圣人知之,故老任斯文,删述大集,与万世熏与天道,岂忧其断乎?既知全树全仁矣,不必避树而求仁也明甚。①

在《道艺》一文中,也有相类的看法:

  道德、文章、事业,犹根必干,干必枝,枝必叶而花。……若见花而恶之,见枝而削之,见干而斫之,其根几乎不死者?……世知枝为末而根为本耳,抑知枝叶之皆仁乎?则其本乎一树之神含于根而发于花,则文为天地之心,千圣之心,与千世下之心鼓舞相见者,此也。②

两段录自不同著作中的论述,很清楚地表明方以智道德文章合一的想法。他认为道德与文章犹同一棵全树,不能割裂,不能只取其一,文章蕴含着道德,道德通过文章而显现,道德文章是合二为一的东西:"圣人之文章即性道,非今人所溺于文章也。"(同上)

  方以智的这些言论看似很迂腐,与宋儒语录也很相像,如周敦颐说:

  文所以载道也,轮辕饰而人弗庸,徒饰也。况虚车乎?文辞,艺也;道德,实也。……不知务道德而第以文辞为能者,艺焉而已。噫!弊也久矣。③

程颐也说过:

---

① 《文章薪火》,文学津梁本。
② 《道艺》,《东西均》,《传世藏书》本诸子六。
③ 《通书·文辞》,《周子通书》第二十八,《濂洛关闽书》卷一,正谊堂全书本。

> 古之学者，惟务养情性，其他则不学。今为文者，专务章句，悦人耳目；既务悦人，非俳优而何？曰：人见六经，便以为圣人亦作文，不知圣人亦摅发胸中所蕴，自成文耳。所谓有德者必有言也。①

由上引可以看出，方与宋儒在强调道德文章合一的方面是一致的，不同的是宋儒完全否定文章言情逸志的功能，而方在这方面还没有走得太远，他在著述中毕竟还有一些讨论文章技艺作法的内容，也反对"理学之汩没于语录也"、"禅宗之汩没于机锋也"（《东西均·道艺》）。但二者在文以载道的观念上似乎并无大的差异。

方以智在文章观念上的保守是令人惊讶的，因为在一般文人中，对文章持如宋儒那样极端看法的并不多，更何况他甲申之后，披缁入禅，其保守宋儒道学思想就更让人难以捉摸。

我们尝试着把握方以智思想之脉络，他固守六经传统，遵循宋儒之说，也许有以下几个背景值得注意。一是世代业儒的家教；二是明中叶以来的浪漫思潮所导致的社会和思想的弊端引致新一轮的复古思潮，方以智的思想与这一思潮相吻合；三是方中年遭世变，其后二十余年虽游身方外，但实际上是一个大儒，《东西均》倡导儒、道、释三教合一，实际上是将道释二家融之于儒②，他在骨子里还是一个纯粹的儒者；四是方有重视实学思想的背景，他反对空文，这一点也使他很容易与宋儒文以载道的思想挂上钩。

(二) 古文史观

明代古文历经四变，明初宋濂为开国文臣，论文主文道合

---

① 《二程语录》卷十一，正谊堂全书本。
② 如《东西均》附录之《象环寱记》中尝言《庄子·天下篇》之称邹鲁之士为庄子"则尊孔子也至矣"；又《东西均·神迹》篇云："庄子实尊六经，而悲一曲众技，不见天地之纯，古人之大体，故以无端崖之言言之，其意岂不在化迹哉！"

一，宗经师古；永乐至正统四十年间为一变，由台阁派主盟，以雍容雅致的太平之音为尚，古文遂成庙堂之体；由弘治末年，经正德至嘉靖末的约六十年间为二变，先是李何继李东阳之后，在文界倡导秦汉之文，力图兴复古文，改变台阁庙堂之体，嘉靖中又有后七子继之；约与后七子同时又有王慎中、唐顺之等唐宋派古文论者，他们认为七子只是模拟古人文辞，并不能得古人之真精神，故转而提倡唐宋八大家之文，主张由师法唐宋而入秦汉，再上溯六经，是为三变。万历中期以后，以李贽、公安三袁为代表的性灵一派为四变，他们有感于复古拟古之弊，提倡师心独造，影响文坛也有三十年左右。就散文界而言，如若从影响来说，以七子的秦汉派和王、唐的唐宋派影响最大。是故至明末，由于万历中期以来的心学狂禅带来师心独造、油滑浮浅的文风受到文人的摒弃，复古的倾向又一次抬头。其中以陈子龙、张溥等东南文人为一脉，宗奉七子的秦汉之说，豫章艾南英为另一支，主张由唐宋入秦汉，为嘉靖年间唐宋派之承传。这是方以智所面对的历史与现实的文论背景。

从对文章的根本看法而言，方以智的思想颇接近于宋濂，他在《文论》一篇对宋濂有相当高的评价，因为宋濂文道合一、宗经师古的主张同时也为方以智所心仪。而对于宋濂以下无论七子的复古、王唐的唐宋、公安的师心，他均既有汲取，又有批评，表现出一种综合的态势。比如七子与公安，两相对立，方以智并不独取一家，在《文论》中，他对历代古文优劣高低的评骘与七子相当接近，也以秦汉文为最高，而在反对七子模拟的方面又与公安派接近，所以他对七子和公安均有满意与不满意的地方。在《文章薪火》中，方以智对两者有更多的批评：

> 正嘉以剽袭传讹相师，而士以通经为迂。万季以缪妄无稽相夸，而士以读书为讳。至今俗学晦蒙，缪种胶

> 结，胥天下为鬼语，而不知其所从来。噫！①

又说：

> 石塘师曰：自古以拖杳为笃实，而古文风致尽矣。何谓远鄙倍乎？好古者以史汉之追章琢句，拔之久而袭为剽贼矣。贵神识者以唐宋大家救之。侯广成曰：杂怪难识以为博，空疏不学以为灵，此皆妄居其创者。至狂子僇民群起粪扫六经，师心杜撰，于是乎冥趋倒行，愈变愈下，嫌钟鼓玉帛为刍狗，而遂甘为鬼魅也。

两段引文所表达的意思相类，一者反对七子之剽窃，使古文风致不存；二者反对公安师心不学，造成俗学晦蒙，冥趋倒行，文坛遂为鬼语鬼魅。方对七子公安弱点的指陈，是符合实际的。

方以智对唐宋派以及当时追随唐宋派的艾南英一流也有批评，他说：

> 动则曰唐宋大家，抑知唐宋大家皆有深造之火候乎？今欲一蹴而偃袭之，唐宋大家未许也。

似对唐宋派及其追随者也有不满，他认为唐宋派与七子一样，都在学习古人的时候先树立了一个样板，只不过一是以秦汉为的，一是以唐宋为的，其失误却是一样的。所以无论是以学古标榜的七子唐宋派，还是以师心为倡导的公安，二者各有所偏，七子与唐宋派缺乏文章发展渐变的观念，不了解各时期文章"深造之火候"，好古而失之于偃袭，欲一蹴而就；公安反过来以为文章凭师心独造，与古无关，与学无关，重今而轻古，失之于不学。所以他又说："不学，则前人之智非我有矣；学而狗迹引墨，不失尺寸，非《盐铁论》所谓呻吟枯简，诵死人之句乎？"（《文章薪火》）对公安的不学与七子的狗迹引墨均有所批评。

方以智处在一个"坐集千古之智"的时期，所以他无论对

---

① 《文章薪火》，文学津梁本。

前此的说法是取还是舍,脑子里较少门户派别的观念,与王夫之一样,他们只认是非,而不论门派,他批评各家之说,并不以某家某派标目,而是就事论事,只谈观念之是非,不论门里之出身。

方认为文章有其自身的规律,其演进有渐进累积之特点,而且由于它是渐进的,所以就没有一个可供模拟的标本;又因为它是累积的,所以也不能师心杜撰。关于文章的演进变化他有如下简洁的表述:

> 六经而下,《庄》、《骚》适变,《史》、《汉》叙事,八大家衍之。①

他认为,古文的演进,从六经开始,到八大家为止,有一个循序渐进的过程,其间既有继承,又有变化。在古文演进的每一个阶段,又有不同的特点,六经为肇端,《庄》、《骚》加以变化,《史》、《汉》以叙事见长,至八大家之文乃展延之使其条畅。这是一个渐进积累的过程,非一日之功可成,也非仅凭师心就能坐拥前人之智。

他对文章发展的这一看法,与其对历史文化的考察结论相一致:

> 世以智相积而才日新,学以收其所积之智也。日新其故,其故愈新。

> 古今以智相识而我生其后。考古所以决今,然不可泥古也。②

这里表露出三个重要的观念:一是知识是累积形成的;二是知识累积的过程,同时也是知识更新的过程;三是后人学古(考古)是为了"积智",但"积智"又是为了决今,不可以泥古。这

---

① 《膝寓信笔》,桐城方氏七代遗书本。
② 《通雅》卷首不分卷之一,影印文渊阁四库全书本。

样，由古至今的文化便犹如薪火相传，相禅相续，日新其故而其故日新。

方以智的古今相通、文化（包括文章）由渐进累积而发展的观念，使他在对古文发展的认识上采取了尊今而不薄古、学古而不泥古的正确态度，这在晚明诸子中是较为突出的。也许正由于他具有这样一种通脱的历史眼光，使他能超越派别的圈子，对正嘉以来各派文章理论既能有所汲取，又能有所批判；对各层持不同意见的文人保持较密切的接触并有深厚的友谊，这在他与各地文人的交往中即可看出。

（三）文多奇变　雅驯为上

除了古文的本质和发展外，方以智在文章作法方面也发表了一些好的意见。

在《膝寓信笔》中，方以智曾叙述了长辈教之取《左》、《国》、《史》、《汉》而咀嚼之，表明他早年对秦汉文章下过工夫。但在《文章薪火》中，他论述最多的却是八大家之文，联系他在《膝寓信笔》中说的"千子论时文，不必尽文之变，然在乙丑后，亦一药也"，说明他对艾南英所主张的以唐宋八大家之文救时文的看法是赞同的，他对八大家之文的成就当然也是首肯的，他不满于艾氏的也许仅在于艾的试图一蹴而就。

方曾从文章的章法格调方面分析过文章的技法，这些论述不甚集中，比较而言，涉及较多的是有关文章的奇变雅驯问题。先看他论述奇变：

> 文章之开阖、主宾、曲直，尽变手眼之予夺。抑扬、敲唱、双行，何非一在二中之几乎？
>
> 古人用意，更善奇变。①

引文的第一段旨在说明文章技法风格是千变万化的，能尽变手眼

---

① 《文章薪火》，文学津梁本。

之予夺。但他又说这种变化是"一在二中之几",亦即文章可以有多种风格,有为奇者,有为平者,有为曲者,有为直者,但其规律性的东西却只有一个。比如文章有开阖、主宾、曲直、抑扬、敲唱、双行等风格及不同的技法,但"一在二中",作为统领文章风格的东西是一以贯之的。这一意见,与他"源分流一"的学术观相一致。他说:

> 向来言源一而流分矣,吾独言源分而流一,可乎?……其始发源也,皆两山之间,泉出于山之凹。一山十凹,则十溪,则始源之多而无量数。渐流至麓而成溪,溪与溪合,出与别合;渐合渐大,始与四渎合,然后[入]乎海,岂非源分而流一乎?①

源分而流一,是一个非常新颖而有创见的意见,对于我们研究学术史的发展有重要的启示。方对文章技出多门而其流为一的认识即源于他"源分流一"的学术史观念,值得我们思索的是,开阖、主宾、曲直等技巧与风格是文章之多源,在方以智看来,它还应有一个能统领众多为一的东西,这个一是什么呢?方以智论述八大家文风的一段话也许能够说明这一问题,他论韩愈说:

> 韩昌黎振起八代之衰,为其单行古文法也。子长为质,上泝周秦,气骨自古,曲折作态,尽乎技矣。其言正直,润色典雅,故超乎技。徒谓《平淮西碑》为媲典谟,《毛颖传》酷似子长,浅之乎?退之有时生割,刻意形容,琢古磨石,未免乎痕,痕亦何累乎退之?②

指出韩愈文章能振起八代之衰,是由于它能用秦汉人的单行文句(与骈文相对)去写作,但韩愈所用的单行文字与司马迁又有不同,所以不能简单地拿韩愈与司马迁进行类比。韩的特点在于

---

① 《东西均·源流》,《传世藏书》本诸子六。
② 《文章薪火》,文学津梁本。

奇,奇之过有时又有生割、未免乎痕等弱点。但方以智以为仅此有痕一点又不足以为韩愈病,方以智仔细分析了司马迁及韩愈文章各自的变化及特点。接着他又论欧、曾、苏云:

> 去其痕而一以平行之,则欧、曾也;苏则锋于立论而衍于驰骋,八家大同小异,要归雅驯,学者鼓箧,门从此入,至于尽变,更须开眼。

韩愈以下,欧、曾变韩愈之奇为平易,苏轼又变欧、曾之平易为锋于立论、衍于驰骋。接着说"八家大同小异,要归雅驯",也就是说八家之文都在变化,各有其奇,是为多源,但其多源又复归之于雅驯,雅驯应该就是方以智所说的"源分流一"的一。联系上文所说"润色典雅,故超乎技",可知雅驯是方以智所追求的古文风格的最高境界。换句话说,各家古文千变万化,但万变不离其宗,无论奇平工拙,具雅驯者为上。

除了论述文风,方以智还论说到情感胸膈对于古文的重要性:

> 吾论文以内外分之,凡自胸膈陶写出者是奇、是平,为优;从外剽贼沿袭者非奇、非平,为劣。①

又论古文之言外之意,微情妙旨:

> 程子云子长著作微情玅旨,寄之文字蹊径之外;孟坚之文,情旨尽露于文字蹊径之中。读子长文必越浮言者始行其意,超文字者乃解其宗;班氏文章亦称博雅,但一览无余,情辞俱尽。张辅以文字多寡为优劣,何足以论班马哉?②

这些意见,虽不能说新颖,但也颇符合古文的特性。

总而言之,方以智的古文理论在总的倾向上与明初宋濂论文

---

① 《滕寓信笔》,桐城方氏七代遗书本。
② 《文章薪火》,文学津梁本。

相一致,崇尚六经,主张文道合一;在文章的发展观上,他主张渐进累积的观念,虽囿于传统观念而以六经为古文之本,但对各代文章的变化仍持肯定的态度;对于七子和公安两派,他各有所取,也各有所弃,如就七子与唐宋两派而言,方似乎在古文观上更近于唐宋派,与当时的艾南英有相类的地方;在文章的审美趣味上,他崇尚典雅,注重情感及言外之旨。所有这些,均表明方以智在古文观念上仍属传统及古典一路。

三、诗论

方以智对诗下的工夫下比文多,寓南京时所作《流寓草》颇受陈子龙称赞,甲申后诗更多激楚之音,《桐城方氏七代遗书》中尚保留有方氏部分诗作。方以智的诗论也属传统一路,观念与陈子龙接近,他在《陈卧子诗序》中说:

> 余束发时为诗,即与天下言诗者不合。年二十交云间陈子卧子,志相得也。①

《膝寓信笔》也云:

> 壬申游西湖,遇陈卧子,与论大雅而合。

方比陈小三岁,两人相识时,卧子在江南已有诗名,云间诸子又以卧子为首,方彼时为避乡难而流寓南京,听其所论《诗》义颇合符契,更与桐城多从竟陵者不同,故而一拍即合,并结下终身之谊,陈的古典主义传统诗论也对方以智有颇大影响。

(一) 对明诗的反省

对明诗进行总结反省,在由明入清的诗人中颇为常见,王夫之、钱谦益、朱彝尊等是其中较著者,方以智对明初以来诗风诗格的变迁也有一些评语:

> 近代学诗,非七子则竟陵耳。王李有见于宋元之卑

---

① 《陈卧子诗序》,《稽古堂文集》卷上,桐城方氏七代遗书本。

纤凑弱，反之于高浑悲壮，宏音亮节，铿铿乎盈耳哉。雷同既久，浮阔不情，能无厌乎？青田浩浩，无所不有，崆峒秋兴，深得老杜诸将之气格，历下、娄东固不逮也。文长从而变之，但取卑近苦痒而已。竟陵《诗归》非不冷峭，然是快己之见，急翻七子之案，亦未尽古人之长处，亦未必古人之本指也。区区字句，摘而刺之，至于通章之含蓄顿挫、声容节拍，体致全味（昧？）。今观二公五言律，有幽深淡疏之情，一作七言，则佻弱矣。时流乐于饦其空疏，群以帖括填之，且以评语填之，趋于亡俚，识者叹户外之琵琶焉。①

文中对王李以下，历下、娄东、文长、竟陵诸子均进行了简短的述评，却没有提及公安三袁，大概以文长近之的缘故。从方以智所论可见，他对王李、竟陵两家有褒有贬，对文长则只有贬而没有褒。比如他肯定王李扫除明初宋元卑弱文风有功，但又认为雷同既久，浮廓不情；认为竟陵五言律有幽深淡疏之情，但所说未尽古人长处，且拘于字句，缺乏通章之含蓄顿挫与声容节拍，以至体致全昧。总的来说，方对七子一派尽管也有批评，但基本持肯定的态度；对文长则完全否定；对竟陵虽有肯定，但对其主要倾向是基本否定的。这在《缦轩诗序》中也可得到印证：

芷水之乡曰兰地，此皆因楚辞相传而名者也。……然余恐其（指杨听虞）类和靖、文潜者，竟陵为之也。余挽此道二十年矣，犹有未尽变者，安在天下其不亡乎？治世之音闳以厚，其辞雅，其指远，竟陵反之。②

伯敬《诗归》病在学卓吾评史，评史欲尽，评诗欲不尽。范仲闇曰：自《诗归》行，无一人敢向伯敬

---

① 《诗说》，《通雅》卷首三，影印文渊阁四库全书本。
② 《稽古堂文集》卷下，桐城方氏七代遗书本。

言误,伯敬不小(晓?),伯敬好裁而笔下不简,缘胸中不厚耳。①

如我们第一章所述,竟陵派曾风行大江南北达三十年之久,甲申以前的诗人很少有不受之熏染的,有名的文人中如张岱、陆云龙、施闰章、周亮工等对竟陵均有过较高的评价,方以智在《又寄尔公书》中叙述他早年亦曾"悼挽钟、谭,追复骚雅",说明竟陵确实是启祯年间一个影响十分大的诗派。对竟陵派的清算,始于云间诸子,陈子龙、李雯等人在《皇明诗选》中均有对竟陵诗风的批评。甲申之后,对竟陵的批评有愈演愈烈之势,而其中又以钱谦益诗名最高,抨击最力,其余如王夫之、顾炎武、朱彝尊、晚年的方以智等著名文人都或多或少,或猛烈或温和地对竟陵诗论诗风进行过批评,而且这种批评往往将竟陵与明人的亡国相联系,这内中的情形颇发人深省。在对竟陵派抨击的同时,古典主义的复古倾向也随之滋生,七子的复古学说在此期亦有了新的知音。方以智对竟陵的反省,对七子诗说的认同,即有此社会及诗论本身的背景。

方以智曾两次提及他论诗与陈子龙合,其合契处大约就在于两人都怀抱着古典主义的诗学理想,这一理想的核心不在于万历中以来所倡导的师心独造,而是重新回到重视诗体的格律声调、温柔敦厚的规范方面,显示出古典主义的诗学倾向。

(二) 论诗的格调声律

与公安、竟陵相比,晚明诸子更重视诗体的规范,这在张溥、陈子龙等人的诗论中已见端倪。方以智曾说与陈子龙"论大雅合",这在方氏论著中未见论大雅的确切文字,在陈子龙的《佩月堂诗稿序》中,恰有这方面的论述:

取材之雅也,辨体之严也,依声之谐也,连类之广

---

① 《膝寓信笔》,桐城方氏七代遗书本。

> 也，托兴之永也，此皆我力之所能为者。若乃荡轶而不失其贞，颓怨而不失其厚，寓意远而比物近，发词浅而蓄旨深，其在志气之间乎。……求其和平而合于大雅，盖其难哉！①

从陈的序文中看，与大雅旨趣相合大抵指的就是传统《诗》说的温厚和平，怨而不怒的原则。这一点，在陈寄给方的一封书信中也有透露，而且方对此也颇为在意：

> 陈卧子读余《七解》及答舒章（李雯）诗文，大悫之，寄书曰：君近下笔颓激过当，人无故而如此，不祥，农父亦深诫余。不知其然而然，不知其何谓何，且当以考究之事沈潜其飞扬跋扈之气可也。②

颓激过当，当指其诗风飞扬跋扈，一方面是情感颓唐过激，另一方面是格调不温厚。看来方以智也认同这一点，并期望能以考究之事救之。温厚和平，怨而不怒固然是传统古典诗学的一个重要原则，除此之外，诗体的格调声律的规范也应是题中之义，在《诗说》中，方以智还就诗情与诗的格调声律问题发表过意见：

> 姑以中边言诗可乎？勿谓字栉句比为可屑也。从而叶之，从而律之，诗体如此矣，驰骤迴旋之地有限矣。以此合声，以此合拍，安得不齿齿辨当耶？落韵欲其卓立而不可移也，成语欲其虚实相间而熨帖也，调欲其称字，欲其坚字，坚则老，或故实、或虚宕，无不郑重。调称则和，或平引，或激昂，无不宛雅。是故玲珑而历落，抗坠而贯珠，流利攸扬可以歌之无尽。如是者，论伦无夺，娴于节奏，所谓边也。中间发抒蕴藉，造意无穷，所谓中也。措词雅驯，气韵生动，节奏相叶，蹈厉

---

① 《陈忠裕全集》卷五，《乾坤正气集》本。
② 《滕寓信笔》，桐城方氏七代遗书本。

无痕，流连景光，赋事状物，比兴顿挫，不即不离，用以出其高高深深之致，非作家乎？非中边皆甜之蜜乎？①

以中边言诗，见于苏轼《东坡题跋》，原系佛教用语，苏轼借用之，大约是指诗境的浑融一片，不见町畦。方以智认为，诗首先要讲声调格律，这是近体诗诗体的必然规定，所以落韵使之合声合拍，用字使之坚老故实，是近体诗的第一要求；其次，在字称调谐的基础上，还要达到发抒蕴藉、不即不离的高深之致，这是诗体在格调声律的基础上所应达至的更高一层境界，而具此盛境者方可称之为"中边皆甜"。在这一段文字中，可以清楚地看到方以智对七子以来古典主义诗学对诗的格调声律的重视，他将声调格律视为诗体不可或缺的一个重要因素。在《诗说》的另外一段他也说过："此诗必论世论体之论也，此体必论格论响之论也。"亦可证明方以智对诗的格调声律的执着。

但方以智也有一些与传统诗学不太合拍的地方，比如温厚和平，怨而不怒，方以智就一直有自己独特的想法，尽管陈子龙曾告诫过他，但方以智始终在这个问题上持不同意见：

诗者，志之所之也。反覆之，引触之，比兴而已矣。世亦有知比者，未可以言兴也。兴之为比深矣，赋之为比兴更深矣。数千年之汗青蠹简，奇情冤苦，犹之草木鸟兽之名，供我之谷呼击节耳，何谓不可引故事？何谓不可入议论？何谓不可称物当名？何谓不可逍遥吞吐、指东画西、自问答、自慰解耶？故曰兴于诗何莫学夫诗，诗之广大配天地，变通配四时，惜乎日用而不知，虽兴者亦未必知也。水不澄不能清，郁闭不流亦不

---

① 《诗说》，《通雅》卷首三，影印文渊阁四库全书本。

能清。发乎情止乎礼义,诗以宣人,即以节人。①

这段话说得比较激烈,对传统的温厚和平的诗教提出了猛烈的批评,认为诗之比兴,并非不能讥刺,不能议论,诗之言志,即宣泄,而宣泄亦即节人,亦即发乎情止乎礼义。《诗说》中还认为"《何人斯》之激怒,章法次第,最称神品",又引《经解》篇之"温柔敦厚而不愚,深于诗者也"一语,说明"孤臣孽子,贞女高士,发其菀结,音贯金石,愤詈感慨,无非中和"。这种说法与传统的儒家诗教有较大的距离,与陈子龙的思想也有不同。但方的好友王船山在这方面与方有相类似的说法,他在《薑斋诗话》卷二也认为《诗经》有不少篇目是直斥,并不妨碍温厚之旨。当然王的思想更为复杂,详可参阅本书第四章第七节。

(三) 诗的兴感怀抱

方以智对诗人的怀抱与诗境也发表过一些好的意见,录之如下:

> 无复怀抱,使人兴感,是平熟之土偶耳。仿唐溯汉,作相似语,是优孟衣冠耳。

于诗的声律格调外,强调诗人情感的重要,说明方对诗的认识并不仅限于声律格调等形式方面的因素。他还认为,诗人具有兴感怀抱,才能令后人产生共鸣,是兼及诗人与读者的阅读效果:

> 有读千载之上一言而下泣者矣,有诵千载之上一言而起舞者矣。此自当人之所志,所造不同耳。

他还论及诗的景与情的融合,并以为景与情的融合可令诗境具有更深广的意蕴:

> "我有万古宅,青阳玉女峰。常留一片月,挂在东谿松。"写景乎?怀抱乎?"秦山忽破碎,泾渭不可

---

① 《诗说》,《通雅》卷首三,影印文渊阁四库全书本。

求。""回首叫虞舜,苍梧云正愁。"此老会心处,不在远,亦不在近也。

所引老杜诗,前一首抒写心志,但以片月、谿松寓之,故既是写景,又是抒怀。后一首咏史,搅乱古今,秦山、苍梧,使人生发无限感想,是故其境远,其意深。方对诗境分析的文字不多,但从有限的材料中还是可以看出他喜欢那些蕴含较深,意义丰厚的作品。

历来的文人分析方以智的诗都以为他体近唐风,这也较符合实际。譬如《从江上归里作》:

新垒依田田半荒,怀归正月履繁霜。暮行有虎村烟少,野宿无鸡寒夜长。但有蓬蒿如昔日,却将桑梓作他乡。城南败榭多枯骨,愁对北风说战场。

这首纪行诗描写家乡因战事而萧条冷索的景象,其间有用典,有白描,意蕴丰厚,"但有蓬蒿如昔日,却将桑梓作他乡",感情深挚沉痛,用意也极好。尾联"城南败榭多枯骨,愁对北风说战场",兼有乐府诗的思理和晚唐咏史诗的意境,作者虽不标咏史之目,却极有咏史诗的味道。方以智这类寓情于纪行、赠别的诗还有一些,如《酒楼赠燕人》:

燕客善弹筝,悲歌旧有名。近来离别易,不作断肠声。

这类作品,不求新追奇,语言朴实自然,作者只在诗意的锤炼上下工夫,使内中蕴藏着极深厚的意义,如"近来离别易,不作断肠声","自恨不巨富,又恨不赤贫。巨富可结客,赤贫可谢人"(《悉索诗》)。没有门面腔子语,句句是刻骨铭心的感受。

方以智的诗充分体现了他对诗的兴感怀抱的重视,他的诗论与诗作也是非常吻合的,没有出现游离的现象。方以智学诗与七子及晚明云间诸子一样,都不喜宋人,体宗唐人,应该说他们中的有些人如陈子龙、方以智等学唐人还是学出了一些模样,不是单纯的摹古拟古,这是应该充分肯定的。他们对诗人的兴感怀抱的重视,也与晚明飘摇的社局、士大夫伤时忧国的情怀相适应,这是当时诗论界一个显著的又具有一定共性的特征。

我们注意到,方以智虽然中年以后因遭国变而易服为僧,是当时著名的方外之士,但他在诗论文论方面,却丝毫没有诗僧的味道,他的诗论核心仍然是传统的儒家思想,崇尚六经,信奉古典。他在禅游江西及主持青原时期,在大江南北佛界有广泛的名声,邀之讲法的络绎不绝,但我们发现,他可以对佛经成诵在心,也可以云游四方讲法,但在内心却依然是传统的儒家思想占主导地位,他论诗说文也仍然坚持的是传统的古典主义理想。他可以说是一个外佛内儒的学者,外狂内敛的士子,一个纯粹的古典主义文论家。

第三节 自命异端 三晋大儒
——傅山的生平及诗文理论

一、文人、寒士、遗民

傅山(1607—1684),初名傅鼎臣,字青竹,后改山,字青主。一字仁仲,别署公之它(一作公他),自号朱衣道人等,山西阳曲(今山西太原)人。祖父曾为嘉靖进士,官至辽海兵备道。父傅之谟,为万历岁贡。

傅家三代业儒,蜚声三晋。傅山少慧,过目成诵,古今典籍、诸子百家,无不涉猎。及至成年,学益增进。十五岁应童子试,拔补博士弟子员(秀才),二十岁为廪生。

据《傅青主先生年谱》,为廪生后以举子业不足习,遂读十三经、诸子、史至宋史止,肆力诸方外书,又读文选,临晋唐楷书。

约在崇祯七年（1634；一说天启七年，此从罗振玉君说）傅山二十七岁时，袁继咸主山西按察司提学佥事，对傅山深器之；九年袁修复原三立书院，于三立书院课艺①，袁亲自"讲肄其中"，并拔取傅山为全院诸生第一。

是年秋，山西巡按御史张孙振受阉党温体仁授意以大计诬劾袁继咸，先羁候三立书院，后逮至京下狱。傅山闻之徒步千里至京，伏阙讼冤，移书四府。但书数上而不纳，只得四处揭贴，呼号请愿，书终至御前，次年袁继咸冤案得雪，傅山亦以此而有声名于天下。崇祯十五年，傅山又一次乡试落第，遂绝意进取，弃青衿为黄冠②，并服之终生。

傅山是一个真正的遗民，甲申之后，他曾秘密地参与过抗清，先是衣着黄冠，遥拜山东"榆林军"抗清义旗；顺治十一年，更因南明总兵宋谦抗清事败被捕入狱，一年之后始得出狱。康熙十七年，清廷开考"博学鸿词"科，笼络汉族知识分子，傅山被荐，坚辞不就，地方长官让役夫抬床而行，至城外亦不肯入城，文华殿大学士兼吏部尚书冯溥到城外又不具迎送之礼，只得以老病上奏请免。此后一直僻居城郊松庄，淡泊自甘，直至78岁时病故，时远近参加葬礼者数千人，足见傅山声名之卓著。

傅山是一个很有个性的学者，为学长于音韵、训诂、子学，兼擅诗文、书画、金石、又精医药，论者均以其为河北大师。傅著今多佚，现存《霜红龛集》四十卷，另有《两汉书姓名韵》及《金刚经评注》传世。他治诸子，薄言仁义，喜老庄，将老

---

① 据傅山《因人私记》："课法，每月大会三，皆至书院，日有馔，午后文完饮酒，各取其知为群。小会六，皆在各寓中，每生日用米面菜钱取足于学租，皆丰厚有馀。"《霜红龛集》卷二十九杂著三。

② 青主何时弃青衿为黄冠各家所说不同，戴梦熊《傅征君传》云其"甲申岁贼李自成犯阙，怀宗殉国，山遂弃置青衿为黄冠。"全祖望《阳曲傅先生事略》亦略如之。此处用丁宝铨《傅青主先生年谱》中的说法。

庄孟荀、公孙墨管诸子乃至佛道列与六经同等地位，提倡"经子不分"，在诸子学研究上颇具特色；他还长于金石之学，以金石遗文证释经史，清人之前，应以傅山为开风气之先，阎若璩曾说："先生长于金石遗文之学。每与余语，穷日继夜不少衰止。叹问余此种学正经史之讹，而补其亡阙，厥功甚大。"①

傅山自命"异端"，他不仅在子学及金石学研究中开一代风气，在行为举止上也颇与一般士子不同。因此他又是一个富有个性的名士，譬如他与方以智一样精于医术，方诊病用药较守传统，傅用药则捣干杵、用蒜汁，不依药方，多以意为之；此外，方懂药理，但多为亲友诊病，傅则开医所、药铺，也曾与其子傅眉共挽一车，卖药四方，他还为村家野叟诊病疗疾，共话桑麻，却不愿诊治达官贵人。傅与方以智一样擅水墨丹青、书法篆刻，但从不轻易送人，王世祯称道傅山的画可入"逸品"②，但流传甚少；他的书法世人谓之"一字千金"，赵执信亦誉为"当代第一"，但自爱惜，不轻易为人写，不得已则多为自己甚珍爱的狂草。③ 而方则乐于以字画赠送友人，故方的字画易见于友朋之中，今存世者也多。

傅山一生以气节立身，这方面与方以智也颇相类。但在行为方式上，方更像一位名士，纵情诗酒，云游四方；而傅则不喜接物，除年青时期曾到东南一带游历之外，一生甘居僻静山村，常自称"农夫"、"寒俭之夫"，个性张狂倔硬，颇有山林之气，时人目之为"楚国狂士"、"汉阴丈人"④，与"庄奇顾怪"相类比，也足见他与方以智上流名士般的气度不同。

---

① 阎若璩《潜邱劄记》卷二，影印文渊阁四库全书，子部杂家类。
② 《池北偶谈》卷八，谈献四。中华书局1982年版。
③ 刘绍攽《傅先生山传》，《霜红龛集》附录，山西人民出版社影印丁宝铨本。
④ 《祭傅青主先生文》，《阳曲县志》文征上，《霜红龛集》附录，山西人民出版社影印丁宝铨本。

傅山性不喜东南士子，自叙东南名士之所谓"意气"弊甚，在《因人私记》一文中，他记叙袁继咸一案始末，文中对诸名士的首鼠两端、见风使舵、趋炎附势寄慨良深。与东南士子相比，他更喜欢北方学者，《霜红龛集》卷三十八杂记中曾叙述辉县百泉孙奇逢"真诚谦和，令人诸意全消"。并曾请孙氏为其母撰写墓志铭，虽此事终未成，但傅对孙的景仰之情未曾稍减。东南学者中除顾炎武、吴甡外，他所提起的多是明亡后以身殉国的士人如刘宗周、黄道周、金声、吴应箕、陈子龙、艾南英等，所肯定者也多在气节方面，至于学术及文学观念上，则二者有较大差距。

傅山说诗论文也充满"异端"色彩，与方以智不同。方在行为上逸荡不羁，在理论上却相当古典；傅在行为上较古板倔硬，不喜接物，但在理论上却相当前卫，不拘泥于儒家诗说。二者异同，颇为有趣。

二、东南之文与西北之文

东南与西北，在傅山的概念里，不仅是一种地域的分别，更是一个文化的分野。东南在有明一代确立了它在中国的文化中心地位，尤其是两浙、吴中、云间，更是文人荟萃，学术渊薮。但在傅山的文集中，东南似乎并不为他所喜。如：

当时东南人士，方倡明节义，以宋儒之明白衣钵，为元糊涂用之，可怜至今，尚诧其为某先生之裔，真令人齿冷。①

雪开士……今渡江而南，江山烟树，莫非法眼，诗当大进，自不必言。若能于六朝花柳里面讨一个真空实相，不妨多作几首艳诗，担在椰栗上，拿归塞上，我便

---

① 《霜红龛集》卷四十，杂记五，山西人民出版社影印丁宝铨本。

许你是第一造藏大和尚,若犹未也,江南山水截瞎了雪开士眼矣。此间自有藏在,何必江南江山之助。①

上引两段,主旨并非是抨击东南士人及学风,但间中所透露出的情绪,却明显地对东南有着某种隔膜。这种情绪同样也见之于他的诗中:

> 北马久无性,南船也不情。佽佽凭战卒,泛泛信风撑。想著如饥怒,经过即厌生。长江三百里,如梦到金陵。　　　　　　　　(《燕子矶看往来船态领之》)

> 甚是金陵古,诗人乱有怀。自安三驾老,谁暇六朝哀。曾道齐黄拙,终亏马阮才。肉髀愁不鼓,伧父过秦淮。　　　　　　　　　　　　　　(《金陵不怀古》)

诗中对金陵的不认同,当然主要是金陵丧乱实蕴含着国运的盛衰,使诗人忧愤难平,故厌生如梦,无暇哀之,是正言反说。但伧父北马,实亦表明与马阮等南人之不谐。傅山对东南士子名士的隔膜也许是潜意识的,不自觉的,但对西北之文的倡导却是有意识的。

傅山身处三晋,远离东南文化中心,但其学问则为南北士人所共尊。傅山集中有一篇《序西北之文》,以毕振姬为例,为西北之文张目:

> 西北之文者,毕解元振姬之文也。解元资才十百倍过常人,诵经史子集大部,至杂家者流成诵足数百万言。取精多而用物宏,其文沈郁不肤脆、利口耳,读者率佶倔之以为非文。解元卒,门人市王牛光捷子树谓太原傅山者或能通之,无虑数十百篇,属句读于山,山因得而序论之,标之曰:西北之文。

> 云西北之者,以东南之人谓之西北之文也。东南之

---

① 《草草付》,《霜红龛集》卷二十二,疏引,山西人民出版社影印丁宝铨本。

文，概主欧、曾，西北之文不欧、曾。夫不欧、曾者非过欧曾之言，盖不及欧、曾之言也。说在乎漆园之论仁孝也，不周之风，不及清明之风，天地之气势使然，故亦自西北之不辨其非西北之文也。

解元既为当世贵人而但解元之者，山之知解元知其为壬午之解元已也。始山读解元制举义，击节大合。既读发解场义，则大不合。解元既发解，后一年而国变，有明乡试之典遂终。夫然后知气运之事，解元不得而持之也。自是解元扬历四方，又三十年而一邂逅于太原，见解元跛骡补被，如老农夫，不辄沾沾于文也。山偶论及《新唐书》之捴也，合。又及赵宋史之庞也，合。……于是见其全文，莫非前诸文之学、之法？古文此法，概存诸《春秋》内外传，解元复谮之，而推方之阵，串插之密，傅会始终，阴伏发露于天文地理象数风角五行。……此西北不及欧、曾之大较也。①

傅山此文长且艰涩，大意旨在说明西北之文其源在于《春秋》内外传，源头与欧、曾之文不同。故其风格沉郁而不肤脆，不利人口耳，甚而至于读者率佶倔之而以为非文。但傅山以为毕氏人虽不属三晋，但其文不肯东南，是为东南之西北之文，傅山以为毕氏的文章与他的审美观相合，大略也以毕氏的文章与傅山一样具有瘦硬的山林野气，文章不以优雅雍容见长，而以真率朴直的山地之风见长。西北之文的风格，还见之于傅山论"晋雅"：

晋雅晚近盛于析城、高都、太原以北，大寥寥矣。贤桥梓以雁门奇气，旗鼓中原。山中之人，久从人处。琳琅百十篇，相其中外，不可测度，私谓当有铿钛钩部，用昭光岳，今乃得亲炙，公子风期慨倾珠玉，使寒

---

① 《霜红龛集》卷十六，叙，山西人民出版社影印丁宝铨本。

俭之夫眼眩心悸，得未曾有衍迤大卤，自应有斯人，有斯文。①

文中推崇的大寥寥之雁门奇气、铿铉钧部，大约就是傅山所期许的西北之文（诗）的风格之一。这是一种壮美的文风诗韵，与欧、曾之文的平易顺达相比，自然是有境界、雅俗之别。另傅山在《失笑辞一》中还倡导过"如黄河之水天上来，受万川而澎湃，挟太灏之风雷"，或如"狮筋霹雳，象弦皆断"一类的遒劲壮美之风②，在《家训》中认为"若论文事，则尽许发扬蹈厉"③，与其主张的西北之文相一致。吴伟业曾论述过西北之文的美学风貌，可与傅山所论相比参："吾闻山右风气完密，人材之挺生者坚良廉悍，譬之北山之异材，冀野之上驷，严霜零不易其柯，修坂聘不失其步。……抑何其壮也！"④ 这种坚壮硬挺的山人气质以及与之相应的文风，噌吰鞺鞳，与相对柔媚的南风自然是有明显的区别。吴在《白东谷诗序》中还说过："余少时得交天下士，以为三晋者，河岳之奥区，太行王屋之交，风气完密，必有钜儒伟人魁垒沈塞者出乎其间。"也表明西北三晋之文"风气完密"，与东南之文有相当的区别。从傅山的审美观来看，他大概更喜欢这类不具文人气、名士气的山林野陌、农夫寒士之文。并以为雁北之地理应有斯人，也应有斯文。傅山在《叙枫林一枝》中提及他的好友戴枫仲，崇祯九年，袁继咸主三立书院，深器重者一为傅山，另一即戴枫仲。傅山认为戴的诗具有三晋西北之文的某些特征。这一特征即是"俱带冰雪气味"，"冰雪气味"显然是富有三晋地方色彩的风格。傅山认为保持这种

---

① 《书冯呐生诗后》，《霜红龛集》卷十七，山西人民出版社影印丁宝铨本。
② 《霜红龛集》卷二十六，杂文，山西人民出版社影印丁宝铨本。
③ 《家训》，《霜红龛集》卷二十五，山西人民出版社影印丁宝铨本。
④ 《程昆仑文集序》，《梅村集》卷二十一，影印文渊阁四库全书本。

风格,"略加澄汰,存晋诗一种",亦即可以成为晋诗之一格。文章中傅还认为戴枫仲的诗乃至晋诗与袁继咸的倡导有很大关系,他说:"袁师倡道太原,晋士咸勉励文章气节",使三晋西北之文形成了自己的风格。

不独戴枫仲的诗具有西北之文的风格,傅山本人的诗也同样。郭鈜《征君傅先生传》说傅山:"为文豪放,与时眼多不合。诗词皆慷慨苍凉之调,不作软媚语。"此既是傅山诗文的风格,也是他心目中西北之文的风格。《霜红龛集》中的诗文,明显地表现出了西北之文的这一特征,总的来说即是以瘦硬代替丰腴,以谐俗代替雅致,以朴直代替婉曲,以枯淡代替浓艳,以古奥雄奇代替平易,以子史佛道为重,以儒家经典为轻。从各个方面显示出与儒家传统审美观念的不同,与当时固守儒家传统诗文规范的东南士子的不同,郭鈜说傅山为文"与时眼多不合",即不合于代表了传统亦即正统诗文审美观念的东南士子,傅山论毕振姬之文,云其与己合,则是因为毕氏之文少东南文人习气,而更近西北之文的缘故。因此傅山倡导的西北之文,从浅层次看是提倡一种地域文化;从深层次看,则是倡导一种新的文学观念。

明末清初,西北学人不多,著名的学人更少,傅山自然是其中的佼佼者,但尚不足于形成气候。阎若璩为晋人,但前此五代已移居皖地,故也不能算是地道的晋人。傅山倡导西北之文,有其对家乡文化认同之苦心,但西北一地形成学术流派并成其为西北之学,则是到晚清的事情了。

三、山林野气之文

傅山视为恩师的袁继咸曾云:"山文诚佳,恨未脱山林气耳。"① 遗憾的是他并不知道他所"深器之"的学生不仅不想脱

---

① 嵇曾筠《傅征君传》,《霜红龛集》附录,山西人民出版社影印丁宝铨本。

尽山林气，相反他毕生都在追求着这种山林之气。

在傅山的一生中，似乎一直保持着一个平民学问家的本色，居陋巷，开药铺，食粗粮黄精，与村叟野老、市井小民相交无间。甲申变后，虽有清廷笼络，但与母亲相依于贫寒之中而甘之若饴，孙奇逢言其母子行状云："沙蓬苦苣，怡然安之。"（《贞髦君陈氏墓志铭》）甚至在他声名卓著之时，仍居地僻陋，以至于白耷山人阎尔梅要瞒着他托当地的行政长官为他购屋。所以与其说傅山是一位名士，倒不如说他是一个寒士，一个有着平民意识的寒士，他与方以智所表现出的冶游公子式的东南名士是绝不相类的。

这种生活上的山林野气与他为文的山林野气是一致的，他提倡西北之文，自甘于山林，很大程度上是对东南士子名士气派的反叛，对传统文人雅致柔媚文风的反叛。虽然山林气是经他人指出，傅山本人并无明言，但袁继咸所说的"山林气"确乎贯穿于傅山的诗文当中，明显且一以贯之。所谓山林之气，其实就是傅山所倡导的西北之文的美学风貌，它不仅表现在傅山的诗文创作中，也表现在他的诗文理论中。

山林野气是文人士大夫雅文化的反面，是另一种审美风格。在傅山的集子中，诸如取材的屑小、家常，文体诗风的雄奇、枯淡、谐俗、瘦硬、古峻、朴直、简拙等，都应包括在山林野气之中。与文人雅文化相比，它显得不那么规范，不那么雅致，有时它甚至是传统文人所摈弃的东西。傅山在对古代典籍阅读之中，非常注意从中挖掘此类他认为古已有之的风格：

> 风云雷电、林薄晦冥，惊骇膈臆。莲苏问文章家有此气象否？余曰《史记》中寻之时有之也。①

---

① 《杜遇余论》，《霜红龛集》卷三十，杂著五，山西人民出版社影印丁宝铨本。

又说：

> 贫道岑寂中每耽读《刺客游侠列传》，便喜动颜色，略有生气矣。①

明人论文，无论秦汉派，抑或唐宋派，均讲法度，他们对《史记》的雄奇之气并非没有注意到，但更强调的是峻切严整的法度和文章的作法。这在何景明的《与李空同论诗书》、李梦阳的《驳何氏论文书》及唐顺之的《董中峰侍郎文集序》中均有所表现。历代文人中对《史记》喜好者颇多，着眼点不尽相同，有赞其奇气者，也有注意其法度的，傅山论文最厌法度，故其更偏向于《史记》中风云雷电般的，能惊骇读者腼臆的雄奇与壮美，这种出自山林野气，而非出自士大夫蜗居雅室的雄奇之文，最为傅山所喜，认为它们较之一般专遵法度的士大夫之文"略有生气"。傅山似乎对有草莽气的文章情有独钟，《山海经》，一般文人注意它所记录的奇异的海外物类和神话，而傅则以为其文章也有可称道处：

> 《山海经》不但物类奇瑰，即文字之古峻，皆后世文人不能拟肖。②

他还推崇《庄子》之文：

> 庄子为书虽恢诡佚宕于六经之外，譬犹天地日月固有，常经常运，而风云开阖，鬼神变幻，要自不可阙。古今文士，每奇之。③

《史记》的《刺客游侠列传》、《山海经》、《庄子》诸文，无论其雄奇、古奥，或是恢诡，都有一股野气、草莽气、山林气，其

---

① 《霜红龛集》卷三十八，杂记三，山西人民出版社影印丁宝铨本。
② 《书山海经后》，《霜红龛集》卷三十八，杂记三，山西人民出版社影印丁宝铨本。
③ 《读南华经》，《霜红龛集》卷十六，山西人民出版社影印丁宝铨本。

与前后七子、唐宋派乃至陈子龙等云间诸子、艾南英、方以智等一般文人所推崇的秦汉文、唐宋文的雅洁整饬无疑是不同的，带有很明显的平民色彩或说是非文人色彩。

《霜红龛集》中，有"穷板子志气"五字差可与山林野气相比。"穷板子"语出傅山《犁娃从石生序》，文中说："穷板子三字前此亦不闻之，始闻之娃。细绎之，穷不铜臭，板亦有廉隅，非顽滑无觚棱者可比。"意指一种穷且益坚的人格和志气。傅山文中通篇叙述了"穷板子"不为常人所喜，"人弃我取"的品格；它仿如山姐村姑，"但得山花插满头，莫问奴归处"；它又是一种志气，"坚贞百折"而不会动摇；……这种人格上的"穷板子"志气，与傅山为文的山林野气是一致的，自甘贫贱，不慕奢华，困窘而骨硬，是为人的"穷板子"志气，成就的却是瘦硬的山林野气之文。

傅山的一些诗即有此类特征，有的倔强瘦硬，有的朴直散野，有的自然谐趣，充满山林之气。兹录数首如下：

狱中无乐意，鸟雀难一来。即此老椿树，亦如生铁材。高枝丽云日，瘦干能风霾。深夜鸣金石，坚贞似有侪。

（《狱祠树》）

二月羊皮恋老头，龙钟看著杏花羞。夕阳山色深松好，布里皴皮一衲休。

连朝好雨绿山川，挂杖欹危看种田。树下一眠消午饭，摇楼打盹也神仙。

（《失题》）

几株老杏里，山塞小茅亭。柳荫不密处，微露侧峰青。

（《失题》）

骨劲虎风啸，肤老龙松鳞。《春秋》看斧柯，《梂朴》矜儿孙。肩背有天命，林廊无佚心。兴亡不到担，

永言燧人氏。　　　　　　　　　　　　　　　（《樵叟》）
傅山的古诗颇得陶诗古拙之风，朴直自然，他自己于陶诗亦颇喜之，集中屡次提及陶渊明及陶诗，他为雪峰和尚诗所写的数段文字（《拙庵小记》、《缺题》等），厘析巧拙，倡言拙为诗之要义，即可见出他对陶诗、寒山拾得一类具有自然古拙之风的诗作的喜好。在一篇题跋中，傅山也说过类似的话："文字直如此做，直朴不枝，可喜也。数年来未见，开士文笔颇多此，渐近自然矣。是学问大进处，清清割割，造此一道不蔓不枝。"① 但傅诗于陶诗古拙朴直外，又兼瘦硬之趣，这是他诗风的独特之处，上引诸诗中所谓"即此老椿树，亦如生铁材。高枝丽云日，瘦干能风霾"，"几株老杏时，山塞小茅亭"，"骨劲虎风啸，肤老龙松鳞"诸句，喜用老、瘦、铁、株等意象，构成朴野瘦硬之境，为陶诗境界所无。傅山的古诗除风格上的古拙瘦硬、朴直自然之外，在诗境上还有一种特别的乡土风情，读他的诗，有时会联想到范成大的《四时田园杂兴》，其中的乡谊土风，殊非一般文人所能摹写。这些均表明傅诗确有一股不同于文人诗的山林野气。

　　傅山的山林之气还体现在他的散文中，其中乡俗谐趣一格较之于他的诗更为明显。被他称为"率意捉笔"写成的小赋《荋㬅小赋》、《失题》小笺、《老僧衣社疏》、《草草付》诸文，或全篇，或片语，时有乡土之风扑面而来，嬉笑嘲讽，俚俗谐趣，具有别样的文风。

　　傅山诗文所表现出的这种山林之气，固然有江山之助，自身熏染乡间陌巷而不自知的原因，同时也与他在审美观上有意识地追求"宁隘宁涩，毋甘毋滑"的境界、"以魔口说佛事"（《复

----

① 《题汤安人张氏死烈辞后》，《霜红龛集》卷十七，山西人民出版社影印丁宝铨本。

雪开士》,卷二十四)的反言证道的方法有很大关系。尤其是后者,惯以反常态的文字和思路去写作,表现出一种非诗人、非文人的意识,他自己对此也不讳言:

> 余尝问诗于公他先生(傅氏自号),先生曰:我非诗人。余疑之而窃读其诗,支离神胜而不得其解,缺然太息,先生岂欺我哉?先生非诗人也!无何而复闻先生之言曰:诗无才则不高,不博则不典,无气则不厚,无力则不雄,不藻采则不艳,不老则不淡,不淡则不远,无性则不真,无情则不风流,无埋则倍,重埋则腐,无格则野,变化则神,神非内非外,非离非合。余闻之,疑固在也,急取先生之诗读之,横口之所言,时高时典,时雄时厚,时老时艳,时淡时远,至性至情,纯乎风流而未尝无格,遇使我得遇,使我失晦明之间,云蒸龙变,美人满堂,而目成者,知其神之所在。先生殆欺我哉!先生真非诗人耶?①

这篇叙文出自傅山学生兼好友的戴枫仲之手,文中对傅诗不免有过誉之词,但也不乏精义。傅山自认其不是诗人,实乃正言若反,在非诗人的意识背后,实隐藏着他才是真诗人的意思。在戴氏所记录的傅山论诗之语中,有些是合乎传统诗法诗格的,像性情之真、高才典博、气厚淡远诸说,均为传统诗说所尚。而力雄、藻采、老艳诸格虽亦有人及之,但毕竟是非主流的东西,而傅山却将之列为诗所应有之境,这是他的独特处。傅山自认其为非诗人,大约即在其所喜好者有一些是非主流文人所提倡的。如若结合他的诗境文风,这种非诗人的因素应以山林穷板子气最为突出,而傅山潜意识里恐也以此为真诗人所必备。

---

① 《霜红龛诗略叙》,《霜红龛集》附录三,山西人民出版社影印丁宝铨本。

四、儒学异端

傅山素来自认异端，有一些论者曾为之回护。其实对于传统儒家思想来说，傅山在许多方面确实可以称之为异端，这是不争的事实。

在晚明诸子中，傅山的思想较为接近王阳明之后王畿（龙豁）一派，这是他成为儒学异端的思想根源。他曾在一文中称赞王畿说：

> 近日读王龙豁先生书，不惟于阳明先生良知颇有理会，正当注《易》，觉与旧日随文铨义者亦稍稍有头脑，因思看书，洒脱一番，长进一番，若只在注脚中讨分晓，此之谓钻故纸，此之谓虫鱼。①

王畿有《龙豁集》，主要发挥王阳明的"良知"之说，并将之引向禅学。傅山的异端反叛思想，很大程度上是受了王氏这些学说的影响，比如有关读书穷理的看法，其中有着明显的心学痕迹：

> 学本义，觉而学之，鄙者无觉，盖觉以见而觉。而世儒之学无见，无见而学，则瞽者之登泰山，泛东海，非不闻高深也，闻其高深则人高之深之也。②

> 矮人观场，人好亦好；瞎子随笑，所笑不差。山汉啖柑子，有骂酸辣，是率性好恶。而随人夸美，咬牙捩舌死作知味之状，苦斯极矣。不知柑子自有不中吃者，山汉未必不骂中也。③

上引两段文字不言自明是阳明学的承传，它本身并没有更多思想史方面的创见。但若放在崇祯末至顺治初复古思潮复兴的背景

---

① 《霜红龛集》卷三十六，杂记一，山西人民出版社影印丁宝铨本。
② 《学解》，《霜红龛集》卷三十一，读经史，山西人民出版社影印丁宝铨本。
③ 《霜红龛集》卷三十七，杂记二，山西人民出版社影印丁宝铨本。

下，它就有了独特的意义。前面我们介绍过启祯年间文社诸子如张溥、陈子龙、艾南英、方以智等人的崇古心理，他们尊崇六经，崇尚古典的主张在文坛极有影响力，并形成东南一带一股新的复古浪潮。地居山西的傅山，对源自东南的这股思潮并不认同，他更多的是从王阳明、王畿甚至是李卓吾的武库里寻找武器。于是在傅山的诸多著述中，表现出对传统儒学及儒家诗论的不同意见：

> 吾以《管子》、《列子》、《庄子》、楞严、唯识、毗婆诸论约略参同，益知所谓儒者之不济事也。①

以为诸子佛家思想要比儒者更高，他还说：

> 汉唐以后，仙佛代不乏人，儒者绝无圣人，此何以故？不可不究其源。②

一般儒者尊奉六经如泰山北斗，童子发蒙必先六经，而后子史，以求立根正也。傅山将《庄》、《列》佛道并观，并不以六经为先，还曾说过"子书不无奇鸷可喜"（《与戴枫仲》），继而又非汉唐以后儒者绝无圣人，欲究其根源，实乃离经叛道之言。

由于傅山对阳明学习染很深，倡导读书如参禅，不依傍，主张读书应悟入空灵法界（《杂记一》），所以他对传统诗文和一些文人的看法也表现出异端的色彩。兹录几段：

> 宋人之文动千百言，萝莎冗长，看著便厌，灵心慧舌，只有东坡。③

> 宋人议论多而成功少，必有病根，学者不得容易抹过。今之谈者云二氏只成得己，不足成物，无论是隔靴

---

① 《读管子》，《霜红龛集》卷十六，又见卷三十四《管子》，山西人民出版社影印丁宝铨本。
② 《霜红龛集》卷三十六，杂记一，山西人民出版社影印丁宝铨本。
③ 《霜红龛集》卷四十，杂记五，山西人民出版社影印丁宝铨本。

搔痒，睡便只成得己，有何不妙？①
以为二氏之学比宋儒高明。宋儒议论多，文字长，但有病根，佛道二家虽有人批评其只成得己，但与宋儒相比，也还是灵妙。傅山不惟对宋儒的义理文章有意见，连带对八大家之文及其追随者唐宋派的文章也表示不满：

> 韩柳欧苏文章妙矣，然终觉闲话多。王唐瞿薛文章妙矣，然只觉惟有格套而已。②

傅山对诸子学及佛道二氏的重视、对腐汉宋儒及其追随者的鄙视，有鲜明的异端色彩，而这种异端色彩，无疑是来自于王阳明、王畿、李贽。尽管时移势易，在新一轮的复古思潮中，王、李之学饱受攻击，傅山在著述中也较少提及三人，但他的思想明显源自于此。

傅山的异端精神，首先表现在思想史的层面，其次表现在诗文的层面，他对诗文的看法，有合乎传统的地方，但更多的是对传统的反叛：

> 一切诗文之妙，与求作佛者境界最相似。③

> 史之一字掩却杜先生，用记事之法读其诗，老夫不知史。仍以诗读其诗，世出世间，无所不有。"水流心不竞，意在云俱迟。"何其闲远，如高僧妙悟。④

将诗与禅相联系，自然不始于傅山，北宋吴可、苏轼诸人已开其先河。傅山此说的意义在于他的这一说法恍如复古思潮中的一道亮光，在东南文人崇尚六经之文，以复古为己任的时候，重提诗与佛禅的关系，不只是为标新立异，更重要的是提醒人们注意诗与经书、史书的不同，要"以诗读其诗"，而不是将诗与经史相

---

① ② 《霜红龛集》卷三十六，杂记一，山西人民出版社影印丁宝铨本。
③ 《杜遇余论》，《霜红龛集》卷三十，山西人民出版社影印丁宝铨本。
④ 《霜红龛集》卷四，杂记五，山西人民出版社影印丁宝铨本。

提并论。

也许由于傅山更重视诗本身的艺术体性，再加上傅与钟、谭在治学取向上有某些相类的地方，所以他与当时文人蜂拥而起地批评竟陵派的做法稍有不同。自崇祯末始，竟陵诗说开始受到东南文人愈来愈多的非议，当时的文坛巨擘如陈子龙、钱谦益、顾炎武、方以智、王夫之等均对竟陵派提出过批评。在傅山的言论中，"钟谭格"虽然也不是一个很高的境界，但傅对钟、谭的态度要温和得多，且认为在当时复古思潮中，觉得"毕竟是……钟伯敬们好些"。（《杜遇馀论》，见前）在一首诗中他还说："沧溟发病语，慧业生《诗归》。捉得竟陵诀，弄渠如小儿。"①对竟陵诗说甚至有较高评价。这其中的原因，我以为一方面是因为傅山与竟陵钟、谭一样，治学上多取径子史，先子史而后六经，与其后东南士子表现出明显不同的价值取向。另一方面，尽管竟陵诗有境界狭窄的毛病，但他们作为李卓吾一脉的承传，论诗也很重视情性及"自出手眼"，反对古法和摹拟。傅曾说过："曾有人谓我曰：君诗不合古法。我曰：我亦不曾作诗，亦不知古法，即使知之，亦不用。呜呼！古是个甚，若如此言，杜老是头一个不知法三百篇底。"（《杜遇馀论》）这种非古法的态度，与东南士子的不同是显而易见的。

傅山论文的异端精神还表现在他对古代典籍的认识方面，比如《左传》，傅山所欣赏的也与一般经学家、理学家不同：

> 我于《左传》薄有所得，却非明经家言只是醒的文章之妙。朱晦庵谓是趋炎附势之书，不知何为此言。尹焞说只有六经如《左传》，便把文章做坏了也，真令

---

① 《偶借法字翻杜句补岩》，《霜红龛集》卷三，山西人民出版社影印丁宝铨本。

人喷饭,尹焞醒得文章是个甚来。①
傅山觉得,经学家只是认得《左传》文章之妙,并不足够。朱熹从义理上批评《左传》宣扬趋炎附势,也不妥当。他认为《左传》不仅辞章妙,义理也妙。同时,对朱熹所说《左传》为趋炎附势之书,斥其"不知何为此言",尹焞认为《左传》于理不正,容易做坏文章,也遭傅山讥讽,这段文字明显表现出傅山对《左传》中"离经叛道"之言的首肯。相类似的还有一段:

> 雪林近读《左传》了,告余曰:礼之一字足盖《左传》一部。贫道闻而惊服之,此子进矣。凡妄人略见内典一二则便放肆,有高出三界意,又焉知先王之所谓礼者哉!礼之一字,可以为城郭,可以为甲胄,退守进战,莫非此物,向日贫道有读《左传》偈子云:"死不在寇需事贼,赵鞅陈逆皆吾师",盖断章耳。②

认为《左传》一书可以"礼"一字概之,虽不一定准确,但其与宋儒如朱熹所说之不同显而易见,足见傅山对经典的阅读,颇与一般士子尤其是理学家不同。

有趣的是,在对晚辈的家训中傅山却表现出另一种面目:

> 两小子皆读《左氏春秋》,其中犯教伤义,大节目一眼便知,不待讲解也。至于文章之妙,大段大段,细曲细曲,铺张组织,补缉波澜,前人多少评论,总不能尽,尔小子若有眼色,读之既久,自得悟入,别生机轴,依傍不依傍,熏习变化,全非我所得与尔拈出者。……明经处到不甚难,以其是非邪正,显然易见,而文心掂播伪谲,实鏖糟,所难得窥测。③

这段话有两点值得注意:一是指出《左传》中有一眼便知的

---

① ② 《霜红龛集》卷三十七,杂记二,山西人民出版社影印丁宝铨本。
③ 《文训》,《霜红龛集》卷二十五,家训,山西人民出版社影印丁宝铨本。

"犯教伤义"的大节目处，观念与上一段引文相左；二是认为文章的义理易明，而辞章难晓，也与一般理学家所强调的重点不同。同一部《左传》，两个地方的说法却不同，我们揣测，可能与傅山的话语对象不同有关。前一段批评朱、尹对《左传》的误读，是作者的"杂记"，亦即将自己读书所得记录下来给自己看的，当然是其真实的想法。而后一段出自他教导后代的《文训》，是对晚辈说的，反映出傅山在对后辈教诲之中，仍以世人认可的"游戏规则"教子，说明傅山虽自命为"异端"，却不想让自己的后代成为"异端"。《文训》的后面又讲到"明经处不甚难"，而"文心掂播伪谑"，"难得窥测"，告诫晚辈不要钻研于义理，要多关注文章本身，其用心也颇可揣摩。《家训》中有一则教孙十六字格言，分别是："静、淡、远、藏、忍、乐、默、谦、重、审、勤、俭、宽、安、蜕、归"，文后并嘱子孙"略有所警"。从十六字格言来看，与世传教义颇合，未见有丝毫叛逆迹象。

傅山教子的情形使我们注意到他思想的复杂性，实际上在傅山的思想体系中，有叛逆的方面，也有合乎常规的成分。他论文同样如此，有异于传统的地方，也有合乎传统的地方。历代诗人中，傅山最喜者有陶渊明、杜甫，其中古诗取陶而近体取杜，这在他的创作中表现得很清楚，这方面，他与一般诗论家的意见也并无大的区别。文章家他最服膺庄子、司马迁，其次是苏轼，其所取大约在有个性有侠气者。但对《左》、《汉》等秦汉派所推崇者也并不否定。他曾评论《汉书》说：

但细细领会《汉书》一部整俊处，一切冗沓之瑕，不觉尽消。此非弟无见之言，实所经由，久之自知。如外戚一传，尤琐碎俏丽不可再得，如此一种，切无轻过也。①

体会《汉书》之整俊，为古文家所常言。但傅山所重视者与《史记》一样，多注意那些常人不太重视的刺客游侠外戚酷吏一类的传记，这也算是同中有异罢！

第四节　余论：方、傅异同论

方以智与傅山是当时南北各有一定影响的文人。在平生经历上，他们都出自世家，早年受过儒家文化极深的熏陶和制举业的训练。青年时期方中进士，傅仅为廪生，其后方以智虽曾选庶吉士，任定王讲官，但在仕途上也算不上大的功名。中年遭甲申之变，方易服为僧，傅弃青衿为黄冠，成为真正的逸民而直至终身。思想上，两人均号称异端，方主张儒道释三家合一，傅则先子史而后六经，各表现出叛逆的色彩。学术上，两人也各有建树，方长于音韵考证之学，受四库馆臣极高评价，对泰西学术的了解也是他那个时代的佼佼者；傅则精于诸子二氏之学，其以金石文字验证典籍文献的做法为清学开山。巧合的是，两人均精书画篆刻，又善医药之术，在当时名流之中有极高声望。这些相类的地方，引起了我们极大的兴趣。

但方、傅二人又有明显的不同。比较而言，方、傅均为当世名士，但行事作派上又有不同，方乃贵胄子弟，生活于富庶的东南，纵情诗酒，倜傥无羁；傅则居地僻陋，多与山人农仆相交，是一个平民化的名士或说是寒士。在思想上，两人虽均富异端色彩，但在诗论上，方谨守古典主义诗学传统，以六经之文为尚，

---

① 《与戴枫仲》，《霜红龛集》卷二十四，书札，山西人民出版社影印丁宝铨本。

以声调格律的典致雅洁为美；而傅则以子史之文先于六经，他首倡西北之文，以粗糙瘦硬的山林野气为美，同样表现出一个寒士的审美观。所以，如就异端而言，傅的异端精神要远远强于方以智，傅的平民寒士色彩也比方以智浓烈。

在诗论倾向上，方以智与当时东南一带文人的主流思想相一致，呈现一种复古的态势。这一态势，是竟陵派后诗论界的一个显著特征，如由谭元春去世的1637年算起，它在崇祯末至顺治初的诗论界维持了近二十年的时间。方以智显然是此期复古派中的一员，他的叛逆异端思想并没有渗入到诗文理论中。而傅山是当时少有的一个非古典主义者，也许是由于他居于相对偏僻的三晋之地，对弥漫于东南的复古潮流感到格格不入，相较之下，他更喜欢启祯以前流行于文人圈中的王李狂禅之学，这对他全面的反传统异端思想是一个有力的支撑。

方、傅二人并不以诗文名家，在文学批评方面他们也不属主流批评家，但正因为他们是以一个思想家的身份去从事诗文批评，也就为我们提供了另外一个观察此期文学观念的独特视角。通过这个视角，也可以使我们更清楚更全面地考察此期文学批评的全貌。此外，由于方、傅二人分属不同的地理文化圈，所以他们各自也有其不同的代表性，方以智表现出的是能够体现东南文人传统的古典主义诗学观念，傅山所表现出的是具有鲜明西北文化特征的非古典主义文学观念，二者反映了此期文学批评的两种不同的价值取向。

● **附集评**

张英：
　　海内宗密之先生盖五十余年。博闻大雅，高风亮节，为近代文人之冠。
　　　　　　　　　　　　　　　　　　《桐城方氏七代遗书》序，桐城方氏七代遗书本。

《安庆府桐城县志》：

既没之后，海内闻者莫不悼惜，服公志节、学识，洵一代伟人云。

卷四《理学·方以智》，康熙本。

陈子龙：

我友方子亦移居金陵，有诗数百篇，名曰《流寓草》，志遇也。予受而读之，大约皆忧愁感慨之作也。然其情怨而不怒，其词整浑而达，其气激壮而沈实。

《陈忠裕全集》卷五，乾坤正气集本。

朱彝尊：

先生纷纶五经，融会百氏，插三万轴于架上，罗四七宿于胸中，早推许、郭之人伦，晚结宗、雷之净社，乐府古诗，磊落嶔崎，五律亦无浮响，卓然名家。

《静志居诗话》卷十九，人民文学出版社排印本。

徐世溥：

密之乐府深厚雄杰，出奇不穷。古风渊雅，无复浮声，又能备拟历代，兼擅众长，高凉苍郁，一振唐风。

《榆墩集》，《明诗纪事》辛签卷十七，上海古籍出版社排印本。

《读画录》：

无可大师幼禀异慧，生名门，少年举进士。自诗文词曲，声歌书画，双钩填白，五木六博，以及吹箫挝鼓，优俳平话之技，无不极其精妙。三十岁前，备极繁华。甲、乙后，薙发受具，耽嗜枯寂，粗衣粝食，惟意兴所适。或诗或画，偶一为之，多作禅语，自喻而已。

《榆墩集》，《明诗纪事》辛签卷十七，上海古籍出版社排印本。

施闰章：

吾读方密之《述怀》二百韵，叹为奇观，已如读《三都赋》；至关中李大青有三百韵诗，便当尽焚古今经史子集，单看此一篇排律矣。
>《蛾斋诗话》，清诗话本，上海古籍出版社 1978 年版。

顾炎武：
萧然物外，自得天机，吾不如傅青主。
>《广师》，《亭林文集》卷六，中华书局排印本。

全祖望：
先生故喜苦酒，自称老蘗禅，眉乃自称曰小蘗禅。或出游，眉与子共挽车，暮宿逆旅，仍篝灯课读经、史、《骚》、《选》诸书，诘旦必成诵始行，否则予杖。故先生之家学，大河以北，莫能窥其藩者。尝批欧公《集古录》曰："吾今乃知此老，真不读书也。"
>《阳曲傅先生事略》，《鲒埼亭集》卷二十六，四部丛刊本。

邓汉仪：
先生诗意险语幽，不经人道。
>《诗观三集》，《清诗纪事》明遗民卷，江苏古籍出版社 1987 年版。

王士祯：
傅山字青主，亦字公之佗，太原高士。其子眉，字寿髦，能为古赋。常卖药四方，其子辄车。晚憩逆旅，辄课读《史》、《汉》、《庄》、《骚》诸书，诘旦成诵，乃行。祁县戴枫仲撰《晋四家诗》，山父子居其二。
>《渔洋诗话》卷下 32，清诗话本，上海古籍出版社 1978 年版。

沈涛：
国初太原傅青主征君山，诗亦雄杰可喜。所传《霜红龛诗钞》颇近白耷山人。
>《匏庐诗话》，《清诗纪事》明遗民卷，江苏古籍出版社 1987 年版。

朱庭珍：
山西顾宁人、傅青主二征君，以顾为优，诗甚高老雄整，虽不脱七子气习，然使事运典，确切不移，分寸悉合，可谓精当，此则过于七子。青主《霜红龛集》，亦有气格，而逊顾一筹。

《筱园诗话》卷二，清诗话续编本，上海古籍出版社1983年版。

延君寿：

《晋两征君诗钞》，于傅青主五律，误收工部《秦州杂诗》一首，殊不成事，何怪海内人之笑话山西人也。青主诗奇辟精奥，与其嗣寿髦诗，皆孤行传世，本不当与莲洋合刻也。《游乐平石马寺》云：……题是《游石马寺》，眼中意中，却别有领会，寻常诗人会俩，都不用著。先生五古诗不能名其学那一家，即当一种子书读可也。集中有学东坡一种，老笔纷披，绝似坡公老年海外文字。《题自画老柏》云：……笔墨奇横，而却无粗犷之气，故佳。

五律以古体行其疏荡之气，学太白、襄阳一派，唐以后尚不乏人。……若以古体行奇郁之气，工部后竟难其人，以吾所见，独《霜红龛》犹能为之。此非关读书，全是一种神力，所以眼空四海，寥寥无人。……此种诗奇杰之气，涌出毫端。海内诗人如恒河沙数，此又何止如杨汝士仅仅压倒元、白。

《老生常谈》，清诗话续编本，上海古籍出版社1983年版。

丁宝铨：

先生性任侠，天下且丧乱，诸号为荐绅先生者多腐恶，不足道，愤之乃坚苦持气节，不肯少与时嫱婀，思以济世自见，而不屑为空言。……间有问学者，则曰老夫学《庄》、《列》者也，于此间诸仁义事实羞道之，即强言之，亦不工。又雅不喜欧公以后之文，曰是所谓江南之文也。

《傅青主先生年谱》，《霜红龛集》附录，山西人民出版社影印丁宝铨本。

苏尔诒：

征君诗之为诗，不必袭前人之迹而自有所以为诗者也。葩经四言，温厚和平；《离骚》、《九章》，怆恻浓至；东西《二京》，神奇浑朴；建安诸子，雄奇高华；六朝排偶，靡绮精工；三唐律调，清圆朗秀。征君兼哀总挈，集厥大成，诣绝穷微，超乎彼岸，以自成一家言。骤读之，觉光怪陆离，令人魂惊魄动，然究非好僻以乖正轨也。

《霜红龛诗钞序》，山西人民出版社影印丁宝铨本。

邓之诚：

山博学多通，著述甚众。论文不喜欧、曾，以为是江南之文也，故自号西北老人。诗文外若真率，实则劲气内敛，蕴蓄无穷，世人莫能测之。至于心伤故国，虽开怀笑语，而沉痛即隐寓其中，读之令人凄怆。晋人重其诗文，自戴廷栻、张耀先两刻后，屡有增辑，片语只辞，无不蒐罗。述傅山事者，杂以神仙，不免近诞，然至今妇人孺子咸知姓名，皆谓文不如诗，诗不如画，画不如医，医不如人。其为人所慕如此。

《清诗纪事初编》，中华书局1965年版。

第四章　王船山古典主义诗学的建构

第一节　山中大儒与民族志士

王夫之（1619—1692），湖南衡阳人，字而农，号姜斋，别号卖姜翁、一壶道人、双髻外史等。晚年隐居湘西石船山，自署船山老农、船山逸老、船山病叟，学者因称船山先生。

在明末"天崩地解"（黄宗羲语）的时代，王船山和同时代的士子一样经历了社会的一系列事变。他出生在一个乡间小知识分子家庭，父亲王朝聘和叔父王廷聘均为饱学之士，自小就希望他与其他士子一样，由科举而进入仕途。他四岁起入家中私塾发蒙，学《诗》、《书》等五经经义，青年时期受时代风习影响，与好友组织"行社"、"匡社"，一方面习文弄艺，一方面互通声气，有匡时救国之志。二十四岁时在武昌中举人，本欲继续学业以考进士，但此时农民起义已成燎原之势，是年张献忠攻克武昌，进驻衡阳，慕名邀其入伙，他装病坚拒。四年后清兵陷衡阳，其家兄、叔、父先后在逃难中亡故，王船山在湖南、广东肇庆、广西桂林、梧州一带参加抗清斗争，历时五年。失败后隐伏湘南，颠沛流离，为避清兵，曾扮作瑶人，在三年的流亡生活中，他对明亡的历史进行了深入的思考，写出《周易外传》、《老子衍》及《黄书》等著作。后退隐石船山麓，筑屋独居，潜心著书，三十年间，几与世隔绝，直到晚年。王船山五十一岁时曾自撰堂联："六经责我开生面，七尺从天乞活埋"，表明了他的学术志趣和使命感；七十一岁时又以明遗臣行人的身份自题墓石铭："抱刘越石之孤愤，而命无所致；希张横渠之正学，而力不能企。"表白了他至死不渝的政治态度、人格与学术理想。

王船山是他那个时代少有的启蒙主义思想家和学识渊博的学问家。他平生所涉，有经学、小学、子学、史学、文学、法学、天文、历数、医学等，对于兵法、卜筮、星象，也有涉猎。他还少有地对当时的西学葆有兴趣，著述中时可见到他对利马窦等西人学说的绍介。王船山著述丰富，但生前及死后的二百多年时间，其著作除少数亲朋至友外，并不为时人所广知。直至道光咸丰年间，邓湘皋搜集起来，编成一个书目，同治间曾国荃始刊刻其著作七十余种，名为《船山遗书》，王船山的声名才远播海内外。王夫之的其他著作姑且不论，仅文学方面现存的著作就有《诗广传》、《诗绎》、《楚辞通释》、《古诗评选》、《唐诗评选》、《明诗评选》、《夕堂永日绪论·内外编》、《薑斋文集》、《薑斋诗集》、《薑斋诗馀》等十余种。

王船山作为一个哲学家、思想家，取得了举世公认的成就，关于这个方面，学界已有公论。作为一个易代之际的遗民、一个普通的士子、一个从事文学活动的诗人和诗论家，他的立身处世，也还有些值得关注的地方。

梁启超在《中国近三百年学术史》中称王夫之为"畸儒"，如从其立身行事与一般士子不同而言，未尝没有道理。梁启超这样描述他的特立独行：

他生在比较偏僻的湖南，除武昌、南昌、肇庆三个地方曾作短期流寓外，未曾到过别的都会，当时名士，除刘继庄（献廷）外，没有一个相识，又不开门讲学，所以连门生也没有。

这段话，除个别地方有些不确外①，从其处世的一般态度而言，讲的大致是不错的。他伏处草野，自离行间，闭门撰述，罕与世接，与时人尚慕荣华，车尘马迹，夸耀声誉者不同。综观王船山的一生，他很少有明代士子的浮躁轻薄的习气，不从风而靡，也不党同伐异，除青少年时期的一段时间潜心应举之外，他一直保持着独立的个性，这种不合于流俗的行为，大约就是梁启超视之为"畸儒"的依据。王船山在青年时期有一段时间也曾与社中人有些来往，参与"行社"、"匡社"的事务，这本为一般明代士子所习见，但此后他对自己的这段经历颇作了一番检讨：

> 崇祯初，文士类以文社相标榜，夫之兄弟亦稍与声气中人往还，先君知之，辄蹙眉而不欢者经日。……大约窥先君之志，以不求异于人为高，以不屑浮名为荣。②

> 夫之稍与人士交游，以雕虫问世，每蒙诃责，谓躬行不逮而亟于尚口，孺子其穷矣。③

可见，王船山对时风的认识与其父亲的督责有很大的关系，其后，他也日益认识到明末士风的腐恶与危害：

> 数十年之士风，每况而愈下；其相趋也，每下而愈况。师媚其生徒，邻媚其豪右，士媚其守令，乃至媚其

---

① 除以上三地外，王夫之实际上还去过桂林、梧州；他所交接的名士，其实也不止于刘献廷，他与方以智便是至友，另罗正钧《船山师友记》记涉及船山友谊者，百五十有六人；此外，王夫之虽未开门讲学，但并非没有门生，东南章有谟作为门生跟随王船山多年，王四十八岁时在小云山败叶庐招收弟子唐须竹等人，并以此为生，先后前来就学的故旧弟子有十四人之多。

② 《家世节录》，《薑斋文集》卷十，《王船山诗文集》上册，中华书局1962年版。

③ 《显考武夷府君行状》，《薑斋文集》卷二，《王船山诗文集》上册，中华书局1962年版。

胥隶，友媚其奔势走货之淫朋。……①
这种对明末士风的判断，与入清之后不少遗民对明亡教训的探讨是一致的，它显示了王船山的远见卓识。

王船山不仅在社事上表现出不同流俗的见识，在明亡后对士子逃禅的习气也有自己的认识。方以智是王船山的好友，入清以后入主青原为主持，借以避世，其间数次力邀王船山出家。王是一个严正的儒者，历来对佛禅无好感，且对文人逃禅避世不满，故手书《大雅·抑》诗作答，表明"人各有心"之志，并于《南窗漫记》中记此事云："方密之阁学逃禅洁己，受觉浪记别，主青原，屡招余将有所授，诵'人各有心'（即《大雅·抑》一诗）之诗以答之；意乃愈迫，书示吉水刘安士诗，以寓从臾之至。余终不能从，而不忍忘其缱绻，因录于此：'药铛□□（原缺二字）一炉煎，霜雪堆头纸信传。松叶到春原堕地，竹花再种更参天。纵游泉石知同好，踏过刀枪亦偶然。何不翻身行别路，瓠落出没五湖烟？'"②文中记叙了事情的原委，表明不愿逃禅避世，坚信"竹花再种更参天"，并愿"翻身行别路"，其心志之正义高远令人起敬，表现出不同于一般士子在入清以后以逃禅避世的习尚。

王船山还是一个真正的遗民和民族志士，清兵入关进入湖南以后，他先是起兵抗清；继而任南明政权行人；顺治八年，由广西返湖南，誓不剃发；康熙元年闻南明亡，作《三续悲愤诗》一百韵；康熙三年，不顾庄廷钺史案的威胁，写成《永历实录》二十六卷，记录南明的兴亡；康熙四年以后，清廷恢复科考，誓不应考；晚年七十一岁自撰墓石铭，仍以明遗民行人为名号。这

---

① 《文学刘君昆映墓志铭》，《薑斋文集》卷二，《王船山诗文集》上册，中华书局1962年版。

② 《南窗漫记》，《薑斋诗话》卷三，人民文学出版社1981年版。

些壮举,表现出他极大的勇气,已不是一般意义上文人所能的范围。除了这些见诸于行事的壮举外,在王船山的一些诗文中,遗民的情绪也时有表露。南宋遗民郑所南著《心史》,王船山在《九砺之一》序中说:"屈大夫后,唯所南《心史》忠愤出于至性,与大夫相颉颃,愿从二子游。"其间所表达的意绪与自撰墓石铭"抱刘越石之孤愤"同一机杼。此外如"故国天崩"(《显考武夷府君行状》),"不能言、不忍言、不欲言"(《石崖先生传略》)数句,写出神州陆沉,痛不欲生的心境。而诗中的"横风斜雨掠荒丘,十五年来老楚囚,垂死病中魂一缕,迷离唯记汉家秋"(《初度日占》),"宝刀悲自昔,玉杯已非今。杳杳苍龙阙,微生与陆沉"(《辛亥三月十一夜梦登天寿山》),"莫唱开元太平曲,谁怜霜草旧时青"(《癸亥绝句》),也字字血泪,表达出他对故国的哀思。梁溪高汇旃曾评王夫之时艺云:"忠肝义胆,情见乎词",南明永历二年彰表王夫之"骨性松坚"[1],都说明王船山是一个真正的遗民和民族志士。在明末清初的士子中,王船山是少有的兼大学者与民族志士于一身的文人。

第二节　推故而别致其新[2]
——王船山对旧诗论的清理

明清之际的中国,社会历史和思想文化领域正处于一个变动的时期,当时的一些大思想家已敏锐地察觉到了这一点。如黄宗羲说当时的局势是"天崩地解"[3],顾炎武说是"居于不得不变

---

[1] 《龙源夜话》自序,《王船山诗文集》下册,中华书局1962年版。
[2] 王夫之语,见《周易外传》卷二《无妄》,上海太平洋书店《船山遗书》本。
[3] 《留别海昌同学序》,《黄宗羲全集》第十册《杂文类》,浙江古籍出版社1993年版。

之势"①,方以智说是"坐集千古之智,折中其间"②,因此他们在各自不同的领域,都自觉不自觉地扮演着斟酌古今、继往开来的角色。王船山在其学术生涯中,一方面从事着哲学、史学的宏伟建构,同时也涉足诗、文、词、曲的创作和诗文评论。明清之际,文坛也如其他领域一样,在变革的前夜,充斥着混乱和无所适从,前后七子在公安三袁的重击之下已偃旗息鼓多时,三袁自身的毛病也已慢慢显露,继起的竟陵派在风光了三十余年后,开始遭人唾弃,明中叶以来各种应制的文社在社会大变革中失去了市场和方向。面对纷纭万状的文坛,王船山表现出睥睨一切的气概,他对此前及当时各派各家诗论都有所论,这些评判也许不一定都是准确的,但他对此前诗论的清理,成为他建构新诗论体系的基础。下面分而述之:

论科场文字:

> 科场文字之寠劣,无足深责者。名利热中,神不清,气不昌,莫能引心气以入理而快出之,固也。况法制严酷,几如罪人之待鞫乎?汉晋以上,惟不以文字为仕进之羔雉,故各随所至,而卓然为一家言。隋唐以诗赋取士,文场之赋无一传者,诗唯"曲终人不见,江上数峰青"一律而已。③

> 天启后,社稿充斥,终不脱揣摩蹊径。④

论八股文高手艾南英:

> 艾千子犹以"莽莽苍苍"论文,不知"莽莽苍苍"

---

① 《军制论》乙酉岁作,《亭林文集》卷之六补遗,四部丛刊本。
② 《通雅·考古通论》,四库全书·子部杂家类。
③ 《夕堂永日绪论外编》之五十三条,《薑斋诗话笺注·附录》,人民文学出版社1981年版。
④ 《夕堂永日绪论外编》之五十四条,《薑斋诗话笺注·附录》,人民文学出版社1981年版。

者,即俗所谓"莽撞",孟子所云"茅塞"也。①

论七子:

李何、王李俱有从入;舍其从入,即无自位。②

论李贽、公安:

自李贽以佞惑天下,袁中郎、焦弱侯不揣而推戴之,于是以信笔扫抹为文字,而诮含吐精微、锻炼高卓者为"咬姜呷醋"。故万历壬辰以后,文之俗陋,亘古未有。如必不经思维者而后为自然之文,则夫子所云草创、讨论、修饰、润色,费尔许斟酌,亦"咬姜呷醋"邪?③

论竟陵钟、谭:

关情是雅俗鸿沟,不关情者貌雅必俗。然关情亦大不易,钟、谭亦未尝不以关情自赏,乃以措大攒眉、市井附耳之情为情,则插入酸俗中为甚。情有非可关之情者,关焉而无当于关,又奚足贵哉!④

以上所引仅是王船山有关论述的极小一部分,但从中我们依然可以看出王船山对明代各家诗论的不满,他眼界甚高,从前后七子到公安竟陵,均在他批评的范围。这种睥睨一切的目光,固然如上所说不一定是准确的,但他反映出王船山在历经对前人的修习模仿之后而有了自己新的意见。此中消息,从他自述其学诗的过程中,也可窥见其涯略:

崇祯甲戌,余年十六,始从里中知四声者问韵,遂

---

① 《夕堂永日绪论外编》之三十六条,《薑斋诗话笺注·附录》,人民文学出版社1981年版。
② 《明诗评选》卷六,上海太平洋书店《船山遗书》本。
③ 《夕堂永日绪论外编》之三十六条,《薑斋诗话笺注》附录,人民文学出版社1981年版。
④ 《明诗评选》卷六,上海太平洋书店《船山遗书》本。

> 学人口动。今尽忘之，其有以异于音否邪？已而受教于父牧石先生，知比耦结构，因拟问津北地、信阳，未就，而中改从竟陵诗响。至乙酉，乃念去古今而传己意。丁亥与亡友夏叔直避购索于上湘，借书遣日，益知异制同心，摇荡声情而檠括于兴观群怨，然尚未即捐故习。①

在这篇自述中，王船山讲述了自己学诗的经过，先从七子的李攀龙、何景明入手，未就，大约在公安的猛烈抨击下，跟随时风再学竟陵钟、谭，学来学去，终悟及要去古今而传以己意。大约由于王船山早年曾出入于七子、竟陵，所以深知其病，晚年同室而操戈，在他的各类诗学论著中，对七子和竟陵的抨击可说是不遗余力。尽管王船山的己意如他自己所说尚未即捐故习，这个故习在今天看来，一是他反七子的尊唐祧宋，但在诗论倾向上实际上依然是尊唐祧宋，只不过他在尊唐祧宋的同时又反对尊唐祧宋的七子罢了；二是他在诗作中其实也有不少模仿唐人的东西，而且这些仿作在艺术上较之唐人尚有不小的距离，这也是毋庸为尊者讳的②。尽管如此，他毕竟在清理明人各类诗论后，对诗的本体在理论上有了更真切的认识，这对于一个意欲"推故而别致其新"的思想家来说是至关重要的。事实上，王船山在完成了他对此前明代近三百年诗论的清理后，有了自己新的思路，这就是一套完整的诗学理论：有关情景的诗境论，有关自我兴发的创作论，建立在"兴"义基础上的诗歌鉴赏论等。王船山的诗论自然难以说是明代乃至古代诗学理论的高峰，但他确实在某些问题

---

① 《述病枕忆得》，《薑斋诗集·忆得》，《王船山诗文集》下册，人民文学出版社1962年版。

② 钱钟书先生也曾指出"船山识趣甚高，才力不副"。参见钱著《谈艺录》，144页。

上比前人的认识更深入了,有些看法更细密了;他尽管在某些地方尚显得偏激,或有些才力不副,但有些前人未看到的地方他看到了,有些前人未强调的东西他强调了,这对于一个理论家来说也已足够。

王船山是一个富于批判性的人物,同时也是一个富建设性的人物,他在对前代思想进行批评的同时,建立了自己的体系。但他在建立自己体系的同时,又不可避免地带有旧思想的因袭(如他自己所说是未捐故习)。所以,在王船山庞杂的体系当中,既有新时代的特征,又有旧时代的印记。他的诗论,也同时夹杂着新旧两种成分,使他在成为一个理论巨人的同时,也带有一条庸人的尾巴。

第三节 情与景
——王船山的诗境论

从唐人开始,情景就引起了诗论家的兴趣,在当时的一些诗式、诗格中,情景已进入诗论家的视野。其后宋明两代众多的诗话一类的著述中,情景是最热门的话题。但是,宋明人虽多言情景,仍不离乎章法句法,他们讲求诗的前以景起,后以情结,将上景下情作为律诗之宪典,使复杂的,多重的情景结构关系变为一种僵硬的、单一的句式对应。这一理论的偏向,到王船山这里,开始得到有意识的纠正。王船山对情景说的贡献,在于他以变化的观念,揭示了情景的多重结构关系,给传统的情景理论注入了新的内容,使之得到更新和巩固。

一、关情者景,自与情相为珀芥也

王船山在情景理论方面提出了许多有建设性的观点,这得益于他的哲学思想。王船山的哲学思想是一个庞大的体系,我们这里无力对他的哲学体系进行全面的探讨,而只就船山在论述情景关系问题上所表现出的将哲学范畴与诗论相嫁接的情形做一点粗浅的说明。在王船山的哲学体系中,汲取了老庄和《周易》中具有辩证色彩的方法论,以变化的、对立统一的观点看待矛盾的事物,这种观点为他理解和处理情景关系奠定了哲学基础。以往人们注意情景的问题,但很少有人从哲学上入手,王船山以其哲学家的身份,故而很自然地能以哲学的眼光去研究和对待情景的关系。

《庄子·齐物》中有"天地与我并生,而万物与我为一"一语,王船山对之阐发道:"道合大小、长短、物我而通于一,不能分析而为言者也。"① 众所周知,庄子的"万物与我为一"是典型的唯心主义命题,它在本质上混淆了思维与存在、主体与客体的关系。王船山是"气"一元论者,"气"一元论,是朴素的唯物主义思想,在本体论上与庄子是根本对立的。所以王船山对所谓"天地与我并生,而万物与我为一"的论断,不可能在本体论上予以肯定。这里所说的大小、长短、天人、物我不能分析而为言者,主要是从处理对立事物的一般方法上着眼。他认为,对立物是相互联系、相互依存,并在一定条件下相互转化,所以宇宙间没有截然割裂而对立的事物,在事物普遍的矛盾性中,也存在着统一性。大小、长短、物我、阴阳、动静,无不处在对立统一的关系之中,而不能分析对立言之。故"夫物之不可绝,以己有物;物之不容绝也,以物有己。……一眠一食皆与物俱,一动一言而必依物起",说明物(客观)对我(主观)的制约性。"心无非物也,物无非心也",说明作为观念形态的东西,人们头脑中的"物"已与纯物不同,而具有观念色彩。故"物无非心",这是我(主观)对物(客观)的能动性。对立物之间

---

① 《庄子解》,中华书局排印本。

这种相互联系、相互依存的思想,在王船山的著作中比比可见,成为他的思想方法之一。在《周易外传》中他说:"有外,则相与为两,即甚亲,而亦如父之与子也;无外,则相与为一,虽有异名,而亦若耳目之与聪明也。"又说:"天下有截然分析而必相对待之物乎?求之于天地无有此也,求之于万物无有此也,反求之于心抑未念其必然也。"① 说明王船山将对立统一思想推而广之于宇宙万物,作为处理对立事物的一个准则。王船山在著述中非常喜欢用"可"或"可以"这两个字眼,他认为具体事物本身就具有矛盾性,具有其对立面,故对立的两事物本身就是你中有我,我中有你,"互藏其宅",所以,二者的转化是必然的。这种辩证的思想启发了他的情景交融说。

情景交融说久为人道,但在中国文学批评史上,还没有哪一个人能像王夫之那样,为它提供一个坚实的哲学基础。哲学上的万物与我为一,诗论中的情景交融,在不同的领域有一种对等关系,前者为后者奠定了理论基础,后者是对前者的引申和生发。王船山认为,诗中的情和景,与自然中的物和我一样,本来就是彼此联系,互相为用的。在创作中,情和景作为诗人主客观相互生发的两个原质,有在心在物之分。而情和景一旦表现在诗中,构成一个完整和谐的系统,则与创作过程中的在心在物之分不同。在诗的情与景的统一体中,情也是景,景也是情。他说:"情景名为二,而实不可离,神与诗者,妙合无垠。"② 也就是说,呈现在诗中的情和景发生根本的转化,它不再是情仅关乎心,景仅关乎物,而是情亦物,景亦心,情景是心物相合后,更高一级的组合形态。

这首先意味着与情具有同一基调的客观外物向情的转化,表

---

① 《周易外传》卷七,中华书局排印本。
② 《薑斋诗话》卷二,人民文学出版社1981年排印本。

现为情景在感情基调上的一致。如杜诗《宿赞公房》:"相逢成夜宿,陇月向人圆。"王嗣奭评曰:"止云'陇月向人圆',而情好蔼然可想。"① 如《赠僧侣丘师兄》:"夜阑接软语,落月如金盆。"仇注引《杜臆》:"公诗善用借景,如'落月如金盆',与'陇月向人圆'皆据一时所见之景,而倾盖欢洽之意自见。"② 王嗣奭以为杜甫所表现的倾盖欢洽之意,只是于一时所见之处,借得自然景物,而自然景物所蕴藏的意绪正令人蔼然可想。因此,在诗人眼中,自然界的月圆月缺与人们生活中的悲欢离合似乎有某种同构关系,月圆则寓示人合,月缺则寓示人离。月圆为景,表现人的聚合之喜则为情,景转化为情,与情处于同一感情基调上,景也是情,情也是景,情景浑融,妙合无垠。王船山认为,景向情的转化,与情在同一感情基调上的一致,正好可以使读者自然地领略到诗人的胸襟怀抱。他说:"'日暮天无云,春风散微和',想见陶令胸次,岂夹杂铅汞人能作此语?"③ 此诗境界空阔简远,正与陶渊明萧散闲舒的心境相一致,王船山以此想见陶令当时胸次,正是把情景作为同一感情基调的表现来看待。

二、以乐景写哀,以哀景写乐,一倍增其哀乐

景向情的转化,不仅表现为情景在感情基调上的一致,王船山还特别论述了在景与情不一致的情况下,情景相反相成的现象。他说:

情景虽有在心在物之分,而景生情,情生景,哀乐之触,荣悴之迎,互藏其宅。天情物理,可哀而可乐,

---

① 《杜臆》卷三,上海古籍出版社排印本。
② 仇兆鳌《杜诗详注》卷九,中华书局排印本。
③ 《薑斋诗话》卷二,人民文学出版社排印本。

用之无穷，流而不滞，穷且滞者不知尔。①

这是一段直接论述到情景关系而又十分深刻的话，他认为，天情物理，可哀者也可乐，可乐者也可哀，不能以一己之哀乐来穷尽、滞塞天下人的哀乐；对一些人来说某物是可哀的，对另一些人则是可乐的，或者说一个人在特定的时空中对某一事物感到悲哀，但换了一个时空或许觉得它又是可乐的。既然如此，可乐之景与可哀之情，可哀之景与可乐之情就不存在僵死的对应关系。既然诗人在兴发中对景生情，那么景就自然与情相结合，而景与情的结合，既可能是景与情在同一感情基调上的和谐，也可能是情与景的相反相成。他说："'吴楚东南坼，乾坤日夜浮。'，乍读之若雄豪，然适与'亲朋无一字，老病有孤舟'相为融浃，当知'倬彼云汉'颂作人者增其辉光，忧旱甚者益其炎赫，无适无不适也。"②杜诗前两句言宇宙之阔大，后两句则言自身之孤独，以宇宙之大来反衬自身之孤独。从诗风上讲，前者雄豪，后者凄楚，由对比使人益加凄楚。故雄豪之景与凄楚之意虽不相侔，但经诗人摄之入诗，则与情相对之景亦能成为与情相合之景，二者相得益彰，情景实现了由相对到相合的转变。船山说："以乐景写哀，以哀景写乐，一倍增其哀乐。"说明情景由相对到相合的诗比情景自然相合更能激发人意。

这是船山诗论中经过深思熟虑，又颇具特色的一个论点。中国古典诗歌中情景相反相成者不在少数，恰可印证船山的这一思想。崔护的《题城南》："人面不知何处去，桃花依旧笑春风。"岑参的《山房即事》："庭树不知人去尽，春来还发旧时花。"刘禹锡的《西塞山怀古》："人世几回伤往事，山形依旧枕寒流。"以无限的自然，来反衬有限的人生，情景相反相成。

情景的相反相成，意味着景本身不具有永恒不变的意蕴，其

---

①② 《薑斋诗话》卷一，人民文学出版社排印本。

次，景的意蕴又是多重的，一切视诗人的自然兴发而定。如前引"倬彼云汉"，在《大雅·棫朴》中，是以云汉在天来喻文王的功德，故曰："颂作人者增其辉光。"而在《大雅·云汉》中，则以云汉之光辉来说明天旱无雨，故云："忧旱甚者益其炎赫。"所以，景的意蕴是用而无穷，流而不滞的。景不止能表现一种情感，也可以表现不同的情感。在诗人面前，景是一片未经开垦过的处女地，具有不确定的、多重的意蕴：

> 夫物其何定哉？当吾之悲，有迎吾以悲者焉；当吾之愉，有迎吾以愉者焉，浅人以其褊衷而捷于相取也。当吾之悲，有未尝不可愉者焉；当吾之愉，有未尝不可悲者焉；目营于一方者之所不见也，故吾以知不穷于情者之言矣；其悲也，不失物之可愉者焉，虽然，不失悲也；其愉也，不失物之可悲者焉，虽然，不失愉也。导天下之广心，而不奔注于一情之发，是以其思不困，其言不穷，而天下之人心和平矣。①

王船山认为，物（景）本身是不恒定的，且具有多重意蕴感发的可能性（所谓"不穷于情者"），其中既有"当吾之悲（情），有迎吾以悲者焉（景）"；又有"当吾之悲，有未尝不可愉者焉。"诗人只需就当景顺而写之，则远近正旁，情景或相合，或相对，"无适无不适也"。他反对拘泥于一情一景，而主张以活眼观物，充分考虑到景物的多意性和不稳定性，考虑到景物的意蕴是靠作者和读者的情感显现出来的，至于景物本身，则不具有恒定的色彩。如同是枫叶，在杜牧眼中，是"停车坐爱枫林晚，霜叶红于二月花"，而在崔莺莺眼中，则是"晓来谁染霜林醉，总是离人泪。"说明景总是因人而异，具有广泛的适应性。王船山对情景关系的论述，显然要比前人深入得多。

---

① 《诗广传》卷三《小雅·采薇》，中华书局排印本。

三、参化工之妙

由情景的结构关系而产生的情景交融,是王船山所倾心的诗的理想境界。他这样描述这个五彩斑斓而又浑化如一的境界:

> 如一片云,因日成彩,光不在内,亦不在外,既无轮廓,亦无丝理,可以生无穷之情,而情了无寄。①

> 无端无委,如全匹成熟锦,首末一色,唯此故令读者可以其所感之端委为端委,而兴观群怨生焉。②

此话乍读起来显得飘忽,实指情景交融后无凑泊之痕的天然化工。它在艺术风貌上是委婉含蓄,空灵剔透。情与景的相互对应和兴发,或情因景而显浑化,或景因情而显空灵,要在化尽町畦,不露圭角。这首先意味着情非径情直语,而以景转折层深、不见痕迹者为上,以引人深思也。船山说:"情语能以转折为含蓄者,唯杜陵居胜。'清渭无情极,愁时独向东。'……之类是也。"③杜诗云:"秦州城北寺,传是隗嚣宫。苔藓山门古,丹青野殿空。月明垂叶露,云逐渡溪风,清渭无情极,愁时独向东。"(《秦州杂诗》)诗之末句即景言情,所谓渭水无情,且东流长安,况有情之人,其自禁东悲之情邪?句意吞吐,颇有言外之致。故王船山于《唐诗评选》中誉之者再:"末一语有两转意而混成不觉,方可谓意句双收。"因此,所谓情语转折为含蓄者,实即主张诗人通过景而言情,以景代诗人立言。再如贺方回之《青玉案》:"试问闲愁都几许,一川烟草,满城风絮,梅子黄时雨。"一川以下十三字由言情转入写景,虚意实作,写情而寓于景物,意极沉郁浑厚,深得融景入情之妙用。

---

① 《古诗评选》卷三,《船山遗书》,上海太平洋书店本。
② 《古诗评选》卷五,《船山遗书》,上海太平洋书店本。
③ 《薑斋诗话》卷二,人民文学出版社排印本。

融景入情，以景助情，为王船山所倾心。他认为："不能作景语，又何能作情语邪？"①主张"杂用景物入情，总不使所思者一见端绪，故知其思深也"②。至此，我们可以领悟出王船山何以特别提出景的多重适应性的道理，正因为景具有多重适应性，诗人尽可以寓目而咏，即景抒情，而不可径情直语，失于粗鄙。况且，以议论入诗，易露圭角，而以景言情，则易浑化。而从读者的鉴赏来看，又增加了由景到情的联想层次，更容易形成委婉含蓄的格调。因此，由重景到提倡委婉含蓄，实在是水到渠成，其间自有内在联系。

总之，王船山对情景关系的分析，不仅揭示了情景的多重感发和多重组合，而且由这一路径，进一步印证了古代诗学中崇尚委婉含蓄、浑化无痕的艺术传统，功莫大焉！

第四节 船山与庄子
——王船山的诗歌创作论

人们一般将王船山视为儒学的集大成者，这自然不错。但王船山的思想体系是驳杂的，儒学之外，佛、道两家的思想也兼而有之。比如，他平生对《庄子》研精几深，所著《庄子通》、《庄子解》，于《庄子》颇多发明，思想也多受其影响。"凡庄子之说，皆可因以通君子之道。"③就是王船山接受庄子思想的明证。王天泰《庄子解·序》也说："今忽于读先生之解《庄》，不啻庄子自为之解，是又不知庄生之为先生，先生之为庄生

---

① 《薑斋诗话》卷二，人民文学出版社排印本。
② 《古诗评选》卷一，《船山遗书》，上海太平洋书店本。
③ 《庄子通·叙》，《船山遗书》，上海太平洋书店本。

矣。"① 船山与庄子的会心处亦要略见一斑。与此相应,王船山的诗论体系中既有儒家思想的基本内核,又有庄子思想的印记。尤其是在诗歌创作理论上,他倾心于作家创作过程的随意性和自发性,追求建立在物我为一基础上的天籁境界,更见出庄子思想的影响。

一、天籁与人籁

天籁与人籁原是庄子阐述自然无为思想的一对哲学范畴,后为文学批评家采用,成为表述自然与人工这组对立的文学批评术语。从庄子崇尚自然的天籁,到王船山的倡导诗的天籁,可以看出王船山创作论的倾向及其与庄子哲学的内在联系。

天籁、地籁、人籁的区分,首见于《庄子·齐物论》:

> 子游曰:"地籁则众窍是已,人籁则比竹是已,敢问天籁?"子綦曰:"夫天籁者,吹万不同,而使其自已也,咸其自取,怒者其谁也。"

从文中看,地籁与人籁均有所恃,地籁依凭着地窍,人籁凭借着竹箫,唯天籁不恃外力,完全是天风驰荡、无声无臭、无始无终的自然音响。三者相较,庄子更推崇天籁。天籁作为庄子哲学范畴中的一个象征符号,其所指其实就是无所依恃的自然之美,是不事人工雕凿、充溢着天地间自然灵气的粗服乱头之美。船山所谓:

> 百物之精、文章之色,休嘉之气,两间之美也。②

庄子推崇天籁,是由于天籁是天机自动所形成,而非外力所引起的他动。外力与人工的行为在庄子看来是不美的,他说:"有成与亏,故昭氏之鼓琴也,无成与亏,故昭氏之不鼓琴也。"(《齐

---

① 王夫之《庄子解》弁首,中华书局排印本。
② 《诗广传》卷五,中华书局排印本。

物论》）在庄子看来，昭氏鼓琴，虽说技艺高妙，但鼓商则丧角，挥宫则失徵，不如置而不鼓，反倒五音自全。在庄子的意识里，人为的机巧，虽能巧夺天工，终不如天工本身来得自然。人籁纵使十分巧妙，能吹奏出如怨如慕的曲调，也比不上天籁的大音希声。总之，自然的东西是完美的，人工的东西总是有缺陷的，用庄子的话来说就是："凫胫虽短，续之则忧；鹤胫虽长，断之则悲。"（《骈拇》）物性虽异，却各有其自然之理，人的主观活动不应破坏这种自然之理。

在艺术理想方面，庄子也推崇自然，不尚人工。他是一个天生的富有才情的艺术鉴赏家，终日逍遥于野陌泽畔，流连自然风物，观赏天然美景，在他看来，自然万物本身就具有美的天性，人们只需凭借身观去欣赏，而不必刻意"创造"。人工的东西不仅不美，反而会损害原本美的东西。因此，"不师成心"，取消人的主观行为，在自然与人心的感应之中直接体验自然，而不是以"成心"去校正自然，便成为庄子艺术哲学的核心。庄子文章中屡屡描绘的"吾丧我"、"形如槁木"的形象，表明他对主观行为的否定。他漫游于山林皋壤，与飞潜动植为友，他笔下展示的种种虚无缥缈的境界，都可以看出他对天籁自然的艺术追求。

庄子的天籁精神，曾对中国的文学艺术产生了极大的影响，中国文人所创制的"仙才"、"诗仙"、"天授"、"化工"、"羚羊挂角"、"镜花水月"等赞语，无一不是对带有庄禅印记的诗人和诗作的赏誉。而中国读者所喜爱的诗人，又或多或少具有道家精神的痕迹。陶渊明虽是一个"达则兼济天下，穷则独善其身"的儒者，但我们从他"采菊东篱下，悠然见南山"的不经意举动中，从他"此中有真意，欲辨已忘言"的行为中，也隐然可见一位道者的形象。萧统说他："不解音律，而蓄五弦琴一张，每酒适，辄抚弄以寄其意。"这种飘逸自在的风神，更是道家自然无为思想的体现。陶渊明的抚琴寄意,与庄子的不由心智、率性而动颇为吻合。"不解音律"却"蓄五弦琴一张",并在酒酣耳热之际,常常"抚弄以寄其意",可见他对琴或音律本身倒不在意,而重在琴弦繁会之中所领略到的"真意"。它说明,诗人或艺术家通过学习,掌握某种技能是无关紧要的,所借以表情达意的工具也是无关重要的,重要的是撇开了主观行为或外在手段所得到的一种内心体验,一种意趣。这使我们想起道家"得鱼忘筌"、"得意忘言"的名言,其根本点都在于要求主体超脱物累,不由心智,率性而动,达到天籁境界。

对于王船山这样一位欲以"庄生之说",来"通君子之道"的思想家来说,他在诗论上追寻庄子是毫不奇怪的。他多次阐发了不用意,不攀援,追求创作的自发性和随意的思想:

> 自《三百篇》以来,但有咏歌,其为风裁,一而已矣。故情虽充斥于古今上下之间,而修意絜篇必当有畔。盖当其天籁之发,因于俄顷,则攀援之径绝,而独至之用弘矣。①

他认为,《三百篇》以来,诗虽一体,作诗之法则畔然有别。因为诗是"天籁之发",诗人只有在感兴的俄顷之间发而为诗,不事攀援,不师成法,才能弘扬诗体的"独至之用"。因此,以天籁之发来反对诗人受"成心定法"等格套的束缚,主张诗人在与自然景物猝然相迎的"兴会"状态中,表现刹那间的感触,造成情景交融的境界,是王船山所倾心的创作方法。他反对任何的刻意和格套,如"兴会不亲而谈体格,非余所知也。""不用意而物无不亲,呜呼,至矣!"② 皆以不用意为宗旨。

依王船山看来,天籁之发,关键就是不经意,是物我一刹那间的自由兴发。对创作主体而言,就是诗人或文学家主观的随意

---

①② 《古诗评选》卷四,《船山遗书》,上海太平洋书店本。

性和自发性：

> "池塘生春草"、"蝴蝶飞南园"、"明月照积雪"，皆心中目中与相融浃，一出语时，即得珠圆玉润，要亦各视其所怀来，而与景相迎者也。①

谢灵运的"池塘生春草"历来受诗家赞赏，各家所论也多从不经意处着眼。叶梦得说："世多不解此语为工，盖欲以奇求之耳。此语之工，正在无所用意，猝然与景相遇，借以成章，故非常情所能到。"② 王若虚说："谢灵运梦见惠连而得'池塘生春草'之句，以为神助。"③ 无所用意，或说神助，就是作诗者不强求，不雕凿，情之所至，与景融合，"随其所欲而俱至"。这种即景会心，情景交融的自然美景，是诗人不受成心束缚，天机骏发，兴会迭起的必然结果。所谓："不资思致，不入刻画，居然为天地间说出，而景中宾主，意中融合，无不尽者。'蝴蝶飞南园'，真不似人间得矣。谢客'池塘生春草'盖继起者，差足旗鼓相当。笔授心传之际，殆天巧之偶发，岂数觏哉！"④ 诗人的职责仿佛只是表述，不资思致，而为天地间说出，将直觉到的自然状态描述下来。

对李白《子夜吴歌》的评价也同样发人深省。诗云："长安一片月，万户捣衣声。秋风吹不尽，总是玉关情。何日平胡虏，良人罢远征。"王船山评曰："前四语是天壤间生成好句，被太白拾得。"⑤ 耐人寻味的是，整首诗王船山独拈出前四句作为"天壤间生成好句"，对后两句则避而不论。其原因就是，前四语是诗人即目而吟，将秋风月夜之景，捣衣寄远之事，思妇怀人

---

① 《薑斋诗话》卷二，人民文学出版社排印本。
② 《石林诗话》，何文焕历代诗话本。
③ 《滹南诗话》，丁福保历代诗话续编本。
④ 《古诗评选》卷五，《船山遗书》，上海太平洋书店本。
⑤ 《唐诗评选》卷三，《船山遗书》，上海太平洋书店本。

之情，以自然的语言记录下来，仿佛不经意地拾得。后两句则露出理性活动，太显人力。他评李东阳诗亦如此，"草碧明沙际，花红试雨初。官船荡素桨，惊散一双鱼"。船山评云："偶然所见，亦不似从人间来，言诗者辄云冥搜，何从搜此。"① 李东阳诗本亦无惊人之处，它之所以受王船山重视，是因为它是诗人"以物观物"，偶然所见，诗中没有丝毫的理性因素和作者主观活动的痕迹。像这种化尽町畦，不见人力的自然图景，才是王船山所喜爱的艺术境界。它是诗人率性"拾得"而非"搜得"的、自然的、充满了道家精神的、直觉的艺术世界。

这种重天籁、轻人力的创作思想，在另一处表现得更为明豁。"若即景会心，或推或敲，必居其一。因景因情，自然灵妙，何劳拟议哉？'长河落日圆'，初无定景，'隔水问樵夫'，初非想得。"② "僧敲月下门"句，历来被人们视为锻字炼句的典范。而王船山以为如此"想得"却未必见佳。他更倾心于即景会心，物我兴发一刹那间的神悟，在直觉中来决定取舍，而不靠拟议想得。拟议想得，易著色相，变活句为死句。因景因情，则不粘不脱，自然灵妙。中国古典艺术中的至高境界，往往因自然得理，得江山之助，不费人力，兴会神到。"吴带当风"，是因了裴将军的剑器舞而起兴，不用尺度，立笔挥扫，势若风旋。③ 怀素妙品，因观夏云而师之，"其痛快处如飞鸟出林，惊蛇入草"④。妙处皆在物我兴发一刹那间得之。如拟议想得，则事倍功半，貌合神离。《庄子》中有一篇《田子方》，记载了一则著名的"解衣盘礴"的故事：

---

① 《明诗评选》卷七，《船山遗书》，上海太平洋书店本。
② 《薑斋诗话》卷二，人民文学出版社 1981 年排印本。
③ 郭若虚《图画见闻志》一论"曹吴体法"，影印文渊阁四库全书本。
④ 陆羽《释怀素与颜真卿论草书》，见《历代书法论文选》，上海书画出版社 1979 年版，283 页。

> 宋元君将画图，众史皆至，受揖而立，舐笔和墨，在外者半。有一史后至，僮僮然不趋，受揖不立，因之舍，公使人视之，则解衣盘礴，裸，君曰："可矣，是真画者也。"

舐笔和墨者，胸有成意，但貌合神离；受揖不立而解衣盘礴者，则心虚意闲，无所依傍，貌离而神合。一靠想得，一靠兴会，孰优孰劣，显而易见。故王船山释此语云：

> 挟其成心以求当，未当也，而貌似神离多矣。夫画以肖神者为真，迎心之新机而不用其故，于物无不肖也。此有道者所以异于循规矩，仿龙虎，喋喋多言以求当者也。①

所以，舐笔和墨者挟其成心以求当，其得未当；而有道者不循规矩，却是真画者。说明艺术家应摆脱程式的束缚，以"丧我"的姿态去进行创作，才能进入自由的境界。船山诗论的这一主张，无疑与庄子思想是十分吻合的。严格地说，艺术创作中完全丧失了"我"是不可能的，艺术创作必然是"以我观物"。庄子和船山的理论倒没有否认这种情形，所谓"丧我"、"拾得"，其实是要求主观不断地领会自然的神情，与道合一，与自然为一，顺乎自然的脉理而运动。适应了自然，则能如鱼之得道，而相忘乎江湖；人之得道，而相忘乎道术。艺术家如能顺乎自然而兴发，因景因情，就能相对地丧我，"以物观物"，相忘乎艺术活动。其高超的境界，就会如庖丁解牛，轮扁斫轮，"已而不知其然"。在这个意义上，庄子及船山所倡导的天籁之发，因于俄顷；主张因景因情的自发性和随意性，对于那些雕凿刻画的贫血症者，未尝没有积极意义。

---

① 《庄子解》，中华书局排印本。

二、物我为一和情景交融

缘物起兴,情景交融,本是中国古诗之一格。早在《诗经》中,以比兴手法写成的作品已有先写物象,后写情致,由客观到主观、由物到我的感发形式。像《凯风》之兴:"凯风自南,吹彼棘心。棘心夭夭,母氏劬劳。"结构由物及我,由景及情,层次分明。还有另一种情况,即写物已寓情,物我有别而合一。像《蒹葭》:"蒹葭苍苍,白露为霜。所谓伊人,在水一方。"头两句的物象描写,已含有寓托。秋风瑟瑟,霜露点点的苍茫景象与诗人的怀人之情非常吻合,情景虽划界为二,意蕴却契合为一。

诗中的这种物我感发,情景交融的现象,是人类思维活动中主客体交互感兴现象在诗界的一种反映。"人禀七情,应物斯感。感物吟志,莫非自然。"① 诗人"悲落叶于劲秋,喜柔条于芳春"②,物之荣枯盛衰与心之悲喜哀乐,本来就有着异质同构的关系。诗人托物喻志,感物兴情,将主观情志寓托在客观物象之中,是哲学认识论物我为一的认知方式在诗歌创作中的表现,是诗人以审美的方式把握世界的主要手段,它在哲学上有其一定的理论基础。

中国传统思想,历来主张物我同一,孟子的"万物皆备于我",庄子的"天地与我并生,而万物与我为一"(《齐物论》)均是讲求主观与客观的同一。尤其庄子,主张齐物我,消泯物我的界限,更是这一观念的积极倡导者。对于物,他认为:"以道观之,物无贵贱。"(《秋水》)因此,庄子笔下的物,有情有信,飞潜动植,无不赋有人的性情气质。而人,无论是飘飘欲仙的神人,还是肢体不全的残人,都同样具有非人的气质。尤其那位美

---

① 《文心雕龙·明诗》。
② 《文赋》。

丽的姑射仙子，"不食五谷，饮风吸露，乘云气，御飞龙，而游于四海之外。"成了与自然合一、飘然尘外的理想化身。由于庄子对待物的态度是，一方面强调"圣人处物而不伤物"，一方面又重视"物物而不物于物"，在物我之间，寻求一种平衡与和谐，所以物在他眼中才产生一种亲和力，才生成了物我为一的思想。后代诗人游目骋怀，登高赋诗，与自然同乐，皆根源于此。像陶渊明"俯仰终宇宙，弗乐复何如"，李白"相看两不厌，惟有敬亭山"，苏轼"惟江上之清风，与山间之明月，是造物主之无尽藏也"，均能见出庄子"天地与我并生，而万物与我为一"的影子。

当然，物我为一的观念，在哲学领域会导致混淆主客观的唯心主义错误，扩展到人的行为实践中，无疑也是消极的。但是，摈弃其唯心主义的外壳，就会发现它的合理内核，这就是它揭示了自然与精神的异质同构现象，尤其是诗歌创作中物我感发、情景交融这一现象的内在联系。格式塔心理学研究的结果表明，当外部事物与艺术形式的力的作用模式达到一致时，就能激起审美感受。中国古诗的讲求情景交融，追寻物我为一的化境，正是力图达到心与物结构图式的一致。而庄子的物我为一也不自觉地为情景交融的诗论奠定了哲学基础。

在中国文学批评史上，唯有王船山对情景交融的理论阐述得系统、深入。究其原因，正在于庄子哲学的影响。庄子的思想启发了他这样一种观念：宇宙间的事物都是相互联系的，我中有你，你中有我，相互依存。他评庄子的"万物与我为一"说："道合大小、长短、天人、物我而通于一，不能分析而为言者也。"① 主张物我浑融，反对割裂。在《尚书引义》中又说："且夫物之不可绝，以己有物，物之不容绝也，以物有己。……

---

① 《庄子解·齐物论》，中华书局排印本。

一眠一食皆与俱，一动一言必依物起。""心无非物也，物无非心也。……万物与一己而已矣。"① 将物与己、物与心视为异质同构的共同体。这种对立物之间相互联系，相互依存的思想，在王船山的著作中比比可见，如："有外，则相与为两，即甚亲，而亦如父之与子也；无外，则相与为一，虽有异名，而亦若耳目之与聪明也。""天下有截然分析而必相对待之物乎？求之于天地无有此也，求之于万物无有此也，反求之于心抑未念其必然也。"② 这种对立统一的辩证思想，为他研究情景交融理论提供了方法论基础，也使他比前人更深入地理解了情景的同一关系。

正是在此基础上，王船山提出了"情景名为二，而实不可离。神于诗者，妙合无垠"③的著名论断。他认为：

> 关情者景，自与情相为珀芥也。情景虽有在心在物之分，而景生情，情生景，哀乐之触，荣悴之迎，互藏其宅。天情物理，可哀而可乐，用之无穷，流而不滞。④

这段分析，带有明显的庄子印记。景与情虽然各自有其规定性，前者属客观的"物"，后者属主观的"心"，但诗人对景生情，"既随物以宛转，亦与心而徘徊"（刘勰语）。天情物理，无不可因我而用；物象杂沓，无不可与我为一。景生情，情又生景，物之宏阔微细，皆于心目相取处，与我之荣悴哀乐互为表里，互藏其宅，相与为一，不分彼此。这种以心物合一，物我为一的思想分析情景关系的做法，在文学批评史上尚属首次。它比宋明以来的诗论家割裂情景，强分景语、情语的习惯做法高明得多。

---

① 《尚书引义》卷一，中华书局排印本。
② 《周易外传》卷七，中华书局排印本。
③ 《薑斋诗话》卷二，人民文学出版社排印本。
④ 《薑斋诗话》卷一，人民文学出版社排印本。

关于景语,他说:

> 不能作景语,又何能作情语邪?古人绝唱句多景语。如"高台多悲风","蝴蝶飞南园"……皆是也。而情寓其中矣。①

认为景语即情语。

关于情语,他说:

> 情语能以转折为含蓄者,唯杜陵居胜。"清渭无情极,愁时独向东。……"之类是也。②

所谓情语转折为含蓄者,是指情语写作景语,以景语代情语,情景合一。文中所引杜甫《秦州杂诗》两句,虽属言情,但从意象上看,仍然是景,渭水无语东流之景。作者是以写景代言情,形成曲折顿挫、情景浑融的诗境。王船山非常赞赏这种情景不分的诗境,他在《唐诗评选》中再一次称赞道:"末一语有两转意而浑成不觉,方可谓意句双收。"③ 所谓两转意而浑成不觉,是说客观之景与主观之情互相转化,契合无间,令人浑成不觉。船山对情语景语相互联系的分析方法,无疑得益于庄子物我为一的观念。这一观念,使他对情景视为一组对立而统一的诗论范畴。

情景相对以生,互相转化,对立而统一,这是王船山情景理论的核心。它在某种程度上,类似于庄子的"物化"思想。王船山认为,情景称名为二,但在诗中却融合为一,就像庄周化蝶,物我两忘:

> 昔者庄周梦为蝴蝶,栩栩然蝴蝶也,自喻适志欤!不知周也。俄然觉,则蘧蘧然周也。不知庄周梦这蝴蝶欤,蝴蝶之梦为周欤?周与蝴蝶,则必有分矣,此之谓

---

①② 《薑斋诗话》卷二,人民文学出版社排印本。
③ 《唐诗评选》卷三,《船山遗书》,上海太平洋书店本。

物化。①

庄周与蝴蝶必定是有分别的,但庄周化蝶,物我两忘,蘧然为一,这就是"物化"。情与景的关系在船山看来,也如庄周化蝶,你中有我,我中有你,浑然合一,不能分析而对待之。这种物化的妙境,王船山曾以天际飘忽的云霞来形容之:

> 如一片云,因日成彩,光不在内,亦不在外,既无轮廓,亦无思理,可以生无穷之情,而情了无寄。②

或说是:

> 无端无委,如全匹成熟锦,首末一色,唯此故令读者可以其所感之端委为端委,而兴观群怨生焉。③

这种无凑泊之痕的天然化工,略如苏轼所说:"中边皆甜"④、严羽所说:"羚羊挂角,无迹可求"⑤,均指出情景交融这一化境的艺术特性,它既非单纯的情语,亦非单纯的景语,也不是景语和情语生硬地相加排列,而是情景有机地结合,所生成的一种新的审美意蕴。如杜诗《宿赞公房》:"相逢成夜宿,陇月向人圆。"王嗣奭评曰:"止云'陇月向人圆',而情好蔼然可想。"⑥ 也就是说,诗中虽仅写"陇月向人圆",但内中的意蕴却不仅仅是人聚月圆的简单物象,其中蕴含着的千里相思,万古情愁,离时悲苦,聚合欢欣,是超越于文字之外的。所以,读者所想之情好,显然不只是"相逢"、"夜宿"、"陇月"等单个意象本身的含意,而是情景融合后所产生的综合意蕴。这样的诗句,有景有情,浑融一片,如云霞夕霏,令人不能割裂言之。其妙境,就像

---

① 《庄子·齐物论》。
② 《古诗评选》卷三,《船山遗书》,上海太平洋书店本。
③ 《古诗评选》卷五,《船山遗书》,上海太平洋书店本。
④ 《东坡题跋》卷二,丛书集成初编本·艺术类。
⑤ 《沧浪诗话·诗辩》,人民文学出版社郭绍虞校释本。
⑥ 《杜臆》卷三,上海古籍出版社排印本。

老子所谓"道":"道之为物,惟恍惟惚。惚兮恍兮,其中有像,恍兮惚兮,其中有物;窈兮冥兮,其中有精。"王船山用一片云、成熟锦来形容这一妙境,是形象而准确的。

由以上分析可以看出,王船山撷取庄子哲学中的辩证法思想,深入系统地分析了情景交融的现象,使情景交融理论有了一个坚实的哲学基础。从物我为一到情景交融,从庄生化蝶到因日成彩,说明船山的情景理论既得益于庄子,又弘扬了庄子,使得他情景理论前承古人,后启来者,具有深远的意义。

第五节 "兴"
——一个有关诗歌鉴赏的命题

一、兴:作品与读者

中国文学批评史中的"兴"含有多重意思,这里所说的"兴",既不同于诗歌创作理论有关自然兴发的"兴",也不同于具体创作手法的"比兴"之"兴"。鉴赏论中的"兴"是孔子所谓"诗可以兴"的"兴",它讨论的是文学作品和读者的兴发关系问题。

《论语·八佾》中有一段记载云:

子夏问曰:"巧笑倩兮,美目盼兮,素以为绚兮。"
何谓也?子曰:"绘事后素。"曰:"礼后乎?"子曰:
"起予者商也,始可与言诗已矣!"

包咸注曰:"予,我也,孔子言子夏能发明我意,可以共言诗。"这是对"诗可以兴"的具体说明。它意味着读诗者必须于诗本意有所发明,有所领悟,方能言诗。亦即朱熹注云,兴者,"感发意志"之意。又孔安国注"诗可以兴"云:"兴,引譬联类。"这句话可作两方面理解,既可指创作中"托事于物"的赋比兴之"兴",也可以理解为鉴赏过程中读者对作品的"引譬联类"。但严格地说,还是朱注更合孔子本意。王船山对"诗可以兴"的理解与朱子相类,亦指读者对诗意的生发和领悟。他说:

  诗之泳游以体情,可以兴矣。①

也就是说,诗表现人的情感,令读者涵咏体味而得之,并可增益读者的感发,是谓"兴"。《世说新语·文学篇》曾云:"孙子荆除妇服,作诗以示王武子,王曰:未知文生于情,情生于文,览之凄然,增伉俪之重。"子荆诗为悼亡妇诗,王武子览之凄然,首先是因文而起情,悲子荆之丧妻;增伉俪之重,乃进而反及自身,增益夫妇伉俪之情,这是在原有基础上的进一步生发,是为兴。

  兴,作为读者对作品的感发现象,被王船山上升为具有理论意义的范畴,成为他鉴赏理论的支柱。他非常看重兴:

  "诗言志,歌永言。"非志即为诗,言即为歌也。
  或可以兴,或不可以兴,其枢机在此。②

他认为,诗固以言志,歌固以永言,但并非志本身可以为诗,言本身可以为歌,诗与歌的评判标准在乎能不能以志和言来兴发读者。能感发读者,兴起读者情志的才为歌、为诗。故曰:"或可以兴,或不可以兴,其枢机在此。"在王船山看来,诗歌价值的最终实现,关键就在于兴。换句话说,就在于读者对作品的感发。

  王船山对兴的这一认识,是他对诗歌的创作与鉴赏有深刻体悟的表现。

---

① 《四书训义》卷二十一,《船山遗书》,上海太平洋书店本。
② 《唐诗评选》卷一,《船山遗书》,上海太平洋书店本。

二、兴与兴观群怨

兴观群怨,是儒家一个传统的诗论命题,王船山是这一命题的信奉者。他说:"诗可以兴,可以观,可以群,可以怨,尽矣!"言谈中将兴观群怨视为诗的至高境界和终极目标。

但王船山对兴观群怨的认识又不止于此,他更深入一步地探讨兴观群怨这四个概念之间的关系和功用,并提出了前所未有的主张:"可以云者,随所以而皆可也。"① 这句话的深刻性在于它阐明了兴观群怨四者是相互转化的,不能孤立地说某诗为兴,某诗为群,某诗为怨,这就与历来的说诗者孤立地解说《诗》的兴观群怨有了根本的区别。

王船山的这一划分,为他重"兴"的理论找到了突破口,因为既然不能将四者割裂言之,那么,传统的区分就有可能变为:可兴者即可观、可群、可怨,从而将其余三者建立在兴的基础上。

他也正是从四者的相互转换关系上来论述兴观群怨:

> 于所兴而可观,其兴也深;于所观而可兴,其观也审;以其群者而怨,怨愈不忘;以其怨者而群,群乃益挚。

从这四者的转换关系而言,虽然各有所司,而又相互联系,互有增益。而增益的过程却体现了作者将读者的兴起感发放在了更重要的位置:

> 出以四情之外,以生其四情,游于四情之中,情无所窒。作者用一致之思,读者各以其情而自得。

所谓"出以四情之外",即读者在阅读作品之前,并无兴观群怨的滋生,而通过阅读作品,便生出了四情,读者在阅读中生成的

---

① 《薑斋诗话》卷一,人民文学出版社排印本。

情感将兴观群怨四者打通，使之无所滞碍。这样，作者虽然在作品中寄寓了自己的"一致之思"，但读者的兴感作为最基础最原始的感发，其生成何种情感，则又以读者个人的感受而定。这样，王船山就把兴观群怨的重心放在了读者的感发之上，诗人以其一致之思，读者各因其感而得兴观群怨。因此，不论是兴、是观、是群、是怨，一切应视读者的感发而定。有兴，才可能有观、群、怨；无兴，则后者无从谈起，兴是其余三者的根本前提。

其次，在王船山的其他论述中，也可以看出他于兴观群怨四者，也是更重兴，而对观和怨则不大理会。

就观而言，观风俗之盛衰，本是儒家津津乐道的诗歌功用，但由于王船山更重视诗的艺术体性，反对以史为诗，以文为诗，故将"从旁追叙"的叙事作品目之为"非言情之章"，因此对叙事诗"观"的价值不大重视。这与他对诗的本质属性的理解有关，他认为诗在于"陶冶性情，别有风旨"，与史和文的功能不同，后者才是让人考见得失，而诗则是感发人的意志，陶冶人的性情。所以他虽在《诗绎》中举出兴而可观，观而可兴的例子，但其侧重点仍在兴。

这一倾向在另一处表现得更为明朗，他索性将观并入兴内，而不像往常，在谈到兴而可观时，同时也提出观而可兴：

> 其可兴者即其可观，劝善之中而是非著；可群者即其可怨，得之乐则失之哀，失之哀则得之愈乐。①

在这里，他以兴代替了观，以群代替了怨，清楚地表明，他试图在兴观群怨四者转化论诗的暗中，有以兴和群来取代观和怨的倾向。这里面当有其深刻的社会政治伦理思想的原因，关于这个问题，我们将放在第六节讨论。

---

① 《四书训义》卷二十一，《船山遗书》，上海太平洋书店本。

三、兴在审美鉴赏中的意义

王船山鉴赏论的核心是"兴",由上所述,兴者,读者泳游以体情,其基本精神是强调读者在鉴赏活动中的能动性。他认为,读者对作品的接受不是被动的,而是主动的,富有创造性的。这个思想见于我们前面所引的"作者用一致之思,读者各以其情而自得"。以及他后来又加以重申的:"人情之游也无涯,而各以其情遇,斯所贵于有诗。"① 这意味着,作品的意蕴在读者面前是不确定的,读者对作品的理解也不总是一致的。因为不同的读者,在不同的时代和环境下,有着不同的思想、经历、经验等,主观条件的不同,决定了"人情之游也无涯",读者总是以其自身的眼光去发掘作品的意蕴,而作品的意蕴也总是因读者的不同而不同。

我们从诗歌鉴赏的实际情况看,读者对诗的理解与诗人本旨的不符,或读者与读者对同一作品理解的不同,几乎是诗歌欣赏中一个永恒现象。据欧阳修说:

> 昔梅圣俞作诗,独以吾为知音,吾亦自谓举世之人,知梅诗者莫吾若也。吾尝问渠最得意处,渠诵数句,皆非吾赏者,以此知披图所赏,未必得秉笔之人本意也。②

白居易也有类似之语:

> 今仆之诗,人所爱者,悉不过杂律诗与《长恨歌》以下耳。时之所重,仆之所轻。③

这是读者的理解与诗人本旨的不符。再如苏东坡说:

---

① 《薑斋诗话》卷一,人民文学出版社排印本。
② 《唐薛稷书》,《欧阳文忠公文集》卷一三八,四部丛刊本。
③ 《与元九书》,转引自《中国历代文论选》第二册。

仆尝梦见云是杜子美，谓仆曰："世人多误会予《八阵图》诗：'江流石不转，遗恨失吞吴。'世人皆以谓先主武侯皆以欲与关羽复仇，故恨不能灭吴，非也。我意本谓吴蜀唇齿之国，不当相图，晋之所以能取蜀者，以蜀有吞吴之意，此为恨耳。"①

苏轼此处是假托杜甫而实传己意，说明他不同意其他读者对杜诗的理解。艺术欣赏中这种读者与读者、读者与作者不一致的现象是非常普遍的。我们认为，这种不一致的情况不仅是应该允许的，甚或是有益的，因为他本身并不妨碍读者对诗的兴发，相反，它可能会更增益作品的意蕴。所以，尽管世人对李义山《锦瑟》诗的解诂多至数种②，但并不妨碍我们对它进一步的欣赏。再如王昌龄《芙蓉楼送辛渐》："洛阳亲友如相问，一片冰心在玉壶。"有人说是表现了情操高洁，有人说是喻宦情淡薄，有人说是"日就清虚"的修身之状，有人说是办事清廉，不为尘垢浸染。凡此种种，我们姑且听之，不是更可增益我们对作品的感受吗？读者这种对艺术作品的多重感发现象，深为王船山所倾心。他认为，在艺术创作过程中，作者应是："曲写心灵，动人兴观群怨，却使陋人无从支借。"③ 而在艺术欣赏过程中，读者则是"意在言先，亦在言后，从容涵泳，自然生其气象"④。作者"曲写心灵"，是将情感意志委婉含蓄地表现出来，以增加作品的意蕴，扩大读者借以联想的空间。作品的这种多意蕴性，也就防止了"陋人支借"的可能性。而读者的"从容涵泳"，则意在"使人思"，发挥主观能动性，各以其情而自得。因此，作

---

① 蔡梦弼《杜工部草堂诗话》卷二引，丁福保历代诗话续编本。
② 可参看清冯浩《玉谿生诗集笺注》卷二中的有关文字，上海古籍出版社排印本。
③ 《薑斋诗话》卷二，人民文学出版社排印本。
④ 《薑斋诗话》卷一，人民文学出版社排印本。

者"曲写心灵"与读者"从容涵泳"的统一，无疑可以增益读者的感受，扩大读者兴发的层面。

对读者兴发作用的重视，我们在西方文论中也可以找到相应的论证。英人瑞恰兹说："对科学的语言来说，指称中的差异本身就可构成大错，因为目的没有达到。但对情感语言来说，指称中的差异无论多大都没有关系，因为我们需要的是进一步的效果，即态度与情感。"① 这就是说，艺术与科学在阐释方面的不同在于，科学的阐释必须是严格的，一个命题只能有一种正确的阐释，而不允许有多种阐述，否则，就会给科学的命题带来不确定性；而对艺术来说，读者对它的指称和阐释应允许有差异，因为艺术着眼的是交流（Communication），是效果（Effect），是对读者的感发（Inspiration），所以，不论对一首诗的阐释有多大的不同，只要能引起进一步的效果，能兴发读者的意志，都是应该允许的。瑞恰兹还在同文中论述了艺术"真"的问题，他认为，"真"有一个最通常的意义是"可接受性"（Acceptability）。在艺术中，只要能被读者所接受的，就是真的，它与科学命题必须完全符合客观实际不同。比如京剧《秋江》，只凭借船翁及一枝桨，再加上少女的舞姿，就可以表现出江行的情形，并令满堂生辉；《铁公鸡》只通过向荣及其手中的一条马鞭就能形象地表现出驯服烈马的场景，这些象征的手法，虽不符合科学之真，但却符合艺术之真。再如世传王右丞所画"雪中芭蕉"，以科学眼光观之谬甚，以艺术眼光观之则谓之有神韵。这就是艺术与科学对待事物的不同态度。瑞恰兹认为，艺术主要侧重于效果，侧重于读者的可接受性，因此，一部作品以科学法则衡量，无论多么荒谬，但在艺术中则可能曲尽人情，有可接受性。因为读者对艺术并不拘于形似，他需要的是通过物象来兴发情感。所以，艺术家

---

① I. A Richards: Principles of Literary Criticism, London, p. 221.

对物象的创造应该是不即不离,"似花还似非花";读者对物象的理解则是各因其情而自得。问题是,艺术家所创造的形象既然是不即不离,那就不易用概念去加以界定,而读者因各人条件不同,对作品的理解也会有所不同。因此,艺术作品的空灵蕴藉所具有的不确定性,与读者本身主观条件(时代、思想、修养等)的不确定性,必然引起读者对作品鉴赏的差异。瑞恰兹在另文中说:"艺术的交流也许从来就是不完满的,所以第一个人与最后一个人的理解将是不同的。"① 这就是我国古人常说的"诗无达诂"、"仁者见仁、智者见智"等习语。关于这方面,我们还可以引证 T. S. 艾略特的一段话:

  一首诗对不同的读者或许具有非常不同的意蕴,而且所有这些意蕴大概也与作者原意不符。读者的阐释也许不同于作者,但同样正确有效甚至会更好。一首诗所包含的意蕴比作者意识到的丰富。②

这就与谭献之所谓"作者未必然,读者何必不然"相类。由此可见,中西理论家在此问题上有着惊人的相似之处,也说明一种艺术现象如果是合乎艺术发展的状况,那么,由此概括出的理论也必为中西理论家之通见,而不以国界拘也。

四、兴:由独思到众感

  王船山还从作者的独思与读者的众感这个角度论述了兴的问题。他认为,兴,就在于诗人能将其"独思"化为读者群体"众感":

  魏晋以下人诗,不著题则不知所谓,倘知所谓,则一往意尽。唯汉人不然,如《橘柚垂花实》一行入比,

---

① I. A Richards: Principles of Literary Criticism, London, p. 177.
② T. S Eliot: On Poetry and Poets, London, p. 30.

反复倾倒，文外隐而文内自显，可抒独思，可授众感。①

这是一个值得重视的思想，诗人的作用不在于把个人的"独思"直接地著题于诗中，诉诸读者的理智，而是用含蓄委婉的手法将个人的独思隐于文外，使读者思而得之于文内。这样，诗人的独思经过读者的创造，便可转换为读者的众感。

那么，"独思"如何转换为"众感"呢？艾略特的一段话或许能启发我们思考这一问题。他在《诗与诗人》一书中认为诗有三种声音，一是诗人对他本人说的，二是诗人对某一听众说的，三是在一定范围内，诗人以一个想象的角色（Imaginary Character）所说的，而不是诗人"夫子自道"②。我们运用艾略特的这一分析方法与王船山的"独思""众感"说相发明，第一种声音即船山所说之"独思"，第二种声音即所谓"著题"，而第三种声音即以比兴手法所寄寓的"众感"。如船山所推许的"一行入比"的那首古诗：

> 橘柚垂花实，乃在深山侧；闻君好我甘，窃独自雕饰；委身玉盘中，历年冀见食；芳菲不相投，青黄忽改色；人傥欲我知，因君为羽翼。

此诗之优劣固可商议，重要的是它可以帮助我们理解欣赏过程中的一些特点。如果我们比附得不错的话，其中第一个想象的角色是橘柚，另一个是君。通过橘柚对君的声音来表达诗人的独思，亦即所谓"一行入比"。能引起我们兴趣的是，既然诗人以一个想象的角色说话，那么，在诗人想象的角色（喻体）与诗人的独思之间，就有一定的空白点，有一定的场景，可供读者"约略入景中"（况周颐语），去充当一个角色，与作者同一俯仰，

---

① 《古诗评选》卷四，《船山遗书》，上海太平洋书店本。
② T. S Eliot: On Poetry and Poets, London, p. 89.

领会作品的意蕴,将独思化为众感。比如一些怀才不遇者读到"橘柚垂花实"一诗,就会由橘柚之不见食而联想到自身不得志的状况,兴起"因君为羽翼"的情感。这就是"可抒独思,可授众感"的实例。

再如元稹的"寥落古行宫,宫花寂寞红,白头宫女在,闲坐说玄宗",全诗只是一段场景的描写,寂寞的宫花,白头的宫女闲话玄宗旧事。读者通过这幅图画,一方面不能不由宫花之寂寞,联想到宫女被遗弃而到白头,生发出同情之中又夹杂着感愤的情绪。另一方面也可从中感受到世事的盛衰。诗的魅力正在于通过这种有限的篇幅,浓缩进无限的情思而使读者各以其情遇。王船山说:

> 其情贞者,其言恻;其志婉者,其意悲;则不期白其怀来,而依慕君父,怨悱合离之意致自溢出而莫圉。故为文即事,顺理诠定,不取形似舛庋之说,亦令读者泳以遇于意言之表,得其低徊沉郁之心焉。①

这就是读者与作者同一俯仰,由独思到众感的具体说明。作者不用以明言之理将其怀抱直接宣出,其情真者,在为文叙事中顺理诠定,读者自能在含泳咀华之间得之于意言之表。因此,一首诗的最终完成,仍要依赖于读者的兴发,读者的创造,只有读者创造性的鉴赏活动,才能将作者的独思,转化为读者群体的众感。

五、兴的限定性

王船山对兴的重视和他对兴所具有的审美内涵的探讨,无疑是很有价值的。但是,读者对一首诗的解释尽管千差万别,仍不能超越诗人所给予的大致限定。在这方面,王船山也有所注意,他提出过诗的无定文而有定质的看法,这是他鉴赏论中特有卓见

---

① 《楚辞通释》卷二《九歌》,《船山遗书》,上海太平洋书店本。

的地方。他说:

> 盖意伏象外，随所至而与俱流。虽令寻行墨者不测其绪，要非如苏子瞻所云："行云流水，初无定质"也。唯有定质，故可无定文。①

王船山认为，诗的意蕴要靠读者品味才体现出来，所以说是"意伏象外"，即意蕴或超乎物象的表层而深藏其中，或缥缈其外，必令读者的想象才能见出，这样，诗的意就非"寻行墨者"所能窥测。但即便如此，作者的意蕴仍是随着物象之"所至而与俱流"，因为，尽管诗人的表现是含蓄委婉而无定文，作者的意蕴却是遵路委蛇而有定质。这个定质就是他在另一处所说的"情"：

> 古人于此，乍一寻之，如蝶无定宿，亦无定飞，乃往复百歧，总为情止，卷舒独立，情依以生。②

这就是说，尽管诗人的表现纷纭变化，但其内在的情感脉络仍贯穿于诗的首尾，读者的联想生发，也还是依乎诗的情感脉络而运动，不能也不应该超乎诗人所指向的情感区域。比如李义山的《乐游原》一诗，《诗话类编》曰："忧唐之衰"；杨致轩认为是"迟暮之感，沉沦之痛，触绪纷来"③。虽具体所指不同，都不离乎衰败、迟暮、沉沦等相近的情感区域。所以，尽管二者的阐释不同，而对诗人所寄寓的迟暮衰败的情绪无论是国家的、还是个人的都是基本相合的。因此，读者对诗的鉴赏，在这个意义上说又是有所限定的。

有鉴于此，王船山特拈出谢叠山、虞道园加以批评。他说：

---

① 《古诗评选》卷一，《船山遗书》，上海太平洋书店本。
② 《古诗评选》卷四，《船山遗书》，上海太平洋书店本。
③ 转引自《玉谿生诗集笺注》卷三，上海古籍出版社排印本。

"谢叠山、虞道园之说诗,井画而根掘之,恶足知此。"① 谢今有《叠山评注四种》传世,其中如《文章轨范》,据王阳明序,谓其"标揭其篇章字句之法,名之曰《文章轨范》,盖古文之奥不止于是,是独为举业者设耳"。可见其论文是为陋于学文者所设的方便法门。而其解诗则是穷索钩隐,船山之所谓"井画而根掘之"。我们试举一端,以窥全豹。他评韦应物《滁州西涧》云:"幽草而生于涧边,君子在野,考槃之在涧也;黄鹂而鸣于深树,小人在位,巧言之如流也;潮水本急,春潮带雨,其急可知,国家患难多也。"② 云云。显然,谢氏之说诗,完全脱离了诗人指向的情感区域和物象结构,而是另立一格局,然后穷索冥搜,寻绎所谓"微言大义",其结果是将诗的意象割裂得面目全非,完全背离了诗人的基本情感区域。王船山对谢的批评,表明他在鉴赏论中,反对"井画根掘之"地寻绎诗中的所谓"影射"。他认为,读者鉴赏的立足点,与诗的构成因素一样,是情与景,读者的鉴赏尽管有其主观随意性,但又不是任意为之,可以不顾诗的情景内容而动辄牵入影射褒刺之义。这样,读者虽因主客观条件的不同,会产生某些理解上的差异,但只要从情景二者入手,通过意象结构去寻绎诗人的情感脉络,而不是超越或脱离诗人所指向的情感区域,就不会产生质的差异。即所谓大范围内的确定,小范围内的不确定。

当然,这种大范围的确定仍是相对的,王船山之主张文有定质,旨在反对说诗者完全脱离诗人所指向的情感区域而挖掘所谓"微言大义",他的意图只在于为诗的鉴赏找到一个合适的立足点,而不在于为诗的鉴赏规定一个不变的标准,这是非常重要的一点。

---

① 《薑斋诗话》卷二,人民文学出版社排印本。
② 《唐诗注》,《叠山评注四种》,清刻本。

第六节 巨人与侏儒
——王船山文学批评中的封建伦理观念

对于王船山,我们过去的研究多着眼于发掘他思想中的精华,这是十分必要的。但同时出现了拔高的倾向,掩盖了他思想中迂腐、落后的东西,在有些领域,甚至将他的落后观念也作为精华而予以肯定。本节试图揭示王船山温厚的艺术原则背后所隐藏的封建伦理观念,以全面认识王船山诗论的整体风貌。

一、重兴群与轻观怨

王船山曾标举儒家"兴观群怨"的传统诗论,作为他诗学体系的一个重要支柱。但如前所述,他对"兴观群怨"四者并非一视同仁,他更重视的是"兴"和"群"的价值。他不仅在诗评中屡次非议怨诗,贬低诗"观"和"怨"的价值,而且以明晰的语言说:

> 可以云者,随所以而皆可也。①
> 其可兴者即其可观,劝善之中而是非著;可群者即其可怨,得之乐则失之哀,失之哀则得之愈乐。②

这清楚地表明,他试图在兴观群怨四者转化论诗的暗中,以兴和群来取代观和怨。

在以往众多诗人中,王船山最为不满的是元稹、白居易。元、白的讽喻诗在中国古典诗歌传统外别具一格,既不属言志一路,也不属缘情一派,它通过描绘社会的风俗画面,表现作者的

---
① 《薑斋诗话》卷一,人民文学出版社排印本。
② 《四书训义》卷二十一,《船山遗书》,上海太平洋书店本。

愤懑不平，意在抨击黑暗，干预时政。在艺术上则以白描的手法，呈现出直率浅近的特点。这类作品，自它产生之日起，就因与传统不合，不为人重视。白居易当年曾慨叹道："今仆之诗，人所爱者，悉不过杂律诗与《长恨歌》以下耳。时之所重，仆之所轻。至于讽喻者，意激而言质，……宜人之不爱也。"① 到了宋代，随着理学的兴盛和温厚和平的诗教立为正统，白居易的讽喻诗受到了越来越多的讥评，传统诗论家说他"直露浅近"，贬斥他的诗"格卑"，是旁门左道。这种批评风气，到了明清两代，可说是愈演愈烈，成为当时占统治地位的批评风气。

　　王船山的诗论在这种背景下呈现出复杂的形态，一方面他通过一系列的诗歌选本和诗学论著，系统地总结了中国古典诗歌在表情达意方面所具有的特点，阐明了他的诗学原则诗歌应该通过它特有的艺术手段，来表现作者要眇低回的情感，在格调上应该含蓄委婉，一唱三叹，有余韵深长的情致。可以说，他比历史上任何一位诗论家都更加坚信并极力维护诗歌自有的艺术特点，反对把诗歌混同于哲学、历史等。这些，无疑是他对中国古典诗歌理论的卓越贡献。但他错误地认为，观和怨的作品，或直质、或浅露、或粗豪，都不能兴起读者的情感，也就不能达到群的目的，只有含蓄不露、委婉曲折才能动人以"兴观群怨"。因此，一切通过诗的形式，来描绘社会生活的画面，抒发作者强烈激荡情绪的作品，在王船山看来都是不合传统的，不符合诗学原则的。元、白那些反映中唐时期社会矛盾的诗作固无论，即便在李杜集中那些言志之作，也被他贬为"霸气灭尽和平温厚之意者"②。其他如汉《乐府》中的《铙吹》、《白纻》和鲍照、李白

---

① 《与元九书》，转引自《中国历代文论选》第二册，上海古籍出版社。
② 《薑斋诗话》卷二，人民文学出版社排印本。

的乐府体民歌，无一不被他斥为"管急弦繁，杂霸之风"①。这一褊狭的批评眼光，导致了他对诗歌史上众多的抒发牢骚不满的作品进行了抨击。

王船山之所以如此竭力地排斥温厚和平之外的其他诗作，固然有艺术原则方面的原因，但更深一层的，恐怕还是社会伦理思想方面的原因。从王船山的几个诗歌选本来看，他选诗、评诗，很少对"褒刺以立义"的诗作有所肯定，即使偶尔有之，也是门面腔子语，表面上肯定，骨子里否定。如：

《小雅·鹤鸣》之诗，全用比体，不道破一句，三百篇中创调也。要以俯仰物理而咏叹之，用见理随物显，唯人所感，皆可类通；初非有所指斥一人一事，不敢明言，而姑为隐语也。若他诗有所指斥，则皇父、尹氏、暴公，不惮其斥其名，历数其愿，而且自显其为家父、为寺人孟子，无所规避。诗教虽云温厚，然光昭之志，无畏于天，无恤于人，揭日月而行，岂女子小人半含不吐之态乎？《离骚》虽多引喻，而直言处亦无所讳。宋人骑两头马，欲博忠直之名，又畏祸及，多做影子语，巧相弹射，然以此受祸者不少，既示人以可疑之端，则虽无所诽诮，亦可加以罗织。②

从表面看，王船山并非反对直斥君王。他认为真要对君王有所指责的话，就要"无所规避"，像《诗》、《骚》那样，"直言处亦无所讳"。而不能"做影子语"，巧相弹射，到了身处逆境时，反倒摇尾乞怜，歌功颂德了。这对封建士大夫色厉内荏的软弱性，应该说针砭得入木三分。但是否就此可以说王船山十分赞赏对现行政治的批评呢？如果我们联系王船山的社会伦理思想，就

---

① 《薑斋诗话》卷一，人民文学出版社排印本。
② 《薑斋诗话》卷二，人民文学出版社排印本。

会发现他不过是从反面落墨,骨子里他是多么憎恶这类暴露社会黑暗的作品。如他批评《诗经·相鼠》:

> 空言之褒刺,实事之赏罚也。褒而无度,溢为淫赏;刺而无余,溢为酷刑。淫赏、酷刑,礼之大禁。然则视人如鼠而诅其死,无礼之尤者也,而又何足以刺人?①

文中将讽刺统治者视为"无礼之尤者"而大加挞伐。他还指斥杜甫、韩愈等人描写贫苦生活的诗歌为"害道":

> 文不悖道者,亦唯唐人以上尔。杜甫、韩愈,稂莠不除,且屈嘉谷以为其稂莠,支离汗漫,其害道也不更甚乎!②

至于元、白那些揭露中唐社会矛盾的诗作,王船山更是嫉之如仇:

> 长庆人徒用谩骂,不但诗教无存,且使生当大中后,直不敢作一字,元、白辈岂敢以笔锋试颈血者?使古今无此体制,诗非佞府则畏途矣。安得君尽武王,相尽周公,可以歌"以暴易暴"邪?③

所有这些,无一不表明了王船山这样的态度:诗歌绝不能用来作讽刺社会的工具。以诗来抨击社会,不仅违反了温厚和平的诗教,而且也违反了"礼"、"道"的规范。所以,尽管王船山有时说得极为堂皇,实际上他对此再厌恶不过了。他知道后世并非"君尽武王,相尽周公",容不得"以暴易暴",故从反面落笔,来说明这种做法是如何的要不得。那么,作者路见不平,心有郁

---

① 《诗广传》卷一,中华书局排印本。
② 《古诗评选》卷二,《船山遗书》,上海太平洋书店本。
③ 《唐诗评选》卷二,《船山遗书》,上海太平洋书店本。

积该怎么办呢？王船山说："善忧者以心，不善忧者以声。"① 依他看来，面对暴君污吏，心知之而不明言之，不示人以可疑之端，才是"善忧者"。这种明哲保身，自欺欺人的做法，比之杜甫、白居易来，软弱卑怯不更显而易见吗？

王船山如此忌讳讥刺现实的作品，根源于他这样根深蒂固的观念：君权不可移易，君臣关系同于父子关系。所谓"父子君臣者，自有人道以来与禽兽大别者此也"②。他说："以诋评为直，以歌谣讽刺为文章之乐事，言出而递相流传，益斯民之忿怼以诅咒其君父，于是乎乖戾之气充塞乎两间，以干天和而奖逆叛，曾不知莠言自口而彝伦攸斁，横尸流血百年而不息，固其所必然乎！"③ 把怨诗的"流弊"可谓提到了吓人的地步。因此，王船山绝不允许在诗中表现对君上或时政的怨恨。他说："信而见疑，劳而见谪，亲而见疏，不怨者鲜也。虽然，未可怨也。……夫两贤不相怨，相怨者必不肖者也。而彼已固然，奚为其怨乎？"④ 这种面对恶势力无可奈何，只愿听之任之，又不允许别人发出一点怨声的做法，正是封建士大夫因愚忠带来的先天性的迂腐和软弱的表现，这种天性使他无法判定国家、民族和一个君王之间的价值关系，也无法确定怨诗的价值。明乎此，我们对他抨击元、白、杜甫就不会觉得奇怪。他们受到王船山的批评，固然有刻画见真、直露等艺术上不够温厚的原因，在抨击时政上过多怨恨而有损于君臣之义，大概也不符合他的伦理标准。而后者无疑是王船山思想中的深层结构，是他无情地贬斥怨诗的更深层的意识。

---

① 《诗广传》卷三，中华书局排印本。
② 《周易内传发例》，《船山遗书》，上海太平洋书店本。
③ 《读通鉴论》卷二十七，《船山遗书》，上海太平洋书店本。
④ 《诗广传》卷一，中华书局排印本。

与王船山相比,同时期顾炎武和黄宗羲的诗论则表现出更为磊落的精神和现代的目光。他们身上没有王船山那么沉重的因袭的负担,没有那么分明的君臣之义和君子小人庶民之别。顾炎武说:"政教风俗,苟非尽善,即许庶人之议。"又说:"诗之为教,虽主于温柔敦厚,然亦有直斥其人而不讳者。"① 黄宗羲说:"美而非谄,刺而非讦,怨而非愤,哀而非私,何不正之有?夫以时而论,天下之治日少,而乱日多。……韩子曰:'和平之音淡薄,而愁思之声要眇。欢愉之词难工,而穷苦之音易好。'向令风雅不变,则诗之为道,狭隘而不及情,何以感天地而动鬼神乎?"② 与王船山相比,在社会动荡、民族灾难深重的时候,黄宗羲是大声疾呼,主张直接地表现人民的怨愤,而王船山则主张人们不要相互怨恨,即使表现怨情,也要"闲旷和怡"、低回要眇。因此,王船山的思想中有更浓厚的封建意识,这种意识无情地左右了他的文学批评观。

二、理欲性情的规范与诗的理性情感

上文我们着重分析的是王船山对诗歌外在的温厚和平格调的规范,这里我们将把视野转向内在的情感,看王船山是如何规定诗歌的情感内容的。王船山这样谈诗中的情:

> 关情是雅俗鸿沟,不关情者,貌雅必俗,然关情亦大不易。钟(惺)、谭(友夏)亦未尝不以关情自赏,乃以措大攒眉,市井附耳之情为情,则插入酸俗中为甚。情有非可观之情者,关焉而无当于关,又奚足贵哉?③

---

① 《日知录》卷十九《直言》,上海古籍出版社影印本。
② 《陈苇庵年伯诗序》、《南雷续文案》,《黄宗羲全集》第十册,浙江古籍出版社排印本。
③ 《明诗评选》卷二,《船山遗书》,上海太平洋书店本。

可见并非任何一种情感都合乎理性的标准。王船山认为，凡涉及个人私欲和私意的情感均是不合规范的，诗应排除这种非理性的情感。他说：

> 诗言志，非言意也。诗达情，非达欲也。……但言意，则私而已，但言欲，则小而已。①

他举出钟、谭、杜甫以及民歌等里巷之情为非当关之情，属私意小欲一路。钟、谭之"酸俗"大概以其意绪之幽僻孤峭，境界狭小。至于杜甫，王船山说："呜呼！甫之诞于言志也，将以为游乞之津也，则其诗曰：'窃比稷与契'；迨其欲之近而哀以鸣也，则其诗曰：'残杯与冷炙，到处潜悲辛。'是唐虞之廷有悲辛杯炙之稷契，曾不如嘘蹴之下有甘死不辱之乞人也。甫失其心，亦无足道耳。"② 而对于民歌，如《孔雀东南飞》，则斥之为："古人里巷所唱盲词白话，正如今市井刊行《何文秀》、《玉堂春》一类耳。"③

但令人置疑的是，钟、谭因时代及个人遭际的原因，在思想倾向上显得幽僻孤峭，因而受王船山指责，里巷之曲因不加矫饰地表现率真的情感，因而被斥为"非言情之章"，可是杜诗反映社会动乱给人民带来的痛苦，堂堂正正，何私意小欲之有？这就不能不使我们转向王船山对情欲内涵的规范，对他的意和欲进行一番审视。

众所周知，王船山与宋儒理欲观的最大不同在于即欲见理，以欲实理。他接受胡亦峰"天理人欲同行而异情"的说法，以为"私欲之中，天理寓焉"④。在一定程度上突破了宋儒的理欲观。由于此，他才能给情欲一定的肯定，在诗歌理论中多次阐述

---

①② 《诗广传》卷一，中华书局排印本。
③ 《古诗评选》卷一，《船山遗书》，上海太平洋书店本。
④ 《读四书大全说》卷二十六，中华书局 1975 年排印本。

情感在诗歌创作中的作用，表明了他在这方面的进步性。

但如上文所引，王船山对情欲的肯定仍是有保留的，他以为欲有好恶，毕竟与理有所不同，并非所有的欲都是理。欲还要有个"絜矩之道"，以合乎理。他对李贽直截了当地提倡人欲大为不满，"若近世李贽、钟惺之流，导天下于邪淫，以酿中夏衣冠之祸，岂非逾于洪水，烈于猛兽乎？"①因此，王船山既反对道学家的绝欲寡欲说，又反对李贽的纵欲观。李贽过多强调放纵人的自然本能，自然有其偏邪的地方，但李贽对宋儒的冲击所带来的思想解放却有积极的一面，王船山未能看到。他在反对李贽的时候，实际上仍是以道学家的理欲义利之辨为武器，把李贽视为洪水猛兽而大加抨击。这样，他又不自觉地回到了宋儒那条路上去。所谓"有公理，无私欲。私欲净尽，天理流行，则公矣"②。所谓"天下之公理，以私乱之，则公理夺矣"③。因此，理欲虽不能分割，但仍然是有分别的。即欲见理，并不意味着凡欲皆理，而是要对欲加以规范，使之合乎理。尤其当欲与统治者所谓的"理"冲突的时候，他毫不迟疑地将欲归为私欲而加以否定。他所谓的"公理"、"天理"，无疑仍是宋儒们所津津乐道的"理"，它与统治者的利益是相一致的。

为了使情欲能够合乎"理"，不流衍为非分的"私欲"，王船山特别强调君子小人立身行事的不同，强调对情欲的规范即对度的强调。他说："饮食男女之欲，人之大共也。共而别者，别之以度乎？君子舒焉，小人劬焉，禽狄驱焉；君子宁焉，小人营焉，禽狄奔焉。"④他认为，饮食男女之欲是人所共有的，而惟

---

① 《读通鉴论》卷末《叙论》，《船山遗书》，上海太平洋书店本。
② 《思问录·内篇》，中华书局排印本。
③ 《读通鉴论》卷二十二，《船山遗书》，上海太平洋书店本。
④ 《诗广传》卷二，中华书局排印本。

君子对此是宁焉，舒焉，不刻意追求，合乎度。而小人禽狄驱焉、奔焉，不守本分，所以才成为不合理性的私欲。从更广的方面而言，举凡违反传统的儒家礼教，或危及封建统治的，他都认为是不合度的。比如韩、柳、曾、王之文，抒发牢骚不平，被王夫之称为"行古之淫人"①；《北门》抱怨劳逸不均，被斥为"诬上行私而不可止"；陶渊明也被他讥为"识量不出针线蔬笋，数米量盐"之类②，至于元、白、杜甫，更是受到他多次抨击。而曹丕却被他冠以"诗圣"的美名③，表现出他与众不同的价值观和审美好尚。以上所举的受到王船山批评的诗人或作品，尽管程度不同，都或多或少涉及社会不平的现象，抒发了作者的牢骚不满。这种怨情，在王船山看来，都是不合性理的，因为它违反礼教和君臣之义，危及封建统治，所以是不能容忍的：

　　怨者，阴事也。阴之事，与情相当，不与性相得；
与欲相用，不与理相成。④

因此，王船山批评杜甫，与其说是因为他视杜甫为通过发牢骚而别有所求的"细人"，不如说是因为他认为杜甫"诬上行私而不可止"。所谓："《北门》之淫倍于《桑中》，杜甫之滥百于《香奁》。"⑤就是说，表现男女之间情爱欢好的情歌尚可容忍，而以私构怨，表现君臣怨愤的诗歌则必须加以制止。而恰恰是这些作品，才真正地反映了社会的矛盾。这一切，说明王船山所执著的伦理标准，仍未超出封建统治者的基本范围，他严守的仍是宋明道学家的理欲性情之辨，尽管是经他修正的。

　　与王船山相比，顾炎武、黄宗羲对理性情感的规范要相对宽

---

①⑤　《诗广传》卷一，中华书局排印本。
②　《薑斋诗话》卷二，人民文学出版社排印本。
③　可参看《古诗评选》卷二"魏主曹丕"其二中的有关评语。
④　《读通鉴论》卷二十二，《船山遗书》，上海太平洋书店本。

泛，除上面我们比勘之"怨"的情感外，顾、黄二人对民歌所表现出的质朴率真的情感都予以肯定。顾氏文集中有不少仿民歌仿乐府之作，如《榜人曲》一类。他非常善于吸收、改造民间口语。缪永谋说："诗有俚语，经顾宁人笔辄典。"① 可见他对民间俗语下过工夫。黄宗羲论诗虽仍分一时之性情（如"吴歈越唱，怨女逐臣之情"）与万古之情（指合乎兴以群怨，思无邪者），但他对民间创作仍予以肯定，"今古之情无尽，而一人之情有至有不至。凡情之至者，其文未有不至者也，则天地间街谈巷语、邪许、呻吟，无一非文；而游女、田夫、波臣、戎客，无一非文人也"②。与王船山诬民歌为"村黄冠盲女子所弹唱"、"市井附耳之情"形成鲜明对照。究其原因，不外乎王船山比顾、黄二人在思想中有更多的理学痕迹。一涉及情，便想到用理来加以匡正，而最反对直情径行。

三、仍是儒家传统诗教的继承者

王船山在诗的社会功用方面重视兴和群，主张对情感的理性规范，恰恰说明他的社会伦理思想和诗论倾向不能超越儒家的整体文化和儒家源远流长的诗论传统。我们考察儒家的诗学理论，可以看出，从孔子到汉儒，虽然举出兴观群怨，并多次阐述由诗乐知政的思想，但仍把重点放在兴群之上，注意对情感的理性规范，强调通过个体内心的陶冶修养来敦化社会群体的外风俗。王船山正是在这方面表现出向早期儒家思想复归的迹象。

王船山和先前儒家一样，既把兴和群作为诗歌社会功用的首要方面，又强调对理欲性情的分辨和规范，把诗歌一己之性情，与天下人的性情、伦理、风俗联系在一起，由兴到群，通过一己

---

① 《明诗综》卷八十二引，影印文渊阁四库全书本。
② 《明文案序》，《黄宗羲全集》第十册，浙江古籍出版社排印本。

的性情,来敦化天下人的性情。下面两段引文也许最能表现他这种思想:

> 古之为诗者,原立于博通四达之途,以一性一情周人情物理之变,而得其妙。①

> 可兴、可观、可群、可怨,是以有取于诗。然因此而诗,则又往往缘景缘事,缘已往,缘未来,终年苦吟而不能自道,以追光蹑影之笔,写通天尽人之怀,是诗家正法眼藏。②

因此,诗不仅仅是一性一情的表现,它在抒发个人独思的同时,也应该能体现人情物理之变,能写通天尽人之怀。个人与社会、一性一情与通天尽人之怀,正是通过诗的桥梁,实现了和谐统一。王船山的这一诗学理论,表明他的思想框架与早期儒家的诗论有着同构关系。

由于王船山不能忘怀儒家的传统社会功利观,他在确立诗歌的艺术原则时,就自然地转向温厚和平的传统观念。因为温厚和平的艺术原则,本来就是伴随着儒家传统的社会功利观而一同产生的。儒家在倡言"哀而不伤、怨而不怒"的诗教时,正是着眼于维护社会的安定和统治者的地位的。我们从文学批评发展史中可以清楚地看到,温厚和平这一艺术原则的兴衰起落,总是与一定的社会政治经济条件和社会思潮相联系的。汉儒之温柔敦厚,与确立和维护汉朝大一统的封建帝国相关联,而到了魏晋南北朝,随着社会的动荡,儒教的衰微,缘情说大畅其旨,而温柔敦厚则少有人提及。国势恢弘的盛唐为诗人提供了广施才情的天地,风雅的怨刺精神并不为诗人和诗论家所讳。宋代以降,由于封建统治大伤元气,国势衰落,统治者经受不起直斥痛处的怨刺

---

① 《四书训义》卷二十一,《船山遗书》,上海太平洋书店本。
② 《古诗评选》卷四,《船山遗书》,上海太平洋书店本。

之声，温柔敦厚的诗教才伴随着理学的兴盛而大行于世。关于这一点，还是《诗史》中的一句话说中了其中原委：

> 乐天识趣最浅狭，谓诗中言甘露事处，几如幸灾，虽私仇可快，然朝廷当此不幸，臣子不当形歌咏也。

显然，在封建卫道者看来，作为臣子，当朝廷不幸之时，应为君父讳，不能直言指斥，有损君臣关系。这种微妙的心理，正是温柔敦厚诗教赖以生存的土壤。由宋到明清，怀此苦心的士大夫可说是绵延不绝，他们怀抱着儒家君臣父子之义，就不能容忍有丝毫损害这种"礼义"的行为举动，尤其是当国势衰微，甚或国难当头之际，任何一点不谐和的声音，都会牵动他们脆弱的神经。这也正是元白诸人的讽喻诗在后世屡遭贬斥的原因之一。所以我们完全应该注意到在温厚和平的艺术原则背后所隐藏的封建伦理观念。

在这个方面，我们引用已故的嵇文甫先生的一句话作结："对于他不应该作过苛的要求，也不应该作过高的估计。"（《王船山学术论丛·序言》）

第七节　余论：不以门派论是非
　　　　且辨源流求真诗

如上所论，王船山在艺术思想上存在着一些封建伦理化的艺术观念，使他对一些作品的评价发生偏差。而王船山这种伦理化的批评，又往往与他的诗论取向和艺术倾向相关联。事实上，在某些方面，伦理化的批评与艺术的倾向是很难区分的，比如对元、白、杜甫诗的一些表现民生的作品的评论就是如此。

但尽管如此，艺术的倾向或原则，总体来说还是相对独立的。我们在厘清了王船山诗论中的伦理化倾向后，也应该对他的诗学艺术倾向进行一番总结。

王船山处在一个天崩地解的时期,他的诗论著述如三种古诗选本及《薑斋诗话》等,均完成于亡国之后,据其在《夕堂永日绪论序》所言:"阅古今人所作诗不下十万,经义亦数万首,既乘山中孤寂之暇,有所点定。"此序作于庚午年(1690),乙酉之变距此已有四十余年,时值王的晚年,应该说无论从时代或王个人的经历而言,都处于一个相对平静或说是乱后初定的时期,王"乘山中孤寂之暇"所点定编辑的这三种诗歌选本及《薑斋诗话》,应该说代表了他最成熟的诗学思想。在学风上,他不自炫门派,也不固守一家,隐居于石船山,埋头于诗艺的发掘和整理。在明末诸子中,可以说王船山最少全祖望所说的晚明文化人所常有的"党人习气"或"文人习气",独立之意志最强。

从他评述各家诗说来看,他反对七子的摹唐,但又不趋向于公安的宗宋,而与七子一样,以唐诗作为诗的至境;他反对公安,对公安派的俚俗和民间化色彩不满,但对公安派的性灵一说并未完全抹杀,并屡次倡导以意为主,以性情为真;他批评竟陵,但对竟陵的不肯俗这一点又是认同的。所以,王船山对上述诸家的批评,是弃中有取,眼界不限于一门一派。王船山曾选有三种古诗选本,① 他的选本与他的《薑斋诗话》、《楚辞通释》、《诗广传》等专门的论诗著作中的思路是一致的,就是要摆脱明人的门户习气,不再拘于学唐或是学宋。明人多有编选古诗选本的嗜好,从明初高棅的《唐诗品汇》,到明中叶李攀龙的《古今诗删》,再到晚明钟、谭所编的《诗归》,都欲以选本作为推销其诗说的工具,但这些选本多多少少都带有门派家法的痕迹。高棅的《唐诗品汇》,旨在阐扬唐音及严羽初盛中晚之说;李攀龙

---

① 据萧度《船山古近体诗评选总序》,王应另有《宋诗评选》一种,萧说"惜兵燹未见",待考。

《古今诗删》,名为古今,但由古逸诗选至明人,惟不录宋元,且与其诗必汉魏、盛唐的口号相照应;钟、谭《诗归》,多选与其倡导之幽深孤峭相近之诗。这些选本,用意都很明确,就是借以推广其一门一派之诗说。王船山的三种诗歌评选,当然也不能说不存偏见,去取也不尽恰当。但对他而言,只是审美观念的偏差所致,与前者欲借选本作为门派之招牌有所不同。他的选本,自然也是为了通过选诗来印证别家选诗之谬,并张扬自己的诗说,但由于目的不在于宣扬某家某派的观念,所以他的选评,比较多的是对前此诗作进行艺术和道德的评价,找出其内在的诗艺。与前此的诸多诗论家将某一类诗(如汉魏之古诗,盛唐之近体,民间乐府诗等)称之为真诗不同,王船山心目中的真诗是一套有关诗体的规范和创作的原则,而非一家一派所尊尚的某类诗体。因此,王船山的诗论,连同他的三种评选,是一套全面的总结性的诗论体系,其中包括创作理论、作品评述、情景理论、鉴赏理论等。他的这个体系,尽管有一些致命的弱点,但它自身确实是严密而完整的。

王船山的这套诗论体系,带有浓厚的古典主义色彩,他所肯定及阐扬的,是由上古儒家思想承传下来的一套诗学传统。比如重视比兴温厚、含蓄蕴藉,赞扬那些"全用比体"(《薑斋诗话》卷二),或"一色用兴写成"(《明诗评选》卷二)的作品,反对直露促迫;再如在"诗"与"史"的关系上,反对诗中使用"史法",以为诗中如具有史的成分,便"非言情之章"(《薑斋诗话》卷二);还有反对"诗理",主张即目而咏,将思理融入情景的咏叹之中,而不是诗中另存一种理念;另像重视诗体的雅正法度等等,均体现了传统的诗学原则和规范。它与万历以来公安派所主张的"信口而出,信口而谈",不太注意诗体规范的诗学体系是完全不同的,与七子的先树立一个标本,然后再悉心揣摩的拟古主义也有不同。如果要给这一体系命名的话,我以为用古典主义诗论体系是合适的，因为他所坚持的就是一些由上古承续下来的一系列古典主义的诗学原则。

事实证明，王船山所总结的这些诗学原则，经得起时间的考验，至今仍是古典诗歌审美的标尺。

● 附集评

刘献廷：

王而农先生，……隐居山中，未尝入城市，其学无所不窥，于六经皆有发明。洞庭之南，天地元气，圣贤学脉，仅此一线耳。

《广阳杂记》卷二，中华书局1957年排印本。

全祖望：

继庄平生讲学之友，严事者曰梁溪顾昀滋、衡山王而农。

《刘继庄传》，《鲒埼亭集》卷二十八，四部丛刊本。

邓湘皋：

先生生当鼎革，窃自维先世为明世臣，存亡与共，甲申后崎岖岭表，备尝险阻，既知事不可为，乃退而著书。窜伏祁永涟邵山中流离困苦，一岁数徙其处。……故国之戚，生死不忘。……当是时，海内儒硕，北有容城，西有周至，东南则有昆山余姚，先生刻苦似二曲，贞晦过夏峰，多闻博学，志节皎然，不愧顾、黄两先生。顾诸君子肥遁自甘，声名亦炳，虽隐逸之荐，鸿博之征，皆以死拒。而公卿交口，天子动容，其志易白，其书易行。先生窜身瑶峒，绝迹人间，席棘饴茶，声影不出林莽，门人故旧，又无一有气力为之推挽，殁后遗书散佚，后生小子，至不能举其名姓，可哀也已。

《邓刻船山著述目录》，太平洋书店本船山遗书弁首。

《沅湘耆旧集》：

船山先生号薑斋，又号双髻外史，中岁称一瓢道人。南渡后，走桂林依瞿忠宣,荐授行人司行夫。崎岖楚、粤、滇、黔间,备历艰险。后以母病,间道归,遂不复出。缅甸既覆没,益自韬晦。尝匿常宁瑶洞,变姓名为瑶人。已筑土室于石船山,名曰观生居、败叶庐,又曰湘西草堂,晨夕杜门著书,沧桑黍离之感,生死不忘。其学深博无涯涘,独不喜陆子静、王伯安之说。原本渊源,尤在《正蒙注》一书。往复辨论,所以归咎于上蔡、象山、姚江者甚峻。其志行之超卓,学问之正大,体用之明备,著述之精卓宏富,当与顾亭林、黄梨洲诸老相颉颃。精研《六经》,诗其余事。词旨深复,气韵沈郁,读之如夏鼎商彝,如闻哀猨唳鹤,使人穆然神肃,翛然意远。

《明诗纪事》辛签卷十三,上海古籍出版社排印本。

曾国藩:

先生名夫之,字而农。以崇祯十五年举于乡,目睹是时朝政刻霰无亲,而士大夫又驰骛声气,东林复社之徒,树党伐仇,颓俗日敝,故其书中黜申韩之术,嫉朋党之风,长言三叹,而未有已。

《船山遗书序》,太平洋书店本船山遗书弁首。

先生匿迹湘西之石船山。荒山敝榻,终岁孳孳,求所谓育物之仁,经邦之礼,穷探极论,千变而不离其宗,旷百世不见知,而无所悔。先生殁后,巨儒迭兴,或攻良知捷获之说,或辨《易图》之凿,或详考名物、训诂、音韵,正《诗集传》之疏,或修补《三礼》时享之仪,号为卓绝。先生皆已发之于前,与后贤若合符契。虽其著述太繁,醇驳互见,然固可谓博文约礼,命世独立君子已。

《明诗纪事》辛签卷十三,上海古籍出版社排印本。

陈田:

船山先生博通经史,阐明正学,允为儒者之宗。究心吟事,自述早年问津北地、信阳未就,而中改竟陵,晚乃和阮和陶,取境益上。自定为《五十》、《六十》、《七十》三稿。余谓先生诗,讲学则拟白沙、定山;摹仿则师汉、魏、盛唐,下逮于明之作家,无所不拟。其论诗则薄宋、元,犹是七子成说，而于东坡、山谷亦多诋諆之词，未可尽为典要。然其学问深邃，才力宏富，古体时与魏、晋、盛唐合辙，七律、七绝，音调洪亮，词旨深著，可与遗山、山谷分席。又其遭时多难，嚣音屠口之作，往往与杜陵之野老吞声、皋羽之西台痛哭，同合与《变雅》、《离骚》之旨。即专论诗，亦明季一作家也。

《明诗纪事》辛签卷十三，上海古籍出版社排印本。

袁昶：

赠别青原方丈，衔扎丹霞秃翁。扫净意波魔障，风光骀宕之中。

《读南岳卖薑斋集》，《清诗纪事》明遗民卷，江苏古籍出版社1987年版。

王闿运：

江谢遗音久未闻，王何二李枉纷纷。船山一卷存高韵，长伴沅湘兰芷芬。

看船山诗话，甚诋子建，可云有胆；然知其诗境不能高也，不离乎空灵妙寂而已。又何以赏"远猷辰告"之句？

《湘绮楼说诗》，江苏古籍出版社1987年版。

萧庹：

而农先生当神州陆沉、明社丘墟之日，知事不可为，乃退隐衡阳，结庐船山，慨然以著述删订为己任。……先生胸有千秋，目营四表，考其所评选诗抄，与尼山自卫反鲁正乐删诗之意息息相通，迥非唐宋以来各选家所能企及。……惜乎《宋诗评选》，兵燹之余，悬金购求，卒无应者。……丙辰秋，度长本局北长续修《湖南通志》处处务，任事之初，即欲搜辑先生遗书，以饫海内嗜古家之雅怀，而补前贤所未逮。适前湘督刘公莅庐，总理船山学社，以此诗抄见示，曰：曷总校而印行之？夫继承先绪，风示来兹，实司文献者无上之要图，而亦仁人孝子应尽之天职也。度不敏，窃心向往之矣。爰别为《船山古诗评选》、《船山唐诗评选》、《船山明诗评选》三种，而总名之曰：《船山古近体诗评选》。

《船山古近体诗评选总序》，《古诗评选》弁首，太平洋书店船山遗书本。

刘人熙：

其为学，旁搜远绍，浩瀚闳深，取精百家，折衷一是，楚人士称之曰："周子以后，一人而已"；天下学士宗之曰："孟子以后，一人而已"。

《四书训义序》，太平洋书店船山遗书本。

旨哉，衡阳王船山之善于自状也。"六经责我开生面"，诚哉，其开生面也。船山之于诸经，若《书》、若《礼》、若《诗》、若《易》、若《春秋》、若四子，于荒山榭径之中，穷天人性命之旨，详哉，其言之矣而无一陈言。虽前后旨趣有相乖忤者，要之大本大原之地，则千圣同心，万贤合魄，愚者莫能毁，爱者莫能助也。……昔先师孔子反鲁正乐，古诗三千余篇，删存三百篇，天道备，人事浃，遂立千古诗教之极。而兴观群怨一章，即孔子删诗之自序。是孔子开诗之生面也。船山《诗广传》又从齐鲁三家之外开生面焉。又评选汉魏以迄明之作者，别雅郑，辨贞淫，于词人墨客唯阿标榜之外，别开生面。与孔子删诗之旨，往往有冥契也。知此，可以读三百篇，知此，可以观汉魏以来之正变，以及无穷。

《古诗评选序》，太平洋书店船山遗书本。

诗可以观，非独《三百篇》也。自《三百篇》后，文人学子之作，野人游女之诗，无不可观也。分别雅郑，考镜得失，一经大匠钟锤，自然另出手眼，令人有尼山仰止之思。船山评选唐诗，从其家得秘本，儿子瑞沖校阅一过，独恨其未精核也，未付梓人。余恐其久而逸也，故速传之同学。

《唐诗评选序》，太平洋书店船山遗书本。

船山先生片纸只字，皆统之有宗，会之有元，如经义科举体也。……况八代诗评选，集二千年之文人才子，野人游女，名君贤相，闰位霸朝，无不屏息鞠躬，听其抑扬进退。如孔子作《春秋》，操二百四十年南面之权。此人爵邪，抑天爵邪？夕堂永日，评选明诗，合万古而成纯，不知有汉、魏、唐、宋之界线。

《明诗评选序》，太平洋书店船山遗书本。

梁启超：

他生在比较偏僻的湖南，除武昌、南昌、肇庆三个地方曾作短期流寓外，未曾到过别的都会，当时名士，除刘继庄外，没有一个相识，又不开门讲学，所以连门生也没有。

《中国近三百年学术史》，中国书店 1985 年影印本。

邓之诚：

诗学六朝、初唐，取径甚高，而深情一往，往往令人悲涕。其论诗见于《诗绎》、《夕堂永日绪论》者，谓子建不如子桓，元美不如元敬，是有真知灼见人语。不喜东坡以至淮海、剑南，或以深恶虞山之故。然颇持平，非难阳明，而不许吕留良以东坡拟阳明，亦不许世人以元美拟东坡，谓非其伦。七子、钟、谭皆在菲薄之列，亦不尽其善。

《清诗纪事初编》，中华书局 1965 年排印本。

钱穆：

明末诸老，其在江南，究心理学者，浙有梨洲，湘有船山，皆卓然为大家。然梨洲贡献在《学案》，而自所创获者并不大。船山则理趣甚深，持论甚卓，不徒近三百年所未有，即列之宋明诸儒，其博大闳括，幽微精警，盖无多让。

《中国近三百年学术史》上册，商务印书馆 1997 年版。

第五章 明代复古主义的终结与清诗的开山
——以钱谦益为对象

第一节 政坛失意者 文苑一宗师

钱谦益（1582—1664），字受之，号牧斋，又自称牧翁、蒙叟、尚湖、绛云老人、虞山老民、聚沙居士、敬他老人、东涧遗老、聋骏道人等，虞山（今江苏常熟）人。万历三十八年进士，授编修，博学，工词章，曾名隶东林党，被称作"浪子"。崇祯初，官至礼部侍郎；南明福王朝因"上诵士英功"，被马引荐任礼部尚书，后又谄事阮大铖，亦为人所不齿。清顺治二年乙酉豫亲王多铎南侵，钱率众降清，为其生平又一大污点。降清后被命为顺治礼部侍郎管秘书院事，充明史馆副总裁，但不到半年又托病乞归。回乡后钱洗心革面，数次暗助抗清活动，诗文中对降清一事屡表悔意，对清人入主中原也多有讥讽，是故乾隆时钱被贬入《贰臣传》，所作诗文《初学》、《有学》二集也于乾隆三十四年（1769）被列为禁书，抽版销毁。钱今存《初学集》一百一十卷，《有学集》五十卷，《投笔集》二卷，他还编有明诗选《列朝诗集》，其中附有诗人传略，其族孙钱陆灿将《列朝诗集》中的传略部分辑为《列朝诗集小传》单行。

第五章　明代复古主义的终结与清诗的开山——以钱谦益为对象

一、书生式的政客

在由明入清的士子当中，以钱谦益的性格及行藏出处最为复杂，他为人诟詈最多的一是南明朝谄事马、阮，其次是顺治二年的降清。尽管其后他沟通抗清义军，对清廷屡有讽刺，也并不为人理解，反被说成是"以文墨自刻饰，非其本怀"①。关于钱氏的降清，近来学界有不少文章表示同情，有的还以为他是要"打入敌人内部，然后有所作为。"② 我以为，对于钱氏的谄媚马、阮和降清这两大污点，是无可回避的客观存在，对此也不必为贤者讳。至于他降清之后辞官并又反过来从事于抗清，也是不容忽视的客观存在。但这些矛盾的举动集于一身，毕竟是一个需要解释的问题。这方面，如若我们换一个思路，从钱谦益的社会角色和性格入手，也许更能了解他的行藏出处。

在钱谦益身上，有两种角色并存，一是书生，二是政客。本来，在中国传统政治体制中，"学而优则仕"是多数士子所共同走的一条路③，在这个意义上，所有的政客都同时具有书生与政客这两个不同的社会角色。但事实上，在中国文人中，一般只有不成功的政客才同时兼有这两种身份，成功的政客在其走上仕途后，书生的角色在不断淡化。而只有不成功的政客才保持了较多的书生本色，在这方面，钱谦益是较为突出的一个。我们注意到，书生与政客这两种因素在钱的身上经常处于一种相互制约的情况，有时更体现出一种矛盾的态势，再加上明末党争剧烈，钱

---

① 参见《章太炎文录》别录甲，《清诗纪事》顺治卷，江苏古籍出版社1987年版，1 269页。
② 刘世南《清诗流派史》，台北文津出版社1995年版，74页。
③ 吴梅村曾言："古之为士者，非公车特征，则宰府交辟，次亦屈志州郡耳。其有淹顿牢落，没世而无闻者，盖亦少矣。"颇能说明一般文人用世之心态（《何季穆文集序》，《梅村家藏稿》卷二十七，文五，四部丛刊本）。

从投身于仕途的那一天起，便不自觉地卷入了党派的争拗，这一情形更加剧造成他在政坛上首鼠两端，进退失据的尴尬境地。以下便是钱谦益在政坛上的"坎坷"经历：

万历三十八年（1610）三月，钱考得探花，当即受到东林党人如孙丕扬等的赏识，授编修，并成为东林党魁。五月因丁父忧回乡守丧，其后随着东林党在朝中的失势，钱居乡十年竟无法补官。

泰昌元年（1620），钱始被召还朝，次年（天启元年）主浙江乡试，为政敌韩敬陷害，诬告钱氏门客受贿，此事虽然后来并无查出有效证据，但也因失察而夺俸3月，钱失魄而以疾告归。

天启四年（1624），钱再回朝中任翰林院编修，充任经筵讲官，但受东林党被排挤之事牵连，次年即被削职南归。

崇祯元年（1628），是年钱谦益四十六岁，七月又应召赴阙，不数月擢詹事转礼部右侍郎，兼翰林院侍读学士，协理詹事府事。十月会推，温体仁、周延儒等复追究浙江关节案，钱再被贬职放回；瞿式耜官吏科给事中，以牵涉朝局内争，与钱谦益同坐贬。

崇祯十年（1637），钱谦益与门生瞿式耜被控里居不法，温体仁将二人逮京下狱，次年方获释。

崇祯十五年（1642），清兵分道入关，次年夏四月，周延儒自请督师抗清，钱为排延儒，勾结在朝在野徒党，以与群公共谋王室之事之名，以己知兵为借口，实欲取周延儒而代之。①

清顺治元年（南明弘光元年，1644）三月，钱因谄事阉党马、阮，得任南明弘光礼部尚书兼翰林院学士掌部事加太子太保。又自请督师扬州。五月出城降豫王多铎，遂命之北行入清

---

① 此处用陈寅恪先生说，见《柳如是别传》，上海古籍出版社1980年版，737–738页。

宫,一年中成其一生两大污点。

清顺治二年(1645)正月,清廷任钱谦益为礼部右侍郎管秘书院事,充修明史副总裁。六月又引疾归。

清顺治五年,黄毓祺案发,钱受牵连下金陵狱。

……

由上引钱氏"政迹",足以显示出他仕途的坎坷不平。其间原因,一来在于党争之牵累,二来更在于他虽然有极为强烈的从政欲望,在官场上出人头地,但本质上仍是一个书生,走政治钢丝的技巧并不纯熟,所以在晚明派系森严、党争剧烈、民族矛盾、社会矛盾也十分尖锐的情况下,他几经起伏,仕途并不顺利,更说不上飞黄腾达。在上述钱氏的经历中,我们可以看到这样一些"不成熟"的举动,比如崇祯十五年,他勾结朝野党徒,密谋排挤周延儒,从常理上看,以其书生本色及在野身份,欲与当朝权相抗衡,无异于以卵击石,虽然此事并未暴露,但也反映出钱的幼稚与盲动。再比如弘光元年他先后谄媚马、阮,但接着又自请督师扬州抗清;顺治二年他率众降清,但受职不足半年便引疾以归。钱的这些举动,游移于两端,翻云覆雨,一方面说明他非常急于在政坛上崭露头角,有时甚至不惜付出人格气节的代价,另一方面也显示出他的"政坛幼稚病",做着蹩脚的政治游戏。而这种幼稚和蹩脚的政治手段,恰好又为他的书生本色作一注脚,说明他无论在政坛上有何表演,在本质上仍不脱一个书生的本色。

此外,钱谦益在性格上相当软弱,他的降清是一污点,无论人们如何对他的被迫降清予以同情,都不能掩饰他的贪生怕死,曲节求全。当然,钱的曲节求全并非出自于他的本意和良知,只不过在良知与求生的抉择中他选择了后者。在这方面,我们较为认同陈寅恪先生的分析:

  牧斋之降清,乃其一生污点。但亦由其素性怯懦,迫于时势所使然。若谓其必须始终心悦诚服，则甚不近情理。夫牧斋所践之土，及禹贡九州相承之土，所茹之毛，非女真八部所种之毛。①

因此，牧斋的降清，作为污点无可否认，从其根源分析，则缘于时势所迫及牧斋怯懦的性情。由于此举并非出自心悦诚服，自幼又秉承祖训，以忠孝为本②，对此不忠不孝之事，事后总觉愧疚，这种愧疚的心理，正是钱谦益任清职不足半年辞归，继而暗中资助抗清义举，并在诗文中屡屡流露异族情绪的缘由之一。

二、文苑宗师

作为一个政坛人物，钱谦益无疑是不成功的，但"两朝领袖"③的角色，对其在文坛上的地位和影响却有举足轻重的作用。平心而论，钱氏的文学成就在同辈人中并不足以领袖群伦，但他凭借家世在当地文人中的影响、科考探花的名望、隶归"东林浪子"的虚名、官至礼部侍郎的地位、绛云楼声名远播的藏书、喜于结纳并奖掖后进的热忱，使之在东南一带成为振臂一呼的人望，据其弟子冯班说，他曾有"门人数千"（《邓肯堂小游仙诗叙》）。钱谦益在文坛上这一独特的地位，使他对清初诗坛的影响要远远超过其他更有文学建树的文人，尽管他去世得更早。

在由明入清的众多学者中，有成绩、有影响的当然不止钱谦

---

① 《柳如是别传》，上海古籍出版社1980年版，1024页。

② 钱氏晚年所作《牧斋晚年家乘文》载其祖母教诲云："谦益为儿时，教以古忠孝名节、立身、励世之事。"钱晚年仍念叨不绝者，正以其曾身仕二姓，心有愧疚。宣统辛亥年上海国学扶轮社印。

③ 《牧斋遗事》云："牧斋游虎丘，衣一小领大袖之服，一士前揖问此何式? 牧斋对曰: 小领者遵时王之制，大袖乃不忘先朝。士谬为谢曰: 公真可为两朝领袖矣!"此事盖讥讽钱之降清。虞阳说苑甲编本。

益一个，像顾炎武、黄宗羲、方以智、傅山、阎若璩、侯方域、归庄、周亮工、吴伟业、施闰章等，都是其中有影响的人物。但如就文学圈中而言，在南北均有影响，且能将这种影响保持到清初，并影响到一个时期文学创作与批评的，还是以钱谦益为首屈一指。崇祯年始，他在虞山当地及外地就已有名声，其后更与各地学者及后学保持各种形式的联系。下面略述一二：

《徐子能黄牡丹诗序》载崇祯初年扬州郑超宗家园社集，钱被属为题首，推南海黎美周为第一。（《有学集》卷二十）

《陶不退阆园集序》载钱谦益听袁小修论李卓吾。（《初学集》卷三十一）

崇祯十五年壬午，乡人陆敕先编《虞山诗约》，请钱作序，钱与之论诗。（《初学集》卷三十二）

《吕季臣诗序》言及湖南祁阳浯溪之士，游其门者十余人。（《有学集》卷二十）

《娄江十子诗序》载里中二三子相与论诗，并为娄江十子诗作序。（《有学集》卷二十）

《新安方氏伯仲诗序》言及乙酉乱后，钱与诸遗民相过从，诗酒唱和，士子争相拜谒。（《有学集》卷二十）

由于篇幅所限，以上所引仅限于钱氏《初学》、《有学》二集中所见的部分文字，远不能反映钱谦益与各地文人交往的全貌。在钱氏的文学活动中，还写过大量的诗文序论，据不完全统计，见之于《初学集》的有七十余篇，《有学集》中有近百篇。集中保存的为当时一些重要文人的诗文集作序的人物包括：赵南星、冯班、程孟阳、朱长孺、施闰章、吴伟业、王士祯、周亮工、宋琬、申涵光、徐季重、萧伯玉、归庄等。与钱氏有书信来往或有诗唱和的有方以智、钱遵王、徐世溥、黄宗羲、归庄、冯班、陈伯玑、程孟阳、徐波、方尔止、侯方域、曹学佺、龚鼎孳、林古度、周亮工、茅元仪、黄蕴生等。从地域而言，钱氏弟子门生或与钱有关联的文人遍布南北,不可胜数,其中较有名者如虞山冯定远、昆山归玄恭、太仓吴梅村、福建林古度、曹能始、河南侯朝宗、山东王渔洋、安徽方密之、施愚山、河北申长公,这些文人中,包含了清初一些著名诗派的代表人物,如吴伟业的娄东诗派、钱氏本人的虞山诗派、申涵光的河朔诗派。各种思想流派的人物与钱谦益的对话,草创润色,是一个十分值得注意的现象。至于受教于钱谦益,或与之有过说诗论艺关系的就更不可胜数,钱氏弟子周容《春酒堂诗话》曾记求学者拜谒之情形:

> 尝坐牧斋先生昭庆寺寓,适有客以诗卷谒者,先生一展,辄掩置几侧,不复视。已而此客辞去,先生顾谓容曰:凡于人诗,不必于诗也,于目知之。顷见目中有《梅花诗》,且三十首,故不必复视耳。随出其《梅花诗》读之,皆《兔园册》语,相视大笑。又曰:使当此君前一读,其轻谩之不能自禁,当更甚于掩置耳。①

周容所记当然仅是钱谦益以诗老之尊接待来访者之一例,从文中看,钱对此类"文学青年"的拜谒应付自如,颇有经验,对其中学力平平者,不予置评,也不当面拂人求教之意,确有一副"宗师"派头。但他对后进中出类拔萃者,则激赏不已,如对青年王士禛即是如此,他在《王贻上诗集序》中对王的期许令人感佩。从上述这些情况看,钱谦益确实具备了如龚鼎孳所说的"文苑宗师"(《祭虞山先生牧斋钱学士文》)的资格。他在政治上虽未能成为"两朝领袖",但在文苑,以其声气交游及在文人中的号召力,对晚明尤其是清初诗坛广有影响,他在诗文界的影响,确实可称得上是"两朝领袖"。钱谦益作为文苑盟主的地位,是被当时许多重要的文人所认可的,以下略举几位重要文人

---

① 《春酒堂诗话》,清诗话续编本,上海古籍出版社 1983 年版,101 页。

的说法：

朱鹤龄《与吴梅村祭酒书》云：

> 忆先生昔年枉顾荒庐，每谈虞山公文章著作之盛，推重谣诼，不啻义山之叹韩碑。①

远在晋北的傅山亦云：

> 宁人向山云：今日文章之事，当推天生为宗主，历叙司此任者，至牧斋，牧斋死而江南无人胜此矣。②

傅山所记顾炎武之语，对牧斋的文章学颇为推重。当然，乙酉变后，顾对钱的降清十分瞧不起，世传他被清人所拘，宁不获释也不向降清任职的钱谦益求援，表现出高尚的气节，《日知录》中《文辞欺人》一篇亦对钱氏指桑骂槐。但青主所记当也不虚，表明顾炎武对钱在文章方面取得的成绩还是认可的。

清人凌凤翔《初学集序》中更认为钱谦益开创了清代诗坛的新风气：

> 窃惟宗伯诗，适当诗派中衰之际，实开熙朝风气之先。③

宋荦历叙前代诗派，也曾指出钱氏为清初诗风转变之代表：

> 唐以后诗派，历宋元明至今，略可指数。……本朝初又变于钱谦益。④

凌、宋二人均认为钱不仅在当时学界广有影响，且能开风气之先。所谓开风气之先，大约是指钱谦益在诗文方面能起一种承前启后的作用，能对其身后的文学发展起一种示范的效果。事实上，钱谦益在晚明诗坛宗唐复古的气氛中，提醒人们注意并重视

---

① 《清诗纪事》顺治卷，江苏古籍出版社1987年版，1256页。
② 傅山《为李天生作十首》之八自注，《霜红龛集》卷九，山西人民出版社影印丁宝铨本。
③ 《清诗纪事》顺治卷，江苏古籍出版社1987年版，1253页。
④ 《漫堂说诗》，清诗话本，上海古籍出版社1978年版，401－402页。

宋人,他在数十年的诗评活动中,与程嘉燧、冯班一起,对历代诗歌尤其是明诗所进行的研讨清理,他与黄宗羲等人对宋诗的张扬,对于清初顺治末年至康熙中期宋诗派的流行,确实是起到了先驱的作用。在这一点上,说钱谦益是文苑宗师,是大致不谬的。因为所谓"宗师"言者,不仅要具有广博的学识和众多的拥戴者,还要能以其识见折中前人,开启来者,凭借其鲜活的创造力影响于后世。在这方面,钱虽不能说杰出,但若就同时代的诗论家而言,钱对于清初诗坛的影响要远大于其他文人。这也许就是钱谦益在17世纪末叶文人中具有独特地位之所在。

当然,对钱谦益在17世纪最后二三十年诗界的影响不能做夸大的理解。事实上,宋诗派的流行,有钱谦益此前力加提倡的因素,但却不是唯一的因素,从钱谦益到黄宗羲,再到吕留良、吴之振、叶燮,其间自有一条脉络。我们在注意到钱氏首倡之力的同时,也不能忽略他人的因素。此外,在17世纪的最后十年及18世纪的初年,他生前所褒奖并寄予厚望的王士禛开始崭露头角,并最终以神韵说取钱氏而代之,完成了一次诗论的蜕变。这些方面的情况,我们将在下面的章节中予以说明。

第二节 钱谦益的诗论背景及理论来源

万历三十八年(1610),钱谦益中进士,标志着他举子业的终结和作为文苑宗师的起步。也就是这一年,袁宏道去世。此后公安派虽仍有袁中道为后继,但势力及影响已大不如前。但若从文学思潮的惯性而言,公安派所倡导的"性灵"之说仍有一定的市场,一方面袁中道此后又活动了十四年,另一方面被视为公安后继者的竟陵派也逐渐崛起,他们不约而同地担当了修正公安末学的角色,其间万历四十三年(1615),钟、谭编成《诗归》,标志着竟陵诗说的成熟和影响的逐渐加大。从万历三十八年钱谦益中进士及袁宏道去世,到天启四年袁中道的去世,历时十五年。这十五年,公安派由盛而衰,竟陵派则从无到有;这十五年,也是钱谦益在公安向竟陵转化的背景下,积聚力量,并逐步产生影响的时期。

尽管钱谦益后来对公安和竟陵均有批评,但他早期与这两派中的人物却有过密切的接触,其中包括公安派的袁中道和竟陵派的钟惺、谭元春。此外,程嘉燧孟阳也是个值得注意的人物。

一、钱谦益与袁中道

《列朝诗集小传》丁集中曾载钱氏与袁中道论诗之语:

> 余尝语小修:"子之诗文,有才多之患,若游览诸记,放笔芟薙,去其强半,便可追配古人。"小修曰:"善哉,子能之,我不能也。吾尝自患决河放溜,发挥有余,淘练无功。子能为我芟薙,序而传之,无使有后世谁定吾文之感,不亦可乎?"小修之通怀乐善若此,而余逡巡未果,实自愧其言。小修又尝告余:"杜之《秋兴》,白之《长恨歌》,元之《连昌宫词》,皆千古绝调,文章之元气也。楚人何知,妄加评骘,吾与子当昌言击排,点出手眼,无令后生堕彼云雾。"盖小修兄弟间,师承议论如此;而今之持论者,夷公安于竟陵,等而排之,不亦过乎。

钱谦益与袁中道的此次晤谈,背景及地点未详,但所谈的内容丰富且重要,其中谈到了钱谦益对袁小修诗文的意见、袁小修论诗之语及袁钱二人对竟陵派的不满等。其中说到袁小修诗文的才多之患,实际上是含蓄地表示了对三袁写作太过随意的批评。文中记录的袁氏论诗以杜、元、白为千古绝调诸语,后也成为钱谦益论诗的取向,可以由中见出钱氏诗论的来源,至于文中对楚人的批评,表明钱谦益意欲区分公安、竟陵的良苦用心。

在钱谦益的诸多著述中,多次记叙了钱与袁小修交游的情形,惜乎大半未注明时地,唯有两处较为具体地言及会面情景,其一是《贺中泠净香稿序》:

> 余为举子,与公安袁小修、丹阳贺中泠卒业城西之极乐寺。课读少闲,余与小修尊酒相对,谈谐间作;而中泠覃思自如。一灯荧荧,《雪车冰柱》,击戛笔砚间,迄今三十余年,犹耿耿在吾目中也。①

由文中看,钱之交友于袁小修,当是其在进士的万历三十八年之前。文中还表明两人都喜酒,席间往往有谈谐之作等。袁中道的喜饮酒大约很有名,他四十岁以后也颇以此自责,在给钱谦益的一封信中他吐露了这一点:"自念生平无一事不被酒误,学道无成,读书不多,名行不立,皆此物为之祟也。甚者乘兴大饮后,兼之纵欲,因而发病,几不保躯命。"(《答钱受之》)袁的饮酒纵欲,肯说与钱氏听,并以自责,可见二人交情确实不浅。

另一也与饮酒有关,见于《初学集》卷七《饮酒》其六一诗,诗中记载了二人于旅次相见于长安并把酒言欢的场景:

> 吾怜袁小修,豁达好饮醇。开尊无好酒,往往生怒嗔。长安盛宴会,宾筵正初巡。当杯但一嗅,瑟缩不沾唇。俗子共愕眙,知者嫌其真。袁生每大笑,看我头上巾。自从此人死,燕市无酒人。……

此诗当写于袁小修去世后,诗中追忆了当年二人在长安相会时饮酒为乐的情景。《初学集》中另有一篇《陶不退闿园集序》,记其早年曾与李卓吾弟子方时化、汪本钶相会于长安的情形,也许钱谦益和方时化、汪本钶相游于长安的时间,与钱和袁在长安的

---

① 《初学集》卷三十三,上海古籍出版社 1985 年排印本,957 页。

晤谈大致同时。① 文中还叙及了与袁小修谈论李卓吾生平与个性一事，对李卓吾及其弟子方、汪二人表示敬重。在另一篇序文中，钱谦益还指出公安派与李卓吾的渊源关系，并对公安论诗宗香山、眉山表示赞赏：

> 万历之季，海内皆訾訾王、李，以乐天、子瞻为宗，其说唱于公安袁氏。而袁氏中郎、小修，皆李卓吾之徒，其指实自卓吾发之。稚圭与小修俱龙湖高足弟子，而仲仆少受学于稚圭，其师友渊源如此。故其诗文之大指，可得而考也。夫诗至于香山，文至于眉山，天下之能事尽矣。袁氏之学，未能尽香山、眉山，而其抉摘芜秽，开涤海内之心眼，则功于斯文为大。②

这一段话论述了公安派的学术渊源及师承关系，也集中体现了钱谦益对公安派的态度。总的来说，钱对公安派基本上是肯定的，包括公安派对王、李的排击，公安的诗文宗旨等。他认为公安不足的地方一在于尚未能尽香山、眉山之境；二在于包括袁小修在内的公安末学的率意肤浅等弊端。

钱谦益与袁中道的友情较多地集中于万历末期，此时钱谦益已中进士，而袁中道虽然仅比袁宏道小两岁，但由于青年时期生活放荡不羁，饮酒纵欲，中进士却晚了二十二年。所以中道在其四十岁左右时由于功名未就，心境很差，身体也很差，信中多次言及小命不保，钱常致书信问候，并不时托人带些"佳茗竹合"一类的礼物赠与病中的袁中道。此时，往来问讯者不多，加上身体不好，心境颇觉孤单，原来与他有较好私谊的钟惺、谭元春二

---

① 袁中道曾在一封给钱谦益的信中忆及在长安的会晤："今年不知何月起复到长安？此一番聚首，于举业文字外，当更有商量处也。"（《珂雪斋近集》卷二尺牍）可见长安之聚会给两人均留下深刻印象。

② 《陶仲璞邂园集序》，《初学集》卷三十一，上海古籍出版社1985年排印本，919页。

人不知何故在此后的书信中未见提及，文人中与袁保持较密切接触的似也只有钱谦益，这在袁给钱的数封书信中有所透露。万历三十八年信中说："故人书断绝已久，惟受之不忘。我且作长语相反覆，此谊岂可易得？"是年袁中道父兄相继过世，故友亲朋少有往来，故觉与钱氏有心心相印之感。万历四十一年信中也流露出这一情绪："弟近来无可共语人也，海内仅一受之，又不得频频聚首。今受之已离寂寞，得世乐矣。"信中"受之已离寂寞"云者，当指钱谦益三年前所中进士一事，此信与上信一样，袁对钱谦益能不时与之互通音讯感激涕零，表明二人在这段时间里一直维持着良好的友谊。此外，袁中道死后，钱谦益亲为之作传，传文对中道的生平及两人相与论诗的情形作了真切的记载，也说明钱对中道的感情颇深。

有的学者对钱谦益有好感于公安而又极厌恶竟陵表示不解，由上述可知，钱对公安有好感，原因还是清楚的，其一在于钱谦益与袁中道一直保持着相当密切的友情；其二在于公安排击七子，倡导性灵，深合钱氏心意；其三在于公安宗师于香山、眉山的诗文取向亦为钱谦益所赞同，这些文学价值观的一致，使钱谦益颇引公安为同调。至于竟陵派何以不为钱氏所接受，原因就稍为复杂。

二、钱谦益与钟惺、谭元春

钱谦益早年与钟、谭二人有过较多接触，在其著述中，除见大量抨击钟、谭的文字外，也有个别地方顺带提及他曾与钟、谭有过的几次接触。其一，《列朝诗集小传》丙集邵尚书宝条记云："竟陵钟伯敬尝语予曰：'空同出，天下无真诗，真诗惟邵二泉耳。'余与孟阳（程嘉燧）亟赏其言。"案程孟阳在钱氏拂水山庄与冯班、钱谦益相与论诗在万历四十五年，此时钟、谭《诗归》一书已编成印行，竟陵诗说亦开始流行。从文中看，钱在对邵宝诗的看法上与钟惺相一致,且与其诗友程孟阳盛赞钟惺有此语为有得之见。

钱氏还有一段文字叙及他与钟、谭二人恩怨,较为详细:

> 伯敬为余同年进士,又介友夏以交于余,皆相好也。吴中少俊,多訾謷钟、谭,余深为护惜,虚心评隲,往复良久,不得已而昌言击排。①

这是钱谦益有关他与钟、谭关系叙述得最为详尽的一段文字,钱与钟、谭的交往,始于何时何地未知,由此文看,起初当是钱氏与钟惺相交,因其为同年进士,且二人都与袁小修有较好的关系,所以两人在一起还曾就诗的问题交换过意见;其后钟惺更将谭元春介绍给钱谦益。钟惺因性不喜结纳,故在东南时期不为东南士人所喜,其情形已见前述。钱谦益此文亦反映出这一情况,即吴中少俊多訾謷钟、谭,钱自叙其曾为之庇护,但最终不得已而排击之。钱谦益开始批评钟、谭的时间,从上引《列朝诗集小传》邵宝条来看,应在万历四十五年之后,因此时钱尚对钟氏论诗"亟赏其言"。钱氏究为何故不得已,文中未明言,在钱氏其他有关钟、谭的文字中也未讲其中缘由,所以引起一些猜测。

关于钱谦益转而猛烈抨击钟、谭的原因,一些学者先后撰文予以探讨,大致说来有三种不同的意见:其一认为是争文坛盟主地位,其二认为有党争的原因,其三认为与钱财有关[详可参阅《竟陵派与晚明文学革新思潮》(武汉大学出版社1987年版)一书中收录的相关文章]。这三种看法,均有一定的道理,也富有启发意义,比如钱谦益一直有做盟主或宗师的愿望,拙书前面一章对此有进一步说明;再如钟惺在天启三年的癸亥大计中,为东林党人赵南星以齐楚浙诸党之目逐之,而钱则为东林党魁,与

---

① 《列朝诗集小传》丁集中,上海古籍出版社1983年排印本,572页。

赵南星亦交好，由此揣测钱的反攻钟惺，似也有一些道理。但这些说法欲成为定论，恐须进一步的材料和论证。比较而言，钱氏对钟、谭的攻击，如从门派及文学观念的分化中去寻找原因，可能更为直接。

在探究钱与钟、谭的关系前，先看钟、谭与袁中道的关系。

钟惺与公安派有千丝万缕的关系，除其本人与三袁有密切来往外，其座师雷何思亦为公安中人，且与三袁多有交往，这在他们往来书信赠诗及序跋中有零星记载。三袁中，钟惺与中道的私交大概最好，袁中道《花雪赋引》中说："友人钟伯镜（敬）意与予合，其为诗，清绮邃逸，每推中郎，人多窃訾之。自伯镜之好尚出，而推中郎者愈众。湘中周伯孔，意又与伯镜及予合。……予三人誓相与宗中郎之所长，而去其短。意诗道其张于楚乎。"①《花雪赋》乃周伯孔所作，此序文写于何时不知，但从文中透露此时中郎已死，并自道其"今渐老矣，心力已耗"，而袁氏《珂雪斋近集》刻于万历四十二年，那么收入《珂雪斋近集》中的《花雪赋引》当作于万历三十八年至万历四十二年之间。文中叙及钟惺、周伯孔及中道三人在中郎死后，意欲继承并修正中郎诗文的想法，表明在万历末年，亦即中郎刚刚去世的几年中，钟、袁、周三人的私交还是不错的，对诗文的看法也是非常一致的。但从钱谦益《列朝诗集小传》中的若干文字看，钟、谭二人此后与中道便发生了歧见，对诗文的看法有了分歧。而且《珂雪斋近集》所收录的尺牍及文章中，有中道给钱谦益的三封信，而钟、谭二人，除了在《花雪赋引》中偶有提及外，书信一封也没有。当然这只是一个疑问，也许它并不表示着什么，因为中道去世后，袁氏后人述之编辑《袁中郎先生续集》，曾邀谭元春为之作序，说明钟、谭二人与袁家大约并无特别的冲

---

① 《珂雪斋近集》卷三文钞，中央书店1936年版。

突。但由《列朝诗集小传》的记载,钟、谭在诗文主张上后来确与中道有所分歧,而且中道也曾表示不满,这是值得注意的一个现象。

案中郎于万历三十八年去世,其后不久中道、钟惺及周伯孔三人便相约宗中郎之长而去其短(见《雪花赋引》)。五年后(万历四十三年),钟、谭二人编《诗归》面世,标志着钟、谭脱离公安而自成一家。自《诗归》面世后,中道仍在世有十年左右的时间,需要我们探究的问题是,在中道的晚年,他对于钟、谭的独立,究竟抱何种态度。

据《列朝诗集小传》丁集袁中道条:

> 小修又尝告余:"杜之《秋兴》,白之《长恨歌》,元之《连昌宫词》,皆千古绝调,文章之元气也。楚人何知,妄加评骘,吾与子当昌言击排,点出手眼,无令后生堕彼云雾。"盖小修兄弟间,师承议论如此;而今之持论者,夷公安于竟陵,等而排之,不亦过乎!

对这段文字,须确定两个问题,一是文中所说"楚人"指的何人,二是小修与钱氏对话的大致时间。首先,文中所说的"楚人",指的应是钟、谭,理由是楚人中对杜之《秋兴》、白之《长恨歌》、元之《连昌宫词》诸作提出批评意见(见《唐诗归》①),且有影响的只有钟、谭二人,此外在钱氏编辑《列朝诗集》的时候,文人习以"楚人"或"楚风"指钟、谭,如陈子龙诗"楚风今日遍南州",楚风即指钟谭体,毛先舒《诗辩坻》亦以楚人目钟、谭,再加上"楚人"二字出自同是楚人的

---

① 在《唐诗归》中,《连昌宫词》及《长恨歌》均未入选,钟并评元白云:"元白浅俚处皆不足病,正恶其太直耳。"杜甫《秋兴》八首亦仅选一首,钟且评云:"《秋兴》偶然八首耳,非必于八也。今人诗拟《秋兴》已非矣,况舍其所为秋兴,而专取盈于八首乎?胸中有八首,便无复秋兴矣。杜至处不在《秋兴》,《秋兴》至处亦非八首也。"颇能说明钟谭对这类作品与小修有不同看法。

袁中道之口,钱谦益篇末又特意点出公安与竟陵之别,是故其指钟、谭当无疑义。至于这段对话的大致时间,从前面我们所引述的袁小修与钟、谭的交往看,在万历四十三年,亦即钟、谭编成《诗归》之前,小修与钟、谭私交甚好,且诗论主张相近。所以袁与钱的这次会面及谈话的时间,至早也应在万历四十三年以后。这次对话的时间很可能是在《诗归》编成、且在文人中发生广泛影响之后。

假如我们上面的分析大致不差的话,那么可以说原本门派、诗论主张较为接近的袁中道、钱谦益、钟惺、谭元春四人在万历四十三年以后发生了分化,其结果是钟、谭另起炉灶,取径晚唐,摒弃宋元,成为竟陵派;而钱谦益从其后来论诗诸语来看,他的出入于杜陵、长卿、元、白,取径于眉山、剑南之间的路向,与公安三袁反道更为接近。这一分化,便是上面所引袁、钱二人对话的背景,它反映出钱谦益在三袁的末期,尽管对三袁有所修正,但在论文的根本方向上,继续着三袁的工作,遂使之成为与竟陵不同的另一门户。

了解了这一背景,我们对钱谦益的批评竟陵就不会觉得奇怪,因为他们的路数和思想发生了根本的变化。至于为何钱谦益对竟陵的批评会不遗余力,而且言辞激烈到近乎于攻讦的地步,这和晚明的门户之见和士子锱铢必较的习气有较大关系。陈寅恪先生论明季士子的门户习气云:

> 明季士人门户之见最深,不独国政为然,即朋友往来,家庭琐屑亦莫不划一鸿沟,互相排挤,若水火之不相容。①

陈先生的卓见在于他注意到明季士子的门户之见已渗入社会生活的各个方面,即如朋友往来,家庭琐屑亦在其中。陈先生文中曾

---

① 《柳如是别传》,上海古籍出版社 1980 年版,44—45 页。

举王胜时之憎柳如是,轻薄刻毒,为常情之所难解。此一事例对于我们理解当时社会之环境及士子因门户之见或因家居小事以致水火不容的情形有很大帮助,全祖望《答诸生部南雷学术剳子》中也曾论及"党人习气"与"文人习气"(《鲒埼亭集外编》卷四十四),说明晚明士子的这种毛病已深入骨髓。钱陆灿《汇刻列朝诗集小传序》中曾叙及吴乔作《正钱录》一书,对钱谦益大加攻击,而其缘由也为一般常情所难理解:"曩殳(吴乔)以诗文谒牧斋公于虞山,不见答。不平之鸣,抨击过当。"由吴后来的自叙,知其写《正钱录》之攻击钱谦益,只不过是因为他早年曾以诗文拜谒钱氏而未见解答,遂起报复之心。士子之人心叵测,令人齿冷。

说回到钱谦益,他本人也有类似的举动,也可从旁说明钱氏攻击钟、谭之不难理解。仍引陈寅恪先生的一段分析:

忽闻周玉绳再入相之命,(钱)胸中不觉发生一希望与失望交战之情感。诗题所谓《有感》,殆即此种感触也。第三章论杨陈两人《五日》诗,引及牧斋"病榻消寒杂咏"中关涉周氏之诗,以见其垂死之时,犹追恨不已之事例。……此诗末句即用皇甫谧《高士传》下《严光传》下"买菜乎?求益也"之语,意谓不欲藉周氏之力以求起用。然此不过牧斋欺人之辞耳。……至《初学集》二十下之《东山诗集》四最后一题《甲申元日》诗中"倖子魂销槃水前"及"衰残敢负苍生望,自理东山旧管弦"等句,则更是快意恩仇之语。……又《有学集》一《秋槐诗集》载《金坛逢水榭故妓,感叹而作。凡四绝句》其第三首云:"自轻浑欲出鹅笼"。此题下即接以《鹅笼曲四首,示水榭旧宾客》。此两题共八绝句,皆为诋玉绳而作。其时君亡家破,犹不忘区区之旧隙。怨毒之于人,有若是者,诚可畏哉！……聊见明末士大夫风习之一斑也。①
陈先生此文详尽发掘了见之于钱谦益诗中的有关与周延儒之间的恩怨，说明钱氏不脱明末士大夫风习，往往于门户旧隙，不能捐弃，得便即以文字攻讦。从钱谦益与钟、谭的私交来看，目前尚不能说有何种私怨旧隙，但依钱氏的性情和旧习，因见解门派不同而加以猛烈攻击，以严守门户之见，在常人看来也许不合情理，但发生在钱氏身上，反倒是合乎其性情与逻辑的。

因此，钱谦益对竟陵诗说的批评或说是攻讦，根本的原因在于钟、谭万历末年以后从公安的营垒中分化出来，成为另一有影响的门户，而此时，钱谦益与袁中道仍在诗文取径上相一致，中道去世后，钱不满于钟、谭的诗论取向及其日益扩大的影响，为维护其诗说的尊严与其潜意识中欲成为宗师盟主的欲望，便不遗余力地"昌言排击"（袁中道语）之。

三、钱谦益与程嘉燧

程嘉燧，字孟阳，钱尊称为"松圆老人"，原籍新安，迁居嘉定。《列朝诗集》及《明史·文苑》有传。

程在钱谦益的诗学道路上有重要意义。万历四十五年，程从嘉定入住钱氏拂水山庄，教钱谦益诗法，此时钱谦益年龄虽然已有三十五岁，学诗也有年头，但程的到来，无疑对钱谦益后来的诗论产生影响。《初学集》卷十七《戏作绝句十六首》之一曾有"孟阳诗律是吾师"、"溪南诗老今程老"的诗句，可见其对程的尊崇。在《有学集》卷三十九《复遵王书》中有一段话论及他学诗之经历：

> 仆少壮失学，熟烂空同、弇山之书，中年奉教孟阳诸老，始知改辕易向。孟阳论诗，自初盛唐及钱刘元白

---

① 《柳如是别传》，上海古籍出版社1980年版，636—637页。

诸家，无析骨杂刺髓，尚未能及六朝以上。晚年始放而之剑川（南）遗山。余之津涉实无（与）之相上下。

从钱谦益的自述看，他早年学七子，中年经奉教程孟阳之后才改弦易辙。其实这里说的不一定完整，事实上钱在接触程孟阳之前，除了学七子外，他还接触过其他人的诗说。比如他与公安袁中道及竟陵钟、谭均有过来往，他对汤义仍等人的诗说也大加赞赏过。所以，在钱谦益早年的诗学经历中，先学七子是不错的，这是时代风气使然，稍后他又接触过袁中道、钟惺、谭元春等人，对其性灵之说相信不会没有所闻，而汤义仍也是反七子，主性灵的，所以钱谦益在三十五岁接触程孟阳之前，除了七子外，他还受到过公安竟陵诗说的熏染，这在他其后论诗中每每讲性情灵心可以见出。此外，在《答山阴徐伯调书》中，他也讲到过自己改弦易辙的经过，文字与前段不同：

仆年十六七时已好陵猎为古文，空同、弇山二集，烂翻背诵，……为举子，偕李长蘅见其（某）所作，辄笑曰：子他日当为李、王辈流仆。骇曰：李王而外，尚有文章乎？长蘅为言，唐宋大家与俗学迥别，而略指其所以然，仆为之心动，语未竟而散去。①

其后又谈到汤义仍对他的启发，使其知道唐宋古文之说及归熙甫文章之可贵。所以，钱对诗文的看法，自接受七子影响之后，进入了一个多方吸取综合的时期，像袁中道、钟惺、谭元春、李长蘅、汤义仍，都对他有影响。

但自接触程孟阳以后，对钱的诗说产生另外新的影响也是有的。比如从《复遵王书》中可以看到，他后来所宗奉的刘长卿、元稹、白居易诸家，见之于程孟阳对他的教诲，而剑南、遗山，当也是由程处而来。所以，在钱谦益整个论诗体系中，程嘉燧的

---

① 《有学集》卷三十九，四部丛刊本。

诗论取向对其影响是显然的，程的部分思想也是钱谦益诗论的组成部分之一。

第三节　《列朝诗集》
——一部明诗的备忘录

天启初年，钱谦益已着手编辑《列朝诗集》，后因宦事及国难而中辍。顺治三年始续之，顺治十一年（1654）完成。据钱氏自叙，他编《列朝诗集》的目的乃仿照元遗山《中州集》，欲存有明一代诗史。乙酉以后，更将故国之思融入集中，屡用"国朝"、"昭代"、"皇明"、"开宝之难"、"国难"诸语寄其故国之思与复明之志，不愧为一部皮里阳秋式的忧愤之作。是书选录有明一代二百余年间约两千个诗人的作品，并为撰写小传，体例约仿元好问《中州集》选录有金一代之诗。

是集成书以后，褒贬不一，褒者赞其存有明一代之诗，贬者损其"去取失伦"①，其后朱彝尊更编纂《明诗综》，据云乃为校正《列朝诗集》之失。钱氏此编"去取失伦"乃至品骘失当处所在均有，比如黄宗羲指其能识白沙诗妙处而不能赏庄定山之妙处②，朱庭珍指其阿好推崇程孟阳，是党同伐异之私③，吴修龄专著《正钱录》，驳其谬误等等。

钱氏之去取乃至品骘之失当在所难免，所谓书无完书者也。如就其存有明一代之诗及史料，其功足以掩过。是书连同小传，

---

① 黄宗羲云："牧斋于明诗，去取失伦"，《天岳禅师诗集序》，《黄宗羲全集》第十册，浙江古籍出版社1993年版，65页。

② 《明文授读评语汇辑》卷二十五，记二，《黄宗羲全集》第十一册，浙江古籍出版社1993年版，172页。

③ 参阅朱庭珍《筱园诗话》卷二，《清诗话续编》本，上海古籍出版社1983年版，2 355页。

融史料、逸事、品评、诗人生平、交游、师承、前人论语于一炉，有极高的史料价值及理论价值。在编排体例上，大约以时间先后为经，以诗人的地域、派别、身份等为纬，线面结合，使读者既能见出明诗之发展，又能体察某一时期不同地域、不同派别诗人的师承及诗风。比如甲集中论及南海人孙蕡，后附同乡后进李德、潘翥、番禺人黄哲等；又论福建林鸿，兼及周玄、黄玄、陈仲宏、郑关、林伯璟、张友谦、赵迪诸人。这一别具匠心的编排，颇能见出师友及地域门派之变迁与承传，是此书在编辑体例上的一大特色。

在小传中，钱谦益不仅"就其诗而品骘之，案其姓氏爵里平生，与其诗之得失，为小序以发其端"（钱陆灿《汇刻列朝诗集小传序》），而且在传文中透露其选编取舍之标准、评诗之准则及其他一系列诗学思想，值得我们重视。

一、论选诗之标准

其一，不以人名高位尊而多选。明初三杨，位尊文富，号台阁之体，并有集盛行于世。而钱氏所取，或仅存二三，或概从绳削，仅存其人及其诗数首而已。钱谦益说："余惟诸公，勋名在鼎钟，姓名在琬琰，固不屑与文人学士竞浮名于身后。我辈徒以先达遗文，过为尊奉，不能刻画眉目，反致簸扬糠秕，如石仓十二代之选，亦奚以为？"① 明其选诗不以人之职位高低为转移。

其二，多种诗集，只选优者。高棅素不为钱谦益所喜，其所著《唐诗品汇》也颇受钱氏批评，以其为严沧浪后继。高有诗文集《啸台集》、《木天集》两种，前者钱谦益以为其"音节可观，神理未足，时出俊语，铮铮自赏"，而后者乃其"应酬冗长，尘坌堆积，不中与宋元人作奴，何况三唐"。故于高棅诗，

---

① 《列朝诗集小传》乙集，上海古籍出版社 1983 年排印本，163 页。

仅录其《啸台集》。

其三，以合乎诗体特性为选诗标准。庄定山诗，为陈白沙及唐顺之所重，唐顺之选《二妙集》，以白沙及庄定山诗为诗家正宗。而钱氏以为定山诗多用道学语入诗，如所谓"太极圈儿，先生帽子"，"一壶陶靖节，两首邵尧夫"，为下劣诗魔。故其选定山诗，"痛加绳削，存其不倍于雅道者"。钱氏对定山诗的认识与一般明人颇有不同，① 他对白沙诗亦认为其有道学气，故对有道学诗人之宗美誉的白沙，评价亦不如王世贞等人那样高。由此事例，可见钱谦益选诗更重诗的韵味和诗本身的艺术。他说："人亦有言，白沙为道学诗人之宗，余录其诗，则直以为诗人耳。"表明他选入白沙诗，也只取他诗人的一面，道学不道学在所不顾也。

《列朝诗集》的体例仿元好问的《中州集》，以诗系人，以人系传，在传文的写作上，他注意发掘元氏《中州集》的学术范式，总结出一套评论解释的方法：

> 每读诸人之诗，必为之探源委，发凡例，解络派，审音节，辨清浊，权轻重。②

其中探源委，乃追溯各类诗体所自来；发凡例，则为辨析诗体风格；解络派，重在解释某家师承门派；审音节，为辨析声律；辨清浊，侧重格调；权轻重，则是最终的价值评判。钱谦益从《中州集》中所总结出的这些评诗的路径方法，不同程度地应用到了他的传文之中，使读者由传文对各家诗的来龙去脉、声律格调能有一个较为清楚的了解。除了这些之外，钱谦益当然也有他

---

① 除唐顺之、陈白沙外，黄宗羲、杨用修等均对定山诗有好评。黄以为庄诗与白沙诗同有妙处，见《天岳禅师诗集序》，杨用修也认为"定山诗有逼真唐人者"，见《升庵诗话》。

② 《题中州集钞》，《初学集》卷八十三，上海古籍出版社1985年排印本，1 757页。

自己的一套，比如他还注意引入作者的生平经历，逸事趣闻，他人评语等，使每一篇小传，既有作品的解释，又有关涉作者的史料，联起来看，可以见出诗史的发展，独立来看，又可成为诗人的专论。这一体例，亦可见出中国传统学术范式的精髓。

二、品诗重知人论世

钱氏由明官而入清宦，其降清经历为世人不齿，也令其自身羞愧，编辑《列朝诗集》时，对明初刘基颇有戚戚之鸣。刘基原为元官，明初又官至御史中丞，封诚意伯，又谥文成。刘的由元入明与钱的由明入清，颇有戏剧性的相似之处。此外，刘基编刻诗文集的情形也与钱氏相类，刘曾自编其元季所作为《覆瓿集》，降明后作为《犁眉公集》，这与钱谦益的《初学》、《有学》二集也有惊人的类似。所以钱谦益在刘基的小传中倾注了不少"同情的了解"：

> 公负命世之才，丁有元之季，沈沦下僚，筹策龃龉，哀时愤世，几欲草野自屏。然其在幕府，与石抹艰危共事，遇知己，效驰驱，作为歌诗，魁垒顿挫，使读者偾张兴起，如欲奋臂出其间者。遭逢圣祖，佐命帷幄，列爵五等，蔚为宗臣，斯可谓得志大行矣。及其为诗，悲穷叹老，咨嗟幽忧，昔年飞扬碑矶之气，渐然无有存者，岂古之大人志士义心苦调，有非旆常竹帛可以测量其浅深者乎！呜呼，其可感也。孟子言诵诗读书，必曰论世知人。余故录《覆瓿集》列诸前编，而以《犁眉集》冠本朝之首。百世而下，必有论世而知公之心者。

相信钱谦益在写这段传文时融入了不少自己的感受。刘基任元官而不得志，与钱氏陷于党争而失志何其相似，而刘的降明并入仕于明，也颇类于钱谦益，文中所说"大人志士义心苦调，有非斾常竹帛可以测量其浅深者"，"百世而下，必有论世而知公之心者"数语，显然是借他人之酒杯，浇自己之块垒。钱谦益由论刘基而服膺孟子所谓"知人论世"之说，盖有深意存焉。

同编又录元遗民王逢（原吉）之诗，传文中也结合身世遭际予以置评：

> （原吉）有《梧溪诗集》七卷，记载元、宋之际人才国事，多史家所未备。余尝跋其后云：原吉为张氏画策，使降元以拒台，故其游琨山怀旧伤今之诗，于张楚公之亡，有馀恫焉。而至于吴城之破，元都之亡，则唇齿之忧，黍离之泣，激昂忾叹，情见乎词。前后《无题》十三首，伤庚申之北遁，哀皇孙之见俘，故国旧君之思，可谓至于此极矣。谢皋羽之于亡宋也，西台之记，冬青之引，其人则以甲乙为目，其年则以羊犬为纪，廋辞隐语，喑哑相向，未有如原吉之发擿指斥，一无鲠避者也。……呜呼，皋羽之于宋也，原吉之于元也，其为遗民一也。

文中由王逢（原吉）讲到宋末遗民谢皋羽，由其经历讲到其诗风之异同，知人论世，殊为有见。

钱谦益在小传中不仅当论及国变中遗民志士之诗能坚持知人论世，对于治世之时诸诗人之得失优劣，也能通过其生平本事予以补正或阐释，如论徐渭，引中郎之说，指其"英雄失路，托足无门之悲，故其诗如嗔、如笑、如水鸣峡、如钟出土、如寡妇之夜哭、羁人之寒起"，便是一例。至于其他例子，所在多有，难以一一列举，表明知人论世为钱谦益在《列朝诗集》中品骘诗人之重要手段。

三、重地域及师承

中国地域辽阔，诗风的地域性历来为文人所重视。钱谦益在小传中对诗人及其所属地域对诗风的影响也常常予以揭示,他论各地诗人惯用北方学者、东南文人、南方文学诸语,有时又说闽人、楚人、浙人或豫章诗人等,表明他有明显的文学地域意识。如论七子之复古主张风行北方,而在东南则鲜有响应,《列朝诗集小传》丙集周给事祚条云:

> 当时李空同崛起河洛,东南士大夫多心非其学。……南方之士,北学于空同者,越则天保,吴则黄省曾也。

在钱谦益的意识里,南人与北人的分野十分鲜明,从总的倾向看,他认为南人更善文,北人虽也有善文者,但比不上南人,且数次言及南人不喜学北人之文,而北人也不喜南人善文的作派。小传中还有其他一些文字表现出这一点,如:"是时顾华玉辈称江南三才子,升之后出,遂与齐名。执政多北人,忌其文曰:'此卖平天冠者。'于是凡号文学士,率不得列清衔。"又如:"晦庵北人,朴直,不喜文士。"(丙集朱参政应登条)又:"正、嘉之间,倾心北学者,袁永之、黄勉之也。"(丙集蒋孔目羽条)这些资料,表明钱谦益一直关注着南北文学及文化的不同走向及趣味,有着较强的文学地域观念。

除关注南北两大不同文学地域外,钱谦益对一些区域性的文学现状也注意勾勒出文学才人与文学发展的线索,如说"吴中诗文一派,前辈师承,确有指授",(丙集蒋孔目羽条)就兼及地域与师承二者而言之。吴中之外,他还谈到过别的文化区域的学派师承,其中较突出的一是粤文化圈,二是闽文化圈。兹举两例:

> 岭南人在词垣者,琼台、香山,后先相望,而梁公实、黎惟敬皆出才伯门下,于是南越之文学彬彬然比于

中土矣。①

此条论岭南文学崛起于明代，彬彬然比于中土，符合岭南文学发展的实际。此外，他还指出开辟岭南地域文学，实赖琼台香山二人之力，尤其香山黄佐，培育岭南文人，功勋卓著。钱氏在分析地域文学的同时，能指出其渊源师承，亦实属不易。除岭南诗人外，他还分析过闽诗人，也是地域与师承兼而言之：

> 周玄、黄玄皆师事鸿（林鸿，字子羽，福建福清人），所谓二玄也。凡闽人言诗者，皆本鸿。林敏、陈仲宏、郑关、林伯璟、张友谦、赵迪诸人，皆鸿之弟子。②

乙集高棅条对闽诗派也有论述：

> 推闽之诗派，祢三唐而祧宋元，若西江之宗杜陵也，然与否耶？膳部（林鸿）之学唐诗，摹其色象，按其音节，庶几近之矣。其所以不及唐人者，正以其摹仿形似，而不知由悟以入也。……自闽诗一派盛行永、天之际，六十余载，柔音曼节，卑靡成风。风雅道衰，谁执其咎？

钱氏对闽诗派的论述主要集中在林鸿与高棅两条，前者主要叙述闽诗派的渊源师承，后者兼论闽诗派之过失。钱对高棅素有不满，原因在于《唐诗品汇》一书秉承高氏同乡先辈严沧浪诗说，以盛唐为标的。综合钱氏所论，他似乎以为闽诗派上可溯源至严沧浪，中继者为明初高棅，再经林鸿接力传授衣钵，弟子林敏、陈仲宏诸人为其羽翼，形成闽诗一派。总体来说，钱对闽诗派评价不高，认为他们有七子诗宗盛唐的痕迹，其成就尚比不上宋元。

---

① 丁集上黄佐条。
② 甲集林鸿条。

相比起文学的地域性，钱谦益对诗派的师承关系注意得更多，他论述诸诗人，如有师承的往往在传文中揭橥其师承关系。如论陶宗仪：

> 务古学，出游浙东，师张翥、李孝光、杜本。（甲集陶宗仪条）

论宋濂：

> 少与胡翰仲申偕往白麟溪，从吴莱先生学，悉得蕴奥。又游于乡先生柳贯、黄溍之门。（甲集宋濂条）

论蓝智：

> 与其兄师杜清碧，倡和为诗。（甲集蓝智条）

论李东阳：

> 四十年不出国门，奖成后学，推挽才隽，风流弘长，衣披海内，学士大夫出其门墙者，文章学述，灿然有所成就，必曰："此西涯先生之门人也。"（丙集李东阳条）

丙集王守仁条附论：

> 成弘之间，长沙李文正公继金华、庐陵之后，雍容台阁，执化权，操文柄，弘奖风流，长养善类。昭代之人文为之再盛。百年以来，士大夫学知本原，词尚体要，彬彬焉，郁郁焉，未有不出于长沙之门者也。

丙集何孟春条附论：

> 右录石熊峰、罗圭峰等六公之诗，皆长沙之门人也。……观此诗（按：指陆文裕"白发门生思往事"一诗），其师弟契分可知也。……华亭钱福与谦，与成都杨慎用修皆以举子受业长沙，与谦没，长沙表其墓，用修每有撰述，必称"先师李文正公"。用修没于嘉靖中年，至是而长沙之门人始尽。

上录数条，仅为《列朝诗集小传》中部分有关师承的文字，其中多方面展示了钱谦益对文人师承关系的重视，尤其末条所录李东阳门人之师承，其于师弟契分，钱福与李东阳之私谊，有着感人的记叙，由中不难看到钱谦益于师道门生颇有感慨寄之，它反映出钱谦益对诗人师承关系殊为看重。

文章学术之师承，历来为中国士大夫所乐道，从钟嵘《诗品》将诗人列为上中下三品，并各指出其源流分派，已初现其端倪。后世诗话中屡见某某出自某家，也是这类思想的反映。印象中似从宋人开始，这类师承的观念得到加强，苏门四学士，一祖三宗诸语，即是这种观念得到加强的表征。明人门户之谨严，党派之繁盛，为学界之通见，其功过亦参半难以遽论。钱氏于明人门户之习，感同身受，由上述引文可以看出，钱谦益十分重视门户师承，虽然他在小传中对"门户之祸，移之国家"（丁集中李三才条）深表痛惜，但在论述到具体诗人所自出时，对之仍是津津乐道。其次，他认为门派之盛，亦是士大夫学知本原，人文再盛的表现。最后，他对宗师盟长这类人物充满向往，这从他屡屡论述李东阳操文柄，门人辈出的盛况，并钦钦然不胜其羡中可以想见。

在《初学集》中，有一篇《徐子能集序》，文中对初学而未名之文人才士仰望文章巨公，以及后者对前者的提携奖掖有如下描绘：

  古之文人才士，当其隐鳞戢羽，名闻未彰，必有文章巨公，以片言只字，定其声价，借其羽毛，然后可以及时成名。若蔡中郎之于王仲宣，张茂先之于二陆，韩退之之于李长吉，顾逋翁之于白乐天是也。其有求之不得，而叫号以自见，则为陈子昂之破琴；又有求之而卒不得，而吊诡以自闷，则为唐山人之留瓢。古之人汲汲于知己，而惟恐不得一当，若是其急也。余老而失学，衰迟屏废，其言语文字，不能使人轩轾。然海内之俊民,掉鞅词坛者,往往过而问焉。①
这段文字所描写的情景,与一般学派诗派的师承有所不同,它侧重于记载文人拜谒求师以助功名的心酸历史,文中对初学士子感同身受的心理体验令人怦然心动。提携后进虽不属师道之所必具,但文章巨公对初学士子的奖掖提携却往往名垂千古,如钱氏上文所举。篇末作者对海内士子争相拜谒情景的记载,又何尝不能看做是另一种精神师承的延续。

四、诗不当割时代为鸿沟

公安派为排击七子,提出诗的"古今之辨",以为古今诗文不当以优劣论,所谓古之不必今,势也,今之不必古,亦势也。钱谦益与公安三袁中的袁小修私交颇好,在诗的发展观上也受三袁极大影响。但我们注意到,三袁虽反对摹古,但其所使用的批评语汇,依然是以秦汉魏唐宋元诸时代为据,如说:"唐自有诗也,不必选体也,初盛中晚自有诗也,不必初盛也。"(袁宏道《与丘长孺》)"唐人妙处,正在无法耳。"(《答张东阿》)"世人喜唐,仆则曰唐无诗;世人喜秦、汉,仆则曰秦、汉无文;世人卑宋黜元,仆则曰诗文在宋、元诸大家。"(《与张幼于》)等等。三袁这套话语,在钱谦益的语汇中当然也不时出现,但我们同时发现,钱谦益又提出了另外一个话头,就是诗不当"割时代为鸿沟"。这种意识虽然在钱氏思想中并不一定占主流,但如履霜之渐,对清初叶燮等人的文学史观发生了影响。

钱氏的这句话见于丙集何景明条:

> 运世迁流,风雅代变,西京不得不变为建安,太康不得不变为元嘉,康乐之兴会标举,寓目即书,内无乏思,外无遗物,正所以畅汉魏之飚流,革孙许之风尚,

---

① 《初学集》卷三十二,上海古籍出版社1985年排印本,941页。

> 今必欲希风枚马,方驾曹刘,割时代为鸿沟,画晋宋为鬼国,徒抱刻舟之愚,自违舍筏之论。

钱谦益在这段文字中也提到了"风雅代变",但其所说之代并非朝代之代,而是一代诗风之代。如"西京"指枚马,"建安"指七子,"太康"指三张两陆一潘一左等,所谓风雅代变,亦即上述此种诗文风格的变迁。而后面说的"割时代为鸿沟",指的才是明人习用的以朝代作为诗风之代的用法。他认为何景明"割时代为鸿沟",即是严守唐宋界限,指其为刻舟求剑之愚辈,正是反对以朝代作为诗风之代的指称。

与此相类的还有他引用朱讷之语云:"文不限世代,岂必专师马迁;诗欲近性情,岂必止范汉魏?"其中"文不限世代"一语与他本人所说的诗不当"割时代为鸿沟"是完全一样的意思。又如他在丁集李攀龙条中说:

> 僻学为师,封己自是,限隔人代,揣摩声调,论古则判唐、选为鸿沟,言今则别中盛为河汉,谬种流传,俗学沈锢,昧者视舟壑之密移,愚人求津剑于已逝,此可为叹息者也!

这段话也可与上引何景明条相比勘,其中批评"限隔人代"诸语与反对"割时代为鸿沟",引用朱讷"文不限世代"之论,都表明钱氏对以往那种以朝代划分文学断限的不认同,这种不认同当然并非出自于文学史分期的需要,而主要是为了反对宗唐或宗宋的分野。无论钱的目的是什么,这种提法本身是合理的,它反映出钱谦益对这一问题有较为成熟的思考。

五、一部小品式的学术传略

《列朝诗集小传》不仅是一部有着相当高的学术价值的著作,同时它的部分篇章也是可以当作文学小品来读的。兹录两节,一来显示钱氏的另类笔墨,同时也可参证钱氏所提倡的文以性情为主的主张，顺便作为这部分的结束。其一，《顾隐士祖辰》：

> 祖辰，字子武，长洲人。祖兰，弘治戊午乡举，令乐安、于潜二县，归隐吴之临顿里，有地数弓，竹木翳然，结隐二十余年，清风穆如也。兰子德育，家贫好学，手录几数千卷。子武，袭祖父余风，老屋三间，破榻竹几，庭中古树一株，杂花数本，间作小诗及画，不以示人，自娱而已。临顿为陆鲁望故里，其中多名蓝萧寺，风日晴美，步履过从，僧徒好事者，扫地折花以候其至，至必留连移日，亦终不就人一饭也。文阁学文起，作"吴中先贤小记"，特表子武，谓可继邢量、杜琼之后云。

其二，《徐记室渭》（节录）：

> 渭，字文清，更字文长。山阴人。十余岁，仿扬雄《解嘲》，作《释毁》。……文长知兵，好奇计，少保饵王、徐诸虏，用间钩致，皆与密议。当是时，上方崇祷事，急青词。当国者谓文长能当上意，聘致之。文长知与少保有郤，弗应。少保下请室，文长惧及，发狂，引巨锥刺耳，刺深数寸，流血狼藉。又以锥击肾囊，碎之，皆不死。妻死，辄以嫌弃妇，又击杀其后娶者，论死系狱，愤懑欲自杀，张宫谕元忭力救乃解。南游金陵，北走上谷，纵观边塞扼塞，属虏营帐，贳酒悲歌，意气豪甚。与宁远诸子游，皆儿子畜之。入京师，馆宫谕邸舍，宫谕悛悛引礼法，久之，心不乐，时大言曰："吾杀人当死，颈一茹刃耳。今乃碎磔吾肉！"遂病发，弃归，楗户不见一人。挟一犬与居，绝谷食者十年。人问之，曰："吾瞰之久，偶厌不食，无他也。"宫谕死，白衣往吊，抚棺大恸，不告姓名而去。诸子追及之，哭

而拜诸途，小垂手抚之，不出一语。十年才此一出耳。
贫甚，鬻手以食，有书数千卷，斥卖殆尽。帱箧破敝，
藉蒿以寝。年七十三卒。

上所录者，一长于写情境，一长于写人物，其才情烂漫，文笔生花，情与境会，实乃不可多得的文字，录之以与其诗论相参。

第四节　从《初学》到《有学》
——钱谦益诗论要旨

一、老调重弹也风靡

除《列朝诗集》外，钱谦益的诗论更多地保留在《初学》、《有学》二集中。

钱谦益有关诗文方面的意见很多，但较为庞杂，他对诗文的创作、风格、流派均提出过见解，但却缺乏一个能够统摄各方面意见的核心论点。而且，在他的文学理论中，对前人批评的成分多，而他自己的建树则相对较少。可以说，钱谦益是中国文学批评史上少有的没有形成自己的理论体系，却又对后世的文学批评和文学创作发生过重要影响的一位。有鉴于此，学界历来对钱谦益诗论的评价不高，原因即在于钱氏理论缺乏独创性。

引起我们兴趣的是，为何一个在理论上较少创见的诗论家却能对后世产生深刻的影响？

其中一个较为直接的原因是钱谦益作为"两朝领袖"，在明末清初的南北文人中广有影响，他设帐授徒，门生众多，这些入门或未入门的弟子中有相当一部分在钱去世后成为文坛的生力军，虽然他们并不一定完全恪守钱氏的取向（如冯班），但对于钱的宗师地位却是认同而未曾否认的。

其次，钱谦益对有明一代诗论的清理批判和诗论的重建适应

了当时的需要。当钱谦益开始涉足诗文领域时，所面对的是派别的纷争和理论的混乱。整个明代诗坛，由台阁到茶陵，从七子到公安，再到竟陵，一派接着一派；从理论上讲，是主复古还是倡性灵，是宗唐还是宗宋，也莫衷一是，文坛确实到了一个需要总结的时候。如果我们联系王船山独自在湘西瑶洞中对历代诗文及其理论的总结，就会发现钱谦益其实与王船山一样，也面临着一个对过往诗论的清理和重建的工作。而无论是钱谦益，还是王船山，他们对中国古代诗论的总结和重建，并非是在传统之外另起炉灶，也不着意于提出什么新的理论，相反，他们的总结，无非是钱谦益数次引用杜甫的话叫"别裁伪体"，即辨析此前种种的派别和说法；他们的重建，事实上也多数在重申他们认为是正确的、前人已经提过的东西，这是钱谦益和王船山在诗论重建之中所具有的共同特点。应该看到，这些一再被前人提及并能沿用至今的大多是合乎传统、合乎实际的东西。比如说对诗的言志、情感、诗境、格律、声调的重视，对作家才情、遭际、性灵、学养的重视，对模拟门面、了无性情的厌恶等，都为钱、王二人所继承。所以，从诗论的根本倾向上说，钱谦益与王船山一样，仍属传统一路。这些传统的诗论，虽然不具有创新性，但他们在各派诗说众说纷纭、莫衷一是的局面下，在诗论发展的十字路口上，毕竟清理并重新树立了历经陶冶的传统诗说，使众多刚步入文学之途且对各种诗说表示困惑的众多士子有了一个可以依凭的东西，所以很快便受到青年一代士子的欢迎。钱在《刘司空诗集序》中，对竟陵诗说进行了批评，同时指出："今之为诗者举若是，余有忧之而愧未有易也。"表明钱谦益对前此诗论的清理，很大程度上是为了纠正他所认为的诗坛不正之风，并能有所"易"，并"使世之学者，服习是诗，奉为指南，必不至悼慄眩运,堕鬼国而入鼠穴"①。这种心态及明显的欲为士子提供诗学指南的功用目的,适应了当时士子的需要,也就使得钱谦益的诗论虽然没有更多新的东西,却能够赢得市场。据《送南昌丁景吕序》,时人有将钱谦益比作唐之韩愈、宋之欧阳修者②,也说明钱谦益在清初确实在扶掖后进,开创风气方面有其独到的地方。

当然,钱的诗论虽然大多沿袭前人,但也有一些新的东西,比如有关诗文的元气论,对遗民诗的重视等。钱谦益对清初诗坛影响最大的,大约还是他的提倡宋诗。喜好宋诗,源自三袁,但钱的宗宋,对三袁的宗宋是进行了修正的,它摒弃了中郎及其追随者有时出现的那种随意的、漫不经心的写作态度,又有针对性地提出诗文须有为而作的意见,所以能为诗人所接受,诗风的由唐而入宋,作为明清两代诗的转折,钱谦益是起了相当大作用的。

我们从《初学集》和《有学集》中选择那些相对集中,且在文学史及批评史上发生过一定影响,或有承前启后作用的论点加以论述。

二、诗乃不得已而为之

钱谦益的同乡后学陆敕先曾编里中同仁之诗为《虞山诗约》,钱为之作序,其中谈到他对诗的总体看法:

> 古之为诗者,必有深情蓄积于内,奇遇薄射于外,轮囷结轖,朦胧萌折,如所谓惊澜奔湍,郁闭而不得流,长鲸苍虬,偃蹇而不得伸;浑金璞玉,泥沙掩匿而

---

① 《刘司空诗集序》,《初学集》卷三十一,上海古籍出版社1985年排印本,908页。
② 《有学集》卷二十二,四部丛刊本。

不得用；明星皓月，云阴蔽蒙而不得出。于是乎不能不发之为诗，而其诗亦不得不工。其不然者，不乐而笑，不哀而哭，文饰雕缋，词虽工而行之不远，美先尽也。①

在给冯班的诗集写序时也说过类似的意思：

古之为诗者，必有独至之性，旁出之情，偏诣之学，轮囷偪塞，偓蹇排奡，人不能解而己不自喻者，然后其人始能为诗，而为之必工。②

在《初学集》、《有学集》中，刘作家必先有不得已之情，而后始能为诗一类的论述相当多，具体文字我们无法一一列举，仅就篇目说，像《初学集》中的《虞山诗约序》、《刘咸仲雪庵初稿序》、《徐元叹诗序》、《华闻修诗草序》、《冯定远诗序》、《王德操诗集序》、《瑞芝山房初集序》、《题吴太雍初集》；《有学集》中的《题交芦言怨集》、《季沧苇诗序》、《爱琴馆评选诗慰序》、《书瞿有仲诗卷后》诸篇均较直接地论述了情性于诗的重要，认为深情郁积，薄射于外者为之必工等等。

钱谦益对诗的情性及诗须有为而发的议论自然说不上新鲜，但我们应注意到钱三番五次地重提这一话题，并不是漫无目的地老调重弹或是咀嚼前人的唾液，而是有着他的实际用意，这就是对公安派"信心而出，信口而谈"（袁宏道《张幼于》）的纠正。钱谦益初出道时是公安派的拥戴者，如前所述，他与袁小修维持着极好的关系，所以在钱氏的论著中，对七子复古思想的抨击最为犀利，反对模拟以及唯唐人至上的观念也是他文学思想的重要内容。但如同袁小修已经注意到袁宏道恃聪明、矜小慧以至于浮滑流利的弱点一样，钱谦益同样也注意到了袁中郎"信口

---

① 《虞山诗约序》，《初学集》卷三十二，上海古籍出版社1985年排印本，923页。
② 《冯定远诗序》，《初学集》卷三十二，上海古籍出版社1985年排印本，939页。

而谈"的流弊。中郎只讲性灵或任性而发,一切生活琐屑乃至闲适应酬、花前月下、女眼如秋、皓腕白藕一类的素材屡见之于诗中,而"回首鸭子飞,归来鼻头痛"一类无聊的话语在中郎诗中也非仅见。所以,钱谦益重申诗乃不得已而为之,很明显是针对袁中郎的"信心而出,信口而谈"而来的。若从这个角度而言,钱谦益诗论中的这部分内容就有了积极的意义。

除了倡导诗人应深情蓄结,不得已而发之于诗之外,钱谦益在上述相关的序文中还多次提及诗之本在言志舒情,论述志、情、气、境与诗之关系等,如《题燕市酒人篇》中言及志与境的关系:

> 诗言志,志足而情生焉,情萌而气动焉。如土膏之发,如候虫之鸣。欢欣噍杀,纡缓促数,穷于时,迫于境,旁薄曲折而不知其使然者,古今之真诗也。①

文章侧重分析了志与境相冲突而引致情之不可遏止的迸发,并以元裕之诗为例,说明时势环境的威逼所产生的郁懑之情是骚雅之末流,哀怨之极致,并褒扬其义如白虹贯日,苍鹰击殿,以为这种人间悲情所流致的歌诗才是天地间之真诗,古今之真诗。钱对这类具有悲情色彩作品的褒扬,很清楚地表明骚雅怨刺一类的作品在他的价值取向上占有重要的位置,而这一取向与他本人乙酉变后所写的《秋槐集》中的文字也是相当吻合的。这方面的论述还可参阅他的《爱琴馆评选诗慰序》,有关真诗的论述可参阅《季沧苇诗序》。

三、诗乃天地间之元气

钱谦益天启初年着手选编《列朝诗集》,这对他的一些文学思想的形成具有重要的意义。《列朝诗集》之选,最初的提议者

---

① 《有学集》卷十七题跋,四部丛刊本。

是新安程嘉燧（孟阳），据钱氏在毛晋初刻本《列朝诗集》序文中说：

> 录诗何始乎？自孟阳之读《中州集》始也。孟阳之言曰，元氏之集诗也，以诗系人，以人系传，《中州》之诗，亦金源之史也。吾将仿而为之，吾以采诗，子以尼史，不亦可乎？①

编选《列朝诗集》，最初的目的当然如上所说是仿《中州集》，欲以诗系人，以人系传，使之既是一部明诗史，又是一部明史。今天看来，钱氏最初的目的没有完全达到，但在编辑《列朝诗集》的过程中，钱谦益的一些文学思想却渐次形成了，其中即包括诗的元气之说。

钱编《列朝诗集》与程孟阳有极大关系，程孟阳在文学史上没有太大的成就，也没有更多的影响，但奇怪的是他极受钱谦益的尊重，自万历四十五年他由嘉定到钱氏拂水山庄为钱讲授诗法以后，两人对诗的看法颇有合处，钱也在不同的场合或引用程氏论诗之语，或对程大加称赞，明人论诗诸人中，钱谦益所服膺者，其一即为程孟阳，以至他在不同的文章中对程屡有过誉之辞。自钱氏与程孟阳联手编选《列朝诗集》后，钱一方面接触元裕之《中州集》中大量的宋遗民诗，又由程孟阳所录诗中阅读了大量明初身仕二姓的文人臣子的诗，使他对遗民诗开始有了关注，而且在此基础上生发出有关诗歌的元气之说。

钱对遗民诗的关注，首先表现在他对遗民诗的辑遗，他花了不少的功夫，用于挖掘表彰被前人遗忘的宋遗民，其中如月泉吟社的吴渭：

> 当有宋初亡，黍离板荡之日，遗民旧老，皆依渭（吴清翁）以居，渭可谓非常人矣。《西台恸哭记》称

---

① 《有学集》卷十四序，四部丛刊本。

> 友人甲乙若丙。张孟兼之注,以吴思齐、冯桂芳、翁衡实之,而不及渭。诸为皋羽立传者,亦不列渭名。非《吟社》之刻,则渭几泯没无传。余故表而出之。①

除吴渭外,他还为著名遗民汪元量(水云)之诗写了跋,并称其诗"记国亡北徙之事,周详恻怆,可谓诗史","读水云诗毕,援笔书之,不觉流涕渍纸"。(《跋汪水云诗》)在《胡致果诗序》中也认为遗民诗乃诗史,并认为"古今之诗莫变于此时(指国难),亦莫盛于此时"。又跋元遗民王原吉《梧溪集》云:

> 至于吴城之破,元都之失,则唇齿之忧,黍离之泣,激昂忾叹,情见乎辞。前后《无题》十三首,伤庚申之北遁,哀皇孙之见获,故国旧君之思,可谓至于此极矣。谢皋羽之于亡宋也,《西台》之记,《冬青》之引,其人则以甲乙为目,其年则以羊犬为纪,廋辞隐语,喑哑相向。未有如原吉之发摅指斥,一无鲠避者也。②

钱谦益在篇中盛赞王原吉有故国旧君之思,并认为他的《无题》之诗能发摅指斥,一无鲠避,更胜于宋遗民谢皋羽之诗。钱谦益又进一步推论到,遗民诗之可贵,在于它们能表现出忠君爱国之义,所谓:"士君子生于夷狄之世,食其毛而履其土,君臣之义,虽国亡社屋,犹不忍废。则其居华夏,仕中朝,又肯背主卖国,以君父为市侩乎? 夷、齐之不忘殷也,原吉之不忘元也,其志一也。"遗民的忠君爱国之举,乃忠臣义士所为,在钱谦益看

---

① 《记月泉吟社》,《初学集》卷八十四,上海古籍出版社 1985 年排印本,1 763 页。

② 《跋王原吉梧溪集》,《初学集》卷八十四,上海古籍出版社 1985 年排印本,1 765 页。

来，忠臣义士，就是天地间之元气。① 后来，钱谦益将忠臣义士身上体现的天地之元气用在诗说中，在崇祯年间写的几篇序跋中，钱谦益对元气一词的使用频率颇高，所指也不限于遗民。如说徐画溪的诗：

> 先生之诗，不骋奇于篇什，不求工于字句，春容而妙丽，铿锵而镗鎝，如四时之有春也，如五音之有宫也。天地元声，具在于是。(《徐司寇画溪诗集序》)

又论孙幼度的诗：

> 有光熊熊然，有气灏灏然，一以为号鲸鸣鼍，一以为风樯阵马。杂述感事之作，忧军国，思朋友，忠厚悱恻，憔悴宛笃，非犹夫衰世之音，蝇声蚓窍，魑吟而鬼哭者也。今夫吾师者，国家之元气也，……而后有幼度兄弟之诗，征国家之元气于吾师，征吾师元气于幼度之诗。(《孙幼度诗序》)

又论孙靖自文云：

> 此天地之元气，浑沦磅礴，非有使之然者也。
> (《孙靖自文序》)

总的来说，以元气论诗，其旨有三：从内容上说，即应具备忧军国，思朋友等忠厚惨怛之义；从风格上说，应是那种铿锵而镗鎝，如风樯阵马般具有阳刚之气。此外，这种体现于诗文之中的天地元气，是时与境相交相逼的产物，非人使之然者。在《彭达生晦农草序》中，他表达了这方面的意思："文章之衰，有物使然，虽有才人志士不能抗之使高，激之使壮也。达生遭时坎陷，自比于睎发、水云之流，其文昌明闳肆，涵蓄驰骤，去元和未远也。今将以斯文投瞽井，实鱼腹，沉埋于羊年犬月，吾知必

---

① 参阅《周介忠公夫人六十序》，《初学集》卷三十九，上海古籍出版社1985年排印本，1 063页。

有精灵光怪,抉肩发匮,飞跃而去。"彭达生的诗虽"投晳井实鱼腹"而终不能湮没于世,在钱谦益看来即在于他"遭时坎陷",有必不可已者。

钱谦益此期推崇诗文元气,一方面固然是从遗民文学中来,另一方面也是为了纠正他所厌恶的竟陵诗风,因为在他看来,竟陵的幽情单绪,"犹夫衰世之音,蝇声蚓窍,魑吟而鬼哭者也"。所以元气说的提出,除了表彰遗民诗外,对于他所认为的文坛积弊也有矫枉的意思。

钱谦益有关元气的说法,对黄宗羲有较明显的影响,并将之与遗民诗联系在一起:

> 夫文章,天地之元气也。元气之在平时,昆仑旁薄,和声顺气,发自廊庙,而氤浃于幽遐,无所见奇。逮夫厄运危时,天地闭塞,元气鼓荡而出,拥勇郁遏,垒愤激讦,而后至文生焉。故文章之盛,莫盛于亡宋之日,而皋羽其尤也。①

黄宗羲所论元气,较钱谦益更具体,他从阴阳二气相激相摩的原理论述诗文中元气所自来,并认为每当国亡之日,天地闭塞,总有元气鼓荡而出,造成诗文之盛。元气二字,有时他也用作阳气,序其弟泽望之诗云:

> 其文盖天地之阳气也。阳气在下,重阴锢之,则击而为雷;阴气在下,重阳包之,则抟而为风。商之亡也,《采薇》之歌,非阳气乎?……宋之亡也,谢皋羽、方韶卿、龚圣予之文,阳气也,其时遁于黄钟之管,微不能吹纩转鸡羽,未百年而发为迅雷。元之亡也,有席帽、九灵之文,阴气也,包以开国之重阳,蓬

---

① 《谢皋羽年谱游录注序》,《黄宗羲全集》第十册,浙江古籍出版社1993年版,34页。

蓬然起于大隧，风落山为蛊，未几而散矣。①

钱、黄有关诗文的元气之说，是一种颇具特色的说诗术语。他们拈出"元气"（又作"阳气"）二字，目的即在于提倡诗的忠厚之义、忧愤之思，弘扬雄阔刚健、浑沦磅礴的阳刚之气。有意思的是，二人不约而同地在易代前夜开始着意于前代的遗民诗，并大力提倡具有浓厚民族精神的元气之说，又对钟、谭竟陵体斥之为诗妖鬼趣，仿佛冥冥之中，他们已预见到明廷将不久于人世，是无乃"诗谶"乎？

四、取径于眉山剑南之间

启祯年间，公安派宗宋的路向遭到唾弃，文社诸子均以复古相号召，汉魏盛唐又成为士子学诗的正宗，这一现象是对公安派追随者学白苏而走上轻巧流易甚至俚野鄙俗一途的反叛。作为公安派先前的同道，钱谦益在注意纠正公安后学弊端的同时，又高扬起宋诗的大旗。只不过钱谦益宗宋并不以宋为名目，因为他反对以朝代作为诗的断代，他虽然仍以宋诗为宗，但作为号召的却是具体的诗人，其中包括启发了宋诗体格的唐之杜、韩，具有宋诗清巧明丽风格的元、白，以及宋人中的苏、陆等。

钱谦益的弟子，著名爱国志士瞿式耜曾论述其师的诗作云：

先生之诗，以杜、韩为宗，而出入于香山、樊川、松陵，以迨东坡、放翁、遗山诸家。②

如瞿氏所说，钱谦益的诗体格多样，前期《初学集》中的诗有杜诗的影子，但大多走的是元、白以至眉山、剑南的路线，即以

---

① 《缩斋文集序》，《黄宗羲全集》第十册，浙江古籍出版社1993年版，12页。

② 《牧斋先生初学集目录后序》，《初学集》弁首，上海古籍出版社1985年排印本，54页。

才情烂漫，诗风清丽为宗。像其中的一些长篇的排律似元白，近体则近眉山剑南，如《次韵何慈公岁暮感事四首》其四："风雨漂摇不可当，清虚宫里日差长。斗棋小试行军法，撒豆频夸却敌方。闲逐邓林搜弃杖，戏禁沧海学栽桑。险竿儿女西凉伎，赢得先生一哄堂。"又《戏题徐元叹所藏钟伯敬茶讯诗卷》、《十五夜不见月》等诗就颇能见出苏陆乃至范石湖诗的风格。

乙酉变后，钱谦益先是收笔不再作诗，启笔后的诗作与前期作品相比有了明显的变化，这就是体格更加温厚，意绪更为悲凉，大约是时势境地的改变所致。如《秋槐诗》、《夏五诗》、《绛云馀烬诗》中有一些沉郁幽眇，寄寓亡国之痛，仕清之愧疚的作品，颇有杜诗及元遗山诗的风范，如《和盛集陶落叶诗》有杜甫《秋兴》诗之慨，《西湖杂感》则充满亡国之悲凉："版荡凄凉忍再闻，烟峦如赭水如焚。白沙堤下唐时草，鄂国坟边宋代云。树上黄鹂今作友，枝头杜宇昔为君。昆明劫后钟声在，依恋湖山报夕曛。"又如："冬青树老六陵秋，恸哭遗民总白头。南渡衣冠非故国，西湖烟水是清流。"这些诗确具有杜甫晚期流寓川湘时期的作品风格。乙酉变后钱谦益的诗作不多，他的诗大部分还是甲申以前瞿式耜为其所编的收在《初学集》中的作品。这些作品大多具有元、白、苏、陆等重才情，诗风清新巧丽的特点。

钱谦益的创作与他的理论是吻合的，他无论是评诗或是论诗，均主元、白、苏、陆一路。如评沈周（石田）诗云：

石田之诗，才情风发，天真烂漫，抒写性情，牢笼物态。……晚出入于少陵、香山、眉山、剑南之间，踔厉顿挫，沈郁苍老，文章之老境尽，而作者之能事毕。①

又评五石居诗云：

> 五石居诗，风神散朗，意匠萧闲，乃知生甫真诗人也。时人沉湎俗学，掇拾馊饤，夸诩汉魏三唐，如以嚼饭，馁人徒增呕哕耳。生甫闲情道韵，在眉山、剑南之间，隐囊游屐，信笔点染，云霞横生，烟波飂沓，不屑与时人争名，而时俗之螽丑蝇营者，亦莫得而干之，此所以为诗人也。②

取径于眉山、剑南，是取其才情风发，信笔点染，天真烂漫，眉山剑南只是一个代表的说法。从钱著中大量的对七子严守汉魏盛唐的批评，对严羽《沧浪诗话》初盛中晚分期的批评，对高棅《唐诗品汇》宗唐倾向的批评中，实际上隐藏着一个潜在的话题，就是对宋诗的提倡，所谓取径于眉山、剑南之间，即是提倡宋诗中的一格。但钱本人在《列朝诗集小传》中曾特意提出论诗不能割时代为鸿沟，所以在他诸多论文的序跋书信中，并未见明显的以宋诗为倡的字眼，只是在虞山冯武的《二冯先生评阅〈才调集〉凡例》中曾记载钱谦益说过的一句话："牧斋谓诗人如有悟解处，即看宋人亦好。"③ 内中可以看出钱谦益在猛烈抨击宗唐之风的背后，确有提倡宋诗的倾向。

钱谦益虽然喜宋诗，却不以宋诗为号，原因大致有二：其一是他反对以时代作为某种诗风的代称（参见本书上一节），他认为严沧浪、高棅、七子等人的汉魏盛唐之说败坏了学诗的路径。其二在于钱谦益认为宋诗本身也有多种，比如他对宋诗派中典而

---

① 《石田先生诗钞序》，《初学集》卷四十，上海古籍出版社1985年排印本，1076页。

② 《五石居诗小引》，《有学集》卷二十，四部丛刊本。

③ 《二冯评点〈才调集〉》弁首，康熙四十三年垂云堂刻本。

近腐的理学诗(《石田诗钞序》)、南宋末的江湖诗(《王德操诗集序》)均有不满,所以他一般论诗并不提宋诗如何如何,即如冯武所记"看宋人亦好",当也是具体有所指,而不是说宋诗一概都好。钱谦益在论诗时只提具体的诗人作为取法的对象而不像常人那样以时代为号,或以某个人物作为某个时代的代称(如论盛唐则祖祢李杜),反映出他在这个问题上较为理性的目光。①

虽然不以宋诗为号,但他心目中的好诗依然在开启了宋诗风气的杜韩二人及眉山、剑南之间,尤其是苏诗,钱谦益称道的最多,他诗中所用的典故成语、化用的诗句等,也以苏诗为多。所以在《复遵王书》中说:

> 汤临川亦从六朝起手,晚而效香山眉山;袁氏兄弟从眉山起手,眼明手快,能一洗近代窠白。眉山之学,实根本六经,又贯穿两汉诸史,演迤弘奥,故能凌猎千古。②

这些话语,很清楚地表明钱谦益的诗学取径。尽管他对杜诗充满景仰,也专门作了《读杜小笺》、《读杜二笺》③,但鉴于历来诗人将杜诗说得太多太滥,或假以做门面腔子语,或"假事如鬼,凭人剽义窜辞,如虫食木",或"连缀岁月,剥割字句,支离覆逆"(《吴江朱氏杜诗辑注序》),所以他在给朱鹤龄所作《杜诗辑注》一书的序言中屡屡说起他不敢注杜,反映出他在这方面

---

① 这方面的问题亦可参阅《有学集》卷三十九中的《复李叔则书》,其中说到:"是故论唐文于韩柳,之前未尝无陈拾遗、燕许、曲江也;……元和以还,与韩柳挟毂而起者,指不可胜屈也。宋初庐陵未出,未尝无扬亿、王禹偁也,未尝无穆修、柳开也;庐陵之时,未尝无石介、尹洙、石曼卿也;眉山之时,未尝无二刘、三孔也;眉山之学,流入于金源,而有元好问;昌黎之学流入于蒙古而有姚燧。盖至是文章之变极矣。"

② 《有学集》卷三十九,四部丛刊本。

③ 据《草堂诗笺元本序》及《吴江朱氏杜诗辑注序》,钱之注杜,很大程度是"应卢德水之请"。

与一般宗杜的文人不同①。而且，在诗风的喜好方面，他显然更倾向于袁氏兄弟以白苏为尚的诗学取向。

一个值得注意的现象是，尽管钱谦益并没有直接提及过宗宋的问题，但由于他花了不少的篇幅提倡取径于眉山、剑南，以至于他的诗近宋②，其身后亦演变出宋诗的一片天地。

五、钱谦益后期诗论之新变

乙酉变后，钱谦益论诗起了新的变化，增加了一些新的内容。其中有些是在《初学集》中未着力提倡，而在其后的《有学集》中加以强调的，如提倡诗的温厚之旨，以禅论诗；也有一些是后来增添的，如论儒者（学人）之诗与诗人的学殖问题。这些变化的原因固然是复杂的，但事变以后钱谦益的地位、身份及心境也起了重要的作用。

（一）提倡诗的温厚之旨

《初学集》中，钱谦益论诗以才情性灵及流丽清盈的风格为主，喜欢"丽句清词"或"更清新"、"妙入神"之类的作品（《论近代词人戏作绝句十六首》）。到了后期的《有学集》，钱谦益明显地、也更多地强调诗的温厚之旨与风雅怨诽不乱的格调。《施愚山诗集序》集中地体现了他此期的这一思想：

> 兵兴以来，海内之诗弥盛，要皆角声多，宫声寡，阴律多，阳律寡，噍杀恚怒之音多，顺成啴缓之音寡，繁声入破，君子有余忧焉。愚山诗异是，锵然而金和，温然而玉訓，拊搏升歌，朱弦清泥，求其为衰世之音不

---

① 顺治三年，钱与朱鹤龄相约在常熟注杜诗，但因意见不合，朱离去，后朱自己作注，书成并请钱谦益作序。参见《年表》及《有学集》卷十五之《吴江朱氏杜诗辑注序》，后者反映出钱对朱并无大的意见。

② 乔亿《剑溪说诗》，清诗话续编本，上海古籍出版社1983年版，1 106页。

可得也。……愚山当此时能以其诗迥干元气，以方寸之管而代伶伦之吹律，师文之扣弦，何其雄也。《记》曰，温柔敦厚，诗之教也。……诗人之志在救世，归本于温柔敦厚一也。①

在这段文字中，有几个问题值得注意，一是他提倡温柔敦厚，主要是针对事变以来海内之诗要么低回要眇，柔靡不振，充满角徵之声；要么噍杀恚怒，直质粗露，无顺成温厚之韵，所以他要重提温厚之旨来校正之。二是他论温柔敦厚与历来的论者不同，他所说的温厚不止于怨诽不乱或发乎情，止乎礼义，不像庸人一提温厚就指含蓄不露，而是将温厚与元气相联系，提倡像施闰章诗那样的温厚而雄健的诗风。这一点，在钱氏论温厚之旨中显得特别突出，有见地，超出了一般儒者论诗的框框。其后沈归愚论诗亦宗温厚，在讲到温柔敦厚的诗教时，也奉行钱氏的主张②，认为温厚与雄健并不矛盾。

钱谦益之重视温厚，确与明亡以后尤其是他辞去清职以后更多地接触明遗民有极大的关系，《新安方氏伯仲诗序》中记载他与明著名遗民福建林古度（茂之）之间的交往："戊子（1648，清顺治五年）岁余羁金陵，乳山道士林茂之偻行相慰问，桐皖间遗民盛集陶、何瘵明亦时过从，相与循故宫、踏落叶，悲歌相和，既而相泣，忘其身为楚囚也。"也就是在同篇他说到林茂之弟子方望子手持林信，以其两兄弟之诗求教于钱，钱阅后云："无流僻，无噍杀，瀏瀏乎其音也温，温乎其德也，庶几诗人之清和，可以语温柔敦厚之教也。"③ 与遗民的交往及其辞清后的复杂心情，相信对钱的诗学观念有一个大的影响，几年之间他论

---

① 《有学集》卷十七，四部丛刊本。
② 详可参阅沈德潜《说诗晬语》上，清诗话本。
③ 《有学集》卷二十，四部丛刊本。

诗多语及温柔敦厚的诗教,是此前所没有的。《娄江十子诗序》曾写到他于事变后,"息心空门,以谈诗为戒"。唯里中后学或亲友问诗,才解答一二,而所言之时,又多及温厚,《娄江十才子诗序》如此,《徐季重诗稿序》、《胡致果诗序》亦如之,这就不是一个偶然的现象。

（二）逃禅与以禅说诗

钱谦益本来对严沧浪的以禅喻诗颇不满,他的弟子冯班后来还特别写有《严氏纠谬》一书。但乙酉以后,逃禅成为清初遗民的一种逃避手段和风气,据陈田辑《明诗纪事》小传,仅遗民中削发为僧的就有几十人,至于士子中一般逃禅的就不计其数了。钱谦益本来在事变前就曾浸染于佛典,《列朝诗集》仿前人总集体例,闰集中专收各类高僧名僧一百一十六人的诗作,《初学集》收录有不少他撰写的塔铭、偈语、像赞,以及为刻印佛典而写的序跋,都反映出钱谦益对佛禅之事早有倾心。事变以后,在社会普遍的逃禅背景下,钱谦益在这方面更加以发展,他在不少文章中或引用经文,或采撷内典义理比附诗理,表现出以禅说诗、论文的倾向。

钱对《华严经》素为喜好,《读苏长公文》中就曾言及苏东坡文与华严经的关系:

> 吾读子瞻《司马温公行状》、《富郑公神道碑》之类,平铺直叙,如万斛水银,随地涌出,以为古今未有此体,茫然莫得其涯涘也。晚读《华严经》,称性而谈,浩如烟海,无所不尽,乃喟然而叹曰:"子瞻之文,其有得于此乎?"文而有得于《华严经》,则事理法界,开遮涌现,无门庭,无墙壁,无差择,无拟议。①

---

① 《初学集》卷八十三,上海古籍出版社1985年排印本,1756页。

文中对佛典文字之境界给予了相当高的评价,并以他最喜爱的苏东坡的文字相比拟,既说明了《华严经》经文在文学上的价值,也从另一个角度论述了苏东坡文字受《华严经》影响,从而具有事理法界,开遮涌现,如万斛水银,随地而出的艺术特点。王士禛对钱谦益此处评苏东坡颇为欣赏,曾说:"此跋论东坡,语语破的,诸家序论皆可废矣。"① 到了《有学集》,涉及他皈依佛门,语涉佛典的文字更多。盖因其身历事变,心绪不宁,更需借助佛典以养性,所以晚年文字中屡见其说起皈依空门一事。如《吴江朱氏杜诗辑注序》:"老归空门,不得省视。"《娄江十才子诗序》:"息心空门。"《陆敕先诗稿序》:"余老归空门。"《镜古篇序》:"余学佛之人也,弃世间文字久矣。"《注李义山诗集序》:"今方缮阅《首楞》,抛弃世间文句。"《梅村先生诗集序》:"余老归空门,不复染指声律。"《咸子诗序》:"公方读《首楞》,亦知月光水观之说乎?"又于《注李义山诗集序》中记载石林长老喜李义山诗之语:"佛言众生为有情,此世界,情世界也。"又《唐诗英华序》以己之对佛理体悟之深,讥严羽《沧浪诗话》大乘小乘声闻辟支为谬说。总之,钱谦益的晚期,对佛学内典涉猎更多,他也更多地用以解决一些诗文理论方面的问题,前叙《沧浪诗话》为一例,用佛众言情喻李商隐言情又是一例。在《陆敕先诗稿序》中,他又一次提及佛家之情与诗情之关系:

> 佛言众生为有情,此世界为情世界。儒者之所谓五性亦情也。性不能不动而为情,情不能不感而缘物,故曰情动于中而形于言,诗者,情之发于声音者也。古之君子笃于诗教者,其深情感荡必著见于君臣朋友之间。少陵之结梦于夜郎也,元白之计程于梁州也,由今思

---

① 王士禛《古夫于亭杂录》,中华书局排印本1988年版,64页。

之，能使人色飞骨惊，当飨而叹，闻歌而泣，皆情之为也。①

这段文字的奇妙在于钱氏居然能将佛家所谓众生有情与儒家诗教之性情关系相联结，这一比拟，虽说并不一定有多大的理论价值，但钱氏通过对佛家众生有情与诗亦须有情的类比，强调了情对于诗的重要，也是有意义的。它反映出钱谦益晚年沉浸于佛典的情况，也表明钱氏其实也多有以禅喻诗的做法，只不过他与严羽的以禅喻诗多重妙悟不同而已。

王应奎《柳南续笔》曾记载钱澄之论钱谦益何以反对妙悟：

> 桐城钱幼光《田间集》有云："虞山不信诗有悟入一路，由其生长华贵，沉溺绮靡，兼以腹笥富而才情赡。因题布词，随手敏捷，生平不知有苦吟之事，故不信有苦吟后之所得耳！苦吟之后，思维路尽，忽焉有触，自然而成。禅家所谓绝后重甦，庸非悟乎？"少陵云，"语不惊人死不休"，惊人者，悟后句也。②

钱澄之与王应奎此处的分析有一定道理，钱反对悟入，多半由其写诗恃才情学力，故不靠苦吟，所以他对苦吟之后有悟入并不理解。他之反对悟入，抨击严羽，原因较多，除了钱、王二人所说之外，其实还有一些原因，比如他以为明自高棅以讫七子宗唐的风气是由严羽所引起的，是故批七子当然要追溯至其始作俑者；其二他以为严并不真懂佛理却以禅喻诗，混淆了诗与禅之间真正相近的质素，所以他要纠正严氏的失误。由此可见，钱谦益的反对严羽，更多的是因为严羽不懂禅理却以禅喻诗，他所作的只是纠谬——如其弟子冯班一样——而不是否定。

---

① 《有学集》卷十九，四部丛刊本。
② 王应奎《柳南续笔》卷四，《柳南随笔、续笔》，中华书局排印本1983年版，208页。

钱谦益以禅说诗的尝试,是宋以来以禅喻诗的继续。其后在康熙年间王士禛的诗说中,又得以进一步的发展。当然,王以禅境喻诗境,更多的还是得之于严沧浪。

(三)诗人之诗与儒者之诗

清中期以后有所谓的学人之诗,像翁方纲及桐城派方苞、刘大櫆、姚鼐等人大概均可包括在这一范围内。但前清已经有人注意到学人之诗与一般诗人之诗的不同,其中就包括钱谦益和黄宗羲。

前期的钱谦益对诗人的学殖问题已经较为注意,《初学集》中的《汤义仍先生文集序》中已经很明确地说明学殖的酝酿对诗人的重要性。他及明末其他诸子如顾炎武、王夫之、黄宗羲、方以智等人均已注意到明人不学的问题,他们在抨击明人诗作的时候,都没有忘记连带批评他们的空疏不学,其中尤以对公安竟陵派的批评更为明显。所以自明末诸子以来,无论是张溥、陈子龙、艾南英、方以智,还是卓成大家的顾、黄、王,都很重视诗人的学养,钱仲联先生在他的《清代学风和诗风的关系》(收入《梦苕盦论集》)一文中对此有所论述,可参阅。

后期的钱谦益显然加重了对这一问题的考虑,他先后提出了诗人之诗与儒者之诗的不同,又在不同的篇目中对性情与学养、学殖与诗风等问题进行了探讨。先看他论诗人之诗与儒者之诗:

> 余惟世之论诗者,知有诗人之诗,而不知有儒者之诗。①

接下来他列举了汉以前由《诗经》的雅颂到荀卿、韦孟之诗,唐人精研经学的韩、柳之诗为儒者之诗。从他引述的诸种诗作以及评语来看,凡能通经博古,沉研钻极,于六经毛郑之书能成专门名家,且作诗能不诡于经术者,可目之为儒者之诗。这一提

---

① 《顾麟士诗集序》,《有学集》卷十九,四部丛刊本。

法，自然与后来人们所指的学人之诗有一些差别，但提出这一名目，并将诗人之诗与儒者之诗相区别，无疑反映出钱谦益试图通过这一区别来提醒人们注意诗人的学养问题，以避免他所说的自万历以来诗文由于不学而造成的邪僻。

钱谦益在《有学集》中的不少篇章均谈到了学殖的问题，在《娄江十子诗序》中，他提出古代学《诗》者，是以《诗》为学，即通过习《诗》来增强诗乐礼乃至道德性情的教化，而不是像当今的学《诗》者只是学诗之作法音律。并由此说明诗人为学的重要①。在《胡致果诗序》中，他更提出学殖可以培植诗之本根：

> 学殖以深其根，养气以充其志。……其征兆在性情，在学问，其根柢则在乎天地运世阴阳剥复之几。②

学虽然不是最根本的，但学殖与养气一样，作为诗人的重要修养，可以培植诗的本根，这种认识，是他提出儒者之诗的一个重要前提。在另一篇序文中，他阐述了古来六经为专门名家之学，各有师承，故微言大义，纲举目张，使学人能够具有"劈肌理解，权衡尺度"的能力，并认为文人应具备经史之学，且不能偏胜，否则通经而不学史，或学史而不通经，都会产生偏隘。③钱谦益论到诗人学殖的还有：

《陆敕先诗稿序》论到陆诗之工，原因在于其能"以性情为精神，以学问为孚尹"。

《族孙遵王诗序》称赞钱遵王"好学汲古"，"雅有志于古学"。

钱的重视并提倡诗人的学殖修养，并且具体到经史之学，与

---

① 《娄江十子诗序》，《有学集》卷二十，四部丛刊本。
② 《胡致果诗序》，《有学集》卷十八，四部丛刊本。
③ 《汲古阁毛氏新刻十七史序》，《有学集》卷十四，四部丛刊本。

他所提出的儒者之诗应有因果之关系。

有意思的是同时的黄宗羲也注意到这一问题,他提出了与钱谦益相类似的提法:

> 古来论诗有二,有文人之诗,有诗人之诗。文人由学力所成,诗人从锻炼而得。①

从篇题下所注己酉可知此序写于康熙八年(1669),时间略晚于钱著。与钱谦益相比,黄说更明确,文人之诗是由学力所成,其与钱谦益所说的儒者之诗是一个相近的概念。但黄氏似乎认为无论是由学力而成的文人之诗,还是由锻炼而来的诗人之诗,二者均不算诗的最高境界。他以其舅氏翁祖石为对象,从学力与锻炼两方面论说,大意指翁诗既无锻炼雕凿之痕,又非读书万卷者所能采拾。意在说明翁诗在古来文人之诗与诗人之诗两类之外,别具一格,且高于这两类诗。这一评判,与钱谦益对儒者之诗的大力推重是有不同的。但这一区别,并不能说明黄宗羲就不重视学养,在《诗历题辞》中,他曾叙述过自己学诗的经历:

> 余少学南中,一时诗人如粤韩孟郁上桂、闽林茂之古度……皆授以作诗之法,如何汉魏,如何盛唐,……稍长,经历变故,每视其前作修辞琢句,非无与古人一二相合者,然嚼蜡了无余味。明知久久学之,必无进益。故于风雅意绪阔略。其间驴背篷底,茅店客位,酒醒梦余不容读书之处,间括音韵,以销永漏,以破寂寥。则虽不见一诗,而诗在其中;若只从大家之诗,章参句炼,而不通经史百家,终于僻固而狭陋耳。②

在《马虞卿制义序》中也说:

---

① 《后苇碧轩诗序》,《黄宗羲全集》第十册,浙江古籍出版社1993年版,7页。
② 《南雷诗历题辞》,《黄宗羲全集》第十一册,浙江古籍出版社1993年版,203页。

> 昔之为诗者，一生经、史、子、集之学，尽注于诗。夫经、史、子、集，何与于诗？然必如此而后工。①

由这两段引文来看，黄对诗人的学养也是非常重视的，综合他上面所论文人之诗，大概他不喜欢的是那些有学养并且在诗中显露学养的诗和诗人。他认为好的文人之诗，是有很好的经史子集等知识的储备，但在诗中又不要露出经史子集的马脚。在强调诗人的经史之学方面，黄宗羲与钱谦益是相当一致的。

钱氏的这些论述，很清楚地表明他晚年的诗论对诗人的学殖问题给予了特别的关注。出现这一情况并不是孤立的，也不能证明钱谦益的高明，它只是一种文学思潮的必然反映，也是对明代学术空疏浅陋的反叛。清初以来文人学者开始更多地关注这一问题，像钱的弟子冯班对此也有较为突出的论述："余不能教人作诗，然喜劝人读书，有一分学识便有一分文章，但得古今十分贯穿，自然才力百倍。相识中多有天性，自能诗者，然学问不深，往往使才不尽。"又说："多读书则胸次自高，出语皆与古人相应也。"② 这种情况表明，自清初以后，诗论家在关于诗与学的问题方面，达成了高度的共识，其结果是诗与学问的关系进一步密切，在此基础上，又逐步演化出学人之诗，形成清诗颇具特色的一个方面，丰富了古代诗歌的类型。在这个意义上，未尝不是一件好事。

---

① 《马虞卿制义序》，《黄宗羲全集》第十册，浙江古籍出版社1993年版，71页。
② 《钝吟杂录·正俗》，影印文渊阁四库全书本。

第五节　余论：钱谦益的诗友门生及其传承与分化

钱谦益在明末清初的诗论家中，算是去世较早的一位，本书中所论的诗论家，除了钟惺（1625）、谭元春（1637）、张溥（1641）、艾南英（1646）、陈子龙（1647）外，就数钱谦益去世得早（1664），其他像方以智（1671）、傅山（1684）、王夫之（1692）、黄宗羲（1695）等，都比钱谦益晚。钱虽去世得早，但其在清中期以前对诗界的影响却最大，也最直接。比他晚去世的人由于各种原因，都未能发生像钱谦益这样大的影响。

钱对前清诗坛的影响是多方面的，叶燮论清初纷纭变化的诗坛，内中可以看到钱谦益的影子：

> 有明之季，凡称诗者咸尊盛唐，及国初一变，诎唐而尊宋，旋又酌盛唐与宋之间，而推晚唐，且又有推中州以逮元者，又有诎宋而复尊唐者。纷纭反覆，入主出奴，五十年来，各树一帜。①

叶氏所论，指出入清以来，诗坛变化。从叶氏所论来看，这些变化均或多或少与钱谦益有一定的关系，比如"诎唐而尊宋"，与钱谦益及黄宗羲、吕留良、吴之振提倡宋诗有关；"推晚唐"，则与钱氏弟子冯班喜李义山及西昆体有关；"推中州以逮元者"，也与钱和程孟阳大力推崇《中州集》有关；至于"诎宋而复尊唐者"，又与钱氏大力彰表的王士禛有关。所有这些，都说明钱谦益身后对清中叶以前诗坛的巨大影响。沈德潜虽然论诗宗旨与钱不同，但他编《国朝诗别裁集》，列钱氏为清诗开山，也足见钱谦益在清诗中的地位。

---

① 《三径草序》，《己畦文集》卷九，宣统梦篆楼刻本。

第五章　明代复古主义的终结与清诗的开山——以钱谦益为对象

乔亿《剑溪说诗》："观钱受之诗，则知本朝诸公体制所自出。"① 对钱氏对清人影响说得更直接，更鲜明。培军先生曾撰《钱谦益清代影响发微》（《宁夏教育学院学报》1988 年第 2 期）一文，就钱谦益对整个清代文学创作的影响进行了梳理，启发良多。笔者拟从钱的师友门派关系入手，探讨其承传与分化的过程。

一、钱谦益与虞山诗人

学界习称钱谦益时期的虞山诗人为虞山诗派，其实虞山诗人中跟随钱谦益或受钱影响的人虽然不少，但取向并不一致，所以我采用虞山诗人的称呼，以使其范围能宽泛一些。

崇祯十五年，钱谦益应乡里后学陆敕先之请，为陆所编《虞山诗约》作序，陆所编书未见，从钱氏序中知此集为邑中同人之诗。如果说虞山诗人的话，集中所编同人之诗，当是虞山诗人的一部分。《常熟县志》文苑传中此期的诗人大约也在其内，而虞山诗人较多见之于文献者，包括瞿式耜、冯班、冯舒、陆敕先、陈玉齐、杨子常、严白云（此三人问学于钱，事迹俱见王应奎《柳南随笔》）、陈祺芳（字子寿，《昭文新志》云：祺芳有声诸生中，游牧斋、芝麓之门；《诒素斋集》：子寿长髯道貌，故钱虞山高弟）等人，其中又以二冯为翘楚。张鸿跋《常熟二冯先生集》时说："启祯之间，虞山文学蔚然称盛。蒙叟、稼轩赫奕眉目，冯氏兄弟奔走疏附，允称健者。祖少陵，宗玉溪，张皇西昆，隐然立虞山学派，二先生之力也。"

钱谦益与程孟阳早年在拂水山庄切磋诗艺时，冯班即参与其中，《钝吟杂录》卷三曾叙及："昔尝与程孟阳言诗，譬之犬之

---

① 《剑溪说诗》卷下，清诗话续编本，上海古籍出版社 1983 年版，1 106 页。

拾骨，非徒戏言也。"① 钱谦益为冯班所作《冯定远诗序》也言及冯班为其好友之子，故游于其门。钱对虞山后学多有扶掖，他先后为冯班、陆敕先的诗集作序，陈玉齐以"十里青山半在城"受知于钱谦益，蒋文肃写有"一生知遇托青山"句记此事②。陈除了受知于钱谦益外，他还跟冯班学诗，俱可见虞山诗人间的交往频密。

二冯中冯舒"平生直肠快口，躯干伟然，遇事敢为，不避强势"。崇祯十年曾因钱、瞿案而连坐下狱；复社初起时张溥网罗俊英，曾招致舒，舒因社名犯父讳而不往；又顺治初以所著《怀旧集》被诬为"谤讪"③，均说明冯舒是一个很有血性的文人。舒虽在文学上成就不显著，但钱谦益与其关系密切，且熟识其性格及行事，据王应奎《柳南随笔》，一日舒夜泊舟山塘，听邻舟有人高声朗读杜诗，舒不知何人，大声说："杜诗是不易读者！"此公次日问是何人，舒答为邑中某一富人名。事后此公将此事告之钱谦益，钱一听便知是舒所为④。由此事亦可见钱对舒之了解颇深。冯舒为诗以杜牧之为宗，又广之以香山、微之。其诗法承清江范德机，有《诗学禁脔》一编，立十五格教人，多诗格句法起承转合一类⑤。舒的论诗之语多在《默庵遗稿》、《诗经匡谬》等著作中，另顾嗣立《寒厅诗话》及王应奎《柳南随笔》中也保留一些。冯舒在诗学方面倾注较多精力的是在搜

---

① 影印文渊阁四库全书本，下同。
② 王应奎《柳南随笔》卷一，《柳南随笔、续笔》，中华书局排印本，1983年版，1页。
③ 《常熟县志》文苑，中国地方志集成本，江苏古籍出版社1991年版。
④ 《柳南随笔》卷三，《柳南随笔、续笔》，中华书局排印本1983年版，49页。
⑤ 参阅冯武《二冯先生评阅〈才调集〉凡例》，《二冯先生评点〈才调集〉》弁首，康熙垂云堂刻本。

讨遗佚，编削伪谬方面，理论上倒没有大的建树。

　　与舒相比，冯班的文学成就大些，据《常熟县志》，他少为诸生，始与兄弟舒齐名。游于钱宗伯之门，宗伯序其诗。《志》并记冯班作诗"出入于义山、牧之、庭筠之间，其情深，其调苦，乐而哀，怨而思，信所谓穷而后工者也"。又说钱宗伯清除各种谬说未尽之时，"班于是循源而论之"，揭出其师承源流。王应奎曾论钱氏之后虞山诗人有两派，一是钱陆灿（按：陆灿宗杜诗），二是冯班，而又以冯班影响大："故邑中学诗者，宗定远为多。"① 冯班现有《钝吟杂录》、《钝吟老人文稿》等传世。

　　二冯虽然从学于钱谦益，但论诗主旨却与钱氏有同有异。从异的方面说，钱谦益于明诗人颇推崇李西涯，冯班则不以为高，《钝吟杂录》云："西涯之词，引绳切墨，议论太重，文无比兴，非诗之体也。"此外，钱喜宋诗，尤其是眉山、剑南、范石湖等人为其所宗。而冯班则体宗晚唐李商隐、杜牧之、温庭筠一路，并以《玉台新咏》及韦縠《才调集》教人，二者确有距离。但值得注意的是，钱虽不宗师于李商隐，也并不否定他。《有学集》中有《注李义山诗集序》，该书乃钱氏方外朋友石林长老所作，序文中记载了二人对李诗的一段对话，大意是杜诗虽好，但已成"兔园村夫子"皆能嗟咨吟咀之物，而李诗由时势所逼，不得已而曲其指，婉娈托寄，亦风人之旨，小雅之寄位也。钱氏更说李诗"《无题》之什，春女读之而哀，秋士读之而悲"。并坦陈自己以前未下过工夫。由钱氏所记，当知他对义山诗亦并无恶感。另据吴伟业《梅村诗话》，钱谦益在答吴梅村四律前的小序中说，观杨孟载（眉庵）论李商隐《无题诗》，"因以深悟风

---

① 《柳南随笔》卷五，《柳南随笔、续笔》，中华书局排印本1983年版，88页。

人之旨"①,亦足见钱氏认为义山诗之起兴比物,申写郁积,有国风小雅婉而托讽之致。钱谦益本人的创作也时有义山诗的痕迹,陈衍《石遗室诗话》云:"余尝论玉溪末流,有专事摘艳薰香,托于芬芳悱恻者,《初学》、《有学》二集是也。"若所说钱"专事摘艳薰香"则太过,但如说钱诗中有这类诗体则大体是合乎实际的。

除去宗旨不同外,冯班也受到钱谦益的影响,其中最显著的包括两方面:一是有关文学发展的进化观,冯有"一时有一时之风气,一代有一代之品格"之论,承继了其师的教诲;二是对严羽《沧浪诗话》的纠谬,直接受钱氏启发。尤其是后者,使冯班在诗界名声大振。钱谦益对严羽的批评主要见于他的《唐诗英华序》、《唐诗鼓吹序》、《宋玉叔安雅堂集序》及《周元亮赖古堂合刻序》等篇,均系《有学集》中他后期的论述。综而言之,钱氏批评严沧浪主要集中在这样几个方面:一是认为"悟"非诗的探本之论;二是对唐诗的初盛中晚的划分;三是不满以禅喻诗;四是认为将禅家分为大乘小乘,声闻辟支一类不妥。冯班的《严氏纠谬》基本上沿袭了钱谦益的思想,但由于他以专论的形式,故影响很大。在冯班写《严氏纠谬》的前后,这类体制的著述较为引人注目,像之前胡应麟(元瑞)有《正杨》,纠杨慎;大约同时有吴殳(修龄)的《正钱》,纠钱谦益;此后又有叶燮的《汪氏摘谬》,纠汪琬。这类书,有的是出于意气,像吴、叶;有的乃罗织,像胡的《正杨》。而冯的《纠谬》,虽也有不当的地方,对《沧浪诗话》訾诋过深,但也确实在某些方面抓到了严羽的痛处,所以在诗界被不少人看好。其中最有名的是赵执信,信奉冯说,被王士祯讥为"铸金呼佛"②,还有

---

① 《梅村诗话》,清诗话本,上海古籍出版社 1978 年版,72 页。
② 《古夫于亭杂录》,中华书局排印本 1988 年版,114 页。

冯的同乡王应奎也认为："严《沧浪诗话》一书有冯氏为之纠谬，而疵病尽见。即起沧浪于九原，恐亦无以自解也。"①《严氏纠谬》当然也受到一些人的批评，有名的如王士禛，他认为钱谦益的驳之于前，冯因之而极力排诋，"皆非也"②。相较之下，王应奎的看法较为公允，他一方面肯定严著的功绩，另一方面也指出《严氏纠谬》诋毁"妙悟"的不妥。应该说，尽管钱及冯在批评严沧浪诗说的方面有过激乃至不当的地方，但他们所指出的严氏在以禅喻诗方面的失误，无疑是准确而有价值的。

综合各家之说，虞山诗人中有成就的有三家，一是钱谦益，二是钱陆灿，三是冯班。其中钱谦益以宗宋见长，钱陆灿以学杜见长（用王应奎说），冯以宗晚唐见长。三家诗派，钱牧斋早出，牧斋以后，则分钱、冯二派，其中又以追随冯班的人多。虞山之外，有名的如昆山吴修龄，其《围炉诗话》及《答万季埜诗问》均以晚唐诗为宗，文中屡引冯班论诗之语，对班多有好评，甚至以为冯班胜于钱谦益；③ 长洲顾嗣立，著《寒厅诗话》，文中多有称引冯班之语，当亦以冯为宗；赵执信也是冯的后继者之一，他曾言及"得定远先生遗书，心爱慕之，学之不复至于他人"④。赵还曾亲至虞山冯班墓地，"以私淑门人刺焚于冢前。"以至于后来当赵与王士禛交恶时，王还讥讽其为"铸金呼佛"⑤。另二冯所评点的《才调集》影响深远，《万卷楼精华楼藏书记》卷一三四云："今传二冯评本以为诗家式"，汪文珍云："近日诗家尚韦縠《才调集》，争购海虞二冯先生阅本为学者指

---

① 《柳南续笔》卷三，《柳南随笔、续笔》，中华书局排印本1983年版，182页。
② 《带经堂诗话》卷二，人民文学出版社排印本1982年版，65页。
③ 《围炉诗话》卷二："定远见处实胜牧斋，见者每惑于名位。"清诗话续编本，上海古籍出版社1983年版，524页。
④ 《谈龙录》自序，清诗话本，上海古籍出版社1978年版，309页。
⑤ 王应奎《柳南随笔》卷一，《柳南随笔、续笔》，中华书局1983年排印本，1页。

南,转相抚写。"(《二冯先生评点〈才调集〉》弁首)亦可见冯氏影响之一斑。

二、钱谦益与宗宋一派

从顺治末至康熙中的三十几年间,是宋诗流行的时期。据宋荦《漫堂说诗》:

> 明自嘉、隆以后,称诗家皆讳言宋,至举以相訾謷;故宋人诗集,庋阁不行。近二十年来,乃专尚宋诗。至余友吴孟举《宋诗钞》出,几于家有其书矣。①

据宋荦在《漫堂诗说》末尾所说,该书乃"戊寅长夏"为其子学诗而写的教本。可见宋诗在戊寅年间(1698)仍然流行,而此时距《宋诗钞》刊印已有近三十年的时间。

宋诗之流行,由其表面看,似是吴之振《宋诗钞》推动的缘故,此固然是其原因之一。但还有一层原因宋荦未有指出者,乃与钱谦益也有很大关系。同期其他的学者看到了这层原因,如乔億所说:

> 明诗屡变,咸宗六代、三唐,固多伪体,亦有正声。自钱受之力诋弘正诸公,始缵宋人馀绪,诸诗老继之,皆名唐而实宋,此风气一大变也。
>
> 明代诗人,尊唐攘宋,无道韩、苏、白、陆体者。国朝则祖宋祧唐,虽文章宿老,宋气不除。②

钱谦益与清初宗宋一派的关系为多数学者所肯定,这除了其诗学取径及"两朝领袖"的地位有关外,他本人实际上也参与了推动宋诗的具体活动。

---

① 《漫堂说诗》,清诗话本,上海古籍出版社1978年版,416页。
② 《剑溪说诗》卷下,清诗话续编本,上海古籍出版社1983年版,1 104 - 1 106页。

第五章 明代复古主义的终结与清诗的开山——以钱谦益为对象

钱与黄宗羲、吕留良、吴之振三人一直保持有较好的私谊，而后者同样是宋诗的喜好者。黄、吕、吴分别是姚江和石门人①，与钱谦益所居之虞山有一定距离，但三人均数次拜谒过钱。崇祯九年，钱谦益五十五岁，黄宗羲二十六岁，此年黄特意过虞山访钱谦益，并请钱为其父黄尊素撰墓志。黄父乃东林党著名人物，钱亦为东林党魁，黄的这一次拜谒，未知是否他们首次见面，但黄对钱肯定神交已久，并由此开始了他们数十年的友情，甚至是在钱降清以后也依然如故。顺治七年三月，黄抗清一事稍解，即到虞山访钱谦益，馆于绛云楼，得遍读其藏书，会面中，钱并约黄为其老年读书之伴。顺治十五年，钱已七十七岁，游武林时特访黄宗羲兄弟于昭庆寺。顺治十八年，吕留良到虞山访钱谦益，钱并为其作《字说》；同年六月，黄宗羲之子奉父命有咨于钱谦益，钱还为其作文并书于扇面。康熙三年春，亦即钱谦益去世的当年，黄宗羲偕吕留良、吴之振一起到虞山探祝视钱谦益病情，钱以丧事相托，并请黄为其撰写他人所托付之序文三篇。此事在钱去世后黄宗羲所写的《八哀诗》之五《钱牧斋宗伯》一诗中也有透露，诗中并对钱的去世及他与柳如是的姻缘颇感痛惜："四海宗盟五十年，心期末后与谁传？凭裀引烛烧残话，嘱笔完文抵债钱。红豆俄飘迷月路，美人欲绝指筝弦。平生知已谁人是，能不为公一泫然。"由以上不完全的叙述，亦能看出钱谦益与黄、吕、吴三人之密切关系。

黄、吕、吴三人与钱谦益保持良好的友情，除了个人私谊外，他们均喜好宋诗也是一个重要原因。黄宗羲在诗论上与钱谦益虽存在一些分歧，比如黄曾批评钱《列朝诗集》小传的"去取失伦"（《天岳禅师诗集序》、《范道原诗序》），对其喜陈白沙

---

① 黄与吕后来交恶，详可参阅钱穆《中国近三百年学术史》第二章吕晚村与梨洲兄弟之交游一节。

而不喜庄定山诗表示不解（《明文授读》评语汇辑卷二十五记二）等。但在诗的价值取向乃至对唐宋以来诗的评析方面，相同的地方更多，除本书上一节所论钱、黄都对遗民诗及诗文之元气大力弘扬外，二人对七子及公安竟陵也均有不同程度的不满，如黄说："以开元大历之格绳作者，则迎之而为浮响；以公安竟陵为解脱，则迎之为率易。"（《金介山诗序》）。更重要的是，黄与钱一样，也不明确主张宗奉宋诗，但却颇喜之。如《姜山启彭山诗稿序》两次言及宋诗：

> 天下皆知宗唐，余以为善学唐者唯宋。
> 故曰善学唐者唯宋。①

文章还论述唐诗诸体在宋的分派，以为宋人能"心游万仞，沥液群言，上下于数千年之间，始成其为一家之言"。对宋诗的发展与成就给予极高评价。至于南宋末遗民诗人诸如汪水云、谢皋羽等也为黄所尊崇。当然，黄对宋诗善学唐的肯定，很大程度上是缘于他对明人不善学唐的含蓄批评，但无论如何在提倡宋诗的方面还是起了很大作用的。

吴之振的《宋诗钞》，在康熙中期以前广有影响，其中黄宗羲也曾参与了部分工作。编选这部书的理由首先当然是为了提倡宋诗，而直接的动因是觉得福建曹能始所编《十二代诗选》中宋人部分的诗不能反映宋诗面目。据吴之振《宋诗钞凡例》，该书的编辑始于癸卯之夏，亦即康熙二年（1663），钱谦益去世的前一年。其时吴、吴的侄子、吕留良三人一起读书于水生草堂，并开始编选《宋诗钞》，"时甬东高旦中过晚村，姚江黄太冲亦

---

① 《姜山启彭山诗稿序》，《黄宗羲全集》第十册，浙江古籍出版社1993年版，57页。

因旦中来会，联床分檠，蒐讨勘订，诸公之功居多焉"①。但此后由于黄宗羲讲学于越中，吕留良"著书之兴浅"，故此书最后是由吴氏叔侄完成的，而又以吴所付力气最多。据光绪《石门县志》，吴之振"学宋人不专一家，于圣俞、山谷最为吻合"。吴在《宋诗钞序》中曾系统地阐明了他的宋诗观：

> 自嘉、隆以还，言诗者尊唐而黜宋，宋人集覆瓿，糊涂弃之，若不克尽。故今人蒐购最难。得黜宋诗者，曰腐。此未见宋诗也。宋人之诗，变化于唐，出其所自得，皮毛落尽，精神独存。不知者或以为腐，后人无识，倦于讲求，喜其说之省事，而地位高也。则群奉腐之一字以废全宋之诗，故今人黜宋者，皆未见宋诗者也。虽见之，而不能辨其源流，则见与不见等。此病不在黜宋，而在尊唐。盖所尊者，嘉隆后之所谓唐而非唐宋人之唐也。……宋之去唐也近，而宋人之用力于唐也尤精以专。②

这段文字，颇能见到黄宗羲的影子，其中所说宋人最善学唐云云，大概有黄对吴的影响。而文中所说宋人变化于唐，出其所自得，皮毛尽落，精神独存，道出宋诗精髓，是有得之见。《宋诗钞》于康熙十年刊行，编选历时八年。从该书的编选体例来看，基本上一人一卷，大家则一人数卷，其中卷数较多者如杨万里有九卷，范成大有三卷，陆游有六卷，苏东坡虽只有二卷，但分量较重，其中可以看出吴的好尚与钱谦益较为接近。此外，《宋诗钞》也采用一人一传的形式，以诗系人，以人系传，也可看出

---

① 《宋诗钞凡例》，《宋诗钞初集》弁首，康熙鉴古堂初刻，甲寅涵芬楼重校印本。
② 《宋诗钞序》，《宋诗钞初集》弁首，康熙鉴古堂初刻，甲寅涵芬楼重校印本。

钱谦益的影响。由于《宋诗钞》能力辟陈见,指出宋诗的好处,再加上文坛宗师钱谦益多年前已极力提倡眉山、剑南等宋诗一派,所以刊行之后即刻风靡。《四库提要》云:"国初诸家颇以出入宋诗,矫钩棘涂饰之弊。之振是选,即成于是时。"吕、吴二人均为江南有名的书商,他们编刻《宋诗钞》,不能说没有商业上的考虑。先前吕留良偏重于八股选本之刻,其天盖楼在江南颇有名气,八股选本或文社制义之集售卖于坊间,很是抢手(参见王应奎《柳南续笔》)。但吴之鉴古堂此次刊刻《宋诗钞》,却冒着巨大的市场风险,因为此前宋诗并未成气候。但最终吴不仅赢得了商业上的胜利,在诗界也取得了巨大的成功。

除黄、吕、吴三人合编之《宋诗钞》广有影响外,黄的弟子陈纤还另编有《宋十五家诗选》,体例仿《宋诗钞》;黄的另一弟子查慎行中年以后也是一个宋诗的拥戴者,反映出黄宗羲及其弟子宗宋的习尚。稍后比较重要的宋诗派诗论家有两家值得注意,一是叶燮,叶曾与吴之振商议过编撰宋元诗的问题,他在《原诗》一书中的论诗取向也较偏重宋诗。二是浙派,浙派兴盛于康熙中,此时王士祯也处于宗宋的时期,他的入门弟子汤右曾就是浙派中人。而浙派中最有代表性的是厉鹗,厉论诗中与宗宋有关的主要有两点:一是他崇尚宋诗,沈德潜《国朝诗别裁集》论厉鹗说:"樊榭征士学问淹洽,尤熟精两宋典实。"他本人并编有一部影响久远的《宋诗纪事》,其中自然显示出其瓣香所在。二是他崇少陵,重学问,信奉读书万卷,下笔有神,这也是几乎所有宋诗派所尊奉的。自此以后,虽然王士祯及沈德潜各自又倡唐诗,但整个清代,宋诗的影子总是若即若离,忽隐忽现地反复出现。陈衍《石遗室诗话》云:"明人皆为唐诗,清人多为宋诗。"① 而个中的原因,自然也摆脱不了从钱谦益到黄宗羲、

---

① 《石遗室诗话》卷十四,民国上海广益书局本。

吴之振等人的力倡。

需要说明的是，钱谦益与清初的宋诗派的兴起虽有很大关系，但他并非是"诎唐而宗宋"，钱宗宋是真，但他也不诎唐，如说他诎唐的话，他所诎的是严羽、高棅、七子等人的学唐。事实上，钱谦益文中多次提及唐人之不可及，且认为唐人的诗有多种。在唐人中，他提的较多的一是杜甫，他亲注杜诗，并声明习诗取径于少陵。二是元白长卿也为他所尊。三是对晚唐李义山的诗并不怀恶感。因此，钱对唐人的态度，并非否定，只是认为七子等人将唐人学坏，所以才重点倡论宋人的诗，他实际上的态度是宗宋而不诎唐，这是需要细心加以体会的。

三、钱谦益与王士禛

钱谦益对王士禛有扶持提携之恩，王士禛对此也一直感激涕零。但吾爱吾师，吾更爱真理，王士禛除了中年一段时间受钱氏影响而宗宋诗外，最终却没有坚持钱的学说，他最终赖以成名的是与钱没有关系的"神韵说"。

钱对王的扶掖，始于他任扬州推官的时候。当时，钱已名誉海内，年纪有八十，而王才二十八岁。王事后曾数次提起钱过去对他的恩典，最感人的是这一段：

> 予初以诗贽于虞山钱先生，时年二十有八，其诗皆丙申后少作也。先生一见欣然为序之，又赠长句，有"骐骥奋蹴踏，万马喑不骄；勿以独角麟，俪彼万牛毛"之句，盖用宋文宪公赠方正学语也。又采其诗入所纂《吾炙集》，方盉山自海虞归，为余言之。所以题拂而扬诩之者，无所不至。……今将五十年，回思往事，真平生第一知己也。①

---

① 王士禛《古夫于亭杂录》，中华书局1988年版，66页。

文中所提及的有两事，一是他二十八岁任扬州推官期间，以诗求教于钱，钱为其作序，序中回顾了他与王士禛祖父王季木的交游，又告诫王士禛无以沧溟、弇州之诗为务，勿学《品汇》及竟陵之格，勉励他力追古学，并期以"代兴"之目。① 钱谦益对王士禛的期许是异乎寻常的，在他为不少后学所作序中没有这样的先例，后来的事实也证明此老也确有眼光，王完成了"代兴"的任务，尽管最终是偏离了他最初教诲的宗旨。

从王士禛自叙其诗论发展的轨迹看，他早年宗唐，中年宗宋，老而复归于唐。② 所谓早年宗唐，是指其早年所编教子用的《神韵集》，时间大约在其任扬州推官之初（1559—1661）。③ 中年宗宋，各家所说不详。愚以为王士禛中年转而宗宋，或与钱谦益及其后诗坛流行的宗宋之风有关。据上面所引王士禛自述，他求赞于钱谦益的时间是在其任扬州推官之后的第二年（顺治辛丑，1661），所持的诗作是丙申（1656）后少作，可见其当时尚以唐诗为宗。又据钱《序》，他告诫王的恰恰是不要追随俗学所宗奉的唐音如七子、《品汇》、竟陵诸体。可以想见，在王见钱之前，他尊奉的仍是唐音，但钱谦益论诗鲜明的宗宋倾向及对王的告诫——勿以学唐者为宗——令其学诗的宗旨开始发生了变化。当然，这种变化是缓慢的、渐进的，并不意味着与钱的一次会面就导致根本的变化，但可以肯定此次与钱的会面对王的诗学道路有重要的意义。王中年的宗宋，受钱的影响应该是其中一个不应忽视的原因；其次是王士禛拜谒钱之后的数年间，东南诗风

---

① 《王贻上诗集序》，《有学集》卷十七，四部丛刊本。
② 参见俞兆晟《渔洋诗话序》所记王氏之语。
③ 关于王士禛任扬州推官的时间，各家说法不一，如《中国古代文论家评传》说在他二十七岁时，即1661年；张慧剑《明清江苏文人年表》又说其在1660年。王任此职实应在顺治十六年（1659），《带经堂诗话》卷五录《渔洋文》云："顺治己亥，予在京师，始与幼华相见。其冬，予之官扬州。"

也开始变化,《宋诗钞》在一年后的编选便是其中的一个标志。王任扬州推官虽只有四年,但这几年正是江南诗风开始变化之初,他受钱及诗学氛围的双重影响而发生转变,并不是不可能的。此后直到康熙二十八年他五十五岁时编成《唐贤三昧集》,又标志着他向宗唐的复归,掐头去尾的话,王士禛此前宗宋的时间至少也有二十年左右。

王士禛的宗宋在其诗论中也留有痕迹。如三十一岁时所写《戏效元遗山论诗绝句》:"耳食纷纷说开宝,几人眼见宋元诗。"五年后所写《冬日读唐宋金元诸家诗题后》:"一代高名孰主宾,中天坡(东坡)谷(山谷)两巉岣。"另据《池北偶谈》卷十八,王曾为朱彝尊选宋人绝句几十首,以显示宋诗并不比唐人差。宋人中他最崇尚的还是苏东坡,前面我们曾引过他在《古夫于亭杂录》中对钱谦益以华严经拟苏轼表示极大的赞赏,又在《冬日读唐宋金元诸家诗题后》中指出东坡山谷为耸立中天之巨峰。除此之外,他对苏轼乃至黄山谷还说过另外一些褒扬的话:

> 欧阳公见苏文忠公,自谓"老夫当放此人出一头地",盖非独古文也,唯诗亦然。文忠公七言长句之妙,自子美、退之后,一人而已。
>
> 苏文忠公凌踔千古,独心折山谷之诗,数效其体。前人之虚怀如此。后世腐儒乃谓山谷与东坡争名,何其陋耶!山谷虽脱胎于杜,顾其天姿之高,笔力之雄,自辟庭户。宋人作《江西宗派图》,极尊之,配食子美,要亦非山谷意也。①

胡应麟病苏黄古诗不为《十九首》、建安体,是欲

---

① 《带经堂诗话》卷四,人民文学出版社1982年版,95-96页。

继天马之足作辕下驹也。①

王士禛晚年好严羽《沧浪诗话》，而严书是反苏黄的，王此处对苏、黄二人的褒奖，一来说明王中年所受宋诗影响之大，另外也说明王论诗之取径也并非仅是王孟一路。在王为数众多的集子中，除苏最为其所喜外，其他像欧阳修、黄山谷、陆游等，也是他喜好的对象。此外他还常用"北宋大家"四字，说明宋人的诗在王的诗论中还是有一定位置。而这一情形的出现，与钱谦益及清初其他宗宋派的影响不无关系。

以康熙二十八年编成《唐贤三昧集》为标志，王士禛转向宗唐，在其后期的诗论中，对钱所深恶痛绝的《沧浪诗话》大加赞赏，对"妙悟"一说奉若尼山。同时他对钱谦益的一些论诗之语和诗学取向也多有批评，比较集中的一是对杜诗注本的意见，二是对《列朝诗集》去取的意见。比如：

> 千家注杜，如五臣注《选》；须溪评杜，如郭象注《庄》，此高识定论，虞山皆訾之，余所未解。②

对注杜注《庄》或注《选》，历来是见仁见智，钱、王理解之不同自然也在情理之中。但如考虑到王与钱师徒加知己的关系，这一变化就值得注意了。又《古夫于亭杂录》卷五论明诗选时提到《列朝诗集》：

> 弘、嘉间，虞山先生之论不足为据，当以陈（指陈子龙的《皇明诗选》）为正。③

王对钱的批评，除了对钱谦益、冯班有关《沧浪诗话》的纠谬反应过激外，其他诸如对《列朝诗集》的去取评骘，对钱氏注杜的评论，大多都是有道理的。王士禛对他既受惠于钱而又未能成为钱氏的忠实门徒，甚至最终走上与钱氏不同的道路，内心时

---

①② 《分甘馀话》卷四，中华书局1989年版，103页。
③ 《古夫于亭杂录》卷五"明诗选条自注"，中华书局1988年版，121页。

有不安：

> 钱牧斋撰《列朝诗》，大旨在尊李西涯，贬李空同、李沧溟，又因空同而及大复，因沧溟而及弇州，索垢指瘢，不遗余力。……予窃非之，偶著于此。牧斋于予有知己之感，顺治辛丑，序予《渔洋诗集》，有"代兴"之语，寄予五言古诗云："勿以独角麟，俪彼万牛毛"，今三十余年，先生墓木拱矣。予所以不敢傅会先生以诬前辈，亦欲为先生之诤臣云尔。①

王士禛的欲为"诤臣"，既是对自己不同于师道的开解，也表明自己"代兴"之意。事实上，王士禛在钱谦益之后，无论是诗的取径，对诗的本质内涵的体悟，在诗论的建树等方面，均在钱谦益之上，这是他未辜负钱对他的期望的地方。

自康熙中期以后，王士禛在诗坛的影响又持续了近五十年的时间。

四、小结

由以上所论可以看出，钱谦益的诗论非常庞杂，涉及多个方面，但又缺乏一个鲜明的可以一以贯之的理论，这就使得对他诗论的把握较为困难。尽管如此，我们也想尝试着对他的诗论进行一个大致的概括和总结。

先从他清理前代诗论来说。钱谦益对明人论诗基本上持否定态度，他批得最多的有三家，一是七子，二是竟陵，三是继承了严羽划分初盛中晚的高棅。对于公安派，钱谦益没有直接予以批评，但在实际上也有所修正。钱谦益对前代诗论的清理，当然首先是为了破除弊障，但破的本身，又是一个反刍的过程，一个综合的过程。比如他反对七子的摹唐，便有了宗宋的想法。他反对

---

① 《带经堂诗话》卷二，人民文学出版社1982年版，62页。

竟陵的幽深孤峭，便有了元白长卿的清丽。他反对严羽、高棅，便提出唐人也有多种。这就是在破中的反刍和综合。通过破，一方面提出了反向的思路，一方面也有吸收和修正。比如对复古，钱深表厌恶，但对古的东西钱并不是一概不要，相反他进一步提出要学古，只不过他修正了复古的对象，七子要复的是秦汉文、汉魏六朝盛唐诗，钱则与他同时代的人一样，将学古的对象转为古代经典学问，经史百家。这就是吸收和修正。所以，对钱的破要辩证看待，注意到他的破中之立。

从立论和对后世影响的方面说，虽然钱谦益缺乏一个一以贯之的理论，而且倾注的精力似乎也没有他清理前代诗论所用的多。但若就其对清代诗坛的影响方面说，他在诗的取向上，在对诗体本质的论述上，也还是有一些值得注意的地方。首先是他的宗宋，这是一个对清初诗坛影响极大且又复杂的问题。除了冯武在《二冯评阅〈才调集〉凡例》中提到过钱曾说"即看宋人也好"的话之外，钱本人没有更为明确的提倡宗宋的话，但他论诗多次说过取径于眉山剑南之间，再加上又屡屡反对严羽、高棅、七子的宗唐，所以给人的印象似乎是钱只喜欢宋诗，反对或说是不喜唐诗。但这是一种误解，事实上，钱对唐诗是崇仰的，前面我们说过，钱对唐人中的少陵、元、白、长卿数人是颇为推崇的，只不过人们多注意他所说的取径于眉山剑南之间，而相对忽略了他对唐人的态度。在这个方面，钱谦益的态度实际上是宗宋而不诎唐，这是他综合反刍前人论诗的结果。其次，钱谦益论学殖与儒者之诗的言论，对清代诗学走向而言，具有前瞻性。他对经史百家的重视，对学人修养的强调，与其后清诗的走向是一致的。在这个方面，我们看到了诗人的性灵与学人学识的融合，它也可以说是明末以来公安派与其后兴起的古典主义趣味在钱谦益身上相结合的产物。第三，钱晚年诗说还有一个值得提出的是他对温柔敦厚诗教的多次强调，这一提法本身并没有多少理论价值,但作为一个文坛宗师芜杂的诗论体系中的一支,它与后来沈德潜论诗持温厚之说,以比兴论诗,不能说一点关系也没有。

平心而论,钱谦益的诗论在理论上说不上有太多的独创性,也缺乏严整的体系。但他在论诗的过程中话题很多,论说到方方面面,又能综合各家诗说的内容,再加上他文坛盟主的地位,所以他死后反倒有不少诗派或诗说能和他挂上钩,包括宋诗派、晚唐派、浙派、格调派、学人诗派,等等。这种影响力本身,大概就是他的价值所在。

● 附集评

瞿式耜:

先生之诗,以杜、韩为宗,而出入于香山、樊川、松陵,以迄东坡、放翁、遗山诸家。

《牧斋先生初学集目录后序》,《初学集》卷首,上海古籍出版社1985年版。

朱鹤龄:

忆先生昔年枉顾荒庐,每谈虞山公文章著作之盛,推重谣诼,不啻义山之叹韩碑。

《清诗纪事》顺治卷,江苏古籍出版社1987年版。

顾炎武:

宁人向山云:今日文章之事,当推天生为宗主,历叙司此任者,至牧斋,牧斋死而江南无人胜此矣。

傅山《为李天生所作十首》之八自注,《霜红龛集》卷九,山西人民影印丁宝铨本。

凌凤翔:

窃惟宗伯诗,适当诗派中衰之际,实开熙朝风气之先。……牧斋宗伯起而振之，而诗家翕然宗之，天下靡然从风，一归于正。

《初学集序》，《初学集》附录，上海古籍出版社1985年版。

冯班：

钱牧斋教人作诗惟要识变，余得此论，自是读古人诗，更无所疑。读破万卷，则知变矣。钱牧斋学元裕之，不啻过之。每称宋、元人，矫王、李之失也。

《钝吟杂录》，《清诗纪事》，江苏古籍出版社1987年版。

邓汉仪：

忆丙申冬，予宿半塘舫轩，虞山则舟泊桥下，侵晓招予入舟，以手评拙稿相示。因谓予曰：昨东游友人，赠诗盈数尺，总无一字。予问故，虞山曰：只是中间无一意思尔。固知近日学大樽者均坐此病。

《诗观初集》，《清诗纪事》，江苏古籍出版社1987年版。

宋荦：

唐以后诗派，历宋元明至今，略可指数。……本朝初又变于钱谦益。

《漫堂说诗》，清诗话本，上海古籍出版社1978年版。

乔亿：

明诗屡变，咸宗六代、三唐，固多伪体，亦有正声。自钱受之力诋弘正诸公，始缵宋人馀绪，诸诗老继之，皆名唐而实宋，此风气一大变也。

《剑溪说诗》卷下，清诗话续编本，上海古籍出版社1983年版。

观钱受之诗，则知本朝诸公体制所自出。

《剑溪说诗》卷下，清诗话续编本，上海古籍出版社1983年版。

沈德潜：

尚书天资过人，学殖鸿博。论诗称扬乐天、东坡、放翁诸公，而明代如李、何、王、李，概挥斥之。馀如二袁、钟、谭，在不足比数之列。一时帖耳推服，百年以后，流风馀韵犹足聋人也。生平著述大约轻经籍而重内典，弃正史而取稗官，金银铜铁不妨合为一炉。至六十以后颓然自放矣。向尊之者，几谓上掩古人；而今日薄之者，又谓澌灭唐风，贬之太甚，均非公论。至前为党魁，后逃禅悦，读其诗者应共悲之。

《国朝诗别裁集》卷一，上海古籍影印清乾隆教忠堂本。

朱庭珍：

国初江左三家，钱、吴、龚并称于世。岭南三家，屈、梁、陈亦齐名当代。然江左以牧斋为冠，梅村次之，芝麓非二家匹。……生平持论，多偏而且苛，又阿好推崇程孟阳，是仍党同伐异之私。况既臣事熙朝，复敢以诗文讪上，致干禁令，遂少嗣音。

《筱园诗话》卷二，清诗话续编本，上海古籍出版社 1983 年版。

王士禛：

钱牧翁撰《列朝诗》，大旨在尊李西涯，贬李空同、李沧溟，又因空同而及大复，因沧溟而及弇州，索垢指瘢，不遗余力。……予窃非之，偶著于此。牧斋于予有知己之感，顺治辛丑，序予《渔洋诗集》，有"代兴"之语，寄予五言古诗云："勿以独角麟，俪彼万牛毛"，今三十余年，先生墓木拱矣。予所以不敢傅会先生以诬前辈者，亦欲为先生之诤臣云尔。

《带经堂诗话》卷二，人民文学出版社 1982 年版。

严沧浪《诗话》借禅喻诗，归于妙悟。如谓盛唐诸家诗，如镜中之花，水中之月，镜中之象，如羚羊挂角，无迹可求，乃不易之论。而钱牧斋驳之，冯班《钝吟杂录》因极排诋，皆非也。

《带经堂诗话》卷二，人民文学出版社 1982 年版。

陈衍：

渔洋则全由钱牧斋延誉增重，既为其诗集作序，又赠长句。……牧斋党同伐异，极诋竟陵，故盛奖冯定远及渔洋以敌之。渔洋笔记、诗话，屡举以夸示于人，又复位尊年高，门弟子众，所谓横山门下尚有诗人者，沈归愚德潜受业吴江,叶氏为渔洋再传弟子。

《石遗室诗话》卷一,民国四年上海广益书局石印本。

钱牧斋之笺杜,虽訾之者谓其非君子之言,然已十得七八。

《石遗室诗话》卷三,民国四年上海广益书局石印本。

余尝论玉溪末流,有咏史之作,专摭本传事实,若一首论赞者,西公昆诸是也。有专事摘艳薰香、托于芬芳悱恻者,《初学》、《有学》二集是也。

《石遗室诗话》卷七,民国四年上海广益书局石印本。。

陈寅恪:

牧斋之降清,乃其一生污点。但亦由其素性怯懦,迫于时势所使然。若谓其必须始终心悦诚服,则甚不近情理。夫牧斋所践之土,乃禹贡九州相承之土,所茹之毛,非女真八部所种之毛。

《柳如是别传》,上海古籍出版社1980年版。

● 附录一

乘时鼓运　兴复古学
——复社张溥的诗文理论

一、由"七录斋"到复社领袖

张溥，字天如，太仓人，生于明神宗万历三十年（1602），卒于思宗崇祯十四年（1641）。幼嗜学，所读书必手抄，抄毕读一过即焚之，又抄，如是者六七次始已，是故名其斋曰"七录斋"。又陆世仪《复社纪略》记载张溥少嗜学的情形十分动人："乃刻苦读书，无分昼夜，尝雪夜已就寝，复兴，露顶坐而晓，因鼻血。"时三吴文社人人自泫，张溥独与同里张采交，时号"娄东二张"。张溥初为文学唐樊宗师、刘知几，试皆下等，后与采拜金沙周钟，共切此道，改习经史，试必高等。天启四年与周等成立应社，天启七年改为广应社，参加者除三人外，另有苏州杨廷枢、松江陈子龙等共七人，张溥亲为应社凡例，并于同年率众驱逐阉党顾秉谦等，声名大振。崇祯元年（1628）溥以选贡生入都，时采方成进士，两人在京又主北应社，享誉京华。不久张任临川知县，溥归家，同年溥编选《表经》，声名压过八股高手艾南英，引起论争，参加论争者除艾南英、张溥外，还有周钟、陈子龙等人。崇祯二年，溥与郡中孙淳（孟朴）等人以兴复古学相号召，筹立复社，是年的尹山大会，合并各地大小文社，正式命名为复社，并选编《复社国表》，成一时之盛。其后两年,张溥奖掖社中后进不遗余力,从学者争称弟子。崇祯四年(1631)成进士,改庶吉士,交友日广。自谓"吾以嗣东林也",执政大僚由是恶之。时温体仁主阁,专与东林党作对,溥在翰林院,数次与温有冲突。崇祯十年温体仁罢任,但继任者薛国观仍承温衣钵,张心已大伤,社盟也渐少。崇祯十四年周延儒入阁,复社处境稍好,周钟、徐孚远等被推为新盟主。溥于是年暴病而卒,海内会葬者万人。溥诗文敏捷,逢人索文,不起草而立就,著有《七录斋诗文合集》十六卷;另有《汉魏六朝三百名家集》、《元文类删》及多种经史著作传世。

二、兴复古学

张溥的文学思想以兴复古学为核心,无论他论八股制义,还是一般古文,抑或论诗,均以古学复兴为己任。《文用昭稿序》指出当时吴下士子间已流行尊经慕古的风气,但说之者多,做之者少:"予间语伯祥,十数年来,人士尊经慕古风气甚盛,若言始事,晨星有叹,相与唱呼者,豫章吴下数子尔。"① 所以他很愿意做这样的组织推动工作,组织成立应社就是为了这样的宗旨。早在应社成立之初,张溥就提出了尊经复古的口号,他在《五经征文序》中说:"应社之始立也,所以志于尊经复古者,盖其志也。"②

其后复社的成立,也抱着同一目的:

> 自世教衰,士子不通经术,但剽耳绘目,几幸弋获于有司,登明堂不能致君,长郡邑不知泽民,人才日

---

① 《七录斋诗文合集》,古文近稿卷之一,续修四库全书影印明崇祯刻本,上海古籍出版社。

② 《七录斋诗文合集》,古文存稿卷之三,续修四库全书影印明崇祯刻本,上海古籍出版社。

下，吏治日偷，皆由于此。溥不度德，不量力，期与四方多士，共兴复古学，将使异日者，务为有用，因名曰复社。①

对古学，亦即对古经、古史、古诗、古文的重视，是张溥思想的一个非常重要的特征。张溥对兴复古学的重视有一个变化的过程，他"少嗜秦、汉文字"（《汉魏六朝百三家集序》），相信是受七子风气的影响，青年时期为应制又习唐樊宗师、刘知几文，但每试不中，后受金沙周钟介生的影响才改习古人经史，试必中高等，遂一心学古。说明张溥对古学的兴趣是伴随着科考而来的，这对他以后的思想有较大影响，他后来主张以古文为时文，主张融铸经史，实际上就是把应制的体会延伸到了一般的文学观念上。所以无论是谈古文，讲时文，还是论诗，都表现出他对古学的重视。如《程墨表经序》中说："夫好奇则必知古，知古则必知经。"② 将古学、经学视为时文的基础；而他在《元文类删序》中，则对元文能在"夷狄之世"仍有"中国之文"感到惊奇，并以为这全与元文能近守程、朱、《诗》、《书》、六艺之言有关，所以倡导学者致力于前代经史③，认为经史乃学者的根柢，为文的根本。

有意思的是，张溥由科考出身，他生平所为，相当多的精力也是用以辅助青年士子应举成业，在其《七录斋诗文合集》中，除去自做诗的部分，其余约有半数的篇幅是为南北举子的社选、社稿、表经、馆课等应制习作所做的序文或相关的文字。但在这些文章中，表现出他对当时的科考时文颇为不满，《房书艺文

---

① 陆世仪《复社纪略》卷一，中国内乱外祸丛书第十册，上海神州国光社1936年版。
② 《七录斋诗文合集》，古文存稿卷之五，续修四库全书影印明崇祯刻本，上海古籍出版社。
③ 见明崇祯刊本《元文类删》弁首。

志》云:"予素不乐观时文,近益复畏之。以文质难者,读未尽三四义,辄欠伸欲睡。是以年来房书社文之选概屏不为。"① 不满的原因在于他认为这些文字大多习一经而舍四经,不能明经义:

> 经学之不言久矣。……(今之人)且习一经而舍其四经,忘远图而守近意,亦云已矣。即一经之说多有未举,将若之何?予尝恻然于斯,求其变之所始。圣贤之路绝而不通,皆由时文之道壅也。乐于为时(文)者,禁其聪明之于便近,毕其生平之能以应有司,经文之效不显于世,则相与苟为利而已。……天下眩瞀之流,闭于一经,不知所向。②

而时文之不能参合古文,也是引致他不满的另一个原因。《陈大士古文稿序》云:"古文之道,与时艺相上下,盛衰之衡,因人所好,作者不能自由,然物候既至,理有恒贵。"③ 他认为,时文要达至一个高的水平,必须参考古文的做法,这就是"古文之道,与时艺相上下"的意思。又《小题觚序》:"是以天道弗更,而书策代变。谓古日不必热于今日,古月不必清于今月,可也。谓古文字不必美于今文字则非。"④ 所以他非常主张习时艺者应兼习古文辞,几社诸子于云间的经验为他所重视:"读之,体不一名,折衷者广。大都赋本相如,骚原屈子,乐府古歌谣汉

---

① 《七录斋诗文合集》,古文近稿卷之一,续修四库全书影印明崇祯刻本,上海古籍出版社。
② 《易文观通序》,《七录斋诗文合集》,古文存稿卷之五,续修四库全书影印明崇祯刻本,上海古籍出版社。
③ 《七录斋诗文合集》,古文近稿卷之二,续修四库全书影印明崇祯刻本,上海古籍出版社。
④ 《七录斋诗文合集》,古文存稿卷之四,续修四库全书影印明崇祯刻本,上海古籍出版社。

魏五七律,断由三唐,赞序班范,诔铭张蔡,论学韩愈,记仿宗元。"① 在他看来,对古文辞的修习自然有助于时艺文的长进。

又《诗经应社序》:

> 应社之始立也,盖其难哉,成于数人之志而后渐广以天下之意。……尝观其文,而即知其之无伪,则定社之大指也。然而此数人者未尝一日忘古人也,慨时文之盛兴,虑圣教之将绝,则取所习之经,列其大义,聚前者之说求其是以训乎俗。②

兴复古学,一方面可以用古文之法济时文,另一方面张溥也"慨时文之盛兴,虑圣教之将绝",担心士子为了时文而忘却古文。

对兴复古学的重视,除了对科举时文不满的原因外,还与张溥对明中期以来的空疏讲学之风失望有关,张溥曾说:

> 经学之不明,讲说害之也。予心恻焉,意欲废讲说而专存经解。……夫注传之学盛于汉,疏义之学盛于唐,南宋以后道学盛兴,注疏稍屈。……成弘以来,学者尊尚《大全》,兼通注疏,等为闲书。久而讲说滋烦,人便剽记,沦弃《大全》亦复不论。是故道隆而隆,道污而污。③

在张溥的倡导下,复社领导层诸成员分工负责,对下属研习五经进行指导。据朱彝尊《静志居诗话》,复社主要成员在主持经学的研习上各有分工,杨彝、顾梦麟主《诗》;杨廷枢、钱栴主

---

① 《云间几社诗文选序》,古文近稿卷之一,续修四库全书影印明崇祯刻本,上海古籍出版社。

② 《七录斋诗文合集》,古文存稿卷之五,续修四库全书影印明崇祯刻本,上海古籍出版社。

③ 《五经注疏大全合纂序》,《七录斋诗文合集》古文近稿卷之二,续修四库全书影印明崇祯刻本,上海古籍出版社。

《书》；张采、王启荣主《礼》；张溥、朱隗主《易》；周铨、周钟主《春秋》。这一分工的记载，也见于张溥的《五经征文序》，这种在民间发起的对古代经学的群体性研修虽说是以应制为目的，但其规模和组织仍是引人注目的。

对古史学，张溥同样倾注了相当多的精力。张采曾说溥对"古今载记，无不泛滥辞章，考厥故实"，著有《通鉴纪事本末论正》、《宋史纪事本末论正》、《元史纪事本末论正》、《宋史论》、《元史论》、《历代史论》等多种史论著作。除了自己著述外，张溥还对复社成员的史烽整理和研究予以支持，陈子龙编辑《明经世文编》，复社同仁即为之搜集各类文集千余种，有力地资助了陈子龙完成这部享有盛誉的传世著作。由于张溥的倡导，"列郡人文，一时风尚，口谈朝事，案置《汉书》"①。形成了一时的风气。

由于张溥身为复社领袖，所以他的思想对复社成员，甚至对晚明学术都产生了重要影响。明末清初出现了众多的经史大家如阎若璩、方以智、黄宗羲、顾炎武等，与复社领袖的倡导不无关系，尤其值得我们注意的是，方、黄、顾三人本身就是复社中人。

在复社成员形成研习古代经史的风气之前，竟陵钟、谭已表现出对经史等古学的重视，尤其是钟惺对经史的兴趣甚浓，他对史部的评点尽管受到清人的种种责难，但无疑表露出了晚明文人在对王学厌倦之后，又重返古学的征兆。张溥对古学的兴趣，与钟、谭二人应有一脉相承之处，二者都有时代氛围和文学观念变迁的背景。十七世纪前半期，王学及其在文学上的响应者公安派的主张已渐渐失去了市场，其浮浅油滑与学无根柢的弊端也渐渐显露，所以在诗界，已有竟陵派注意到了这一情况，钟、谭二人所谓续接古人之真精神的提法，实际上就是对公安后学的修正。他们在强调真精神的同时，也不失时机地提出了学古的问题。应

---

① 《静志居诗话》卷十九张溥条，人民文学出版社1998年排印本，574页。

该说,张溥及其复社同人兴复古学的主张,与此前竟陵派的学古实际上是一致的。我们虽然不能说复社的兴复古学是源自于竟陵,但从竟陵与复社乃至几社中人都以学古相号召的情况来看,就不能简单地认为这是前后七子思想的死灰复燃,它起码表现出古学的复兴在此时已成为一种时尚。

在本书的有关竟陵派及文社诸子的相关章节中,我们论述了从竟陵的学古,到复社、几社的兴复古学,再到由明入清的不少学者对陆王狂禅的反思中对实学古学的认同,大路椎轮,其间形成了一条清晰的轨迹。在这个层面上,我们可以说从竟陵、复社开始,已经开启了其后乃至整个清代尚实崇古的学术风气。因此,如单就学古而言,在理论上不算新鲜,也说不上有很高的价值,但若放在由明入清学术风气的转移上,张溥等人有关兴复古学的主张,就有了理论坐标的意义。

古学一方面是古文辞之学,另一方面,在晚明文人心目中,它也是一种"实学",一种经世致用之学,复社中人有着强烈的参政意识,这与他们对古学的追逐是一致的。"复社诸君,多以文章经济自负,韵语不甚专心。"[①] 就多少表明了这样一种情况,如再联系复社成员同心协力帮助陈子龙编辑《明经世文编》,这一倾向就更为明显了。

三、《汉魏百三家集题辞》与知人论世

张溥自称不懂诗,曾说:"学诗非予所能也。"(《宋九青诗序》)但这不妨碍他对诗发表意见,而且张溥在诗的收集整理方面也付出过相当大的精力,他编选有《汉魏六朝百三家集》,写过多篇诗序,对诗发表过一些有价值的意见。

对于诗,张溥也表现出对古诗传统的重视,在他撰写的若干

---

① 《静志居诗话》卷二十一,人民文学出版社1998年排印本,663页。

篇诗序中,以诗三百及楚辞为最高成就,曾言:

> 经解不云乎?温柔敦厚而不愚,深于诗者也。解诗而愚者,汉以下俱是也。求之作者,其失弥甚,以予观之,三百篇之后,作诗而不愚者,独屈大夫原耳。下此拘音病者愚于法;工体貌者愚于理;唐人之失,愚而野;宋人之失,愚而谚。愚而野,才士所或累也,愚而谚,虽儒者不免焉。夫谚可以为诗,则天下无非诗人矣。是以诗道大穷以至于今。①

张溥在文中将诗三百及楚辞推至最高,而将屈原以下历代诗作视为"愚",或愚于法,或愚于理,或愚而野,或愚而谚,表现出了迂腐的观念及一代不如一代的保守性。但张溥在诗的观念上是否真的如此迂腐呢?我们还不能就此下简单的结论,还要结合他的其他文字综合来看。如果按照张溥上述文字的意见,张溥指屈原以下的文人均失之于愚,那么他便无须再顾及屈原以下的历代文人诗作。但事实又不是如此,张编选过《汉魏六朝百三家集》,于每一家都写有题辞,文中不乏赞扬之词,而且在此集的叙言中说起:"千余年间,文士辈出,彬彬极盛。"可见他并不一概反对屈原以下的历代诗人。而就彼时之文学现状,张溥也表现出一定的与时共进的倾向。崇祯年间,不少正统的文人对竟陵派持否定态度,批评者众多,但张溥对之却表现出宽容的一面,在《张草臣诗序》中,他高度评价竟陵后学张草臣的诗,以为"今以草臣之诗,苍远深厚,灵朴幽越,极命作者,必为竟陵之所尊尚,而即以其名将所谓古诗十九首与夫唐山夫人庐江小吏诸作登竟陵之选者,皆名之竟陵可乎?然而穷流测源,竟陵之功要

---

① 《宋九青诗序》,《七录斋诗文合集》古文近稿卷之四,续修四库全书影印明崇祯刻本,上海古籍出版社。

不可诬也"①。并对竟陵之功也给予中肯的评价,说明他虽然以兴复古学为己任,推崇诗三百及屈原,但也并不完全否定后世的作者。

张溥在《汉魏六朝百三家集》的编辑序言中对汉至唐前的历代诗作有这样的评价:

> 两京风雅,光并日月。……魏虽改元,承流未远。晋尚清微,宋矜新巧。南齐雅丽擅长,萧梁英华迈俗。总言其概:椎轮大路,不废雕几;月露风云,无伤骨气;江左名流,得与汉朝大手同立天地者,未有不先质后文,吐华含实者也。人但厌陈季之浮薄而毁颜、谢,恶周、隋之骈而罪徐、庾,此数家者,斯文俱在,岂肯为后人受过哉?②

对诸家诗作有着精准的把握,对被人诟病的南朝诗也有相当中肯的评价。说明其文学观念并非如《宋九青诗序》中所表现出的那般保守。张溥所编辑的《汉魏六朝百三家集》除了有网罗文献之功外,其对各家所撰写的题辞,也足珍贵。其中对各家诗的评论有相当多的独到之见,值得认真揣摩。所表现出的一些文学研究的方法和理论,比如由作家的身世运命研究文学现象的方法,对人品决定文品现象的描述,以及古与今的相合与相离的辩证关系的论述等,也是非常有价值的诗学理论,值得我们重视和研究。

自孟子提出"知人论世"以来,古代的文学研究家都重视研究对象的生平史料,正史文苑传及各类书志目录中都不同程度

---

① 《七录斋诗文合集》,古文存稿卷之三,续修四库全书影印明崇祯刻本,上海古籍出版社。

② 《汉魏六朝百三家集题辞注·原叙》,人民文学出版社1981年版,314页。以下所引此书均出此版本,不另注。

地涉及人物的传记生平,更有众多的野史笔记、纪事本末、诗话文话、词话等对研究对象的生平予以收录登载,对研究一定时期的文学现象和一定的作家作品提供了很好的帮助。但不可否认的是,这些材料多是散见的,丰富而不够集中。清代开始出现的专门诗话,如王士禛的《渔洋杜诗话》、潘德舆的《李杜诗话》、陈廷敬的《杜诗律话》、施鸿保的《读杜诗说》等,研究对象及材料虽然集中,解决了这方面的问题,但它们又都是专题性的或是个人化的,不易既显示出个人的情况,又反映出整体的线索。在这方面,张溥的《汉魏六朝百三家集》就显出了优势,这部集子除了选录作品外,每家集前均有题辞,从体制上说,它单个看是作家作品论,联系起来看仿如一部文学史。此外,题辞的内容一般是依据史料,再结合作者的生平、作品,借以知人论世。有时还兼采前人的评论资料,排比斟酌,以显优劣,进而确定某位作者的成就或地位。

《汉魏六朝百三家集》中,这类知人论世的研究方法比比皆是,姑举两例以见一斑。先看论屈原、贾谊的一段:

> 屈原为楚怀王左徒,入议国事,出对诸侯,深见信任。贾生年二十余,吴廷尉言于汉文帝,一岁中,超迁至大中大夫。此两人者,始何尝不遇哉,谗积忌行,欲生无所,比古之怀才老死,终身不得见人主者,怨伤更甚。即汉大臣若绛灌东阳数短贾生,亦武夫天性,不便文学,未必谮人罔极,如上官子兰也。太史公传而同之,悼彼短命,无异沉江,汉廷公卿莫能材贾生而用也。蔽于不知,犹楚谮人耳!贾生《治安策》,无过减封爵,重本业,教太子,礼大臣数者,于天子甚忠敬,于大臣无不利也。怒之深而远之疾,何为乎?《史记》不载《疏》、《策》,班固始条列之,世谓于贾生有功。然身既疏退,哭泣而死,焉用文为?太史公阙而不录,

其哀生者深也!……骚赋词清而理哀,其宋玉景差之徒
乎!西汉文字,莫大于是,非贾生其谁哉!

(《贾长沙集》题辞)

上引这段文字系《百三家集》题辞的首篇,在这段文字中,包括了这样几个方面的内容:一是将贾谊与屈原作比,说明二人均为少年得志者,但唯其少年得志,遭逸人毁谤,其哀怨更甚于终老而怀才不遇者,故二人之怨深;二是借贾谊材不能尽用,公卿蔽于不知,说明公卿之昏庸与楚逸人无异;三是对贾谊的忠敬反遭不幸鸣冤叫屈;四是由《史记》、《汉书》对贾谊作品的不同处理,说明太史公的"阙而不录"是哀生者深也;五是通过对贾谊作品风格特征的描述、源流的溯洄,最后评定了他在西汉文字中的地位。从文中看,张溥并不是一般地采用纵向的形式叙述贾谊的生平和作品,而是有重点地选择其生平中最具特征的部分,并结合其思想、公卿用人的蒙蔽、死后史家的不同意见,一一予以辨析,视野较为开阔,眼光也颇为独特,有一些观点能发前人所未发,如说屈贾二人之怨,深于一般的怀才不遇者;再如批评公卿蔽于不知与逸人无异,均使人听来新鲜。这些看法并不以其新鲜而使人觉得一心求异,而是颇具"理解之同情",能"于史中求史识",所有这些,均得益于作者对史料的熟悉和眼光的敏锐。相类的例子还见于《陈后主集》题辞:

世言陈后主轻薄最甚者,莫如《黄鹂留》、《玉树后庭花》、《金钗两鬓垂》等曲,今曲不尽传,惟见《玉树》一篇,寥落寡致,不堪男女唱和,即歌之,亦未极哀也。史称后主标德储官,继业允望,遵故典,弘六艺,金马石渠,稽古云集,梯山航海,朝贡岁至,辞虽夸诩,审其平日,固与郁林东昏殊趋矣。临春三阁,遍居丽人,奇树夭花,往来相望,学士狎客,主盟文坛,新诗方奏,千女学歌,辞采风流,官家未有。梁朝

羊祖忻豪侈善音，姬妾数百，穷妙歌舞，终日宾游，同其醉醒，初不闻以此贬德。使后主生当太平，次为诸王，步竟陵之文藻，贱临川之黩货，开馆读书，不失令誉。即假列通侯世阀，鱼弘羊侃数辈，亦扫门不及。乃系以大宝，困之万几，岂所堪乎？鹤不能亡国，而国君不可好鹤，后主盖与卫懿公同类而悲矣。汉武《李夫人歌》与《落叶哀蝉曲》，忧伤过于后代，而四夷威服。陈主词非绝淫，亡且忽焉，哀而不起者，在声音之间乎？非独篇章而已也。诏命书铭，秋冬气多，即作者亦不自知日暮矣。

我们不厌其烦地抄录了题辞的全文，是因为这段文字颇有创见。陈后主《玉树后庭花》在后世所得恶谥甚多，或以为亡国之音，或以为靡靡之音，或以为色情文学，或以为宫廷文学，相较之下，张溥这段题辞说得更为平实，更为在理。他认为，让陈后主承担《玉树后庭花》导致亡国的恶名是不公平的，因为《玉树》一篇"寥落寡致，不堪男女唱和，即歌之，亦未极哀也"。而且陈主词非绝淫，国家之哀而不起，也不在于声音之间，就是当时的诏命书铭，也充满"秋冬之气"，所以单指陈后主以哀音亡国是不公平的，这是为陈后主身背恶名而辩诬。他还认为，陈后主雅好诗文，主盟文坛，辞采风流，为官家所无，值得肯定。世人的偏见在于认为身为君王者不能好文，正如卫懿公不能喜欢并不能亡国的鹤一样，所以说"后主盖与卫懿公同类而悲矣"；假如陈后主生当太平，或只是诸王，他可能还会因为雅好诗章而像竟陵王一样赢得令誉。张溥的这些看法，与一般严守儒家诗教者有明显不同，他为陈后主的辩诬，在其不能因写《玉树后庭花》而背上亡国罪名这一点上，无疑是正确且能切中要害的。至于陈后主是不是一个有道的明君，当然是又一个话题了。

从上面两个例子我们发现，张溥对过往的作家、作品，或是某种文学现象,往往能不为陈见束缚,他联系作家的生平身世,结合具体的历史现象和史料,在论文析辞时注意知人论世,于知人论世中论文析辞,这一对待研究对象的态度和方法,很值得我们重视。他对陶渊明诗的评论也一以贯之,弥足珍贵:

> 古来咏陶之作,惟颜清臣称最相知,谓其公相子孙,北窗高卧,永初以后,题诗甲子,志犹"张良思报韩,龚胜耻事新"也。思深哉!非清臣孰能为此言乎!吴幼清亦云:"元亮述酒荆轲等作,欲为汉相孔明而无其资。"呜呼!此亦知陶者,其遭时何相似也!君臣大义,蒙难愈明,仕则为清臣,不仕则为元亮。

历来对陶诗的评价,多重其闲淡飘逸,朱熹虽曾指出其金刚怒目的一面,但在传统诗说中并不占上风。张溥此处借吴幼清、颜清臣语进一步说明陶诗的用世处和不平之气,则在朱说的基础上更进一层。在《汉魏六朝百三家集》中,张溥的此类用语比比皆是,如说谢惠连"一生坎坷所由"(《谢法曹集》);王增儒"忧患之余,文辞危恻"(《王左丞集》);又以阮、嵇的生平行事印证刘勰所评"嵇词清峻,阮旨遥深",加深了人们对阮、嵇诗文的认识。

在古与今的问题上,张溥往往也能有持平之论。他评董仲舒文集《膠西集》时说:

> 凡人轻今贵古,贤者不免,太史公与董生并游武帝朝,或心易(轻)之。孟坚后生,本先儒之说,推崇前辈,则有叩头户下耳。

张溥认为司马迁轻今而班固崇古,文中对二人轻今崇古的原因分析的也许不甚准确,但在理论上倡导贵古而不轻今的指导思想无疑是正确的。张溥虽然主张兴复古学,对明中叶以后的时文只知剽耳绘目不满,但他并不认为今人就一定不如古人,在《王左丞集》中他肯定"新声代变";在《杜征南集》中隐刺

"通世变以就古人",赞赏《檀弓》变礼,不辞作俑;《陆平原集》中也批评时人"轻今贱目,非深知平原者也"。这些评语从不同侧面反映了张溥贵古而不轻今的思想,在晚明复古思潮再兴之际,保持如此清醒的头脑,是难能可贵的。

总而言之,张溥虽然不是一个很出色的诗文研究者,但作为一个在晚明卓有影响的社团组织者和文人,他的思想却有着一定的坐标的意义。他论古文、时文,讲究兴复古学,重视经学研究,代表的不仅仅是他一人的思想,而且也彰显出吴中文社这一阶层士子的思想和文章观,因而具有一定的典型性和普遍性。从张溥的诗论来看,他也不是一个精通于诗道的人,但他在《汉魏六朝百三家集题辞》中所运用的通过研究作家生平来考察其诗作的"知人论世"的方法和注重源渊师承的研究思路,与一般的摘句品鉴,斤斤于声律句法的诗评家相比,更具有科学的精神,也与晚明以来诗评的学术性的逐步加强相一致。在这个意义上说,张溥的诗文理论就有了值得探讨的价值。

附录二

从元和诗体到宋体
——许学夷的宋诗观

在明代复古派的诗论家中,许学夷是一个长期被低估的人,据中国学术期刊网,自 1994 年以来,在大陆出版的期刊中仅有两篇专论的文章,其中一篇是谈许氏《诗源辩体》的写作背景,一篇是研究《诗源辩体》中许氏对杜诗的评论。多年来未见有相关的专著出版,唯在袁震宇、刘明今所撰《明代文学批评史》中,附在胡应麟之后有一专节介绍许学夷的诗学思想,是迄今大陆公开出版物中最为系统及专门的一种。此外,中山大学 2000 年硕士论文《许学夷诗论研究》(杨拂玄著),对许氏思想进行了较全面的综合分析。但那篇文章仍是较为初步的综合研究,许氏著作中的不少有价值的批评和理论未有发掘出来。所以对《诗源辩体》,仍需要进一步的更为深入的探讨。

许学夷,字伯清,明南直隶江阴(今属江苏)人,生于嘉靖四十二年(1563),卒于崇祯六年(1633)。他一生未有功名,隐居家乡,以文史著述为务。同乡恽应翼在许氏卒后撰有《许伯清传》,指许伯清"性疏略,不治边幅,不理生产,杜门绝轨,惟文史是绁。尝删辑《左传》、《国语》、《国策》、《太史》诸书,手录参订,计数百卷,十年而功始毕。少学诗,《三百篇》、《楚骚》、古今诸诗,靡不探索而溯其源。既而作《诗源辩体》,历四十年,十二易稿,业乃就"。在中国文学批评史上,历四十年时间所成之书当以许著为唯一,虽然不能说撰写时间长就一定水平高,但许氏这部以辨析历代诗歌体制风格为主要内容的著作确实是学有专长,见有卓识的专论诗艺的著作。其中对历代诗歌的源流正变、对各体诗的体制特征、风格及各家诗人诗作的评析,均有较深入的看法。对许学夷,以往学界似乎有这样一种认识,即许学夷是明代中后期七子复古派的后继者,其诗学思想主要承继前后七子,诗以汉魏盛唐为宗,没有太多的创见。这一认识,从总体上说没有大的问题,许氏确实是明代复古主义思潮中成长起来的诗论家,他的诗学倾向无疑是以古典主义诗论为基本取向。但这里还有几个问题需要说明,一是复古派诗论本身也有相当的价值,近年来学术界对明代复古派诗论的研究中已印证了这一点;二是复古派诗论所关注的问题点较多,不能仅以"文必秦汉,诗必盛唐"这样简单的话语来囊括。复古派的诗论家大多奉南宋严羽的《沧浪诗话》为圭臬,以师法参悟为习诗的基本途径,为了便于士子妙悟前代优秀的诗艺,他们首先便要悉心揣摩前人诗作的诗体诗法。应该说,明代复古派对历代诗体的辨析,尤其是对汉魏古诗及唐诗的诗歌艺术的研究,达到了前所未有的高度。这为许学夷的诗体研究和《诗源辩体》的撰写提供了一个较高的学术平台,也使得《诗源辩体》得以站在当时诗歌艺术研究的前沿。从《诗源辩体》一书来看,许学夷对前代诗论家最为服膺的有三人:一是严羽,二是王世贞,三是胡应麟。这三位许学夷的诗学前辈有一个共性,就是对历代诗歌体制有着共同的兴趣,对诗体本身的源流正变、诗体风格的辨析及对各家诗风差异,有着较为集中的探讨。许学夷的《诗学辩体》,就是在这一基础上,对历代诗体、诗艺的一种更为细化的研究。

在已发表或出版的有关许氏的研究著作中,较多地关注了《诗源辩体》的一些大的理论架构,如详述历代诗体的源流正变及对历代诗体发展的分期等,这自然是许氏这部著作的精华所在。但除了这些"大关节"之外,我以为许学夷在一些具体的"小结裹"里,更有一些前人未能揭示,或言之不详的新见解。其中一点就是本文所要研靠的许氏有关宋诗体制风格来源的问题,许学夷特别地注意了中唐时期元和体与宋诗及宋诗人的关系,并一再强调元和诗人开创了宋诗的格调。这一点,在许学夷之前的诗论家中,严羽曾谈到元和时期的白居易、韩愈对宋诗人的影响,但在他提及的对宋诗有影响的唐诗人中还有韦应物和晚唐的李商隐,可见他并未意识到作为整体的元和诗人对宋诗的影响。从宋到明代中叶,严羽之外的诗家也未见有像许学夷这样如此明确的论述到元和诗人与宋诗之间的渊源关系。

本文拟从许学夷论元和体,论元和体和宋诗的关系及宋诗的体制特点三个方面进行论述。

一、许学夷论元和体

有关元和体,有广义狭义之分。狭义的元和体,专指元、白及新进小生模拟元、白的诗,语出元稹《上令狐相公诗启》:

> 稹自御史府谪官,于今十余年矣,闲诞无事,遂专力于诗章。……唯杯酒光景间,屡为小碎篇章,以自吟畅。然以为律体卑下,格律不扬,苟无姿态,则陷流俗。常欲得思深语近,韵律调新,属对无差,而风情宛然,而病未能也。江湖间多新进小生,不知天下文有宗主,妄相仿效,而又从而失之,遂至于支离褊浅之间,皆目为元和诗体。稹与同门生白居易友善,居易雅能为诗,就中爱驱驾文字,穷极声韵,或为千言,或为五百言律诗,以相投寄。小生自审不能以过之,往往戏排旧韵,别创新词,名为次韵相酬,盖欲以难相挑耳。江湖间为诗者,复相仿效,力或不足,则至于颠倒语言,重

得首尾,韵同意等,不异前篇,亦自谓元和体也。①

又元稹《白氏长庆集序》:

> 予始与乐天同校秘书之名,多以诗章相赠答。会予遣掾江陵,乐天犹在翰林,寄予有百韵律诗及杂体,前后数十章。是后,各佐江、通,复相酬寄。巴蜀江楚间洎长安中少年,递相仿效,竞作新词,自谓为"元和诗"②。

又白居易于长庆三年冬任杭州刺史时有《余思未尽加为六韵重寄微之》:

> 诗到元和体变新。自注:众称元和为千字律诗,或号为元白格。(《全唐诗》卷四百四十六)

从中可以看出,元、白在提及元和诗体时,一是贬词,二是主要指模仿元白之人的诗作,而不包括他们本人。但相信拈出"元和诗"这一概念的人,元和诗当然也应包括元、白本人的相关诗作在内。从诗体来说,元、白自述中所涉及的元和体大约是指"杯酒光景间,屡为小碎篇章,以自吟畅"的短篇小章和穷极声韵的长篇排律。

到了文宗开成年间,李肇《唐国史补》所言之元和体,内涵已发生变化:

> 元和以后,为文笔则学奇诡于韩愈,学苦涩于樊宗师,歌行则学流荡于张籍,诗章则学矫激于孟郊,学浅切于白居易,学淫靡于元稹,俱名元和体。大抵天宝之风尚党,大历之风尚浮,贞元之风尚荡,元和之风尚怪也。③

---

① 《全唐文》卷六百五十三,上海古籍出版社影印本,2942页。
② 《全唐文》卷六百五十三,上海古籍出版社影印本,2943页。
③ 《唐国史补》卷下,上海古籍出版社1979年版。

显然，李肇所说的元和体，在文体上既有文章，也有诗章；在诗体上既有歌行，也有律绝；在风格上既有奇诡、苦涩，也有流荡、矫激、浅切、淫靡等；凡此种种，俱可称之为元和体。而其总体特征，李肇则以一个"怪"字来形容。这就是所谓广义的元和体。

其后直至明代诸家提及元和体时，也多用的是广义的元和体，且各有侧重及增删。南唐张洎《张司业诗集序》：

> 元和中，公（张籍）及元丞相、白乐天、孟东野歌词，天下宗匠，谓之元和体。①

晁公武《郡斋读书志》卷四：

> 稹为文，长于诗，与白居易齐名，号元和体，往往播乐府。
>
> 籍性狷急，惟长于乐府警句，次有序。元和中与白乐天、孟东野歌辞，天下宗之，谓之元和体。②

严羽《沧浪诗话》中也有"元和诸公"，但含义与上述诸人不同，指元、白诸公诗的风格。

以上诸人提到的元和体的作家大致有白居易、元稹、韩愈、孟郊、张籍、樊宗师等6人。体制包括诗文二体，诗又有歌行、律绝、乐府等。

至许学夷，他在《诗源辩体》中用了三卷的篇幅来论述元和诗人和元和体，这是由唐至明最为集中的，篇幅最大的对元和体的研究。与以往有关元和体的研究相比，许学夷的研究视角扩大了许多，一些提法也为前人所没有。概而言之，一是注意从诗体演变的角度去考察元和体：

> 大历以后，五七言古、律之诗，流于委靡。元和间，

---

① 《全唐文》卷八百七十二，上海古籍出版社影印本，4 045 页。
② 文渊阁四库全书本。

韩愈、孟郊、贾岛、李贺、卢仝、刘义（叉?）、张籍、王建、白居易、元稹诸公群起而力振之，恶同喜异，其派各出，而唐人古、律之诗至此为大变矣。亦犹异端曲学，必起于衰世也。①

大历以后，五七言律流于委靡，元和诸公群起而力振之，贾岛、王建、乐天创作新奇，遂为大变。（卷二十三，245页）

元和诸公所长，正在于变。（卷二十四，250页）

"诗到元和体变新"，是元、白以来诗家的共识，但这种变化，前人注意的多是诗章体制及内容方面的新奇怪异，对于这种变化的意义则未有明确的注意。许学夷则能从诗史的发展予以考察，指出元和诗体大变，是由于大历以来五七言古律流于委靡，故元和诸公变而振之，遂成新变，并特意强调这种变化不是一般的文体沿革的正变，而是大变。这样一种认识，在以往论者中还没有见过。相较于此前的诗论家，许氏更为注意元和诗体新变的特殊性：

或问"唐人律诗以刘长卿、钱起、柳宗元、许浑、韦庄、郑谷、李山甫、罗隐为正变，古诗以元和诸子为大变，何也？"曰律诗由盛唐变至钱刘，由钱刘变至柳宗元、许浑、韦庄、郑谷、李山甫、罗隐，皆自一源流出，体虽渐降，而调实相承，故为正变；古诗若元和诸子，则万怪千奇，其派各出，而不与李、杜、高、岑诸子同源，故为大变。其正变也，如堂阶之有阶级，自上而下，级级相对，而实非有意为之。（卷三十二，306页）

元和诸公，议论痛快，以文为诗，故为大变。（卷

---

① 《诗源辩体》，人民文学出版社1987年版，248页。以下引用许氏语皆出此书，卷数页码附文后，不另注。

二十三，245页）

　　二公（指张籍、王建）乐府，意多恳切，语多痛快，正元和体也。（卷二十七，267页）

　　元和间五七言古，退之奇险，东野琢削，长吉诡幻，卢仝、刘义（叉？）变怪，惟乐在用语流便，似若欲矫时弊，然快心露骨，终成变体。（卷二十八，275页）

指出元和体的新变在于元和诸公的有意为之，其状万怪千奇，议论痛快，以文为诗，派别各出，与前此唐人律诗的相沿变革有着明显的差异，故许学夷用"大变"来区分它与唐人律诗体格相沿变化的"正变"。这一区分，是有眼光的，前者是体制内的变化，所以是"正变"，后者则溢出旧体，另创新体，所以是"大变"。这种"大变"，在白居易的长篇排律及次韵诗的体制、诗风的浅切，韩愈为文的奇诡，做诗的"以文为诗"，乃至张籍乐府的流荡、王建的轻俗、孟郊的苦寒之中，在显示出其不同于以往"正变"的"大变"之象。许氏能从元和诸家诗的体制、风格、手法等各方面察觉到它异乎寻常的变化，并指出其与一般体制内的诗风沿革有所不同，应该是极有眼力的。

　　元和诗风的新变，在过去诗家的眼中，是一种带有否定意味的颓变。许学夷尽管对元和诗也基本持否定的态度，称其为"异端曲学"，但他还是少有的能从这种他所否定的"大变"中发掘出有价值的东西和值得肯定的地方。他说：

　　元和诸子之诗虽成变体，然其才识则固有过人者。（卷二十五，259页）

　　元和诸公，其美处即其病处，乐天谓"所长在此，所病亦在此"是也。然学者必先知其美，然后识其病。今浅妄者于退之五七言古实无所解，遽谓其诗不足观，闻者宁不绝倒！（卷二十四，250页）

元和诸公五七言古,其资性庸下者既不能读,资性高明者又未可遽读。元和诸公如异端曲学,多纵恣变幻,资性高明者,未识正变而遽读之,不免为惑耳。李献吉云:"夫诗,宣志而导和者也,故贵宛不贵险,贵质不贵靡,贵情不贵繁,贵融洽不贵工巧。"此论于元和诸公甚当。今或以元和诸公为陋劣者,既甚失之,或以为胜李杜者,则愈谬也。(卷二十四,248页)

许浑、韦庄、郑谷、李山甫、罗隐,譬今世之儒;元和诸子,如老庄杨墨。今世之儒,安可便与老庄杨墨争衡乎?(卷三十二,306页)

从上述所论我们可以总结出如下几点:(1)元和诸子才识过人,富创造性;(2)元和诸子的变,从其离开诗律诗格的约定成规方面来说,是其病处,但才大识高所创出的新意也是其美处;(3)将元和诗视为陋劣,或为元和诗所迷惑,以为胜李杜者,均有不妥;(4)元和诸公如老庄杨墨,虽非正途,但胜于因循守旧的又且低能的晚唐诸子。这是许学夷对元和诸家诗的整体评价,虽说总的诗学观念仍趋于保守,但他对元和诗人的有限的肯定,仍然是值得注意的,这也是文学批评史上最为系统的对元和诗人的整体研究。

此外,许学夷还扩大了元和体作家群的范围。以往学者论元和体,最初元稹所记述的,仅指元、白后学模仿元、白长篇排律及小碎篇什两类诗作的那一部分,后来李肇《唐国史补》中记述的元和体则指白居易、元稹、韩愈、孟郊、张籍、樊宗师等6位作家的作品,含义与元氏所记已有明显的不同,文体也包括了诗文两类。到了许学夷这里,他所说的元和体作家,包括了韩愈、孟郊、贾岛、李贺、卢仝、刘叉、张籍、王建、白居易、元稹等10人,但从文体而言,则主要指五七言古律及乐府诸各体诗,这一范围,也大致是当今学者们所论述的元和体的范围。

二、许学夷论宋诗与元和体的关系

许学夷不仅用了三卷的篇幅来论述元和体,而且间中也多有涉及元和体和宋诗的关系者。在其后的第二十八卷至第三十卷论宋诗的部分,也多有语涉两者的渊源继承。以这样的篇幅和精力来关注宋诗的来源,在明代尊唐的复古气氛中,在众多的诗家大多避谈宋诗,众多的选家不选宋诗的情况下,是弥足珍贵的,也是绝无仅有的。

在许学夷之前,也偶有明人注意过宋诗与唐诗的关系者,其中较著明的是胡应麟,在《诗薮》中,谈到过宋诗人学唐诗的情况。如:

> 宋之学陈子昂者,朱元晦;学杜者,王介甫、苏子美、黄鲁直、陈无己、陈去非、杨廷秀;学太白者,郭功父;学韩退之者,欧阳永叔;学刘禹锡者,苏子瞻;学王右丞者,梅圣俞;学白乐天者,王元之、陆放翁;学李商隐者,杨大年、刘子仪、钱思公、晏元献;学李长吉者,谢皋羽;学王建者,王禹;学晚唐者,九僧;林和靖、赵天乐、徐照、翁卷、戴石屏、刘克庄诸人,亦自有近者,总之不离宋人面目。①

全方位地提及宋人学唐诗的情况,其中提及到的元和诗人有韩愈、白居易、王建等,又:

> 如尤、杨、范、陆,时近元和。(《外编》卷五,215页)

但胡应麟在论及宋人学唐诗的情况时,只是提到了作为宋代某位诗家个人学唐代某位诗人的例子,较为简化,其中说苏轼学刘禹

---

① 《诗薮·外编卷五》,上海古籍出版社1979年版,215页。下引胡氏语皆出此书,不另注。

锡,陆游学白居易等,并不准确。而且说尤、杨、范、陆"时近元和",明显也只是指他们的诗作体近元、白一类浅近风格的那部分,未从派别的角度去引证元和诸家对宋诗人的影响,没有论及元和诗风的险怪、"大变"对于宋诗的影响。在这个方面,胡应麟显然没有许学夷那样有系统,那样明确。其他明人在论及唐宋诗人的继承关系上,也有类似胡应麟的地方,显得较为碎乱,对元和诗人与宋诗的关系,也没有人像许学夷这样鲜明地强调过。

《诗源辩体》中所涉及的有关元和体影响宋代诗人诗作的情况,大致分为这样几个方面。一是规模体制方面的:

宋人体尚元和。(卷二十八,285页)

乐天五、七言律、绝,悉开宋人门户,但欠苍老耳。(卷二十八,275页)

退之五、七言古虽开宋人门户,然欧、苏而外无人能学;惟乐天律、绝,悉开宋人门户,而宋人实多学之,当时称为'广大教化主'是也。然但得其浅易耳。(卷二十八,277-278页)

"宋人体尚元和",是一种新的提法,虽然不尽准确,但也包含"部分真理"。以前的明代诗家中,有论及到元和时期诗人对宋诗人影响的,但将元和诗人作为一个整体,并称宋诗为宋体,以为宋体崇尚元和诗人,这还是第一次。又白居易荣膺"广大教化主"乃在晚唐张为《诗人主客图》,意本指白氏讽喻诗开创风气,后多有登堂入室者。许学夷借用此语,所用的意思当不在此。王世贞《艺苑卮言》卷四:"张为称白乐天广大教化主。用语流便,使事平妥,固其所长;极有冗易可厌者。"用语流便,使事平妥诸语,当与许氏借用此语之意较合。即许氏认为,宋人多学白居易用语流便,使事平妥之处,但又仅得其浅易而已。

二是有关风格韵味、用字造句方面的。其中像以文为诗:

>白乐天五言古，其源出于渊明，但以其才大而限于时，故终成大变；其叙事详明，议论痛快，此皆以文为诗，实开宋人之门户耳。（卷二十八，271页）

>乐天七言古，《长恨》、《琵琶》及《新乐府》虽成变体，然尚有唐人音调，至《一日日一年年》及《达哉乐天行》，则全是宋人声口，始为大变矣。（卷二十八，275页）

指出白居易五七言古诗中的某些篇什以文为诗，或类宋人声口，或开宋人门户。所举《一日日一年年》及《达哉乐天行》，确乎远离唐音，是常人所说的唐诗中的宋调。又指韩愈的作品也有类似情况：

>退之五、七言律，篇什甚少，……七言"三百六旬"一篇，则近宋人。七言绝……；《遣兴》、《赛神》二篇，亦似宋人。（卷二十四，254页）

>《后山诗话》云："诗文各有体，韩以文为诗，杜以诗为文，故不工耳。"愚按：退之五言古如"屑屑水帝魂"、"猛虎虽云恶"等篇，凿空构撰，"木之就规矩"，议论周悉，"此日足可惜"，又似书牍，此皆以文为诗，实开宋人门户耳。然可谓过巧，而不可谓不工也。"双鸟海外来"，中有似玉川处。（卷二十四，252-253页）

除了以文为诗外，许学夷还指出元和诗人的以议论为诗：

>中间入议论，便是宋人门户。（卷三十，292页）

>乐天五言律，如"边角两三枝"、"离离原上草"等篇，尚为小变；如"巧未能胜拙，忙应不及闲"等句，遂大入议论；如"寒衣补灯下，小女戏床头"、"莫强疏慵性，须安老大身"等句，则快心自得，宋人门户多出于此。（卷二十八，276页）

还有以游戏为诗：

> 乐天七言律，如"万里清光"、"岳阳楼下"、"来书子细"等篇，亦为小变；如"我转官阶常自愧，君加邑号有何功？"……始入游戏；如"试玉要烧三日后，辨材须待七年期"等句，亦大入议论；如"夜眠身是投林鸟，朝饭心同乞食僧"等句，亦快心自得；如"新诗传咏"等篇，则两股交串；如"昔年八月"等篇，又隔句扇对；至"早闻元九"一篇，体制更奇，此皆以文为诗，实开宋人之门户耳。（卷二十八，276–277页）

许氏所言宋人以文为诗，以议论为诗，虽不出严羽《沧浪诗话》的范围，但能具体指出其所受元和诗人之影响，又以摘句的形式品评其优劣，使习诗之人明其源流，察其品性，仍然是前所未有，难能可贵的。许学夷曾经说过："予作《辩体》，于汉魏六朝初盛中晚唐，既详论之矣，而于元和诸公以至王、杜、皮、陆，亦皆反覆恳至，深切著明，正欲分别正变，使人知所趋向耳。宋朝诸公非无才力，而终不免于元和、西昆之流，盖徒取快意一时而不识正变之体故也。严沧浪云：'作诗正须辩尽诸家体制，然后不为旁门所惑。'今人作诗，差入门户者，正以体制莫辩也。"（卷三十四，318页）说明其论述元和体之"大变"，乃至影响到宋诗的面目和发展，是为了使诗家能体会出诗体之正变关系，而不为其旁门所惑。虽然许学夷仍抱持着保守的复古主义的观念，以元和体为曲端异学，以宋诗为旁门左道，但他对元和体及宋诗之间关系的来龙去脉，还是做了较为认真的梳理，有助于我们研究元和诗人及宋诗的面目，这也许是《诗源辩体》的价值所在。

三、从明人论宋诗考察许学夷的宋诗观

以往在人们的印象中，明人尊奉唐诗，尤其是盛唐诗。特别

讨厌宋诗，对宋诗不屑一顾。其实这是一种不完全的认识，在明代，实际上不只是有尊崇盛唐的复古派这样一种声音，还有肯定宋诗的另一种声音。这一种声音不仅发自于众所周知的晚明提倡性灵的公安派口中，在明代的其他时期，也会或多或少地听到肯定宋诗的声音。只不过由于推崇唐诗的人物地位高，所以影响较大，以至于人们以为明代只是复古家的天下。以下就分别引述这两种声音，以见出许学夷论宋诗的背景。

明代初年，尊唐的习气尚未成气候，唯唐是尊，始自李东阳，尊唐的诗家，多是南宋严羽《沧浪诗话》的信奉者，严氏曾谓：“近代诸公，乃作奇特解会，遂以文字为诗，以才学为诗，以议论为诗。夫岂不工，终非古人之诗也。”[①] 严羽对宋诗的这种否定性意见，在很大程度上影响了李东阳以来的明代复古派：

李东阳《麓堂诗话》：

  唐人不言诗法，诗法多出于宋，而宋人于诗无所得。

  宋诗深，却去唐远；元诗浅，去唐却近。[②]

及至李梦阳，更云宋无诗。其《潜虬山人记》云：

  山人商宋梁时犹学宋人诗，会李子客梁谓之曰：宋无诗，山人于是遂弃宋而学唐。[③]

何景明《杂言十首》：

  经亡而骚作，骚亡而赋作，赋亡而诗作。秦无经，汉无骚，唐无赋，宋无诗。[④]

[①] 《沧浪诗话·诗辨》，郭绍虞《沧浪诗话校释》，人民文学出版社1983年版，26页。
[②] 《历代诗话续编》本，中华书局1983年版，1371页。
[③] 《空同集》卷四十八，文渊阁四库全书本。
[④] 《大复集》卷三十八，文渊阁四库全书本。

何景明《汉魏诗集序》：

> 唐诗工词，宋诗谈理，虽代有作者，而汉魏之风蔑如也。①

汪道昆《诗纪序》：

> 宋无诗，无取也。②

这种尊唐弃宋的看法，从前七子到后七子，均有不同程度的强调。但情况也并非如一般人印象中的众口一喙，景泰间，张方洲（宁）即反对全盘否定宋诗，《学诗斋卷跋》云：

> 先辈谓删后无诗，盖自有见，或者遂洞视近古，至谓宋儒之诗为无物，几欲一扫而空焉者，弃本逐末，弊一至此。夫文章固各有体，声韵亦自不同，然未有外理趣舍经典而可以言诗者。诗有清新者，有优逸者，有沉着者，有痛快流利者，有豪宏放荡不可拘者，有模拟想象捕风捉影奇怪百变者。有浅薄掇拾，随口滑稽，不经蹈履者。偏长彼善，自昔有之。使不切理达情，不根艺实，则淫哇巧艳，荒唐汗漫之言过耳。辄了无复遗意于宋诗也远甚，况三篇乎？③

即至成弘间，复古主义盛行之际，蒙中子周瑛也在《跋陈可轩诗集》一文中对宋诗有较中肯的意见：

> 唐诗尚声律，宋诗尚理趣，元诗则务为绮丽以悦人。④

对苏东坡，周瑛也赞其"精见独识"，"得意处无愧渊明"。（《和陶诗序》，同上卷二）

---

① 《大复集》卷三十四，文渊阁四库全书本。
② 《文章辨体汇选》卷二百九十七，文渊阁四库全书本。
③ 《方洲集》卷二十一，文渊阁四库全书本。
④ 《翠渠摘稿》卷四，文渊阁四库全书本。

这些评论,都能见出宋诗不同于唐诗的特点并予以一定的肯定。至正德间,杨慎对宋诗也有一些肯定的言论,兹举其一二:

> 此诗(指刘原父《喜雨诗》)无愧唐人,不可云宋无诗也。①

> 知三诗(刘后村诗)皆佳,不可云宋无诗也。②

> 数诗有王维辋川遗意,谁谓宋无诗乎?③

当然,杨慎对宋诗的好评是有先决条件的,即他认为宋诗中有唐调者始为好诗,上举数诗均属此类,他还说过:"宋诗信不及唐,然其中岂无可匹休者?在选者之眼力耳。"④ 这些看法,虽不能超出严羽在《沧浪诗话》中的看法:"然则近代之诗无取乎?曰,有之,吾取其合于古人者而已。"杨慎所取,即是合于唐人者。但无论如何,他改变了李何以来所谓"宋无诗"的看法,还是有积极意义的。我们还注意到,即便是后七子中的王世贞,也并非一概否认宋诗,而是有限度地肯定宋诗人中的某人某篇,他在《宋诗选序》中说:

> 余故尝从二三君子后抑宋者也,子正何以梓之,余何以从子正之请而序之,余所以抑宋者,为惜格也。然而代不能废人,人不能废篇,篇不能废句,盖不止前数公而已。此语于格之外者也。……子正非求为伸宋者也,将善用宋者也。⑤

提出代不能废人,赞同编选宋诗选的人"善用宋"的态度。这一情况表明,即便是复古派中人,或接近于复古派的诗家,对宋诗也并非如李、何那样一概否定,唐音也并非有明一代唯一的

---

① 《刘原父〈喜雨诗〉》,《升庵集》卷五十五,文渊阁四库全书本。
② 《刘后村三诗》,《升庵集》卷五十五,文渊阁四库全书本。
③④ 《宋人绝句》,《升庵集》卷五十七,文渊阁四库全书本。
⑤ 《弇州山人四部稿》卷四十一,文渊阁四库全书本。

声音。

及至胡应麟,对宋诗的态度又趋于保守,他倒是花了一些篇幅来讨论宋诗,但如上所引,他说得过于简化,而且对宋诗的判断仍然是以唐诗作为标准。他历数宋人之学唐诗者,无论是学杜甫、学韩愈、学刘禹锡、学白居易,认为诸家都不能学到精处,只得其粗鄙,所以宋诗无论如何都不同与唐相提并论,就好像一个学生,无论如何都不能超越其师。胡应麟的局限仍在于他以唐诗作为一个高悬的典型,作为一个不可逾越的老师,而将宋诗比作一个不善学的学生。这一观念,使其所论有了很大的局限性。尽管他也察觉到"宋唐体制,遂尔悬绝",(《诗薮》外编卷五)但始终缺乏论证。

与前此数家无论是尊唐者,或是间取宋诗者相比,许学夷虽然在整体诗学观念上仍未超出复古派的框架,但他在历数唐宋诗变迁时,多了一些明显的历史进化的观念。也就是他承认诗体是随时代的变化而变化,故有源流,有正变,有大变,有消长,有盛衰。但与公安派不同的是,许学夷认为,并非所有的"变"都是合理的,都是好的。有些变是好的,如晋宋之陶、谢;有些变是不好的,如梁陈之宫体。有正变,如由盛唐至晚唐,是体制内之变。有大变,如由唐至宋,是体制外之变。判断诗体变化之是非优劣,有其一定的标准。其自述《诗源辩体》之作曾说:

> 予作《辩体》一书,其源流、正变、消长、盛衰,乃古今理势之自然,初未敢以私智立异说也。(卷三十四,313页)

首先许氏承认"变"是古今理势之自然,这也许是受了公安派理论的影响。但许氏认为"变",须合乎一定之规,也就是合乎诗体诗格诗法之内在规定,方为好的变化。这样,许学夷扬弃了七子唯唐是尊的口号,但另换了一种模式,即他所说的诗的体格,而这一体格,实际上与七子的观念是一致的。这就形成了一个矛盾，一方面他承认"变"是古今理势之自然，一方面又认为"变"应该以历代诗之正体正格为标准。不以"变"为优，也不以"不变"为劣，关键在于如何"变"。变得合乎他心目中的诗的正体正格，即为好，否则为劣。所以，他不以唐宋之争为话题，而是以是否乎诗体的要求为话题。从其书中所论可以看出，他认为诗以代降，不变是不可能的，但诗虽然随时代而变化，但好诗的标准却是不变的。这一恒定的标准大概包含了诗应有情韵、有兴趣、合乎诗律等几个要素；他所反对的包括以议论、说理为诗、以怪涩为美等几个方面。对宋诗的判断，即以此为标准：

> 大历诸公，而律始变焉，元和、开成、唐末，而又变焉，至宋，而又再变焉，再变之后，而神奇复化为臭腐矣。然后之论律诗者，宗初、盛唐耶？宗大历、元和、开成、唐末耶？宗宋人耶？故作者但能神情融洽，出自胸臆，观者自能鼓舞，固不必创新立异以为高耳。譬之于人，须眉口鼻皆同，而丰神意态不一，岂必须眉变相，口鼻异生，始为绝类乎？试以予说求之，其惑自祛矣。（卷三十四，321页）

他认为，诗至盛唐树立一个崇高的标准，自大历开始变化，愈变愈下，至宋则神奇化为臭腐。这一看法，完全是复古家的意见。而他否定宋诗，并非以其不类唐诗，而是因为宋诗有以议论、说理为诗的倾向，这是他所反对的。他不反对变化，但反对宋诗为变而变，为求变化而标新立异。认为诗如能出自胸臆，神情融洽，自然是好诗，而不必像宋人那样为创新而立异。也就是说，变，仍须有一定之规。

> 不主情而主意，则尚理求深，必入于元和、宋人之流矣。（卷三十五，341页）

这个一定之规，就是主情，如离开了情而主意，就"尚理求深",也就沦为元和、宋人之流了。

> 唐人既变而为轻浮纤巧,已复厌其所为,又欲尽去铅华,专尚理致,于是意见日深,议论愈切,故必至于鄙俗村陋耳。此上承元和而下启宋人,乃大变而大敝矣。(卷三十二,308页)

因此,"变"是需要的,晚唐轻浮纤巧,需要变。但尽去铅华之后,又专尚理致,便走向了另一端。所以,从诗体的源流正变而言,许学夷认为宋诗的变虽是理势之自然,但专尚理致,便超出了诗体自身以情韵声律为基本体格的要求,故此大变遂成大弊。这是许学夷对宋诗的一个基本判断。

那么,在许学夷眼中,宋诗及宋诗人是否一无可取呢?他与明代一般的复古派有没有不同呢?事实上,历经四十年诗学变迁,尤其是经历了万历公安三袁的冲击之后,许学夷对宋诗的态度较之前辈复古派有了稍显通融的眼光。他对宋诗之变并非一概否定,而是否定之中也有肯定,这是他超越一般复古派诗人的地方。许学夷与一般明人不同,他不是一提宋人诗就是"宋无诗",不屑一顾。而是先搜罗宋人诗集,自云三十余载,并逐首品阅,然后发论。所以他批评宋人,有理有据,他赞同宋人,也必佐以诗证,非一般耳食之言。先看他论宋代各体诗。论七言律他说:

> 宋人七言律虽着意变唐,然亦有自得之趣。(后集纂要卷一,385页)

七言律,明人直许杜诗为第一,从来视宋人七言律为无物。许氏认为宋人七言律也有"自得之趣",准确地举出宋诗的优点,符合实际,也是较为平和公正的说法。又如论五七言古:

> 宋人五七言古,出于退之,乐天者为多,其构设奇巧,快心露骨,实为大变。而高才之士多好之者,盖以其纵恣变幻,机趣灵活,得以肆意自骋耳。(后集纂要

卷一，376－377页）

指出宋人的五七言古诗多出自韩退之、白乐天。其特点在于"构设奇巧，快心露骨"，又"纵恣变幻"、"机趣灵活"、"肆意自骋"，这些也都为当今宋诗研究者所认同。又评苏轼七言绝句：

> 子瞻七言绝，风调多有可观，气格亦胜永叔，自是宋人杰作。（后集纂要卷一，383页）

又论谢皋羽五言古：

> 五言古匠心自恣，要亦宋人奇变，亦自足成家。

（后集纂要卷一，390页）

于不合古训的奇变之中找出其自足成家的优点，也可见出其眼光的扩大和公正的评诗态度。

许学夷于宋诗人中最不喜梅圣俞与黄鲁直，称二人为"千古诗道之厄"（后集纂要卷一，385页）。究其原因，以梅圣俞创为奇变，改变了三百篇以来诗以情韵声律为格的诗法，所以多有批评。所谓：

> 至梅圣俞，才力稍强，始欲自立门户，故多创为奇变。宋人好奇者，大都出此。（后集纂要卷一，378页）

但其编选《诗选》，仍认为"圣俞五言律，前十余卷格颇近正"，所以"入录为多"（后集纂要卷一，378页）。对于黄庭坚及江西诗派，则以其生涩拗僻，深晦底滞，而"良可深恨"，许氏对黄庭坚倒是没有任何的赦免之词，且认为较之于李贺的牛鬼蛇神还为可恶，这一点，当为时代局限，未可苛责。在当时，即便以提倡宋诗著称的袁中郎在对待黄庭坚时也未能免俗。[①]

许学夷一方面在论述各体诗方面表露出了较为通脱的眼光，在对宋诗人的评价上，在对宋诗妙处的体会上，也有一些前人所

---

① 许氏言："中郎直举欧苏而置黄勿论，可为宋代功臣。"（后集纂要卷一，382页）

没有达到的眼力。他曾分举元和、北宋四大诗人，称其识见才力凌跨百代：

> 诗至韩、白、欧、苏，可称大变。然其论则无不正者，盖四子识见，学力实皆凌跨百代，但以其才大不能束缚，故不得不然。（卷三十五，351页）

指出从元和到北宋的这四大诗人，虽为诗之"大变"，但因其皆具有大才，识见学力凌跨百代，故能成就一代之风。同样的话还有：

> 宋人古诗、歌行多出于退之、乐天，体虽大变，而功力恒有过之。（后集纂要卷一，377页）

他还能用另一种眼光去审视宋诗，从而看出宋诗的妙处：

> 宋主变，不主正，古诗、歌行，滑稽议论，是其所长，其变幻无穷，凌跨一代，正在于此。或欲以论唐诗者论宋，正犹求中庸之言于释、老，未可与语释、老也。（后集纂要卷一，377页）

这样的评价具有特殊的意义。以往明人无论是否定宋诗的，还是肯定宋诗的，多是以唐诗的标准去衡量，否认者以其不合于唐诗的体格，肯定者则认为宋诗中也有合于唐调者。都是以唐诗的眼光去审视宋诗，所以很难读出宋诗的妙处。许学夷指出宋诗滑稽议论，变幻无穷，正是在宋言宋。他并将以论唐诗者论宋诗比之为求中庸之言于释、老，是一针见血之论。

正由于此，他批评："元美、元瑞论诗，于正者虽有所得，于变者则不能知。袁中郎于正者虽不能知，于变者实有所得。"（后集纂要卷一，381页）这一说法，虽非石破天惊，但就诗体的演革变化，显示出较为清醒的认识，洵为持平之公论。又如：

> 刘后村云："欧公诗如韩昌黎，不当以诗论。"西清云："坡诗如方朔极谏，时杂滑稽，罕逢酝籍。"此论皆正，然可以论唐，而非可以论宋也。袁中郎云：

>"诗至欧苏,滔滔漭漭,有若江河。"此又不分正变。
>故凡欧苏诗,美而知其病,病而知其美,方是法眼。
>
>(后集纂要卷一,384页)

这些说法,均显示出经过万历年间的诗学思潮变迁之后,复古派的许学夷实际上成为一个综合复古与新变的诗论家,他既反对复古派的以唐论宋,一概否定宋诗的做法,认为宋诗为大变,为大弊;但又认为宋诗人中也有如欧、苏这样的大家,并对宋诗的特性有所认识。同时,他又反对袁中郎机械的诗学进化观,认为他只知欧、苏之美,而不知其病,是不分正变。在他看来,欧、苏的诗,虽有可取之处,但终非本色,所以不同意袁中郎所谓"诗至欧苏,滔滔漭漭,有若江河"的看法。

应该说,明代诗学至崇祯年间,复古与性灵,尊唐与崇宋,已显示出若干变化,在许学夷的《诗源辩体》中也已出现了融合的苗头。许氏对从元和体到宋诗的评析,显示出了这一新的变化。我们还注意到,大约与许学夷前后的娄坚在《学古绪言》里对宋诗有较为正面的评价,李蓘也在万历间编辑了一部《宋艺圃集》,这在明人中是不多见的,李并在序言中对宋诗也有较为中肯的评价,这一情况表明自万历至崇祯年间,宋诗不仅为公安后学所接受,即便是在一般诗人群中,也得到了逐步的认同,诗人对宋诗的特性有发展规律也有了一定的认知。这一变化,与其后钱谦益对宋诗的肯定是一致的,它也在一定程度上展示了清初宋诗派的来源,值得我们重视。

● 附录三

屈大均逃禅研究

一、屈氏逃禅之经历

顺治七年,永历四年庚寅(1650)冬,屈大均(翁山)21岁,礼函昰于番禺圆冈乡雷峰寺为僧,法名今种,字一灵。

关于屈大均此次削发为僧一事,其本人的叙述极为简略,只说是因国变而托迹为僧,自著《姓解》一文云:"吾屈为岭南望族。予弱冠以国变托迹为僧,历数年,乃弃缁服而归。"① 因国变而易服,当然是没有疑问的,但顺治七年,国变已历经七年之久,如只是因为国变的原因,为何不于国变的当年削发,而是要在七年之后呢?

有人以为士大夫之逃禅或与清初的薙发令有关(胡蕴玉《发史序》)②,不可否认也确有一些士大夫是因不满薙发令而逃禅,但薙发令的颁布是在顺治二年,屈氏逃禅是在顺治七年,相隔 5 年的时间,显然这也不是主要的原因。

可见,除了国变及薙发令这两种情况外,还应该有更具体而微的原因存在。

广州地属岭南,自古远离政治中心,无论朝政的"治"或

---

① 《翁山文外》卷十,《屈大均全集》第 3 册,人民文学出版社 1996 年版。
② 《发史》,《满清野史》第八册,台北文桥书局 1972 年版,449 页。

是"乱",地域的原因,常常使得政治的更替要比其他地域慢半拍。甲申变乱的时候,屈氏年仅15岁,此年他还与同里诸子弟一起为西园诗社,易代尚未对年少的屈大均的生活及心理造成太大的冲击。除了年少,就闽粤区域社会的层面来说,福建、两广在经受了第一波冲击之后,又成为明政权苟延残喘的缓冲地带,隆武、绍武、永历相继在汀州、广州、肇庆三地立基,虽说命短,且不成气候,但在明遗民心中,它似乎代表着一种光复的火焰。所以顺治三年冬日广州城第一次被李成栋攻陷,绍武帝被害,永历帝由肇庆迁粤西,虽然运势已渐行渐弱,但毕竟还存有一丝希望。当年的十二月广州城陷之后,屈家面临着仕与不仕的抉择,其父澹足公当然选择了后者,他携家由广州返沙亭,怀抱的是不仕的决心和静观世变的态度。据《先考澹足公处士两松阡表》,返居沙亭时其父告之曰:"自今以后,汝其以田为书,日事耦耕,无所庸其弦诵也。吾为荷蓧丈人,汝为丈人之二子。昔之时,不仕无义,今之时,龙荒之有,神夏之亡,有甚于春秋之世者,仕则无义,洁其身,所以存大伦也,小子勉之。"(《翁山文外》卷七)不仕、洁身以存大伦成为其父为他选择的立身之道。此时屈大均未因此变而削发为僧,一则有其父的原因,二则南明政权的存在,也给他们保留了一丝反清复明的希望。

此后几年,屈大均几次值得注意的举动都和他心存这一希望有关。

顺治四年,屈大均业师陈邦彦起兵广东高明,大均亦从邦彦而独当一队,(《屈氏家谱》11,《屈大均年谱》)同时举兵的还有其从兄士燨、士煌,可见屈家满门忠烈。邦彦兵败后大均"舆尸拾发齿而囊之",以志不屈。

但此后的几年,无论是本地的抗清活动还是南明政权给明遗老所带来的希望都令人沮丧,到了顺治七年,更发生了两件深深地刺激了屈大均的事情。这一年,一是屈大均因父死守丧而寓居番禺沙亭（今属广州）；二是此年初冬的十一月初三，广州再次沦陷。这两件事，国难家愁，对屈氏的刺激应该是至深至重的。尤其是广州城第二次被清兵攻占，虽然其时南明政权依然存在，但孱弱之势愈加显著，可以说原来存留在屈大均心中的光复明朝的一丝希望已不复存在。而且，随着广州城陷，不依清制剃发显然还面临着极大的生命危险（可参见下节）。丧父国乱，国难家愁，这一双重的原因，导致屈大均不得不在庚寅丧乱后选择了逃禅之路，这也是他本人屡次提及的"不得已"的原因所在。屈著《死庵铭》亦云："予自庚寅丧乱，即逃于禅，而以所居为死庵。"① 也可从旁佐证此事。

屈氏逃禅之后，现存文献中对其有关从事佛事的记载较少，只有零星的活动记录，其中一是于顺治九年，亦即永历六年壬辰，在他遁入禅门后的第三个年头，他以僧人身份首次出游，《髻人说》："壬辰年二十三，为飘然远游之举，以城市中不可以幅巾出入，于是自首至足，遂无一而不僧。"（《翁山佚文》二）此次出行的目的地屈氏本人未讲，但由文中所说此行为"远游之举"，因此地点当在省外，据汪宗衍《年谱》，屈氏于次年抵匡庐，从当时之交通情况及所需花费的时间看，他很可能是顺治九年即离家远游，目的地为匡庐，因为顺治十年间屈大均在庐山写了数十首诗，而由东粤至匡庐，依当时的交通条件，需要的时间不会太短，而且由东粤至匡庐，也恰可印证"远游"一说。汪氏《年谱》引屈大均从兄士煌《送一灵上人之匡庐》，将此诗写定的时间定为顺治十年，根据是诗中"十年怀绪此宵平"一句，以为此年"盖入庐山"。其实十年当为约数，顺治九年也应在屈士煌所说的十年之数以内，如此恰可以和《髻人说》中的

---

① 《翁山文外》卷十一，铭，《屈大均全集》第3册，人民文学出版社1996年版，191页。

记载相吻合。也就是说,屈氏应该是在顺治九年离粤远游匡庐,数月后,可能是在顺治十年时到了庐山。

屈大均此次虽然是以僧人的身份去的庐山,但在庐山期间的行踪,除了知道他曾患重病一次外,其余时间多是居佛寺,游山景,吟咏湖光山色,但与佛事相关者几无。他自离粤至庐山至离庐山返罗浮山为止的三年间,屈大均共留诗38首①,这38首诗中,与佛家相关者几无,几篇以佛寺为名的诗如《开先寺古梅》、《开先寺楼作》、《归宗寺》及《登石门怀慧远尊者》也多以写景为主,无任何禅佛之意,其他多为写景抒怀之作。反倒是在其离粤赴赣之初的诗中,多有语涉时事者,在途经赣州时他写有《赣州》二首,其二咏拥明之江西义师之败:"义士魂何去,沙场一放招。黄衣归朔漠,碧血满南朝。山枕孤城峻,江通百粤遥。天生形胜地,空助虎狼骄",语极沉痛。《过彭蠡》"平陈功烈在,遗恨与神京",都语涉影射。但到了庐山之后,大概庐山周遭的湖光山色使他暂时忘却了亡国之痛,而佛事又不为其所喜,故而篇中所写,多为自然景致。

在庐山期间,文献显示屈大均所做的唯一和佛事相关者,是他由函昰接引认识了大师道独和尚。

自顺治九年离粤赴赣,屈大均此次"举足远游"前后大约历经了近三年的时间,顺治十二年他离开庐山返回罗浮山居住。

一年后的顺治十三年,道独和尚住广州海幢寺,选屈大均为侍者。是年为道独的《叶严宝镜》作跋,这是屈氏生平中唯一佛学著作。

由以上所述可见,在屈大均逃禅的十二年间,他所从事的与佛教相关的事实在是微不足道。自从匡庐返乡后,他在罗浮及广

---

① 依据陈永正先生《屈大均诗词编年笺校》统计,中山大学出版社2000年12月版。

州又居住了约两年左右的时间,并于顺治十四年,他二十八岁那年开始金陵、京师、关外及吴越之游,历时五年。这五年间的行事,无论是在屈大均的生平中,还是他逃禅的十二年间,都是值得大书特书的。屈氏此次出行的目的是北上沈阳探望祖心函可禅师,函可为道独弟子,明亡因其箧笥中藏有南明弘光帝答阮大铖书稿及《再变记》而被流放至沈阳,屈大均此次北上或受道独和尚委派,据廖肇亨《明末清初遗民逃禅之风研究》①,道独在函可被流放至宁古塔后,不断派遣弟子前往问讯。屈大均于是年的秋日出发,次年春至京,到京即哭拜崇祯死社稷处。其后寻函可不得,便一直周游于京师及吴越之地,先后拜明孝陵,哭崇祯死处,与京师及吴越等地明遗民集会设祭,拜南宋遗民谢翱墓,与魏畊谋郑成功舟师事,又与王士禛、朱彝尊、钱谦益、祁班孙、汪婉、毛奇龄等交游唱和,撰《皇明四朝成仁录》,所有这些,都显示了屈大均是一个身着禅衣的前明遗民。虽然李景新撰《屈大均传》中有"其至诸寺刹,则据上坐为徒说法",但赵园女士认为这"也更像名士的表演"(《明清之际士大夫研究》第294页,北京大学出版社1999年版)话虽然说得有点尖锐,但从屈氏后期相关论述,至少可以认为他的"说法"有点应付的味道,因为他自始至终对佛义都未信奉过。有关屈氏此间活动情况汪宗衍的《年谱》记之颇详,兹不赘述。而有关这些活动与屈氏此际身份的角色冲突将在下文涉及。

迄康熙元年(永历十六年壬寅,三十三岁),屈氏始结束长达五年的北上之游而返粤省母。也就是从这一年开始,屈大均也同时结束了他的逃禅生涯而蓄发返儒,《髻人说》云:"既已来归子舍,又不可以僧而事亲,于是得留发一握为小髻子,戴一偃月玉冠,人辄以罗浮道士称之。"(《翁山佚文》二)又《广东

---

① 台湾大学中国文学研究所硕士论文,98页,1994年。

新语》卷十七:"是时虽弃沙门服,犹称屈道人,不欲以高僧终,而以高士始。"

愿以高士始,而不愿以高僧终,是屈大均在历经十多年的逃禅生涯后所做的选择。应该说,屈大均从逃禅的第一天起就将逃禅作为迫不得已的一种选择,他对逃禅后的前景也是茫然无知的,迫不得已地选择这样一条自己并不愿意的人生之路。屈大均为什么要这样做呢?

二、逃禅之因由与明遗民生存状态之选择

易代之际,士大夫有多种路途可供选择,或仕新朝,不仕新朝者或殉国、或战死、或隐逸、或避世、或逃禅,屈大均何以独取后者?

仕新朝,对于顺治初年的屈大均来说,这是断断不能的事情,这一点,上文已有涉及。

战死,屈大均曾经尝试过,他与族兄一起参加陈邦彦的抗清义师,说明他对死并非惧怕。其后他与魏畊一起谋划郑成功反攻清兵之事,也表明他对死之无惧。

不能战死,他本来也可选择自杀殉国。但屈大均并未走这条路。既无惧于死,为何不以殉国表达其对明朝的效忠呢?

屈大均认为,是否可以以身殉国,有已仕与未仕的区别,他说:"嗟夫,人尽臣也,然已仕未仕则有分,已仕则急其死君,未仕则急其生父,于道乃得其宜。"① 这里说的虽然是周秋驾的情况,但内中实也有对自己未杀身殉国的辩解。以屈大均当时未仕的身份,其父也还在世,如果杀身殉国以死其君,不能事奉双亲,与儒家传统的"孝道"是不相合的。

---

① 《周秋驾六十寿序》,《翁山文外》,卷二,序,《屈大均全集》第3册,人民文学出版社1996年版,92页。

既然未仕之人以身殉国不合孝道，做隐士高人以避世，以显示与新朝的不合作态度应该是可以的。古代这样的例子很多，屈大均对此也有相当高的认知。《七子之堂记》云：

> 夫长沮、桀溺又自言其为辟世矣。嗟乎，士君子不幸生当乱世，重其身所以重道。天下无道，栖栖然思有以易之，惟圣人则可。不然者，宁为辟世，勿为辟人。至于辟人，而其失有不可言者矣。予弱冠即慕栖隐，间取孔子所称隐者，录为一编，名为《论语高士传》，其堂则曰七人之堂。①

屈大均在这段文字里提及"辟人"与"辟世"两个概念，其文原自于《论语·微子》："滔滔者，天下皆是也，而谁其以易之？且而与其从辟人之士也，岂若从辟世之士哉？"何晏集解谓："士有辟人之法，有辟世之法。长沮、桀溺谓孔子为士，从辟人之法；己之为士，则从辟世之法。"由此推及，辟人为避开无道之君，辟世则为辟开所有的人与事。依此而论，孔子则为辟人，但未辟世。长沮、桀溺则为辟世，辟世亦即传统意义的栖隐，做隐士。从文中看，屈氏对于像长沮、桀溺一类的乱世隐士是认可的，因为在满人统治之下，类似于孔子这样的仅仅辟人是绝对行不通的，因为现实不可能让你仅仅辟开一个无道之君，辟人实际上会成为仕奉新朝的另一种说法。因此屈大均说"其失有不可言者矣"。在这样一种不同于以往环境的情况下，屈氏认为像长沮、桀溺这样采取辟世的行为是行得通的，因为辟世者，不仅是辟世，同样也是辟人。唯有辟开了所有的人和事，才能宣示不与统治者合作的姿态。在以往，隐士不做官，不从事于政务，是可以达到全身养命的目的的。屈大均对于这种通过做隐士

---

① 《翁山文外》卷一，记，《屈大均全集》第3册，人民文学出版社1996年版，32页。

来全身的做法是认可的,因为全身可以在乱世当中保持"道"的延续,所谓"重其身所以重道"。屈氏这里所说的"道",应比上文单纯事父的"孝道"意义要宽泛。屈氏认为,乱世之中,除了圣人可以改变天下无道的现状外,一般士人应该选择辟世的路子。因为辟世才可以全身,"身"是很重要的,重要的原因不在于生命的本身,而在于生命可以承载的道义。所以重身即是重道,身之不存,道将焉附?所以他倾慕古代的隐士,以其能全身存道。又《书逸民传后》:

> 南昌王猷定有言,古帝王相传之天下至宋而亡。存宋者,逸民也。大均曰:嗟夫,逸民者,一布衣之人,曷能存宋?盖以其所持者道,道存则天下与存。……今之天下,视有宋有以异乎?一二士大夫其不与之俱亡者,舍逸民不为,其亦何所可为乎?与天地同其体用,与日月同其周流,自存其道,乃所以存古帝王相传之天下于无穷也哉。嗟夫,今之世,吾不患夫天下之亡,而患夫逸民之道不存。吾党二三子者,身遭变乱,不幸而秉夷齐之节,亦既有年于兹矣。然吾忧其所学不固而失足于二氏,流为方术之微,则道统失,治统因之而亦失。故为之说,书于《逸民传》后,以明告之。①

在屈大均看来,作为士子,如何承继道统是第一要义,道统在,治统就在。元人虽然灭宋,但历经数年后,华夏政权之治统仍能得以恢复。而恢复之由,在屈大均看来,就是因为华夏的道统未被毁灭。而未被毁灭之由,则在于遗民的存在,遗民在,道统就在,治统也在,所以遗民可以存宋,就是这个道理。宋遗民可以存宋,那么明遗民当然也可以存明。所以屈氏慨叹道:"嗟

---

① 《翁山文钞》卷八,书后,杂著,《屈大均全集》第3册,人民文学出版社1996年版,394页。

夫，今之世，吾不患夫天下之亡，而患夫逸民之道不存。"(《书逸民传后》)是故面临国变，反抗异族统治，战死殉国是可以的，是义举，屈大均本人也曾从事于这样的义举。但自杀殉国，舍身而无助于存道，无助于兴复故国，则为屈氏所舍弃，因为这样做既不能有利于家国，又不能全身以存道，华夏的道统、治统反而会一去不返，这反倒是一种不负责任的行为。①

那么，屈大均何以不像"七子"那样选择辟世，做隐士呢？这又是由清初独特的社会环境及清朝政府的政策所决定的。自顺治二年颁发了剃发令后，清廷统治之下，僧侣除外的所有人均须依清制剃发，无论是出仕为官、做百姓，还是归隐山林做隐士，均须剃发。剃发与否，成为是否臣服于新朝的分水岭。臣服于新朝者也就是说剃发者可以活命，否则就被视为敌人，或屈服，或遭斩首。当时留传的一句俗语即是"留头不留发，留发不留头"。黄宗羲《两异人传》中说：

> 自髡发令下，士之不忍受辱者，之死而不悔。乃有谢绝世事，托迹深山穷谷者，又有活埋土室者，不使闻于比屋者。然往往为人告变，终不得免。②

廖肇亨氏《明末清初逃禅之风研究》则举出若干士人通过改换僧服得以避祸。其一是朱一是：

> 仆性不喜禅，偶于被贼时僧服脱祸，因而不改。

(《与顾修远书》，《尺牍新钞》二，278 页)

其二是沈光文：

> 沈光文，字文开。号期庵。乙酉预于画江之师，授太常博士。嗣郑经立，……颇改乃父政。光文赋诗以寓讽，不为郑经所容，乃内渡。时剃发令严，不得已，乃

---

① 在清初，持这种看法的士人不少，王夫之，黄宗羲等大儒均是如此。
② 《黄宗羲全集》第 11 册，浙江古籍出版社 1993 年版，53 页。

为僧。(《发史》463页)

又李瑶《逸史摭遗》载方以智出家事：

  及大兵入，知其为粤臣，物色得之，令曰："易服则生，否则死。袍帽在左，白刃在右，惟自择。"乃辞左而受右。帅起为之解缚，谢之，听为僧，遂披缁去。(《绎史摭遗》卷十六，台北明文书局编《明代传记丛刊》105，1991年版，252页)

这些人物，于其始并不欲逃禅。但不逃禅，便要剃发，剃发则意味着臣服。不剃发又不逃禅，就不能活命。在这三选一的局面下，也只有逃禅这一条路才是明遗民可以选择的唯一出路。在古代，做隐士可以成为不仕新朝的象征；在清代，只有不依清制剃发才能成为不仕新朝的象征，而是否是隐士则不重要。明乎此，就可以洞悉为何在清初有如此之多的逃禅遗民。他们既不愿意臣服于新朝，又不愿意以身殉国，便只有了逃禅这一条道路。屈大均所说的"盖有故而逃焉，予之不得已也"，(《归儒说》)便是这种心境的无奈表白。

而且不独屈大均，易代后逃禅之士大夫绝不在少数，谢正光《明遗民传记索引》所录逃禅遗民即有160余人，而这个数目并不能包含所有在这段时间里逃禅的士人，仅陈垣先生《明季滇黔佛教考》不完全的搜辑，仅滇黔两地的逃禅遗民就有26人，全国范围内的数字应当远不止于160余人，逃禅成为在异族统治下士子避世的最佳途径。

我们注意到，在明末清初的这段时间，逃避异族统治的遗民多采用逃禅的方式，但逃禅的原因又不仅限于此。在另外的场合，也见到逃禅的现象。陈垣《明季滇黔佛教考》卷五引《明季南略》十六钱邦芑《祝发记》云：

  庚寅八月，孙可望入黔，迫授予官，拒不受，退隐

> 黔之蒲村，历辛卯，迄癸巳，可望遣官逼召，十有三次，甚至封刀行诛，余义命自安，不为动也。……次日，余庆县令邹秉浩复将可望命趣余就道，恐吓万端，余酌酒饮之，谈笑相谢。……是晚予祝发于小年庵。①

孙可望原为李自成下属，清兵入关后至南明朝居官。由于特殊的历史原因，明遗民多鄙视之为"闯贼"之流，比恨清人更有过之而无不及。所以当孙可望慕名邀钱邦芑为官时，钱氏不愿在其手下为官，屡拒之者十数次，最后不得已而祝发为僧。钱氏之逃禅，显然不是因为清廷剃发令的缘故，而是在既不愿意离开南明小朝廷尚据统治权的西南一隅，又不愿屈居于孙可望之下，而不得已选择了逃禅。

接下来的问题是，无论出于何种原因，士子为何多选择逃禅呢？除了真心皈依佛门者之外，其他士子或有所激而逃，或不得已而逃，逃禅究竟意味着什么呢？在这个问题上，我们发现，逃禅者与促使逃禅的统治者思考的角度及对逃禅意义的理解是完全不同的。在清廷看来，除剃发者外，逃禅的人也被视为臣服者，他们默许甚至有时还强迫不肯剃发的遗民逃入佛门②，这种情况说明，与清廷信佛崇佛有关，未必视之仅为被降服者，也有礼佛之意。这与逃禅遗民的想法和初衷显然是大相径庭的。在中国传统文化中，尤其是在政治文化的层面，佛门往往有着独特的象征意义，这就是"沙门不礼王者"（释慧远语）。遗民们选择逃禅之路，所取者也在于此。所以，钱邦芑与屈大均逃禅的原因虽有不同，但其象征的意义却是一致的，"沙门不礼王者"是他们借

---

① 陈垣《明季滇黔佛教考》，遗民之逃禅第十四，辅仁大学丛书第六，1940年版，134页。

② 参见廖肇亨《明末清初逃禅之风研究》，74-75页，台湾大学中国文学研究所硕士论文。

逃禅向统治者传达出的表示不合作的态度。但有趣的是，一方认为，逃禅是表示臣服，一方认为，逃禅是表示没有被臣服，对立的双方各取所需，竟在这个问题上达至了一种令人不解的默契。所以，一方面是清廷有意无意地促成不肯剃发降服的士子皈依佛门，以显示其对士人的征服；一方面是士子通过逃禅表达他们不礼王者的反叛，形成强烈的反差。

学者在讨论明遗民逃禅问题时，多指出晚明以来士林的禅悦风气对这一波逃禅之风的影响。陈垣《明季滇黔佛教考》、廖肇亨《明末清初遗民逃禅之风研究》及赵园《明清之季士大夫研究》的若干章节均对此有不同程度的涉猎。屈大均的一篇文章也印证了易代之际，广州城内佛事隆盛的情形："慨自庚寅变乱以来，吾广州所有书院皆毁于兵，独释氏之宫日新月盛，使吾儒者有异教充塞之悲，斯道寂寥之叹。"① 各家所指出的这一背景应该说是很正确的，但也应该看到，明末遗民的逃禅，原因及动机是多方面的，复杂的，晚明以来的禅悦风气并非导致遗民逃禅的决定性因素。否则将会忽视或淡化逃禅行为在政治层面的独特意义，即遗民之逃禅，绝大多数的情况下是迫不得已，而此一举动的目的有着一个很显然的政治象征，亦即"沙门不礼王者"，表达对清政府的不满。所以，尽管晚明以来的禅悦风气不可否认地对屈大均有所影响，而且番禺雷峰寺函昰素喜屈氏，两人此前已有五年之交谊，其师礼函昰是"渐而非顿"，但也不能否认如果没有清人入关的事实，屈大均是绝不会祝发为僧的。粤遗民中其他的逃禅士人也多如此类。

正因为相当多的遗民逃禅是出于不得已的政治与文化的反叛，所以"僧服儒心"是这个阶层人物的普遍状态。屈大均在整个逃禅期间，并不服膺佛家。《书嘉兴三进士传后》："嗟夫，

---

① 《过易庵赠庞祖如序》，《翁山文外》卷二，序，《屈大均全集》第3册，86页。

士大夫不幸而当君父之大变,僧其貌可也,而必不可僧其心,若檗庵者,僧其心之至尽,而反得罪于君父者也。"① 又《僧祖心诗》:"嗟夫!圣人不作,大道失而求诸禅,大义失而求诸僧;《春秋》已亡,褒贬失而求诸《诗》。以禅为道,道之不幸;以僧为忠臣孝子,士大夫之不幸也。"② 像屈大均这样的既不服膺佛家,却又身着僧服,入居僧门的遗民,在清初应该说还有不少。上面的话很能表现出这一类逃禅遗民的无奈和内心的不平衡。

此外,在有关发型的选择上,也能体现出逃禅遗民在无奈与不平衡中对汉文化的执着,这种执着在一定程度上可以看作是一种对汉文化及儒家理想的予以坚守的象征。

依屈氏《髻发说》,顺治五年,屈大均年十九而束发,行冠礼。那么屈大均此前究竟有没有依照顺治二年的薙发令剃发呢?汪宗衍《年谱》及历来文章似乎均略过这一细节。细审屈氏《髻发说》,可知屈大均在顺治三年他十七岁的时候曾剃了发,只不过他并没有完全依照清制髡首以后再作辫:

> 岁丙戌,予年十有七,而髡人皆作辫,依金钱鼠尾之制,而予所留残发不盈一握,乃作一弹丸髻,大仅寸余,外戴满洲荷叶巾以掩之。戊子年十九,束发。二十而冠,戴网巾,复为纱帽髻子如初。然发少,微以髢髳参之矣。

由此可见,十七岁他剃过发,只因所留残发不足以结辫,故作一弹丸髻,发髻是汉人发式,为掩饰之故,屈氏在发髻外戴一满洲荷叶巾以掩之。年十九束发,二十行冠礼,在清廷下达剃发

---

① 《翁山文外》卷九,书后,跋,《屈大均全集》第3册,人民文学出版社1996年版,165页。

② 《广东新语》诗语,《广东新语注》,广东人民出版社1991年版,313—314页。

令之后，依然戴网巾，作纱帽髻子，保留汉人发制。这些情况说明了什么呢？其所代表的象征意义是非常明显的。周亮工《因树屋书影》卷九曾记："俗传网巾起自洪武初，新安丁南羽言，见唐人《开元八相图》，服皆窄袖；有岸唐巾者，下露网纹。是古有网巾矣，或其式略异耳。"①说明网巾是自唐人以来汉人之典型发饰。又顺治年间三藩事起，耿精忠曾发布文告，要求属地文武官员绅士军民等人，以其均属中华赤子，故令下之日起，剪辫，留发包网②。这类衣冠发式之事，包含的是极强烈的政治与文化的象征意义。再看下文：

> 庚寅年二十一，又复髡，则予遂圆顶为僧，然犹不肯僧其帽，终岁间戴一青纱幅巾。……嗟夫，今之天下，盖无人而不辫矣。辫而无有不垂者矣，或不垂而以辫盘绕于首，则有县官明禁。予既不辫，又不欲散其种种之发，而独为一髻焉。髻虽小，终不肯以其不美而不为，则诚何心哉？盖髻者，吾性之所好，童而能自为之，且甚美，而壮而老亦欲尝自为之，虽不甚美，亦姑以玉簪绾之，以花叶衬之，以黄熟笺香薰之，聊以自娱，诚非欲有以异乎人，而不知从事于明哲之道也。

这段文字中对"髻"的描写，从童而能自为之，且甚美，到壮而虽不甚美，但悉心呵护，其中的象征含意是自不待言的，它清楚地表明了他通过"发式"所表达的对汉文化的执着和坚守。

因此，像屈大均这样的逃禅遗民虽然不得已走上了他们原本不愿走的路，但仍然尽可能地葆有先前的信仰和文化，在他们身上，也造成了一种奇怪的混合——僧服儒心，满汉发制。

---

① 上海古籍出版社1981年版，252页。
② 可参看赵园《明清之际士大夫研究》第六章遗发生存方式之衣冠一节及刘凤云《清代三藩研究》第232－233页，中国人民大学出版社1994年版。

如果说有关服饰发型的混合是思想的一种特别的外在表现的话，逃禅遗民在思想深处的生存状态如何，他们与僧侣的关系如何，这种僧服儒心的士人在思想观念上如何处理儒佛二家在理念上的冲突，如何平衡这种内心的冲突，是我们接下来要关注的问题。此外，我们也会适当关注其他类型的逃禅者的生存状态。

三、多重角色之交叉共存

汪宗衍氏在《屈大均年谱引言》中指屈大均生平"忽儒，忽释，忽游侠，忽从军"，说明其生平活动之复杂及身份之复合，不类一般的士子或书生。应该说，像屈大均这样的儒生、僧侣、游侠、志士集于一身的读书人在此前也并不多见。除了这四种身份外，称其为骚人也是恰当的，这不仅由于屈大均确实是一个杰出的诗人，而且他一向自称是屈氏后人，将屈原视为屈家的远祖。但我们注意到，屈氏本人似乎更喜欢另一种称呼——明逸民。他在六十六岁那年写的《翁山屈子生圹自志》中说："先君、先夫人墓右稍下，有一穴焉，大均营之，以为生圹。……遗命儿明洪等，吾死之日，以幅巾、深衣、大带、方舄敛之，棺周以松香融液而椁，三月即葬。而书其碣曰'明之逸民'。"① 盖棺论定，是中国人所讲究的。"明之逸民"这四个字，就是屈大均本人晚年对其自身的一个盖棺论定。

因此，屈大均是一个具有多重身份的人，他是遗民、志士、游侠、僧人，也是儒者和骚人。这六种身份当然因时间的推移而发生阶段性的变化，比如志士，多在顺治初年随陈邦彦抗清的一段时间；游侠，多表现在其游历西北的一段时间；僧人，仅限其祝发为僧的十二年间。而终其一生的，是儒者、骚人及遗民。抛

---

① 《翁山文外》卷八，《屈大均全集》第 3 册，人民文学出版社 1996 年版，154－155 页。

开游侠与志士不论，我们特别有兴趣的是，作为一个自我期许的儒者，他在为僧的十二年间，对佛门究竟有何体认。

儒道释三教的关系，历来都是一个引起各方关注的话题。到了明代，儒道释三家似乎到了一个相对和平共处的时期。当今学者对明中叶以来儒佛甚至是儒佛道三教合流的情况有着相当的共识，文献对一般文人浸淫于佛典，僧侣喜交文人朋友也有较为真切详尽的记载。而这些记载，大多是以佛教对儒家的"阑入"为视角。《四库提要》杂家存目七云："隆万以后，风气日偷，道学侈称卓老、务讲禅宗。"陈垣《明季滇黔佛教考》搜考两省佛家事迹，也指出："万历而后，禅风寖盛，士夫无不谈禅，僧亦无不欲与士夫结纳。"（84页）这种儒家接纳佛门，僧侣也喜接儒者的风气一直持续到清初仍未消歇。其时著名文人无不精熟内典，钱谦益、方以智均是如此，甚至是大儒王夫之，也撰过《相宗络索》等佛门著作，而名僧如憨山德清，真可紫柏、天然函可等大师也与文人有密切之交往和深厚的情谊。陈垣《明季滇黔佛教考》对其时滇黔两地文人僧侣的交往有颇多搜考，兹录两则，其中一则说明一般士子文人与释道中人的交往，以及佛家清虚寂然之境对达人高士的吸引：

> 今《中谿集》[①]与禅人唱酬之作颇多，然与羽人唱酬亦不少，大抵三与二之比，其视僧道本无二致也。尝见元阳所修《云南通志》，其卷十三寺观序云：寺观之在天下，虽与治道无预，然其恬淡清虚，萧然寂然之境，有以消人势利之心，故达人高士，涉世既倦，往往有托而逃。……此嘉靖间风气也。（该书84页）

另一则表明佛家之说在乱世之中尤受士大夫欢迎：

[①] 李中谿撰。李氏，太和人，字元阳，嘉靖五年进士，尝建宾苍阁，读书鸡山者数年，创建放光寺。

按文先生①之为儒固矣,先生在娄,与乡大夫陆桴亭世仪、陈确菴瑚,以道学相标榜,与苍雪虽乡人,道术实不相合,一旦国难,乃弃横舍而信伽蓝,平时水火,患难时则水乳也。(卷五,遗民之禅侣第十五,154页)

这一则尤当注意者,乃在于指出平素以儒学为立身之本的道学之士,常视佛家如水火,一旦国难当头,则水之不容转而为水乳交融也。由清初之情势而言,不少名僧亦兼取儒家节义,或因传抄携带违碍文字获罪,或以佛门庇护遗民士子。前者如天然函可因筐笥中藏有南明弘光帝答阮大铖书稿及《再变记》而被流放至沈阳,后者如函昰收纳屈大均为弟子,并教之以忠孝廉节②。说明在民族大义之前,一个特定的时期,华夷之辨会超越思想义理之争。明乎此,我们就可以理解为何在明清易代之际有如此之多的遗民逃禅,也可以明白像屈大均这样一个时刻怀抱着儒家思想的人,会栖身于一个他并不信奉,甚至还有点讨厌的"异端"学说教派之中的原因。

在本文的第一节,我们梳理了屈大均逃禅的经历。从现有文献看,在这十余年间,屈大均所从事的佛学活动大致包括:(1)为道独和尚编辑著作③,为道独的《叶严宝镜》撰跋;(2)云游庐山及东南、西北各地名刹;(3)开山授徒④。

这些有关佛事的活动尽管不多,但对于屈大均来说,已是相

---

① 即文祖尧。《滇南诗略》十纪文祖尧者于甲申国变后弃官从中峰寺苍雪师游,侨寓昙庵,服僧服,以青鸟术自给。
② 李景新《屈大均传》,函昰"虽处方外,仍以忠孝廉节垂示,以故从之游者,每于死生去就,多受其益"。
③ 汪宗衍《屈大均年谱引言》:"广州再陷,削发为僧,旋居海幢寺,空隐独和尚选为侍者,助之编著。"
④ 李景新《屈大均传》:"其至诸寺刹,则据上坐为徒说法。"

当难能,因为在这十余年间的逃禅生涯中,屈大均实际上一直处于一个"身在曹营心在汉"的状态。这种僧服儒心的生活历经了十二年的时间,归儒之后他写了不少文字对其逃禅生涯作了回顾,从中我们可以看出类似于屈大均逃禅经历的这些人所具有的特殊的心态。先看他的《归儒说》:

> 予二十有二而学禅,既又学玄。年三十而始知其非,乃尽弃之,复从事于吾儒。盖以吾儒能兼二氏,而二氏不能兼吾儒,有二氏不可以无吾儒,而有吾儒则可以无二氏云尔。故尝谓人曰,予昔之于二氏也,盖有故而逃焉,予之不得已也。夫不得已而逃,则吾之志必将不终于二氏者,吾则未尝获罪于吾儒也。逃之而复能归,得已而归,则吾之志必将终于吾儒者,则吾亦未尝获罪于二氏也。①

这段话说得颇为委曲,本来屈氏逃禅是迫不得已,逃禅之时应已知其非,只是为了免受剃发之辱而逃禅,而不是当时心向往之,十二年后始知其非。但从这段话中,我们还是可以读出事隔多年后,屈大均对儒释道三家关系的认识。其中关键性的文字是这么两句:"盖以吾儒能兼二氏,而二氏不能兼吾儒,有二氏不可以无吾儒,而有吾儒则可以无二氏云尔。"说明屈大均更加坚定地视释道二家为旁门左道,而将儒家视为正统。

万历以来,不少学者及士子注意到儒释道三家思想多有相合,屈大均则属于较传统的一路,更多地强调儒释道三者的相异,维护儒家之正统。《陈文恭集序》:

> 朱子不言静而言敬,盖患人流入于禅,然惟敬而后能静。敬也者,主静之要也。盖吾儒言静,与禅学辞同

---

① 《翁山文外》卷五,说,《屈大均全集》第3册,人民文学出版社1996年版,123—124页。

而意异：吾儒以无欲而静，故为诚为敬；禅以无事而静，故沦于寂灭而弃伦常，不可以不察也。①

又说：

> （有人）"以为新会、余姚之言，犹似夫禅之言也。吾窃以为不然。夫新会、余姚，忆门之冢子冢孙也。新会曰致虚，余姚曰致知，夫非《大学》明德，《中庸》明善之旨耶？世之嘐嘐者，以为似禅，岂惟不知儒，抑且不知禅之为禅矣。嗟夫，今天下不惟无儒也，亦且无禅。禅至今日，亦且如吾儒之不能纯一矣。故夫以儒为禅，禅者学之，失其所以为禅；以禅为儒，儒者学之，失其所以为儒，皆不可也。知其不可而弃之，能知儒之精，斯知禅之精矣。禅之精，尽在于儒，欲知禅之精，求之于儒而可得矣。"（《归儒说》）

屈大均在这里所阐发的，一是儒禅不能相互"阑入"，所谓禅家学儒，则失其为禅；儒家学禅，则失其为儒。并认为今日之儒禅均不能保持原来纯一的品格，原因即在于儒禅的相互"阑入"。二是他认为儒家学说是最精微的，禅者无须学禅，只要学儒就可以得到最精微的东西了，这无疑是变相地取消了禅家的独立地位。

他还对禅家欲以禅易儒提出告诫，认为儒家之说不仅精微，至高至美，且能将禅家囊括其中，甚至更进一步提出应该以儒代释：

> 嗟夫，今天下之禅者，皆思以其禅而易吾儒矣。顾吾儒独无一人，思以儒而易其禅，岂诚谓禅者之怪妄其辞，而辟之莫详于先代诸儒，吾兹不必谆谆其说耶？吾少尝学于禅，私谓禅者之精微，乃吾儒之精微，禅者得

---

① 《翁山文外》卷二，序，《屈大均全集》第3册，人民文学出版社1996年版，48页。

其似,而故以为不似,其亦以为至高至美矣,不知乃在吾儒范围之中。盖其徒得吾儒之偏,而不得其正;徒得吾儒之私,而不得其公。然吾儒本公,禅者得之则私;吾儒本正,禅者得之则偏,是禅者终未尝得吾儒之精微也。今使有一醇儒于此,能以斯道讲明庵中,使儒者不至流而为禅,而禅者亦将渐化而为儒,于以维持世道,救正人心,昌明先圣之绝学,其功将为不小。①

在这篇序文中,屈氏一方面一如既往地论说儒家精于禅家,儒说可以囊括禅理,而且更进一步认为维持世道,救正人心在于昌明儒学。这篇序文是赠与庞祖心的,庞氏乃居于易庵之僧侣,但屈大均在序中仍毫不客气地建议庞氏应该在易庵中请一"醇儒"来讲学,宣讲儒家之道,并希望有朝一日"禅者亦将渐化而为儒"。

这种近乎于说梦的言语,表现出屈大均由禅归儒后一种激烈情绪的反弹,即以彻底的否定禅家思想的姿态来表示自己的"昨日之非"。所以,当他归儒之后受到禅林中人激烈的抨击之后,屈大均反倒表现出一种洗脱"昨日之非"的快意。《归儒说》云:

> 今以二氏以吾为叛,群而攻之,吾之幸也,使吾儒以吾为叛,群而招之,斯吾之不幸也。又使天下二氏之人皆如吾之叛之,而二氏之门无人焉,吾之幸也;使天下儒者之人皆知吾之始逃而终归之,而吾儒之门人有人焉,则又吾之幸也。②

---

① 《过易庵赠庞祖如序》,《翁山文外》卷二,序,《屈大均全集》第3册,人民文学出版社1996年版,87页。
② 《翁山文外》卷五,说,《屈大均全集》第3册,人民文学出版社1996年版,124页。

这种快意还表现在他其后选编《广东文选》时的做法,《广东文选自序·凡例》之第一条即云:

> 是选以崇正学,辟异端为要。凡佛老家言,于吾儒似是而非者,在所必黜。即白沙、甘泉、复所集中,其假借禅言,若悟证顿渐之类,有伤典雅,亦皆删削勿存。务使百家辞旨,皆祖述一圣之言,纯粹中正,以为斯文之菽粟,绝学之梯航。①

文中展现的俨然一个儒家卫道士的形象。当然,如果将屈大均对释道的否定仅仅看作是一种归儒后的情绪反弹是片面的,在这种情绪反弹的背后,还有深刻的思想背景,这就是明清之际众多的思想家对有明一朝亡国灭种的反思,他们认为明中叶以来的禅悦之风侵蚀了华夏文化的根基,使儒家传统文化的纲常伦理不复完整,最终加速了亡国的进程。顾、黄、王三大家及其他一些思想家均或多或少地指出了这一点。②

正是由于思想上对儒释二家的斟酌损益以及对自身逃禅经历的反思,像屈大均这一类的明遗民才会在社会稍稍安定之后,不约而同地走上了弃僧归儒的道路。

> 然昔者,吾之逃也,行儒之行,而言二氏之言;今之归也,行儒之行,而言儒者之言。③

文中所说的昔者逃禅是"行儒之行,而言二氏之言"的矛盾状态,真实地展现了屈大均的内心世界。在他逃禅的十二年间,长期处于这样一种服膺儒术,却身着僧装的状态,可以想见其内心

---

① 《归儒说》,《翁山文外》卷二,序,《屈大均全集》第3册,人民文学出版社1996年版,43页。

② 可参看赵园《明清之际士大夫研究》第六章《遗民生存方式》之"士人逃禅与儒释之争"一节。

③ 《翁山文外》卷五,说,《屈大均全集》第3册,人民文学出版社1996年版,124页。

的苦闷和无奈，这也是当时许多像屈大均一样的逃禅遗民所共有的心态。明乎此，就能理解当屈大均之流的明遗民觉得时局已不可为，便纷纷弃僧归儒的举动了。

此后，屈大均一直以一个遗民的角色隐于乡间。他的族兄屈士煌曾在他北归弃僧返儒后写了一首《喜翁山归自辽东》的诗，全诗很好地揭示了屈大均作为一个儒者、遗民、禅僧三位一体的形象，录以作为结语：

羊裘布帽雪霜凝，几载风尘寄迹僧。名姓隐交随五岳，须眉留得拜诸陵。应知徐庶心徒苦，却恨留侯事未能。归卧故园薇蕨长，西山同约几时登。①

---

① 《屈士煌遗诗》，《屈大均全集》第 8 册，附录二《投赠集》，2 015 页。

● 附录四

明末清初诗论家文学活动年表辑录

1574 年（万历二年）甲戌

钟惺生。（祝诚《钟惺年表》，以下提及本书均同此版本）

1582 年（万历十年）壬午

钱谦益生于常熟城中坊桥东故第。（金鹤冲《钱牧斋先生年谱》，1932 年铅印本，以下提及本书均同此版本。）

1586 年（万历十四年）丙戌

谭元春生。（祝诚《谭元春年表》，以下提及本书均同此版本）

1588 年（万历十六年）戊子

钟惺十五岁，是年始为诗文。（《钟惺年表》）

1591 年（万历十九年）辛卯

钟惺为诸生。周楷（伯孔）生。(《钟惺年表》)

1593 年（万历二十一年）癸巳

钱谦益十二岁，喜读《吴越春秋》，作《伍子胥论》，又作《留侯论》，盛谈其神奇灵怪，文词俶傥。见者吐舌击赏。(《钱牧斋先生年谱》)

1598 年（万历二十六年）戊戌

曹学佺官南京大理寺，与张正蒙、柳应芳、臧懋循等结社，辑《金陵社集诗》一卷。（张慧剑《明清江苏文人年表》，以下简称《年表》）

钱谦益十七岁，补苏州府学生员。王文肃公得其行卷，遍告南中诸公以谓半千复出。其时已好猎为古文，空同弇山二集烂翻背诵，摇笔自欲与驱驾，以为莫己若也。(《钱牧斋先生年谱》)

1600 年（万历二十八年）庚子

是年钱谦益十九岁，娶妻陈氏。(《钱牧斋先生年谱》)

1601 年（万历二十九年）辛丑

钟惺座师雷思霈（何思）中进士。(《钟惺年表》)

谭元春自学为诗，初无师承，摹拟选体而已，先人则教以《尚书》。(《谭元春年表》)

钱谦益偕表兄何君实读书虞山兴福寺，钱氏熟烂空同、弇山之文集，至能暗数行墨。(《钱牧斋先生年谱》)

1602年（万历三十年）壬寅

钱谦益校《春秋繁露》增改数百字，深以为快。谓《深察名号》篇，析理精妙，可以会通孟、荀二家之说，非有宋诸儒可几及也。(《钱牧斋先生年谱》)

1603年（万历三十一年）癸卯

钟惺中举人。(《钟惺年表》)
谭元春从伯舅魏良翰学律诗四声，又从仲舅魏赞化学小学、四书、《尚书》。(《谭元春年表》)
袁中道举于乡。(《明史·文苑传》)

1604年（万历三十二年）甲辰

钟惺春试不第。(《钟惺年表》)

1605年（万历三十三年）乙巳

谭元春是年与钟惺订交。(《谭元春年表》)
是年钱谦益二十四岁，瞿式耜从之读书拂水山庄，式耜时年十六。(《钱牧斋先生年谱》)

1606年（万历三十四年）丙午

钱谦益举于乡。(《钱牧斋先生年谱》)

1607年（万历三十五年）丁未

钱谦益是年北上会试不第，闻临川汤若士盛称宋潜溪之文，归后覃精研思，刻意学唐宋古文。因以及元裕之、虞伯生及潜溪、震川诸家，得知古学所同来，与为文之阡陌次第，盖嘉靖末年，王李盛行，钱氏独能建立通经汲古之说，以排击俗学，黄太冲谓先生一生訾毁太仓，诵法昆山，盖始于此时。（《钱牧斋先生年谱》）

傅山生。（丁宝铨《傅青主先生年谱》，《霜红龛集》附录，以下提及本书均同此版本）

1608年（万历三十六年）戊申

春，钟惺与谭元春过京山晤魏象先；冬初，惺舟发鄂渚，冬末，迄于金陵，此为惺初适南都。（《钟惺年表》）

陈子龙生。（《陈子龙自撰年谱》）

1609年（万历三十七年）己酉

张宾王、俞安期、柳应芳、潘之恒等在南京共结冶城大社；陆弼在里结淮南社；钟惺客金陵，与袁中道会，同年返楚；吴伟业生。（《年表》）

钟惺写《邸报》诗，对时局提出意见；初适金陵，居两三月，由南都返楚；在金陵期间，交周伯孔、林古度等；冬，北上赴京会试，途中游泰山。（《钟惺年表》）

傅山早慧，能自诵心经。（《傅青主先生年谱》）

1610年（万历三十八年）庚戌

春，钟惺以第三甲第十七名登进士，授行人，时年三十七岁；是年，竟陵诗说成熟。(《钟惺年表》)

六月，谭元春偕同钟惺于报国寺松下聆雷何思谈有为之教，出世之旨。(《谭元春年表》)

是年钱谦益二十九岁，北上会试，雷何思（按：钟惺座师）见所著策论，谓其"通博好持大议"，钱谦益叹为知人。是年廷试钱以进士第三人授翰林院编修，五月丁父忧归里。(《钱牧斋先生年谱》)

黄宗羲生。(黄炳垕《黄梨洲先生年谱》，以下提及本书均同此版本)

1611年（万历三十九年）辛亥

钟惺九月使蜀，十一月始返，归途回竟陵家中。致书蔡复一，力荐谭元春其人其诗。(《钟惺年表》)

方以智生。(任道斌《方以智年谱》，以下提及本书均同此版本)

1612年（万历四十年）壬子

钟惺在竟陵与来自南都的林古度（茂之）相晤；冬复赴京师。(《钟惺年表》)

谭元春客游金陵，与上元胡宗仁、福建林古度等游灵谷寺。(《年表》)

1613 年（万历四十一年）癸丑

春，惺在京师，因癸丑大计，与在京及各地入计的同门诸年丈聚会；九月出使山东；年底至金陵。(《钟惺年表》)

傅山就小学，所授书倾注如宿通者。(《傅青主先生年谱》)

陈子龙是年春始就外塾，师沈先生，经传俱上口。(《陈子龙自撰年谱》)

顾炎武生。(张穆《顾亭林年谱》，以下提及本书均同此版本)

1614 年（万历四十二年）甲寅

袁中道刻所著《珂雪斋近集》二十四卷；宋琬、冯班生。(《年表》)

钟惺、谭元春是年起用两年时间合辑《古诗归》十五卷、《唐诗归》三十六卷；是年，林古度在南都始刻钟惺《隐秀轩集》。(《钟惺年表》)

1615 年（万历四十三年）乙卯

唐汝询刻所著《唐诗解》，同年在上海结雅社，作《雅社约》；张所敬主雅社，年七十七。(《年表》)

春，钟惺、谭元春审订、检校《诗归》迄，盖三易其稿也；六月，惺典贵州乡试赴黔，秋末，返京师。(《钟惺年表》)

陈子龙从张先生学对偶。(《陈子龙自撰年谱》)

1616 年（万历四十四年）丙辰

朱之蕃刻所辑《明百家诗选》三十四卷；张大复、归昌世、

顾咸正等在里社结雪堂社；钟惺自燕京南还，憩金陵，定所著《舟岳集》，是年又与林古度同游泰山。(《年表》)

袁中道成进士。(《明史·文苑传》)

春、夏，钟惺均在京师，秋，请假南归，冬，惺在南都。是年起，惺客白门计六载。(《钟惺年表》)

陈子龙师李先生，治毛氏诗。(《陈子龙自撰年谱》)

1617年（万历四十五年）丁巳

冯班始交毛晋；陈继儒至白门，与钟惺定交；黄宗羲随父宦游，过金陵赴宣城。(《年表》)

钟惺、谭元春是年分撰《古诗归》序。(《古诗归》)

是年大计，钟惺为武进友人邹之麟所牵连，未得考选，拟部两年。(《明史》卷二三六《夏嘉遇传》)

钟惺金陵初次会晤焦竑；是年起至1619年，惺在南都寓居于新安友人陈仲秋之秦淮水阁，闭门读史，撰《史怀》十七卷。(《钟惺年表》)

安徽程嘉燧自嘉定居常熟拂水山庄，流连旬月，为钱谦益讲诗法。(《钱牧斋先生年谱》)

1618年（万历四十六年）戊午

程嘉燧客山西长治，编次所著《浪淘集》，得十八卷；钱允治以钱谦益借书逾年不还，又不爱惜他人书，于《獪寮斋杂记》跋文中致诟责；袁中道自京南行，绕道南京入皖，任徽州府教授，序定所著《珂雪斋前集》八卷。侯方域、施闰章生。(《年表》)

钟惺是年在金陵，拟部，犹支原官俸。后改授工部主事。上

疏愿任官南曹部，不覆者二年；与吴康虞、胡彭举、林古度等游。(《钟惺年表》)

陈子龙师何先生，学史，并教以《春秋三传》、《庄》、《列》、《管》、《韩》、《战国》短长等书。(《陈子龙自撰年谱》)

1619年（万历四十七年）己未

冬，钱谦益先后在吴门、娄江两地与钟惺面晤；夏，又与友夏会于白门，钟惺与谭友夏、潘景升、林古度等游金陵、镇江、毗陵、无锡、苏州、吴县、娄江、吴兴等地；钟惺在无锡游惠山，徐波（元叹）挟诗来谒，惺为其作序，后回访徐，遂订交；游王世贞弇园故居。(《钟惺年表》)

陈子龙是年始专治举子业，兼通《三礼》、《史》、《汉》诸书。(《陈子龙自撰年谱》)

王夫之生。(萧箑父《王夫之年表》，以下提及本书均同此版本)

1620年（光宗泰昌元年）庚申

四月，徐波访钟惺，返家后致函惺劝其学道停诗；钟惺是年在金陵已五载，始改授南礼部仪制司主事，寻转祠祭司郎中，任职仅一年；钟惺身心皆病，渐入颓唐，逃于禅；秋，惺病重几死；钟惺闻真州潘稚恭友人戴元长赞"竟陵一脉，情深宛至，力追正始"等语，不安而一再"请为削此竟陵之名与迹"；钟惺编《东坡文选》，并撰序。(《钟惺年表》)

陈子龙不喜章句之学，好稗官鄙野之书。(《陈子龙自撰年谱》)

1621年（熹宗天启元年）辛酉

傅山应童子试，文翔凤拔补博士弟子员；是年傅因小病取读神僧传，是为傅氏后肆力于方外之始。（《傅青主先生年谱》）

钟惺升福建提学佥事，考校兴化、延平、福州三府，计一年。（《钟惺年表》）

周铉吉督楚学，强起谭元春为诸生，时年三十六岁；元春复出应试；元春增删袁宏道选编之《东坡诗选》行世。（《谭元春年表》）

钱谦益是年四十岁，八月，为浙江乡试正考官，以关节案为人诬陷被控，自具疏，次年得免，但因失察夺俸三月，次年冬称疾归。（《钱牧斋先生年谱》）

1622年（天启二年）壬戌

王夫之四岁，入家中私塾，由长兄介之教读。（《王夫之年表》）

钟惺是年仍在闽；惺之友人常熟沈春泽（雨若）撰《刻隐秀轩集序》；钟惺潜心佛理，精研《楞严经》，著《如说》十卷。（《钟惺年表》）

陈子龙是年事默公王先生，始学诗赋，日诵数千言，有著述之志。（《陈子龙自撰年谱》）

黄宗羲是年十三岁，自宁国回姚赴郡城应童子试。（《黄梨洲先生年谱》）

1623年（天启三年）癸亥

钟惺丁父忧归家；癸亥大计，东林党人赵南星主察，尽逐齐、楚、宣、浙、昆诸党人，惺亦在中计之列，此后"服阙居家者凡三年"；是年夏，沈春泽始刊刻钟惺"作而自选"的《隐秀轩集》三十三集。(《钟惺年表》)

陈子龙就童子试于青溪，县令欲拔置第一，知为贵人子，改第二；作《春思赋》等。(《陈子龙自撰年谱》)

钱谦益是年作《杨澹孺诗稿序》。(《初学集》卷三十一)

1624 年（天启四年）甲子

叶昼客开封，与本地人共组海金社。(《年表》)

张溥、张采、苏州杨维斗在常熟创办应社。初起之目的乃为士子应试而举，起初有 11 人参加。后安徽南社、匡社相继与之合并。(陆宗仪《复社纪略》)

袁中道进南京吏部郎中。同年去世。(《明史·文苑传》)

谭元春是年始为秣陵顾起凤拔置明经，故以恩贡上京；元春虽闱中为本房所收，却被斥以"谬论五策字句"而落第；谭元春赴京途中，拜会蔡敬夫，拟同蔡、钟惺之评《诗经》合刻为《诗触》，并阅《庄子》诸家注，以五六年来苦心所得，参订郭象注，成《遇庄》一书。(《谭元春年表》)

钱谦益是年秋赴召以太子谕德兼翰林院编修充经筵日讲官，历詹事府少詹事，纂修《神宗实录》。(《钱牧斋先生年谱》)

是年顾炎武十二岁，始习科举文字。(《顾亭林年谱》)

1625 年（天启五年）乙丑

钟惺死，年五十二；谭元春作《乙丑岁除夕，感蔡敬夫、钟伯敬二公之亡》诗，悼念钟惺。(《谭友夏合集》卷四)

艾南英自齐鲁入燕赵。(《天佣子全集》)

陈子龙是年始交夏彝仲、周勒卣、顾伟南、尚木、彭燕又、周介生等，事文学。(《陈子龙自撰年谱》)

钱谦益兼侍读学士，因与东林诸公谊笃受阉人侧目，御史崔呈秀作《东林党人同志录》以钱氏为党魁，《东林点将录》指为浪子燕青，寻为御史陈以瑞所劾，五月削籍归。(《钱牧斋先生年谱》)

1626年（天启六年）丙寅

清太祖努尔哈赤死，太宗皇太极继位。(《清史稿》)
顾炎武十四岁，读《资治通鉴》毕；入复社有名。(《顾亭林年谱》)
傅山以举子业不足习，遂读十三经、诸子、史，至《宋史》而止，肆力于方外书，又读《文选》，临晋唐楷书，作《秋海棠赋》。(《傅青主先生年谱》)
陈子龙因夏彝仲褒扬，有文名；郡邑试皆异等，遂补博士弟子员；交陈眉公（继儒）等。(《陈子龙自撰年谱》)

1627年（天启七年）丁卯

郑元勋、冒襄等在扬州结社；叶燮生。(《年表》)
徐汧、徐鸣时、吴有涯、夏允彝、陈子龙、荆艮、许重熙、吴应箕、黎元宽等先后加入应社。(《复社纪略》)
徐波集钟惺最后三年的全部诗文为《钟伯敬先生遗稿》四卷付梓，并为之作序。(《钟惺年表》)
谭元春乡试第一。(《谭元春年表》)
艾南英与吴逢国、叶孟侯等人结平远堂社，并作社集序。(《天傭子全集》)

陈子龙杜门博览，好深湛之思，致力于古文词；始交张受先（采）、张天如（溥）、杨维斗（廷枢）、文震孟诸人。(《陈子龙自撰年谱》)

1628年（思宗崇祯元年）戊辰

毛晋编刊《唐人选唐诗八种》；张采任江西临川县知县。(《年表》)

昆山顾秉谦以旧为魏忠贤党羽关系，故里不能居，匿太仓讲学，被张溥等通檄逐走。(《复社纪略》)

黄宗羲以父死于阉祸，袖长锥草疏入京颂冤，过杭州见陈继儒，继儒为改定疏稿。(《黄梨洲年谱》)

王夫之十岁，从其父学"五经经义"；方以智年十九，始出游交四方名士。(《王夫之年表》)

傅山配张氏静君，同年生子。(《傅青主先生年谱》)

谭元春订定长洲陈仁锡所辑《海篇朝宗》十二卷，约为崇祯年间奇字斋所刊；是年元春撰《退谷先生墓志铭》。(《谭元春年表》)

艾南英寓居扬州、金陵、苏州等地，作《郭蝶公五先稿序》、《戊辰房选千剑集》等。(《天傭子全集》)

陈子龙与艾南英交恶："秋，豫章孝廉艾千子有时名，甚矜诞，挟诳诈以恫喝时流，人多畏之。与予晤于娄江之弇园，妄谓秦汉文不足学，而曹、刘、李、杜之诗，皆无可取。其詈北地、济南诸公尤甚，众皆唯唯。予年少在末座，摄衣与争，颇折其角。彝仲辈稍稍助之，艾子诎矣。然犹作书往返，辩难不休。"娶张孺人为妻。(《陈子龙自撰年谱》)

是年钱谦益四十六岁，七月应召赴阙，不数月擢詹事转礼部右侍郎，兼翰林院侍读学士，协理詹事府事。十月会推党人复追

究浙江关节案，钱被贬职放回；瞿式耜官吏科给事中，以牵涉朝局内争，与钱谦益同坐贬。(《钱牧斋先生年谱》)

1629年（崇祯二年）己巳

熊开元在吴江以县官身份支持张溥开复社；张溥、张采、周钟等创办的应社与复社合并，在吴江举行大集会，对外统称复社；方以智入复社；夏允彝、周立勋、彭宾、徐孚远、陈子龙、杜麟徵等六人，在松江别立几社；吕留良生；朱彝尊生。(《年表》)

谭元春兄弟五人同时加入复社。(《谭元春年表》)

陈子龙始交李雯（舒章）、徐孚远（闇公），切磋古文辞；冬月，撰时政策三十余篇，又作骚赋数篇，颇行于世。(《陈子龙自撰年谱》)

刘宗周讲学蕺山，邀吴越知名之士六十余人共侍讲席，力摧石梁陶氏之禅说。(《黄梨洲先生年谱》)

1630年（崇祯三年）庚午

陆世仪、陈瑚、冯舒、冯班拒不入复社；张溥、吴伟业、杨廷枢、彭宾、陈子龙、万寿祺、黄宗羲等以应试集南京，举金陵大会；吴翀、林云凤、黄宗羲、周亮工等在南京高座举星社；黄居中、林古度、黄宗羲在金陵凤凰台作重九会；张采以病解临川职还；吴江叶绍袁（叶燮父）解工部虞衡司职还。(《年表》)

方以智是年作木牛流马（王夫之《搔首问》）；以所注《尔雅》（即《通雅》初稿）稿切磋同社诸子；又与社中诸子唱和于南溪。(《方以智年谱》)

王夫之十二岁，始以文字与友人交往。(《王夫之年表》)

六月，陈子龙与周勒卣、徐孚远游南都，寓谢公墩佛舍，专治举子业；冬，陈子龙偕计吏如京师，同行者夏彝仲。(《陈子龙自撰年谱》)

钱谦益移家拂水山庄，招程孟阳同居唱和，筑"耦耕堂"，为文纪之。(《钱牧斋先生年谱》)

黄宗羲旅南京，从番禺韩孟郁上桂习诗法。时南中为大会，金坛周镳招公入社，南司空何乔远又招公入诗社，九日大会于凤凰台，南中词人如汪遗民逸、林茂之古度、黄明立居中、林若抚云凤、闵士行景贤皆与公相契。宣城沈眉生劝公理经生之业，始入场屋，榜发后太仓张溥天如先生为会于秦淮舟中，一时在会者杨维斗、陈卧子、吴伟业、万寿祺、蒋鸣玉、彭燕又、吴来之，其以下第与者，公与眉生昆仲而已。南回遇文震孟于京口，同舟至吴门，文震孟见公落卷后场，嗟叹久之，谓异日当以大著作名世，一时得失，不足计也。(《黄梨洲先生年谱》)

是年顾炎武十八岁，应乡试，卷列一等第二十名。(《顾亭林年谱》)

1631年（崇祯四年）辛未

夏允彝、张溥、陈子龙、万寿祺等在北京议立燕台社，以同志各南还，作罢；张溥在北京以师礼事徐光启，并从光启问历学；夏完淳生。(《年表》)

傅山观黄孝廉家藏书画，为之鉴别。(《傅青主先生年谱》)

艾南英走济上。(《天傭子全集》)

忠端公被逮时，途中谓黄宗羲曰，学者不可不通知史事，将架上《献征录》涉略可也。公至是发愤，自明十三朝实录，上溯二十一史，每日丹铅一本，迟明而起，鸡鸣方已，两年而毕。(《黄梨洲先生年谱》)

1632年（崇祯五年）壬申

张溥、吴伟业还里，复社广收社众；松江几社刻《几社壬申文选》，姚希孟、张溥为《几社文选》作序；华亭数十人入几社；李待问等五人入几社；邵梅芬等二人入几社；龚贤流寓南京，与通州范凤翼、福建黄居中等在秦淮结白门社；吴江沈自徵在安徽歙县结红叶社；许学夷编《诗源辩体》三十二卷成；安徽钱澄之误入阮大铖所策划组织的中江大社，以方以智劝告，此年退出。(《年表》)

王夫之时年十四，中秀才，由湖广学政王志坚荐入衡阳州学，两年，尽读州学藏书，逢试均列第一。(《王夫之年表》)

方以智游西湖，遇陈子龙，与论《大雅》合。(方以智《膝寓信笔》)是年并诣常熟钱谦益舍；九月，抵云间复晤陈子龙，并新识李雯、夏允彝等；是年冬，归桐城，辑所作古歌、乐府成《泽园永社十体诗》。(《方以智年谱》)

陈子龙集同郡诸子古文辞为《壬申文选》。(《陈子龙自撰年谱》)

黄宗羲是年始与甬上陆文虎、万履安交，是时东林复社争相依附，公所居虽僻，远城市，不乏四方之客。黄是年有诗稿一册，豫章四子序之。(《黄梨洲先生年谱》)

1633年（崇祯六年）癸酉

复社在苏州虎丘再举行大会，先期传单四出，省内外以舟车至者几千人；吴应箕、方以智、贵州杨文骢等在南京举国门广业社；许学夷、沈骘、周俊、丘维贤等在里结沧洲社；归庄始交顾炎武；夏允彝序陈子龙、李雯所著《癸酉倡和诗》；陈子龙到北京，与吴甡、许誉卿会；万寿祺旅燕京，与陈子龙往还，始刻诗集；张采始刻所辑《西汉文》二十卷、《东汉文》二十卷；许学夷死，年七十一。(《年表》)

是年夏，方以智成《稽古堂初集》；秋，会试南京，主金陵广业之社，以文会友。时结识吴应箕。(《方以智年谱》)

王夫之十五岁，赴武昌乡试，未中。(《王夫之年表》)

秋，刘侗中顺天乡试举人；张泽（草臣）所编之《谭友夏合集》刊行；七月一日，元春为《谭友夏合集》撰写《自序》。(《谭元春年表》)

是年徐波（元叹）与谭友夏在其弟服膺署中，友夏为徐题"落木菴"三字。(《渔洋诗话》卷中)

陈子龙与李雯相倡和，编《陈李倡和集》。(《陈子龙自撰年谱》)

黄宗羲读书武林南屏山下，秋，沈眉生、沈昆铜至武林与公同寓孤山读书社，诸子皆来相就（当时杭有读书社、小筑社、登楼社）。与江右刘进卿、沈眉生诸文士同往净慈寺讲《论语》、《周易》，金谓凿空新义，真石破天惊也。(《黄梨洲先生年谱》)

1634年（崇祯七年）甲戌

王夫之是年十六岁，从叔父王廷聘学诗，致力于音韵学，两年内读诗十万首。同时亦关心时局，对历代制度沿革，江山险要，士马食货皆悉心研究。是年参加衡阳岁试，列一等第一名。(《王夫之年表》)

方以智夏日居桐城，陈子龙寄书劝其谨慎自持；秋日返南京定居"膝寓"，冬日又趋桐城省父，岁暮接李雯、陈子龙慰流寓之信。(《方以智年谱》)

黄宗羲仍与读书社诸子读书，往太仓访张溥、张采两先生，

闻某家藏书，公与张天如提灯往观。(《黄梨洲先生年谱》)
　　钱谦益是年作《孙楚惟诗稿序》、《孙紫冶诗稿序》、《黄子羽诗序》。(《初学集》卷三十一)
　　王士禛生。(《渔洋山人年谱》，《渔洋山人精华录笺注》卷首，以下提及本书均同此版本)

　　1635年（崇祯八年）乙亥

　　徐增于虎丘见钱谦益，投以所作芳草诗；陈子龙与徐孚远、李雯等同读书于陆庆臻家南园，雯作会业序，写游读生活；陈子龙编次此期所作为《属玉堂集》。(《年表》)
　　方以智结识竟陵后继刘侗、于奕正，并与于有秋游西湖之约。(《方以智年谱》)

　　1636年（崇祯九年；清皇太极是年改国号为清，年号为崇德元年）丙子

　　南都再举国门广业社，吴应箕作《国门广业序》；李之椿、郑元勋、强惟良等在扬共结竹西续社；溧阳吴颖等在里结十三子社；徐州李向阳、万寿祺、马伯奇等在里举文会；长洲陆寿国、尤侗、吴县汤传楹等始相结社；阎若璩生；徐釚（电发）生。(《年表》)
　　方以智是年已识复社首领周钟（介生）宋征舆等人，相交冒襄而鼎足文坛。(《方以智年谱》)
　　王夫之又赴武昌乡试，未中。(《王夫之年表》)
　　袁继咸修复三立书院，于全晋诸生中拔取三百余人为三立名贤，傅山为第一；是年八月袁被劾羁逮，傅山奔走左右救助。(《傅青主先生年谱》)

谭元春北上，过南京，与阮大铖交接；谭元春过淮安，与刘侗、万寿祺等集张致中符山堂。(《年表》)

陈子龙读书南园，时与宋征舆相倡和；有《平露堂集》。(《陈子龙自撰年谱》)

是年钱谦益五十五岁，黄宗羲过虞山访之，并请撰忠端公墓志。(《钱牧斋先生年谱》)

二月黄宗羲过长洲访文震孟，过虞山访钱谦益。(《黄梨洲先生年谱》)

1637年（崇祯十年；清崇德二年）丁丑

钱陆灿、无锡华时亨等十七人在无锡结听社；张采刊行所辑《三国文》二十卷、《西晋文》二十卷、《东晋文》四十卷、《南朝文》二十八卷、《南朝齐文》十二卷；钱谦益、瞿式耜被控里居不法，逮京就问；施闰章在金陵以文贽周镳。(《年表》)

是年，方以智在南京游冶，与复社友人范文光、杜濬、李雯、姜垛、何次德等人交往甚密，饮诗酒，引红妆，曼歌长啸，多才负气。(《方以智年谱》)

王夫之十九岁，与同邑陶万梧处士之女结婚，从叔父王廷聘读史。(《王夫之年表》)

傅山游北京西山，五月归家；是年四月袁继咸案雪狱，袁公起官为湖广武昌道，以书招傅，傅山谢拒；作《因人私记》记袁狱始末；傅山辟谷食柏叶；傅山是时已名闻天下。(《傅青主先生年谱》)

刘侗外放吴知县，赴任途中卒于扬州，年四十四；谭元春会试赴京，卒于长辛店。(《谭元春年表》)

陈子龙是年殿试第三甲第十七名，陈子龙任职刑部，以署后有白云楼，辑此期诗为《白云草》。(《陈子龙自撰年谱》)

钱谦益是年作《郑圣允诗集序》。(《初学集》卷三十三)

1638年（崇祯十一年；清崇德三年）戊寅

陈子龙列名《留都防乱公揭》；毛晋编刊《元人十种诗》；方以智著《博依集》十卷；冯舒自北京锦衣卫放回，辑狱居诗为《北征集》二卷。(《年表》)

孙奇逢率子弟门人避入五峰山，刘宗周修订《传习录》；王夫之二十岁，始与友人为文酒之会，至长沙岳麓书院读书，参加邝鹏升等组织的"行社"。(《王夫之年表》)

陈子龙与华亭徐孚远、宋徵璧等合辑《皇明经世文编》五百零四卷。(《陈子龙自撰年谱》)

徐远孚与陈子龙合著《史记测义》一百二十卷。(《年表》)

钱谦益狱中读三史，反复《封禅》、《平准》诸篇，大悟华严楼阁于世谛文字。五月与瞿式耜放归出狱，九月过高阳谒其师孙承宗。(《钱牧斋先生年谱》)

钱谦益是年八月作《黄鹤岭侍御游恒山诗序》。(《初学集》卷三十一)

黄宗羲注谢皋羽《西台恸哭记》、《冬青引》。(《黄梨洲先生年谱》)

1639年（崇祯十二年；清崇德四年）己卯

吴应箕初刻所著《楼山堂集》；冯舒游普陀，归辑纪行诗为《浮海集》一卷；冯舒据赵琦美旧所钞本，校补《中兴间气集》。(《年表》)

陈贞慧、吴应箕、侯方域、冒襄、黄宗羲、张尔岐等人在南京再次成立国门广业社，此社系复社的一个支派，以攻阮为宗

旨,从崇祯六年开始,前后约延续6年时间。(黄宗羲《陈定生先生墓志铭》,《黄宗羲全集》第十册)

方以智参与国门广业社活动,与诸社友吴应箕等诗酒唱和;夏初,应试南京,交侯方域;沉湎声色,为冒襄与名妓董小宛做媒。(《方以智年谱》)

王夫之再赴武昌乡试考举人未中,与熊渭公、李云田等为文会。十月,王夫之与友人管嗣裘、郭凤跕、文之勇等在衡阳成立"匡社"。(《王夫之年表》)

是年钱谦益五十九岁,三月移居半野堂,有《移居诗集》。柳如是冬日至半野堂,与程孟阳辈文讌浃月,钱氏刻唱和诗为《东山酬和集》二卷。(《钱牧斋先生年谱》)

黄宗羲是年始编浙东文统;张尔公举国门广业之社,四方名士毕集,而与公尤密者如梅朗中、顾杲、陈贞慧、冒襄、侯方域、方以智,无日不相征逐也。朝宗侑酒必以红裙,公谓尔公(自烈)曰,朝宗之大人方在狱,岂宜有此?吾辈不言,终为有损友,公以为然。(《黄梨洲先生年谱》)

1640年(崇祯十三年;清崇德五年)庚辰

毛晋所编《津逮秘书》总十五集此年刊行;毛晋刻《十三经注疏》讫;尤侗、汤传楹等在里结匡社;侯方域自南京返商丘,结雪苑社。(《年表》)

方以智时以为翰林院简讨;在京登门访宋玫,著《诗说》;岁寒思友,寄赠侯方域冬衣。(《方以智年谱》)

傅山为学自是时始务博综。(《傅山年谱》)

陈子龙自北京行就绍兴推官职,在邵伯遇黄道周被逮北上,至鹿城遇张天如,议救黄道周之难。(《陈子龙自撰年谱》)

王士祯是年七岁,入乡塾,受《诗》至《燕燕》、《绿衣》

等篇便觉枨触欲涕，亦不自知其所以然。稍长，遂颇悟兴观群怨之旨。(《渔洋山人年谱》)

1641年（崇祯十四年；清崇德六年）辛巳

黄淳耀、侯玄、尤侗等到常熟参加临社；张幼学、陆舜等在里结曲江社；查继佐、沈起客扬州，与江西黎元宽在扬州大会文士，举萸社；张溥编次所著《七录斋近集》十六卷。(《年表》)
湖广提学佥事高世泰（高攀龙之侄）岁试衡阳，列王夫之文为一等，文评有"忠肝义胆，情见乎辞"之语。方以智时年三十一岁，始编《通雅》。(《王夫之年表》)
祁彪佳伴陈子龙巡赈，经柯山、容山，子龙以云间讨阉党朱国盛公檄示彪佳。张溥卒，年四十，陈子龙作骚体文《愍昧》吊张溥。(《年表》)
钱谦益时年六十岁，与柳如是游杭州西湖，别去后钱游黄山，旋里，柳如是六月七日来归，钱氏取之，并筑我闻室居之，遂以倡随风雅闻于天下。原任刑部侍郎蔡奕琛疏诬钱谦益为复社党魁，钱上《遵旨回话疏》辩之。(《钱牧斋先生年谱》)
黄宗羲之南中翻阅黄明立家千顷堂之藏书殆遍，朝天宫有《道藏》，公自易学以外有干涉山川者悉手抄之，闻焦氏书欲售，急往，因不受奇零之值而止。与梅朗三游燕子矶。(《黄梨洲先生年谱》)

1642年（崇祯十五年；清崇德七年）壬午

阎尔梅变姓名入京，见方以智；郑元勋、李雯等谋重振复社，在虎丘举行集会，冒襄、查继佐等与会；谈璘、唐璿等在里别立求社；李时楫、赵侗如等在里别立景风社；华亭吴骐、周茂

源等在里别立雅似堂社；彭宾、王广心等在里别立赠言社；毛晋编刊《诗词杂俎》。(《年表》)

方以智二月在北京任定王讲官，"演仪之日，方貌过庄，王不启齿"。(计六奇《明季北略》)后寓居金陵，春，在苏州与复社社友会于虎丘；修改《通雅》五十二卷，作《通雅又序》；秋，曼寓成，与诸友人曹溶、张学曾（尔唯）等宴集唱和，赏月吟诗，心情怫郁。(《方以智年谱》)

王夫之二十四岁，是年夏赴武昌应试，与长兄介之、好友管嗣裘等一起中举。王夫之以《春秋》第一，考中第五名，受到学政高世泰、考官欧阳霖、章旷等器重，参加熊渭公等在黄鹤楼举行的"须盟"大会。冬，王夫之与长兄介之同赴京会试，途中为农民军所阻，明年正月，由南昌折回衡阳。(《王夫之年表》)

傅山撰《两汉书人姓名表》成，自为之序；是岁应乡试不中第。(《傅青主先生年谱》)

陈子龙仍作绍兴推官，督新漕于吴兴；又补绍兴守，赈济百姓。(《陈子龙自撰年谱》)

黄宗羲是年入京应试，居徐忠襄家，与陆文虎读书于万附马北湖园中。榜后周延儒欲荐为中书舍人，力辞不就，南回。陈子龙为绍兴推官，姚邑有疑狱，公为言于卧子，出死罪，二人多传颂者。(《黄梨洲先生年谱》)

钱谦益是年作《虞山诗约序》。(《初学集》卷三十二)

1643 年（崇祯十六年；清崇德八年）癸未

冯班自定散曲集《钝吟乐府》一卷；钱澄之到松江访几社人物，还南京辑《过江诗略》；瞿式耜刻钱谦益所著《初学集》一百一十卷；张采、周茂源等先后客陈子龙绍兴官署中。(《年

表》)

方以智著《宋断》、《史论》,主张考究未实,不当轻发论断;五月,《物理小识》十二卷初稿成;为《通雅》撰《凡例》。(《方以智年谱》)

王夫之二十五岁,自刻第一部诗集《漧涛园初集》。(《王夫之年表》)

四月,巡抚蔡公重修三立书院,聘傅山等讲学,傅以非可以起而行者,不肯衣绅衣讲学。(《傅青主先生年谱》)

陈子龙、李雯、宋徵舆所选《皇明诗选》十三卷成。(《年表》)

农民军破承德,金陵大震,陈子龙筑独松、昱岭二关防备;又谒左公,被委予监护诸军,剿抚农民军,杀五百,生擒百余人。(《陈子龙自撰年谱》)

是冬绛云楼落成,楼在半野堂后。其藏书大江以南推为第一。何焯《读书记》云其藏书凡三千九百部。(《钱牧斋先生年谱》)

钱谦益是年作《陈鸿节诗集序》、《士女黄皆令集序》。(《初学集》卷三十二、三十三)

夏四月,周延儒自请督师抗清,钱为排延儒,勾结在朝在野徒党,以与群公共谋王室之事之名,以己知兵为借口,实欲取周延儒而代之。(陈寅恪《柳如是别传》737-738页,上海古籍出版社1980年版)

1644年(崇祯十七年;清世祖顺治元年)甲申

钱谦益挟优人光福看花;钱谦益赴金陵就礼部尚书职,过京口会祁彪佳。(《年表》)

崇祯帝自尽于煤山,方以智两次被执,两次得脱,几经周

折,深秋抵福建太姥山,遇陈名夏,解囊相助,冬抵广州,卖药市中。(《方以智年谱》)

王夫之听闻变故,数日不食,写《悲愤诗》一百韵,迁往南岳双髻峰下,筑茅屋,名"续梦庵"。(《王夫之年表》)

五月李闯王农民军迫山西,督师李建泰聘傅山画策;太原破,傅山奉母居于平定主白氏七亘别业;时当国变流离,傅是年写多篇诗赋寄痛。(《傅青主先生年谱》)

陈子龙率官军收复义乌,斩杀农民军首领;奉抚军令治兵蛟关,后知母病重,返乡,母病愈,改官;弘光帝时补原官,奉命巡视京营;朝见上疏三,力劝主上中兴定邦,防上下相猜、朋党互角。(《陈子龙自撰年谱》)

黄道周与钱谦益书,劝其在三吴振臂高呼,讨伐农民军。(《钱牧斋先生年谱》)

1645年(顺治二年;南明福王弘光元年;唐王隆武元年)乙酉

是年,浙江总督张存仁建议清廷速遣提学,开科取士,使读书者有出仕之望,而无从逆之心;初次科举,顺天乡试"进场秀才三千"。(《清史稿》)

方以智是年流寓岭南,采药五岭;寄书李雯,表白忠心;与流寓诸子林有声、岭南诸子方大抡、黎遂球、陈子升等交往。(《方以智年谱》)

是年国门广业社散。王夫之居续梦庵。五月,王夫之闻清兵攻占南京,写《续悲愤诗》一百韵。冬,王夫之与二兄侍父避兵耒阳、永兴,访耒阳杜甫墓,十一月,返山居。(《王夫之年表》)

八月,陈子龙与张采避难于陶庄之水月庵,托为浮屠;九月

携家侨居于金泽丁氏。(王沄续《陈子龙年谱》)

钱谦益是年六十三岁,三月任南明弘光礼部尚书兼翰林院学士掌部事加太子太保,自请督师扬州。五月出城降豫王,豫王遂命之北行入清宫。(《钱牧斋先生年谱》)

顾炎武编年诗始于是年。(《顾亭林年谱》)

1646年(顺治三年;隆武二年)丙戌

朱鹤龄客常熟,与钱谦益合笺杜甫诗,议不合,辞去,自著《杜工部集辑注》二十三卷印行。(《年表》)

是年秋,方以智卜居德庆州,瞿式耜过此,遂携密之同游肇庆七星岩;作《通雅》缀集,述平生抱负,唯在经史。(《方以智年谱》)

王夫之是年开始作《周易稗疏》,又编《岳余集》诗一卷,成《莲峰志》五卷,其父嘱撰《春秋家说》;八月,王夫之闻说清兵南下汀州,杀朱聿键,写《再续悲愤诗》一百韵。(《王夫之年表》)

陈子龙谋入闽,以海上巡查严而不得行,自嘉善到苏州访朱隗后还松江,以所选《唐诗纪》授王沄;陈子龙往来松江、嘉善间,密与夏完淳等相会。(王沄续《陈子龙年谱》)

正月清廷任钱谦益为礼部右侍郎管秘书院事,充修明史副总裁。六月引疾归。是年有《秋槐诗集》,盖取王维被拘菩提寺"秋槐叶落空宫里"句以王维自况也;《七夕有怀》云:"阁道墙垣总罢休,天街无路限旄头,生憎银汉偏如旧,横放天河隔女牛。"按此诗在隆武帝即位后十日而作,女牛之隔,君臣之异地也。天启初年钱曾编《列朝诗集》未就,是年续编之,与周安期书云鼎革之后,恐明朝一代之诗遂致淹没,欲仿元遗山《中州集》例,选定为一集,俾一代诗人精魂留得纸上云云。黄毓

祺自舟山起师，钱谦益使河东君海上犒师。（《钱牧斋先生年谱》）

六月，兵溃，鲁王由海道至闽，黄宗羲避入四明山中，馀兵愿从者五百人，结寨自固，作《四明山寨记》。（《黄梨洲先生年谱》）

1647年（顺治四年；桂王永历元年）丁亥

李雯受清职，请假南还，遇陈子龙松江野居中，读陈子龙《王明君》篇，悔恨流涕；夏完淳被捕不屈遇害，年十九；冯舒刻所辑《怀旧集》二卷；李雯得陈子龙就义讯，惊悸北归未及而死松江，年四十。（《年表》）

是年春方以智随永历帝之梧州、桂林等地，帝有拜密之为内阁大学士之敕，闻之弃妻孥入新宁夫夷山养病以避，期间虽数有友朋相劝不从；著书《俟命论》，论学为修身立命之本，阐老庄听其自然、退隐明哲之学；冬，清兵入沅州，密之逃入深山，潜转于湖广之天柱山、黔之黎平、赤溪土司、湘之衡山、大埠瑶区，一年三易姓名，备受磨难。（《方以智年谱》）

五月，清军攻占衡州，王夫之全家逃散，与夏汝弼逃匿湘乡县南白石峰。其二哥王参之、叔父王廷聘、父王朝聘均于仓皇中相继死去。（《王夫之年表》）

陈子龙鼓动清松江提督吴胜兆反正，并联络驻守舟山的张名振、张煌言协同作战，事败吴被杀，陈子龙亦被清军捕执，不屈自杀，年四十。（王沄续《陈子龙年谱》）

钱谦益因黄毓祺案下狱，河东君营救之不遗余力。（《钱牧斋先生年谱》）

1648年（顺治五年；永历二年）戊子

太仓王育、盛敬、陆世仪等过澜漕访友，举莲社；张采死，年五十三。(《年表》)

方以智闻陈子龙死讯，为诗遥哭；九月，在武冈交王夫之（《道光宝庆府志》卷一二六《迁客·方以智》条："以智遂寓居新宁莲潭庵，复移居武冈之洞口。……其居武冈时，与衡阳王夫之善。"）冬入桂林，与妻儿团聚；后移居平乐之平西山。(《方以智年谱》)

王夫之避居南岳莲花峰，研求《易》理；十月，王与夏汝弼、管嗣裘、僧性翰等在南岳方广寺举兵抗清，战败军溃；王投奔南明永历政权，被荐为翰林院庶吉士，以父丧辞谢。(《王夫之年谱》)

钱谦益狱中编《列朝诗集》，又因总督马国柱疏言被解出狱。作诗数首暗讽时局，如《岁晚过林茂之有感》："先祖岂知王氏腊，胡儿不解汉家春"等。(《钱牧斋先生年谱》)

王士禛八岁能诗，至是有诗一卷，曰《落笺堂初稿》；夏出应童子试被落。(《渔洋山人年谱》)

1649年（顺治六年；永历三年）己丑

尤侗、汪琬与吴兆宽、吴兆宫、吴兆骞、周肇、侯玄涵等结慎交社；章在兹等人别结同声社，与慎交社抗；冯舒以争论地方官吏聚敛事被拘狱拷死，年五十七。(《年表》)

三月，方以智与瞿式耜同游桂林；三月后，因兵讯急，返平西山；是时密之虽不入朝政，但与永历朝臣往还，言语书信多及时事，王夫之《永历实录》言其"放情山水，觞咏自适，与客语不及时事"未允；九月，永历帝遣使再征密之，上《六辞入

直疏》；积历年流离楚粤治病之方补入《物理小识》。(《方以智年谱》)

王夫之活动于桂林、肇庆等地，与瞿式耜、金堡、方以智往来，时方称疾不就南明官职，隐居平乐；夏，王夫之自桂林归南岳理残书，会土人弄兵，家被洗劫，遵母嘱复赴肇庆。(《王夫之年表》)

傅山寓平定马军村，写《即事》二十首。(《傅青主先生年谱》)

钱谦益自南都归里，拟撰明史，门人毛子晋为刻《列朝诗集》，与瞿式耜继续保持书信联系。(《钱牧斋先生年谱》)

1650年（顺治七年；永历四年）庚寅

惊隐诗社成立，人员有吴江吴振远、吴宗潜、叶恒奏、吴炎、吴在瑜、潘柽章及松江、三吴两浙其他人士。惊隐诗社又名逃社、逃之盟，顾名思义乃处惊而暂逃，以图再举之意。顾炎武、朱鹤龄、归庄等亦曾参与过社事。(《吴江县志》)

吴伟业、尤侗、徐乾学、毛奇龄、朱彝尊等在嘉兴成立十郡大社。(《年表》)

方以智隐居平西山，永历帝数征召之，上至《十辞疏》以示志；在粤纵情山水，又纳妾，人短之。时以卖画为生，以舟为家。闰十一月，为避清兵拷逼，密之剃发僧服出；清兵押密之至平乐法场，环刃相逼，袍帽相诱，不屈，关狱中。(《方以智年谱》)

春，王夫之到梧州被永历政权任为行人司行人介子。四月，为金堡等被诬陷事，几被王化澄逮治下狱，由大顺农民军首领高一功营救，逃往桂林。八月，清兵逼桂林，王又随难民流亡到永福，困于水岩，几死。(《王夫之年表》)

傅山居祁县，访戴枫仲，题诗于丹枫阁壁。(《傅山年谱》)

是年三月，黄宗羲访钱谦益，馆于绛云楼，得遍读其藏书，钱并约其为老年读书伴侣。五月钱氏至婺访伏波将军。十月绛云楼毁于火，延及半野堂，凡宋元精本图书玩好及所裒辑明史稿一百卷，论次昭代文集百余卷悉为火毁。闰十一月，瞿式耜殉难于桂林。(《钱牧斋先生年谱》)

1651年（顺治八年；永历五年）辛卯

清帅仍劝密之降，不从，因器重之；后随清帅至梧州，听任出家，并供养于城东云盖寺；是年密之困于梧州，避世逃禅。(《方以智年谱》)

王夫之是年正月由广西回到湖南，誓不剃发，初归暂居耐园，旋与郑氏避居双髻峰续梦庵。(《王夫之年表》)

钱谦益作《夏哭稼轩留守相公一百十韵》，《楞严经疏解蒙钞》亦造端于是。(《钱牧斋先生年谱》)

顾炎武是年三十九岁，至金陵初谒孝陵墓，八月与万少祺定交。(《顾亭林年谱》)

王士禛是年应乡试，举第六名。(《渔洋山人年谱》)

钱谦益与吴伟业是年初春相聚扁舟，共载横塘，并有四律诗赠答，间谈及李义山《无题》诗具"风人之旨"。(《梅村诗话》)

1652年（顺治九年；永历六年）壬辰

夏，施闰章奉使粤西，过梧州访密之，并咏诗怀古；秋，经人具保随施闰章返北，途中过西宁、泛肇庆、谒曲江南华寺、与同舟易堂诸公别；又越泰和、谒青原山；与施闰章同游庐山，在

五老峰化名吩吩子著《东西均》,倡三教合一之说。(《方以智年谱》)

侯方域至宜兴访陈贞慧,得见吴应箕遗稿,作《楼山堂遗集序》。(《壮悔堂文集》二)

侯方域不践为吴应箕刻遗集诺言;侯方域自江阴寄书张自烈,以艾南英不事清死,劝自烈删集中驳南英文。(《壮悔堂文集》三)

侯方域返商丘,作《壮悔堂记》。(《壮悔堂文集》六)

刘体仁致友人书,责钱谦益《列朝诗集》党声气,轻逸民。(《年表》)

是年春,李定国率大西农民军起兵,收复广西全省;八月,反攻到湖南,进驻衡州,招请王夫之,王敬佩李定国而鄙弃孙可望,终未去。(《王夫之年表》)

毛晋刻《列朝诗集》成,九月钱谦益自为序。(《钱牧斋先生年谱》)

1653年(顺治十年;永历七年)癸巳

慎交社、同声社各在苏州虎丘举行集会,连舟二十余,以酒食征逐争胜。(《年表》)

元旦,钱谦益为方以智《借庐语》诗集作序,序中自称弟子;春,清吏两度逼密之出仕,坚不从;闭关高座寺,与旧友新朋往来不绝,为仕清旧友周亮工题画,侯方域寄书问安;作《象环寤记》以为儒、道、释当集其大成,归一于《易》。(《方以智年谱》)

王夫之受邀南明桂王所在的安隆,他表示拒绝,写《章灵赋》表白自己"进退萦回"的心情,最后下决心"退伏幽栖,俟曙而鸣"。(《王夫之年表》)

1654年（顺治十一年；永历八年）甲午

傅山被控与南明赧帝通，下太原狱。（郭氏《傅先生传》，《傅青主先生年谱》）

狱中傅山抗词不屈，绝食九日；在狱讲《论语》游夏问孝二章（《傅青主先生年谱》）

江浦丁雄飞、福建黄虞稷在南京结古欢社，互读所藏书籍；侯方域卒，年三十七。（《年表》，关于侯，一说1655年卒。）

方以智居竹关，著述不息，与张自烈、钱澄之、冒襄、黄文焕、黄虞稷等来往颇密。(《方以智年谱》)

王夫之是年居耶姜山，秋避侦缉，被迫离家，开始在湘南零陵、郴州、耒阳、常宁一带流亡，前后达三年之久，间中曾变姓名为瑶人；后移居宁西南乡西庄源靠招收几位学生教书为生。(《王夫之年表》)

1655年（顺治十二年；永历九年）乙未

吕留良到苏州，租屋设肆，编刊时文选本发卖。（《年表》）

方以智是年仍居高座寺，托钵空门之余，仍与陈维崧、张恰、冒襄等众诗友相唱和；秋，父丧，奔桐城。（《方以智年谱》）

王夫之始撰《周易外传》，八月完成《老子衍》初稿。(《王夫之年表》)

傅山因纪映钟、龚鼎孳等营救而出狱，有《山寺》等三诗。(《傅山年谱》)

1656年（顺治十三年；永历十年）丙申

丙申及丁酉两年，吴乔在京都，与陈子龙高足张青琱论诗，吴讥评陈子龙。(《围炉诗话》卷六)

金圣叹批《西厢记》；华亭陶愫、福建林古度等在松江别立恒社，刊行社稿《棠溪诗选》；朱鹤龄等辑《唐诗英华》。(《年表》)

方以智居桐城，整理其父遗著《周易时论》等书。(《方以智年谱》)

是年三月，王夫之撰成《黄书》，五月，次子王敔生，冬，仍居西庄源。(《王夫之年表》)

是年春，戴枫仲请刻傅山诗，傅山不允；周容游晋阳与傅山定交。(《傅青主先生年谱》)

钱谦益是年始撰《吾炙集》，又移居白茆之芙蓉庄，归庄及松江嘉定等诸遗民往还探刺海上消息。(《钱牧斋先生年谱》)

黄宗羲为吴之振《黄叶村诗集》题诗二首，诗前小序有"余家四明山，计此十年间"数语，黄于1646年结寨四明山，至是年恰好十年。(《黄宗羲全集》第十一册)

王士禛诗集编年始此，赋《秋柳诗》四章，诗传四方，和者数百人。(《渔洋山人年谱》)

1657年（顺治十四年；永历十一年）丁酉

王夫之流亡湘南三年后于此年四月回到衡阳，章旷之子章有谟来依，从游五年，后归，名其斋曰"景船"；王此后三年均居南岳莲花峰下的续梦庵；时去小云山访刘近鲁，刘有高阁藏书六千余卷，王常借读；衡阳诸生戴晋元（日焕）来学《易》，次年秋，写成《家事节录》。(《王夫之年表》)

顾炎武元旦六谒孝陵，春自金陵返昆山，避仇将北游，同人饯之，归庄为文赠其行。（《顾亭林年谱》）

1658年（顺治十五年；永历十二年）戊戌

方以智在桐城"易寓"著《正叶》；与诗友游浮山、齐山等，相倡和；服阕，将离桐城；是春，溯江上庐山五老峰；觉浪禅师寄书至庐山，期密之振兴曹洞宗风。（《方以智年谱》）

是年钱谦益七十七岁，春游武林，访黄宗羲兄弟于昭庆寺。是年并出资五十金以赎被关押在狱中的张苍水（煌言）妻。（《钱牧斋先生年谱》）

黄宗羲集丁酉戊戌两年诗名《金垒集》。（《黄梨洲先生年谱》）

是年王士禛二十五岁，殿试二甲，馆选不得与。（《渔洋山人年谱》）

1659年（顺治十六年；永历十三年）己亥

朱鹤龄刻所著《李义山诗注》三卷、补注一卷；汪琬著《说铃》；吴县金昌序金圣叹著《杜诗解》；毛晋死，年六十一。（《年表》）

方以智是年春游江西宁都，会易堂诸子魏禧、林时益、魏礼等，尤赏识丘维屏；春夏禅游各地，引徒谈经。（《方以智年谱》）

傅山是年南游、浮淮渡江，南到金陵，复过江而北至海州，有《朝沐篇》，隐写张煌言舟师入江事；又有《江风江月》等诗五首。（《傅山年谱》）

是年王士禛谒选得扬州府推官。（《渔洋山人年谱》）

1660年（顺治十七年；永历十四年）庚子

　　武进邹祇谟与王士禛合辑《倚声初集》；施闰章游京口，于金山妙高台夜坐，作怀方以智诗；宋琬官绍兴，叶燮、屈大均、朱彝尊等纷至绍兴与琬会。(《年表》)
　　方以智是年依旧往来各地从事禅事，又在新城苦行修炼，从游者日众，建廪山塔院，著《药地炮庄》。(《方以智年谱》)
　　王夫之山南岳迁居衡阳金兰乡高节里，名其所居茅屋为"败叶庐"；是年及次年写《落花诗》近100首。(《王夫之年表》)
　　傅山归太原。(《傅山年谱》)
　　黄宗羲是年游庐山，遇阉尔梅，函方以智，十一月返姚江，有《匡庐行脚诗》、《匡庐游录》。(《黄梨洲先生年谱》)
　　王士禛是年有《过江集》。(《渔洋山人年谱》)

1661年（顺治十八年；永历十五年，桂王灭）辛丑

　　王士禛游苏州渔洋山，用渔洋山人别号，辑《入吴集》；钱谦益至杭州，见李渔，为序《李笠翁传奇》；钱谦益笺注《杜工部集》二十卷；吕留良到常熟访钱谦益，钱为其作《字说》；安徽方文自常熟至扬州，以钱谦益《吾炙集》收王士禛事告王氏。(《年表》)
　　是年六月黄宗羲之子奉命有咨于钱谦益，钱为文书于其扇。钱氏《杜诗笺注》脱稿，阎若璩云杜诗注亦只牧斋佳耳。重订《吾炙集》。(《钱牧斋先生年谱》)
　　是年黄宗羲仍居龙虎山堂，著《易学象数》，与诸诗友倡和。(《黄梨洲先生年谱》)
　　王士禛是年有《白门集》，又《岁暮怀人绝句》始自号渔洋

山人。(《渔洋山人年谱》)

1662年(圣祖康熙元年)壬寅

方以智客施闰章江西署中,旋出居青原,入主净居寺;常熟钱曾邀吴伟业等共作拂水山庄会;周亮工以赖古堂名义刻所编《尺牍新钞》;赵执信生。(《年表》)

方以智游南城,秋入清江逢施闰章,泼墨吟诗,颇为欢洽;冬日在泰和金莲山说禅,是年密之虽为新城南谷寺主持,然萍踪江西,蒲团到处,群论竞起。(《方以智年谱》)

王夫之闻南明亡,作《三续悲愤诗》一百韵。(《王夫之年表》)

傅山六月登北岳。(《傅青主先生年谱》)

黄宗羲所居龙虎山堂火灾,九月徙往蓝溪市,是年为诗为《露车集》,志不安处也。著《明夷待访录》。(《黄梨洲先生年谱》)

王士禛是年始以诗贽于钱谦益,钱为其诗集作《王贻上诗集序》,序中并许以"代兴"之目,又赠长句一首。(《古夫于亭杂录》)

是年王士禛并刻其诗集《壬寅集》于金陵;春与袁于令诸名士修禊于红桥,有《红桥倡和集》;又选唐律五七言若干卷授其子启、涷兄弟读之,名曰《神韵集》。(《渔洋山人年谱》)

1663年(康熙二年)癸卯

顾炎武、山阳阎若璩先后到太原访傅山,若璩与傅山共论《左传》,旁及古人命名用意,又与傅山论金石文字足为史传正伪补阙,并讥欧阳修学殖之陋。(张穆《阎潜丘先生年谱》,

下同）

方以智仍禅游南昌、清江、泰和等地，在泰和主汋林方丈，间或至青原山，与明遗民朋友有诗信来往；友人助资刊刻《通雅》。（《方以智年谱》）

王夫之居衡阳金兰乡"败叶庐"，写成《尚书引义》初稿。（《王夫之年表》）

傅山四月到辉县访孙奇逢于百泉；顾炎武访傅山于松庄，顾赠五律一章，傅依韵答之；阎若璩过松庄与傅山论学相问答；傅山居陋，不避风雨，申涵光游太原，力言于方伯为傅买宅数亩，一时传为美谈。（《傅青主先生年谱》）

黄宗羲四月至语溪，馆于吕氏梅花阁，有《水生草堂倡和诗》。吴之振暨犹子自牧读书水生草堂，与公联床分檠，共选《宋诗钞》，八月以弟泽望公报病驰归。（《黄梨洲先生年谱》）

吴之振是年始与吕留良、黄宗羲选《宋诗钞》。（《宋诗钞初集》凡例）

顾炎武是年五十一岁，至太原访傅青主，互赠诗；是年顾有答汪琬书，称过五十乃知不学礼无以立之旨，又与人书云某自五十以后笃志经史，其与音学深有所得；并著《日知录》上篇经术，中篇治道，下篇博闻共三十余卷。（《顾亭林年谱》）

1664年（康熙三年）甲辰

秋，施闰章讲学净居寺，余飏主席，大会吴楚壮闽粤士儒，密之发释儒一家之论；冬，方应人请，为觉浪兴复曹洞宗之愿，入主青原法席。（《方以智年谱》）

黄宗羲、吕留良、吴之振等到常熟视钱谦益病，钱即以丧事相托。宗羲并因谦益哀请，为代撰三文，得资备作丧葬费。公又到各地会友，旅苏州灵岩山，与文秉、徐枋等在天山堂畅谈七昼

夜，公箧中有文数篇，徐枋见之，嗟赏不已，谓此真震川也。并集此期诗为《吴艇集》。(《黄梨洲先生年谱》)

南浔庄氏史狱起，吴炎被害；惊隐诗社解散。(杨凤苞《秋室集》卷一《书南山草堂遗集后》)

王夫之再至小云山刘近鲁处观书；完成《永历实录》二十六卷。(《王夫之年表》)

顾炎武至河南访孙奇逢。(《顾亭林年谱》)

时年钱谦益八十三岁，春，归庄来访问疾；黄宗羲、吕留良、吴之振亦偕来访，黄太冲代钱氏为文三篇，钱得润笔千金抵债。五月，钱氏卒。其妾柳如是因家族纠纷自杀。(《钱牧斋先生年谱》)

是年十月王士禛迁礼部主客司主事；春与林茂之、孙豹人等名士修禊于红桥，又与方文尔止遍访牛首、祖堂、栖霞诸山及古寺，所作诗辑为《后白门集》，汪琬为作《白门前后集序》。(《渔洋山人年谱》)

1665年（康熙四年）乙巳

朱鹤龄刻所著《诗经通义》十二卷，陈启源为朱氏正定《诗经通义》。(《年表》)

方以智是年于青原山讲法；冬日与毛奇龄、施闰章游青又庵；是年《物理小识》脱稿付梓，《浮山后集》编成。(《方以智年谱》)

陈维崧、杜濬、王士禛等在如皋冒襄水绘园修禊。(《香祖笔记》)

王士禛调京职，此年离扬州北还；屈大均自南京入陕；毛奇龄自淮安走江西依施闰章。(《阎潜丘年谱》)

是年夏秋王夫之均居刘近鲁家观书，并教其子侄，其长子攽

娶近鲁女，结姻亲；王夫之是年完成《读四书大全说》十卷。（《王夫之年表》）

是年春，万斯大、万斯同、陈锡嘏、仇兆鳌等二十余人咸来受业于黄宗羲，信宿南楼而返。八月，吕用晦自平湖至。（《黄梨洲先生年谱》）

1666年（康熙五年）丙午

是春毛奇龄、施闰章再游青原山访密之；密之讲佛之余，畅游青原诸峰，自以为脱俗出世；五月五日，访友人王辰游武功山，遂返青原山。（《方以智年谱》）

是年起追随王夫之的门下弟子先后有14人之多。（《王夫之年表》）

祁氏旷园之书乱后迁至化鹿寺，黄宗羲与书贾入山翻阅三昼夜，载十捆而出。（《黄梨洲先生年谱》）

是年顾炎武游太原时朱彝尊客晋藩署，过访之并订交；南海屈大均亦自关中来会；并有诗纪此二事。（《顾亭林年谱》）

1667年（康熙六年）丁未

钱曾渡江到泰兴，助季振宜校定钱谦益所著《杜工部集笺注》，附《诸家诗话》一卷刊行；周亮工刻所著《闽小记》四卷；周亮工刻所著《因树屋书影》十卷。（《年表》）

方以智仍主青原佛事，间或至外地开堂讲法；密之入青原后，怨愤化为平和，交游不分僧俗宦儒，魏禧以为过于招摇，寄书相诘；夏闰四月，魏禧在新城晤密之，前嫌冰释。（《方以智年谱》）

王夫之居败叶庐，有寄怀方以智诗及《杂诗》；黄宗羲恢复

证人书院于甬上,开始讲学活动,从者骈集。(《王夫之年表》)

顾炎武是年作《音学五书序》、《程正夫诗序》。(《顾亭林年谱》)

1668年(康熙七年)戊申

冯班合所著《冯氏小集》、《钝吟集》为《冯定远集》;吴伟业自定《梅村集》四十卷;方苞生。(《年表》)

方以智有回桐城终老之意;与岭南屈大均有诗酬答;王夫之寄书密之,称誉青原讲学。(《方以智年谱》)

章有谟赴湘,谋就学于王夫之。(光绪《青浦县志》。按:疑此有误,据罗正钧《船山师友记》,章于顺治十四年依王夫之,前后约五年。并录存疑。)

王夫之相继写成《春秋家说》三卷、《春秋世论》二卷。(《王夫之年表》)

黄宗羲是年始选《明文案》,至郡城仍与同门会讲证人书院。(《黄梨洲先生年谱》)

是年王士禛迁仪制司员外郎。(《渔洋山人年谱》)

1669年(康熙八年)己酉

王士禛复南行,为清廷司榷清江浦;山西吴雯到淮阴访王士禛,旋复客苏州;王士禛所著《渔洋诗话》二十二卷刊之吴门。(《年表》)

是年方以智作返乡准备。(《方以智年谱》)

王夫之编《五十自定稿》诗集,又撰《续春秋左氏传博议》上下卷;冬,迁入新筑草屋"观生居",自题堂联"六经责我开生面,七尺从天乞活埋"。(《王夫之年表》)

是年春黄宗羲至郡城，仍寓证人书院，游云门诸胜，有云门纪游诗八首。(《黄梨洲先生年谱》)

黄宗羲作《后苇碧轩诗序》。(《黄宗羲全集》第十册)

王士禛以甲辰前广陵所作，乙巳后礼部所作，益以过江入吴白门前后诸集合为一编，曰《渔洋集》。(《渔洋山人年谱》)

1670年（康熙九年）庚戌

秋，魏禧入青原山访密之。(《方以智年谱》)

黄宗羲作《庚戌集自序》。(《黄宗羲全集》第十册)

是年程正夫延顾炎武于家讲《易》，九月讲毕入都，与朱彝尊等在北平孙氏研山斋详定所藏古碑刻；是年初刻《日知录》八卷。(《顾亭林年谱》)

1671年（康熙十年）辛亥

吕留良、吴之振等合选《宋诗钞》一百零六卷刊行；冯班卒，年七十；吴伟业卒，年六十二。(《年表》)

顾炎武拒不接受史职荐聘。(《顾亭林先生年谱》)

朱鹤龄刻所著《愚庵小集》十五卷。(《愚庵小集序》)

暮春，方以智强起，作山水四帧寄顾炎武；方以智晚年讲法青原山，迁客骚人、游宦学者、遗民隐逸，凡过吉安，无不入山相访；夏，方以智受"粤难"牵连自诣庐陵就监，先押至南昌，后押赴岭南，至庐陵病危，经周亮工等营救而事稍得宽，冬日仍由庐陵押赴岭南，舟次万安惶恐滩，风浪忽作，密之疽发背而死（一说自杀）。(《方以智年谱》)

王夫之完成《诗广传》；连年与方以智多有书信来往，方多次劝他逃禅，王表示"人各有志"，"终不能从"。(《王夫之年

表》)

傅山以阎尔梅过松庄访问,为作岁寒古松图;吴江潘耒游太原,与傅山、阎尔梅相会于崇善寺。(《傅青主先生年谱》)

是年夏熊青岳欲荐顾炎武佐修明史,力辞之。(《顾亭林年谱》)

是年王士禛与宋琬、施闰章皆集京师相唱和。(《渔洋诗话》卷下)

1672年(康熙十一年)壬子

王夫之重订《老子衍》,稿后毁于火灾,现存《老子衍》乃其三十七岁时旧稿;闻方以智噩耗狂哭,吟诗纪痛。(《王夫之年表》)

是年秋,阎百诗再访傅山于松庄。(《傅青主先生年谱》)

黄宗羲是年编选《姚江逸诗》,公平日于诸家文集,凡关涉本邑者必为记,别是年始选定。(《黄梨洲先生年谱》)

黄宗羲作《姚江逸诗序》。(《黄宗羲全集》第十册)

顾炎武是年由河南至山西,与阎若璩相遇于太原。(《顾亭林年谱》)

1673年(康熙十二年)癸丑

吕留良以搜集编书资料,到南京访黄虞稷、周在浚、胡其毅等,得宋人书近二十种归;吕留良在南京寓所售卖所刻书籍;陆纬、陶尔穟等结春藻堂社;吴之纪、张尚瑗等在吴江重举慎交社,更名时习;叶燮游杭,与陆圻相会。归庄死,年六十一;宋琬卒,年六十;沈德潜生。(《年表》)

是年黄宗羲适甬上,范友仲引公登天一阁,发藏书,公取其

流通未广者钞为书目,遂为好事者流传,昆山徐尚书乾学使门生誊写而去。(《黄梨洲先生年谱》)

1674年(康熙十三年)甲寅

黄宗羲考证唐陆龟蒙、皮日休的四明山唱和诗,作《四明山九题考》;又作《缩斋文集序》、《半山先生诗集序》、《景州诗集序》、《丹山图咏序》。(《黄宗羲全集》第十册)

王夫之是年写有《双鹤瑞舞赋》及数首诗赠安远公,表现出王对当时北向反清军事行动的关注和厚望。(《王夫之年表》)

1675年(康熙十四年)乙卯

冬日,王夫之迁往荒僻的石船山下草堂,更名卖姜翁,并自题堂联,中有"湘西一草堂"语,"湘西草堂"一名得此。(《王夫之年表》)

黄宗羲选《明文案》二百余卷成,后广为《明文海》四百八十二卷。(《黄梨洲先生年谱》)

黄宗羲作《明文案序》。(《黄宗羲全集》第十册)

王士禛因母丧服阕,夏以父命赴京师,秋霈次归里,是时诸故人皆散去,唯李天馥等官京师,彭孙遹自浙西来,间为文酒之会,然无复曩时之盛。(《渔洋山人年谱》)

1676年(康熙十五年)丙辰

章有谟在粤西为兵所阻,不得归,转衡阳寻王夫之,夫之授以所注《礼记》,昼共食蕨,夜共燃藜。(刘毓崧《王船山先生年谱》)

王夫之居湘西草堂，始撰《周易大象解》一卷，编《姜斋诗编年稿》，夏，王渡湘至衡阳城东斗岭访蒙正发，关心时局，赠蒙诗有"一枕冰魂随故剑，飞光犹涌子胥潮"句。(《王夫之年表》)

二月，黄宗羲之海昌讲席，归作《留别海昌同学序》；顾炎武寓书于黄宗羲，以所著《日知录》呈请评弹；九月复之海昌，与朱嘉征剪烛论文，九日同仇兆鳌等出北门，至范文清东篱，有句云："如此江山残照下，奈何心事菊花边。"《明儒学案》成，共六十二卷。(《黄梨洲先生年谱》)

黄宗羲作《朱岷左先生近诗题辞》。(《黄宗羲全集》第十册)

1677年（康熙十六年）丁巳

黄宗羲是年仍主海昌讲席，公每拈四书或五经作讲义，令司讲宣读，读毕，辩难逢起，公曰：各人自用得着的，方是学问。寻行数墨，以附会一先生之言，则圣经贤传，皆是糊心之具，朱子所谓譬之烛笼添得一条骨子，则障了一路光明也。公在海昌五载，得公之传者无闻焉。(《黄梨洲先生年谱》)

黄宗羲作《乐府广序序》、《学礼质疑序》。(《黄宗羲全集》第十册)

1678年（康熙十七年）戊午

黄宗羲、顾炎武、吕留良等辞不应博学鸿儒。(《年表》)

是年闰三月，吴三桂在衡州称帝，其党有人强命王夫之代写《劝进表》，王愤然拒绝，逃往深山。(《王夫之年表》)

清廷开博学鸿词科，给事中李宗孔等荐傅山，辞不就。

(《傅青主先生年谱》)

黄宗羲作《李杲堂文钞序》、《陈子文再游燕中诗序》。(《黄宗羲全集》第十册)

是年阎若璩应鸿词制科，日与傅山游处。并与李天生、汪琬反复辩论。汪著《五服考异》成，阎纠其谬数条，汪不悦。合肥李天馥言："诗文不经百诗勘定，未可轻易示人。"(《阎潜丘先生年谱》)

是年召论内阁吏部，王士禛诗文兼优，著以翰林官，改侍讲，未任转侍读。(《渔洋山人年谱》)

1679年（康熙十八年）己未

王夫之贻章有谟以"霜雪侵双鬓，兵戈共一枝"诗。(罗正钧《船山师友记》)

黄宗羲作《天一阁藏书记》、《陈葵献偶刻诗文序》、《黄孚先诗序》。(《黄宗羲全集》第十册)

二月，王夫之与章有谟避兵于蒸水南岸栌林山中，写成《庄子通》，六月序，署名南岳卖姜翁。秋，返草堂，送别来依门下5年的章有谟归吴淞；是年始著《四书训义》。(《王夫之年表》)

傅山拒应清博学鸿儒试，地方官强挟之入京，距城三十里拒不入城，冯相国过之卧床不起，后上闻以老免试，人望如此。(《傅青主先生年谱》)

王士禛在翰林充明史纂修官。(《渔洋山人年谱》)

1680年（康熙十九年）庚申

叶燮此际著《汪文摘谬》一卷，专纠长洲汪琬所作文字的

误失。(《年表》)

特旨凡黄宗羲有所论著及所见闻有资明史者,着该地方官钞录来京,宣付史馆;自订《南雷文案》。(《黄梨洲先生年谱》)

黄宗羲作《汪氏三子诗序》。(《黄宗羲全集》第十册)

王士祯在翰林迁国子监祭酒。(《渔洋山人年谱》)

1681年(康熙二十年)辛酉

吴乔是年开始作《围炉诗话》,陆续写得六卷,自叙其与冯班、贺裳所见多合。(《围炉诗话自序》)

王士祯以诗题徐钒所画蟹;汪琬被免史馆职南还。冯班卒。(《年表》)

王夫之作《广哀诗》十九首,悼平生知交熊渭公、章旷、瞿式耜、夏汝弼、管嗣裘、方以智、蒙正发等人;是年秋,应先开上人之表,撰《相宗络索》;为门人讲《庄子》,写《庄子解》。(《王夫之年表》)

1682年(康熙二十一年)壬戌

傅山为尤侗作《鹤栖堂图》;查慎行自贵州东还,从黄宗羲学;朱彝尊自南京北还,所著《竹垞文类》二十五卷刊行。(《年表》)

顾炎武流寓山西曲沃卒,年七十。(《顾亭林年谱》)

1683年(康熙二十二年)癸亥

叶燮与各地文人在上元蔡龙文家作秋会;朱鹤龄卒,年七十八;施闰章死,年六十六;吕留良死,年五十五。(《年表》)

正月，甬上后学陈辛学从万子充宗来问学，黄宗羲谓人曰，是程门之杨迪，朱门之蔡沈也；到昆山访徐乾学，读昆山传是楼所藏书，并录若干资料。(《黄梨洲先生年谱》)

1684 年（康熙二十三年）甲子

傅山卒。(《傅青主先生年谱》)
王士祯冬迁詹事府少詹事兼翰林院侍讲学士，十一月奉命祭告南海；粤东之役有诗三百余篇，为《南海集》，刻辛亥至癸亥诗为《渔洋续集》。(《渔洋山人年谱》)

1685 年（康熙二十四年）乙丑

徐釚与叶燮等共纂《吴江县志》；徐乾学等奉玄烨命，编注《古文渊鉴》六十四卷。(《年表》)
黄宗羲往姑苏访周子佩先生，时先生在僧舍法东坡坐道堂四十九日，厚逢炼养，因公至，破关出见。(《黄梨洲先生年谱》)
是年春，山东王士祯奉使祭告南海，抵广州，与陈恭尹唱和于光孝寺；四月北返，陈又自龙江追送至佛山。(《陈独漉先生年谱》)
王夫之春日写成《张子正蒙注》九卷；八月，王夫之写成《楚辞通释》十四卷。(《王夫之年表》)

1686 年（康熙二十五年）丙寅

叶燮此年始刻所著《原诗内外篇》四卷。(《原诗序》)
叶燮到浙江崇德访吴之振，商量共同编撰唐宋元诗选。(《己畦诗集序》)

六月，王夫之撰《传家十四戒》授长子敔；八月，王重订《周易内传》及《发例》毕；《思问录》约完成于是年前后。（《王夫之年表》）

三月忠端公入祠乡贤，黄宗羲留城数日，值赛神之会，举国若狂，作《姚江春社赋》；迁居周家埠。（《黄梨洲先生年谱》）

1687年（康熙二十六年）丁卯

陈启源以十四年力著《毛诗稽古编》三十卷成；山东孔尚任、湖广杜濬、江都卓尔堪等十数人在扬共会春江社；冒襄、泰州邓汉仪等到兴化孔尚任，谋举花洲社，未果；朱彝尊辑《日下旧闻》四十二卷成，即开雕；王士祯所辑《唐选十集》刊行。（《年表》）

王夫之是年始撰《读通鉴论》。（《王夫之年表》）

王颛菴刊刘宗周文集，黄宗羲取家藏底草与伯绳先生原本，逐一校勘，必以手迹为据。（《黄梨洲先生年谱》）

王士祯是年居南城旧第，撰《唐诗十选》，盛符升王立极校刊。（《渔洋山人年谱》）

1688年（康熙二十七年）戊辰

徐釚时刊行所著《词苑丛谈》十二卷，河南周在浚以所有资料资助徐釚编《词苑丛谈》；钱澄之在北京，编《庄屈合诂》有成稿；阎若璩见赵执信，指述王士祯不通地理，所辑《唐贤三昧集》多舛误。（《年表》）

五月，王夫之写《南窗漫记》成；十二月，编《七十自定稿》诗集并序；是岁又订《四书训义》40卷（今存38卷）。（《王夫之年表》）

黄宗羲到昆山访徐秉义，留一月，归；自删订《南雷文案》、《吾悔集》、《蜀山集》等书，除其不必存者三分之一曰《南雷文定》。(《黄梨洲先生年谱》)

王士禛有《北征日记》，撰《唐贤三昧集》三卷。(《渔洋山人年谱》)

1689年（康熙二十八年）己巳

叶燮到扬州访孔尚任，投以所著《己畦诗文集》二十二卷。(《年表》)

王夫之重订《尚书引义》；深秋，亲写《自题墓石》交长子王攽，铭曰："抱刘越石之孤愤而命无从致，希张横渠之正学而力不能企，幸全归于兹丘，固含恤以永世"；是年湖南巡抚嘱衡州知府送粟帛与王，王受其粟而返其帛，以病辞不见。(《王夫之年表》)

元夕黄宗羲会讲于姚江书院；集诸老人作千岁会。(《黄梨洲先生年谱》)

王士禛《池北偶谈》成，计二十六卷。(《渔洋山人年谱》)

1690年（康熙二十九年）庚午

叶燮为曹寅作《楝亭记》。(《己畦文集》五)

帝问徐乾学海内有博学洽闻，文章尔雅可备顾问者，乾学对以浙江黄宗羲学问渊博，行年八十，犹手不释卷。(《黄梨洲先生年谱》)

正月，王夫之写成《夕堂永日绪论》并为之序；编定各种诗文评选及《夕堂永日绪论》内外篇、《南窗漫记》等；夏，重订《张子正蒙注》。(《王夫之年表》)

《潜丘劄记》：老友吴乔先生尝言，贺黄公《载酒园诗话》、冯定远《钝吟杂录》及某《围炉诗话》，可称谈诗者三绝。（《阎潜丘先生年谱》）

1691年（康熙三十年）辛未

青浦袁载锡、唐璟、唐瑷等结素心社。吴之振游吴门，三宿珍珠坞。（《年表》）

黄宗羲游黄山，时年八十二岁，序其地所出《黄山续志》。（《黄梨洲先生年谱》）

刘献廷至昆山诊徐元文病，此际与吴乔相识，共谈声韵字母之学，论相合。（《广阳杂记》四）

王士祯著《池北偶谈》二十六卷。（《池北偶谈》自序）

王夫之卒，年七十四（一说卒于1692年）。

1692年（康熙三十一年）壬申

杜登春著《社事始末》一卷。（《年表》）

黄宗羲秋月病，几革，文字因缘，一切屏除，接仇兆沧柱来书，言贾若水已将《明儒学案》梓行，公呻吟作序文一首。公平日读《水经注》，参考各省通志，多不相合，乃不袭前作，条贯诸水，名曰《今水经》，是年书成，遂序之；是年后所作文曰《病榻集》。（《黄梨洲先生年谱》）

1693年（康熙三十二年）癸酉

徐钪辑《中州诗选》；吴之振客苏州，与邵长蘅会。（《年表》）

黄宗羲从徐乾学家借得明人文集三百余部，归家后扩《明文案》为《明文海》四百八十二卷，又从中选录一部分成为《明文授读》六十二卷。(《黄梨洲先生年谱》)

叶燮是年作《汇刻慈幼堂诗文序》。(《己畦文集》卷九)

1695 年（康熙三十四年）乙亥

吴乔死，年八十五；刘献廷寓死吴江，年四十八。(《年表》)

七月癸亥，黄宗羲死。(《黄梨洲先生年谱》)

阎若璩六十以后与朱彝尊、毛奇龄时时过从，商榷学问事。(《阎潜丘先生年谱》)

王士禛编甲子使粤以前及丁卯以后诗、庚午以后杂文为《蚕尾集》十卷，其古文词前此者复别为《渔洋文略》十四卷。(《渔洋山人年谱》)

1696 年（康熙三十五年）丙子

王士禛辑己诗百余篇为《雍益集》，又有《秦蜀驿程后记》二卷，《陇蜀余闻》二卷。(《渔洋山人年谱》)

1697 年（康熙三十六年）丁丑

是年春赵执信自潮州返乡，陈恭尹写《赵秋谷自潮州至即归其乡诗以送之》一诗纪此事。(《陈独漉先生年谱》)

1699 年（康熙三十八年）己卯

王士禛著《古欢录》八卷；冬选定徐迪功、高苏门二集。（《渔洋山人年谱》）

1700 年（康熙三十九年）庚辰

苏州举行苏轼诞日纪念式。（《年表》）

1701 年（康熙四十年）辛未

常州举行苏轼逝世六百年祭。（《年表》）
王士禛著《居易录》三十四卷、《浯溪考》一卷。（《渔洋山人年谱》）

1702 年（康熙四十一年）壬午

长洲陆漻以资料供给朱彝尊助其纂《明诗综》；朱彝尊《明诗综》一百卷成，此年在苏州白莲泾开雕。（《年表》）

1703 年（康熙四十二年）癸未

叶燮死，年七十七。（《年表》）

1704 年（康熙四十三年）甲申

玄烨命修《佩文韵府》，丹徒张玉书、浙江查慎行等先后分任修纂。（《年表》）

王士禛集乙亥至甲申京都之作为《蚕尾续集》。(《渔洋山人年谱》)

1705年（康熙四十四年）乙酉

玄烨命据胡震亨《唐音统签》及泰兴季振宜旧所辑《唐诗》底稿，增修为《全唐诗》刊行，指派曹寅在扬州设局办理；扬州天宁寺成立《全唐诗》书局；朱彝尊游扬州，以宋本《鉴诫录》借与诗局，采诗数十篇入《全唐诗》；何焯跋所得《文心雕龙》足本；王士禛著《香祖笔记》十二卷，刻之吴门。(《年表》)

是年王士禛居西城别墅叙年谱。(《渔洋山人年谱》)

1706年（康熙四十五年）丙戌

《全唐诗》九百卷在扬州刻成。(《年表》)
王士禛著《古夫于亭杂录》稿。

1708年（康熙四十七年）戊子

朱彝尊编定所著《曝书亭集》八十卷；徐釚卒，年七十三。(《年表》)
王士禛编此年之作为《蚕尾后集》；整理编辑洪迈集唐绝句万首为《唐人万首绝句选》。(《渔洋山人年谱》)

1709年（康熙四十八年）己丑

朱彝尊卒，年八十一。(《年表》)

王士禛著《分甘余话》。(《渔洋山人年谱》)

1710年（康熙四十九年）庚寅

官修《渊鉴类函》四百五十卷成；黄叔琳序刻王士禛所著《渔洋诗话》三卷。(《年表》) 王士禛乙酉年曾撰《渔洋诗话》六十余条，戊子秋冬间又增一百六十条，共成三卷。是年秋授黄叔琳序而刻之。(《渔洋山人年谱》)

1711年（康熙五十年）辛卯

官修《佩文韵府》一百零六卷成，交扬州开雕。(《年表》)
王士禛因病卒于是年五月十一日，年七十八，宋荦为撰墓志。(《渔洋山人年谱》)

主要征引书目

《明史》，中华书局1977年排印本。
《清史稿》，中华书局1977年排印本。
《四库全书总目提要》，[清]纪昀等撰，中华书局1981年影印本。
《清代学术概论》，《梁启超史学论著三种》，梁启超撰，香港三联书店1988年版。
《琅嬛轩文集》，[明]张岱撰，中国文学珍本丛书本，上海杂志公司1935年版。
《隐秀轩集》，[明]钟惺撰，明天启沈春泽刻本。
《谭友夏合集》，[明]谭元春撰，中国文学珍本丛书本，上海杂志公司1935年版。
《史怀》，[明]钟惺撰，湖北丛书，清光绪刻本。
《日知录》，[明]顾炎武撰，上海古籍出版社1984年影印本。
《古诗归》，[明]钟惺、谭元春合编，明刻本。
《唐诗归》，[明]钟惺、谭元春合编，明刻本。
《牧斋初学集》，[清]钱谦益撰，上海古籍出版社1985年排印本。
《牧斋有学集》，[清]钱谦益撰，四部丛刊本。
《钱牧斋先生年谱》，金鹤冲撰，民国壬申年排印本。
《钱牧斋晚年家乘文》，[清]钱谦益撰，宣统辛亥上海国学扶轮社印。
《列朝诗集小传》，[清]钱谦益撰，上海古籍出版社1983年版。
《牧斋遗事》，虞阳说苑甲编本。
《明文海》，[明]黄宗羲编，影印文渊阁四库全书本。
《明诗综》，[清]朱彝尊编，影印文渊阁四库全书本。

《愚庵小集》，[清]朱鹤龄撰，影印文渊阁四库全书本。
《尺牍新钞》，[清]周亮工编，丛书集成初编本。
《赖古堂尺牍新钞二选》，[清]周亮工编，中国文学珍本丛书本，上海杂志公司 1936 年版。
《赖古堂尺牍新钞三选》，[清]周亮工编，中国文学珍本丛书本，上海杂志公司 1936 年版。
《天门县志》，道光元年刊本。
《桐城县志》，康熙刊本。
《吴江县志》，中国地方志集成本，江苏古籍出版社 1991 年版。
《光绪青浦县志》，中国地方志集成本，江苏古籍出版社 1991 年版。
《吴县志》，中国地方志集成本，江苏古籍出版社 1991 年版。
《常熟县志》，中国地方志集成本，江苏古籍出版社 1991 年版。
《石门县志》，光绪刊本。
《珂雪斋近集》，[明]袁中道撰，中央书店 1936 年版。
《宋诗钞》，[清]吴之振等编，康熙辛亥吴氏鉴古堂刻。
《皇明诗选》，[明]陈子龙、李雯合编，华东师范大学出版社影印明平露堂刻本。
《国朝诗别裁集》，[清]沈德潜撰，上海古籍出版社影印清教忠堂本。
《十六名家小品》，[明]陆云龙编，明崇祯六年刻本。
《小仓山房文集》，[清]袁枚撰，清乾隆刻本。
《渼陂集·渼陂续集》，[明]王九思撰，影印文渊阁四库全书本。
《复社纪略》，[明]眉史代（陆世仪）撰，中国内乱外祸历史丛书本，神州国光社 1936 年版。
《社事始末》，[明]杜登春撰，艺海珠尘本。
《复社纪事》，[清]吴伟业撰，昭代丛书本。
《小腆纪年附考》，[清]徐鼒撰，中华书局 1957 年排印本。
《明清之际党社运动考》，谢国桢撰，民国丛书本第二编。
《增订晚明史籍考》，谢国桢撰，中华书局 1964 年版。
《天傭子集》，[明]艾南英撰，清康熙刻本。
《黄宗羲全集》，[明]黄宗羲撰，浙江古籍出版社 1993 年排印本。
《楼山堂集》，[明]吴应箕撰，粤雅堂丛书本。

《广东新语》，[明] 屈大均撰，广东人民出版社 1991 年版。
《秋室集》，[清] 杨凤苞撰，湖州丛书本。
《元文类删》，[明] 张溥撰，明崇祯刻本。
《柳如是别传》，陈寅恪撰，上海古籍出版社 1980 年版。
《陈忠裕全集》，[明] 陈子龙撰，乾坤正气集本。
《陈子龙诗集》，[明] 陈子龙撰，上海古籍出版社 1983 年排印本。
《鲒埼亭集》、《鲒埼亭集外编》，[清] 全祖望撰，四部丛刊本。
《几社文选》，[明] 杜骐征等选，明崇祯刊本。
《明诗纪事》，[清] 陈田辑，上海古籍出版社 1993 年版。
《膝寓信笔》，[明] 方以智撰，桐城方氏七代遗书本。
《通雅》，[明] 方以智撰，影印文渊阁四库全书本。
《霜红龛集》，[明] 傅山撰，山西人民出版社 1984 年影印丁宝铨本。
《稽古堂文集》，[明] 方以智撰，桐城方氏七代遗书本。
《文章薪火》，[明] 方以智撰，文学津梁本。
《东西均》，[明] 方以智撰，传世藏书本。
《濂洛关闽书》，[宋] 周敦颐等撰，正谊堂全书本。
《二程语录》，[宋] 程颐等撰，正谊堂全书本。
《梅村集》，[清] 吴伟业撰，影印文渊阁四库全书本。
《顾亭林诗文集》，[明] 顾炎武撰，中华书局 1983 年版。
《王船山诗文集》，[明] 王夫之撰，中华书局 1962 年版。
《薑斋诗话笺注》，[明] 王夫之撰，人民文学出版社 1981 年版。
《四书训义》，[明] 王夫之撰，上海太平洋书店船山遗书本。
《读通鉴论》，[明] 王夫之撰，上海太平洋书店船山遗书本。
《古诗评选》，[明] 王夫之撰，上海太平洋书店船山遗书本。
《唐诗评选》，[明] 王夫之撰，上海太平洋书店船山遗书本。
《明诗评选》，[明] 王夫之撰，上海太平洋书店船山遗书本。
《楚辞通释》，[明] 王夫之撰，上海太平洋书店船山遗书本。
《读四书大全说》，[明] 王夫之撰，中华书局 1975 年版。
《周易外传》，[明] 王夫之撰，中华书局 1977 年版。
《庄子解》，[明] 王夫之撰，中华书局 1981 年版。
《诗广传》，[明] 王夫之撰，中华书局 1981 年版。

《尚书引义》，[明]王夫之撰，中华书局1982年版。
《思问录》，[明]王夫之撰，中华书局1983年版。
《俟解》，[明]王夫之撰，中华书局1983年版。
《杜臆》，[明]王嗣奭撰，上海古籍出版社1983年版。
《杜诗详注》，[清]仇兆鳌，中华书局1985年版。
《玉谿生诗集笺注》，[唐]李商隐撰，上海古籍出版社1979年版。
《欧阳文忠公文集》，[宋]欧阳修撰，四部丛刊本。
《石林诗话》，[宋]叶梦得撰，何文焕历代诗话本。
《杜工部草堂诗话》，[宋]蔡梦弼撰，丁福保历代诗话续编本。
《滹南诗话》，[金]王若虚撰，丁福保历代诗话续编本。
《沧浪诗话校释》，[宋]严羽撰，人民文学出版社1983年版。
《静志居诗话》，[清]朱彝尊撰，清嘉庆二十四年扶荔山房本。
《说诗晬语》，[清]沈德潜撰，清诗话本。
《诗辩坻》，[清]毛先舒撰，清诗话续编本，上海古籍出版社1983年版。
《漫堂说诗》，[清]宋荦撰，清诗话本，上海古籍出版社1978年版。
《诗筏》，[清]贺贻孙撰，清诗话续编本，上海古籍出版社1983年版。
《原诗》，[清]叶燮撰，清诗话本，上海古籍出版社1978年版。
《筱园诗话》，[清]朱庭珍撰，清诗话续编本。
《剑溪说诗》，[清]乔亿撰，清诗话续编本。
《梅村诗话》，[清]吴伟业撰，清诗话本。
《围炉诗话》，[清]吴乔撰，清诗话本。
《渔洋诗话》，[清]王士禛撰，清诗话本。
《带经堂诗话》，[清]王士禛撰，人民文学出版社1982年版。
《春酒堂诗话》，[清]周容撰，清诗话续编本，上海古籍出版社1983年版。
《石遗室诗话》，[清]陈衍撰，民国上海广益书局石印本。
《叠山评注四种》，[宋]谢枋得注，刻本。
《东坡题跋》，[宋]苏轼撰，丛书集成本。
《启祯野乘》，[清]邹漪撰，清抄本。

《潜邱劄记》，[清] 阎若璩撰，影印文渊阁四库全书本。
《钝吟杂录》，[清] 冯班撰，影印文渊阁四库全书本。
《柳南随笔、续笔》，[清] 王应奎撰，中华书局 1983 年版。
《古夫于亭杂录》，[清] 王士禛撰，中华书局 1988 年版。
《分甘余话》，[清] 王士禛撰，中华书局 1989 年版。
《池北偶谈》，[清] 王士禛撰，中华书局 1982 年版。
《义门读书记》，[清] 何焯撰，中华书局 1987 年排印本。
《广阳杂记》，[清] 刘献廷撰，中华书局 1957 年版。
《二冯评点〈才调集〉》，[清] 冯班等评，齐鲁书社四库存目丛书本。
《渔洋山人精华录笺注》，[清] 王士禛撰，清凤翙堂藏版，粤雅堂丛书本。
《明清江苏文人年表》，张慧剑撰，江苏古籍出版社 1986 年版。
《方以智年谱》，任道斌撰，安徽教育出版社 1983 年版。
《陈子龙自编年谱》，[明] 陈子龙撰，《陈子龙诗集》附录，上海古籍出版社 1983 年版。
《陈子龙年谱》，[清] 王沄撰，上海古籍出版社 1983 年版。
《钱牧斋先生年谱》，金鹤冲撰，1932 年铅印本。
《黄梨洲先生年谱》，[清] 黄炳垕撰，黄梨洲遗书十种本。
《顾亭林年谱》，[清] 张穆撰，清咸丰三年刻本。
《阎潜丘先生年谱》，[清] 张穆撰，中华书局 1994 年版。
《渔洋山人年谱》，《渔洋山人精华录笺注》卷首附，粤雅堂丛书本。
《王夫之年谱》，萧箑父撰，《船山哲学引论》附，江西人民出版社 1993 年版。
《船山师友记》，[清] 罗正钧撰，岳麓书社 1981 年排印本。
《钟惺年表》，祝诚撰，《钟惺谭元春选集》附录，湖北人民出版社 1993 年版。
《谭元春年表》，祝诚撰，《钟惺谭元春选集》附录，湖北人民出版社 1993 年版。
《傅山年谱》，[清] 丁宝铨撰，《霜红龛集》附录，山西人民出版社影印丁宝铨本。
《陈独漉先生年谱》，《独漉堂集》附录，中山大学出版社。

《壮悔堂文集》，[清]侯方域撰，四部备要本。
《曝书亭集》，[清]朱彝尊撰，四部备要本。
《己畦集》，[清]叶燮撰，宣统三年梦篆楼刻本。
《清诗纪事初编》，邓之诚编，中华书局1965年版。
《清诗纪事》，钱仲联主编，江苏古籍出版社1987年版。
《清代学术概论》，梁启超撰，《梁启超史学论著三种》，香港三联书店1988年版。
《中国近三百年学术史》，梁启超撰，中国书店1985年影印本。
《中国近三百年学术史》，钱穆撰，商务印书馆1997年版。
《屈大均全集》，欧初等，人民文学出版社1996年版。
《屈大均诗词编年笺校》，陈永正等，中山大学出版社2000年版。
《广东新语注》，李育中等，广东人民出版社1991年版。
《明季滇黔佛教考》，陈垣，辅仁大学丛书第六，1940年版。
《明末清初遗民逃禅之风研究》，廖肇亨，台湾大学中国文学研究所硕士论文，1994年。
《明清之际士大夫研究》，赵园，北京大学出版社1999年版。
《满清野史》，台北文桥书局1972年版。

后　记

　　写完序说，工作已接近尾声，精神松弛下来。翻阅打印出来的文字，欣慰之余，又觉耗费近三年时光写出来的东西，似乎与原来设想的还是有距离。尤其是看着满屋书架上插满的前辈时贤所写下的文字，脑子里便浮现出《逍遥游》中的一段话："日月出矣，而爝火不熄，其与光也，不亦难乎？"转眼一想，"爝火"也罢，虽不如日月光亮，但如能增一分光，也是好的。《左传》成公九年不是也有一句话么："虽有丝麻，无弃菅蒯。"意思是虽有丝麻之贵，但"菅"可制帚，"蒯"能织席，亦未可轻易言弃。所以还是鼓足勇气，将本书的写作情况向读者交代一二。

　　这部书稿的大部分内容虽是近三年来集中写成的，但其中论王船山的一章却写于十多年前，是我的硕士论文，其中的部分篇章后来陆续发表在《古代文学理论研究丛刊》等有关刊物上。转眼之间十多年过去了，原来曾设想的接着进行顾、黄两家的扩展研究计划，因自己另有任务，兼之心有旁骛，兴趣又转移得快，所以未能将这一计划付诸实施。当三年前将这一计划重新拾起时，不禁感慨系之！

　　写作中仍将原稿收入，除个别章节出于体例统一的考虑而另拟了一些小标题外，其他一仍其旧，非敢自是其是，实欲留下一段纪念。至于其他部分的写作情况已在序说中有所交代，不再饶舌。

平心而论，尽管我试图通过剖析此期诸家诗论来研讨由明入清的诗论进程，但结果并不令人满意。本书虽解决了一些问题，但还有一些问题虽经提出，但自觉仍未解决好。比如在明末党争中作为激进主义者的诗论家，以及在易代之际成为民族志士或明遗民的诗论家，为何在诗论中崇尚古学及古典主义诗歌类型？为何没有太多理论独创性的诗论家却能够在诗坛产生广泛影响？这些问题，都期待着时贤进一步的意见和建议。

感谢先师黄海章先生，他虽已过世，但他对本书中王船山一章倾注的心血令我难忘；感谢业师邱世友先生，十几年来，他言传身教，使愚生所受沾溉非笔墨能够形容。

感谢黄天骥老师，他一直关心本书的写作，并从文字到书名都给予悉心的指导。

感谢诸位师友，他们的著述及平时的交谈，给我以教益和启发；感谢本书的责编同志，她的辛勤工作给拙著增色不少；也感谢我的学生，课间堂上，教学相长，广我以见闻，启我以思路，亦当记上一笔。

写完这些感谢的文字，月亮已升至中天。走到凉台，只见月光从天际洒落，树影斑驳，我深吸一口尚带有暑蘸的空气，今晚可以睡一个好觉了。

孙　立
1998年9月3日夜记于中山大学

修订版后记

本书自 1999 年初版以来，受到读者的垂注，相关报刊对拙著也有一些谬奖，现在仍有读者来函或来电索访此书，但出版社发行部告之已售罄多时。有读者建议是否可以重印若干，以备不时之需。刚好本人前段时间承担广东省教育厅的相关项目及中山大学 985 项目，又对此期诗论做了后续研究，成稿若干，遂与出版社负责人相商，他们慨然应允，决定再版，并作适当充实。

充实的部分过去在成书之前就已列入计划，但因时间紧迫，未能如期完稿。现趁此机会，将这部分内容补上。其中一是有关明末复社领袖张溥的诗文理论，复社在崇祯年间是一个在全国饶有影响的文社，张溥作为社中领袖，对社中成员的制义吟诗给予过多方指导，写过不少相关的文字，另外他本人也编选过影响较大的《汉魏六朝百三家集》，是复社成员中值得重视的一位，但过去没有人研究过他。二是许学夷，著有《诗源辩体》，笔者在本书一版序言中曾提及该书，并对未能在书中论列《诗源辩体》而感到遗憾，此次修订，也可弥补这一缺憾。《诗源辩体》近年受到学界重视，陆续有人写文章引用到此书的内容，也有尚未出版的学位论文研究此著，但相关的研究仍不足够。此次充实的部分，不是对《诗源辩体》的全面研究，而是以此书中最有创新价值的有关元和体和宋诗的部分为研究对象，以期弥补学术界在此方面研究的空白。三是有关屈大均逃禅的研究，虽不属诗学研究的内容，但对了解明末清初遗民诗人的状态有一定的价值，也可与本书第三章方外遗民诗论家的部分相互参看。

除了增写的上述三部分内容外,对原版印刷中的错字、倒行等也尽可能做了修正。

值此修订本出版之际,感谢广东高等教育出版社的领导及编辑在本书出版过程中的悉心帮助,也感谢读者对本书的垂注,并希望得到进一步的批评指正。

孙　立

2003 年 6 月记于中山大学寓所